Ange, alias Anne et Gérard Guéro, sont des scénaristes à succès. Ils sont notamment les auteurs de la BD best-seller *La Geste des Chevaliers Dragons* (24 volumes) et d'*Ayesha, la légende du Peuple turquoise*, chef-d'œuvre tragique sur le racisme et l'intolérance, qui a bouleversé des milliers de lecteurs.

Sang Maudit

Du même auteur,
aux éditions Soleil (bande dessinée) :

La Geste des Chevaliers Dragons (tomes 1 à 24)
Le Collège invisible (tomes 1 à 14)
Belladone (tomes 1 à 3)

Aux éditions Soleil,
sous le pseudonyme de Gaby :

Les Blondes (tomes 1 à 26)

Aux éditions Syros :

Toutes les vies de Benjamin
Le Très Grand Vaisseau
À mille miles de toute terre habitée

Aux éditions Bragelonne :

Ayesha, la légende du Peuple turquoise – L'intégrale
Le Grand pays

Aux éditions Mango :

L'Œil des Dieux

CE LIVRE EST ÉGALEMENT DISPONIBLE
AU FORMAT NUMÉRIQUE

www.castelmore.fr

Ange

SANG MAUDIT

CASTELMORE

Collection dirigée par Bleuenn Jaffres
Ouvrage dirigé par Barbara Bessat-Lelarge

Loi n° 49-956 du 16 juillet 1949 sur les publications destinées à la jeunesse

Dépôt légal : août 2017

ISBN : 978-2-36231-293-9

Castelmore
60-62, rue d'Hauteville – 75010 Paris
E-mail : info@castelmore.fr
Site Internet : www.castelmore.fr

À Kristina,
sans qui les morts auraient été bien plus nombreux.

Première partie

Versailles

Chapitre premier

Lundi 15 septembre – 8 heures du matin
Paris
Six jours avant le couronnement de Louis XXIV

Les dames de la cour royale de Versailles descendirent du métro, soulevant leurs immenses jupes brodées d'or. Puis elles se dirigèrent vers leur correspondance, slalomant entre les hommes d'affaires accrochés à leurs téléphones portables et les femmes en imper sortant de leurs trains de banlieue. Malgré les efforts de leurs pages, les crinolines des élégantes effleurèrent deux SDF enveloppés dans leurs couvertures, qui se vengèrent en les insultant copieusement.

Des touristes japonais photographièrent avec excitation les nobles passantes, tandis que leur guide leur murmurait les noms les plus connus :

— La comtesse de Saint-Aignan… La marquise de Grammont – vous savez, la sœur de la fameuse duchesse de Montesquieu… Mme de Guise…

Angie Moretti, dix-sept ans, venait elle aussi de descendre du métro. Amusée, elle observa les Japonais, puis suivit des yeux le groupe des belles dames laissant derrière elles un sillage parfumé, tandis que, derrière, leurs assistants pressés confirmaient, au téléphone, la présence de leurs maîtresses au Bal de Versailles.

—On se demande vraiment pourquoi elles prennent le métro, grommela une femme derrière Angie, avec un léger accent du sud. Je veux dire, si j'avais une robe de ce prix–et l'argent qui va avec–je serais dans une limousine!

Angie sourit. Pour les Parisiens, le spectacle était familier, mais les touristes étaient toujours surpris.

—Le couronnement du roi est dans une semaine, expliqua-t-elle. Les bals, les fêtes et les représentations se succèdent. La route entre Paris et Versailles n'est qu'un immense embouteillage alors les dames prennent le métro. Et comme le Premier ministre vient d'inaugurer la Navette Royale Express...

—Ah oui, la fameuse navette, entre le palais du Louvre et le château de Versailles, commenta la dame. Réservée aux nobles. Je me souviens du scandale...

—Sans compter tous les étrangers qui viennent pour le couronnement.

Au fond de la station, le groupe des élégantes disparaissait dans un couloir, sous le regard exaspéré des voyageurs obligés de se plaquer contre les parois pour céder le passage à leurs jupes démesurées.

—Pff! Elles sont trop vieilles. Jolie comme vous êtes, ce serait plutôt à vous de porter des robes et d'aller au bal, ironisa gentiment l'interlocutrice d'Angie, puis elle adressa un signe d'adieu à la jeune fille avant de s'éloigner.

Angie resta immobile un instant, étonnée de ressentir, à cette réflexion, une confuse envie. Elle n'était pas portée sur le luxe, mais quelle jeune fille de dix-sept ans, tout juste sortie du lycée, n'aurait pas ressenti, devant les dames de la cour, une infime pointe de jalousie? Retenant un soupir, Angie passa la main sur son jean... puis, haussant les épaules, elle reprit son chemin.

Qu'importe le château de Versailles, la cour du roi, les navettes réservées aux nobles. La vie était belle. Angie avait eu son bac, ses deux meilleurs amis, Matt et Clémence, également. À la fac, les cours ne commençaient que le 28 octobre–Angie, qui aimait sortir et s'amuser, avait encore devant elle plus d'un mois de liberté bienvenue.

Dans le large tunnel central de la station Opéra se hâtaient des centaines de passagers, sortant des réseaux des trains de banlieue dans la confusion la plus totale. Partout, l'espace était encombré d'échoppes vendant des mugs et des tee-shirts à l'effigie du jeune roi, du régent ou du Premier ministre. Les couronnes étaient en plastique doré, les poupées Barbie habillées aux dernières modes de la cour, imitant les tenues de Mme de Montesquieu, la célèbre maîtresse du régent. Angie s'attarda devant un des étals (« *Des vampires à la cour* ! Le livre événement de Sylvie Ferrier enfin en DVD, illustré par des images réelles et choquantes ! »), puis reprit son chemin jusqu'aux tourniquets de contrôle.

À côté, un jeune homme qui luttait pour faire passer une grosse valise lui adressa un rapide sourire, tandis qu'un deuxième homme l'aidait à faire basculer son fardeau au-dessus de l'obstacle en métal. Sans réfléchir, Angie sourit en retour. Arrivé de l'autre côté, le jeune inconnu s'inclina de manière théâtrale.

— Vous êtes ravissante, déclara-t-il.

— Merci, dit poliment Angie.

— Vraiment superbe, insista lourdement son compagnon, qui avait gardé la valise à la main.

Et soudain Angie eut peur.

Le sentiment fut fugace, mais réel. *L'impression diffuse que ces hommes lui voulaient du mal.*

C'était idiot. Des inconnus qui souriaient aux jolies filles, il y en avait des centaines. Angie avait l'habitude et, franchement, elle ne détestait pas être remarquée. Ces deux hommes ne présentaient sans doute aucun danger, mais...

Angie fit un signe de tête aimable, puis s'engagea, exprès, dans la direction opposée à celle qu'elle voulait prendre. Elle slaloma parmi les groupes compacts, entra dans une des boutiques et attendit quelques minutes, à moitié dissimulée par un pilier.

Quand elle retourna aux tourniquets, les deux hommes avaient disparu.

Parfait.

Sa réaction était exagérée, sûrement. Mais, après tout, les magazines féminins martelaient que quand on sentait un danger il fallait suivre son intuition.

Et les intuitions d'Angie n'étaient pas comme celles des autres.

Angie percevait, ou s'imaginait percevoir, les émotions des autres. Ce qui était le sujet d'innombrables plaisanteries de la part de ses deux meilleurs amis. Matt appelait Angie « Madame Irma » ; Clémence pensait qu'Angie analysait inconsciemment le langage corporel de ses interlocuteurs. Clémence avait sans doute raison, mais Angie avait parfois l'impression qu'il y avait plus. Par exemple, là.

Ces deux hommes. Cette bouffée de *ténèbres.*

Qu'importe. Ils étaient partis. Angie reprit son chemin dans le labyrinthe de la station Opéra, alors que le bruit de la foule s'estompait derrière elle. Un couloir, un autre ; elle était déjà en retard ; Matt et elle avaient rendez-vous sur un autre quai. Une journée cruciale pour son meilleur ami : il allait rencontrer le directeur de l'École nobiliaire de Saint-Cyr pour l'entretien qui déterminerait, ou non, son entrée dans l'établissement, et Angie hésita – elle avait pris le mauvais chemin. À cause des travaux pour la navette, la station entière était désorganisée.

Au loin vrombissait un marteau-piqueur. Elle rebroussa chemin, tourna dans un nouveau passage à gauche et s'immobilisa.

Ils approchaient.

Les deux hommes approchaient.

Et ils lui voulaient du mal.

Le couloir était désert. Au-dessus d'elle grésillait un néon vieillissant. Les murs étaient, comme partout dans le métro parisien, recouverts de céramique blanche et glacée, et c'était déstabilisant, après le bruit, la foule, de se retrouver ainsi brusquement isolée.

Angie ne chercha pas à analyser son intuition ; l'impression de danger était trop poignante. Le cœur battant, elle partit dans l'autre sens, s'arrêta pour écouter, et crut entendre des pas.

Quelque part, en profondeur, le marteau-piqueur s'arrêta.

Une arme ? pensa Angie, affolée. Bien sûr, elle n'avait rien, elle fouilla dans son sac, sortit son trousseau de clés...

Les pas s'arrêtèrent.

Le silence retomba. Angie attendit, une minute, puis deux.

Rien.

L'impression de danger s'estompa. C'était fou – Angie maudit sa paranoïa, elle s'était trompée de chemin, c'est tout. Pourtant elle garda ses clés à la main, sans vraiment savoir pourquoi – les couloirs étaient toujours aussi silencieux, aussi blancs, et elle était perdue. Non... À une dizaine de mètres de là, à une intersection flambant neuve, un panneau nouvellement accroché indiquait la direction.

Il y avait quelqu'un à gauche.

Quelqu'un qui attendait.

Angie recula, le cœur battant. Sa raison luttait contre son instinct. Elle ne voyait personne, il n'y avait personne...

Il n'y a personne, se répéta-t-elle ; et pourtant, tournant les talons, elle partit à toute vitesse dans l'autre sens, sortant son téléphone et appelant Matt.

— Allô, Matt, dit-elle très vite quand le répondeur prit l'appel, je suis presque arrivée, station Opéra, direction Levallois, je ne sais pas si tu es déjà là, viens me chercher, c'est idiot mais j'ai l'impression que quelqu'un me suit... C'est pas le quai habituel, c'est dans la partie neuve de la station, la partie en travaux, et...

Une main la saisit par les cheveux.

Angie hurla, laissa tomber le téléphone tandis qu'on la tirait et qu'une lame glacée lui entaillait la gorge. Une pointe s'enfonça dans sa chair ; elle hurla, projeta son poing en arrière et enfonça son trousseau de clés dans... un visage ? Il y avait une odeur fétide, une odeur de mort, Angie haletait, la clé trouva un œil, elle appuya, avec rage, désespoir… L'agresseur la repoussa avec un brusque cri de douleur.

— Sale petite garce !

Angie percuta la paroi, toussant, pleurant, le sang coulant sur sa gorge, ses vêtements. Elle faillit lâcher les clés, les rattrapa, prit appui sur le mur immaculé, laissant une trace pourpre de sa main gauche.

Quand elle se redressa, son agresseur était debout, se frottant l'œil.

C'était bien le jeune homme du tourniquet, celui qui lui avait dit qu'elle était charmante, mais il paraissait plus dur et son regard… ses iris, d'un gris si clair, presque blanc, et il tenait un couteau, *non*, une dague, étrange, la lame couleur ivoire tachée de sang.

Son sang.

Et toujours cette odeur fétide. Cette aura de mort.

— N'approchez pas. (Angie leva son trousseau de clés.) Ou je… Euh… Je…

L'homme finit d'essuyer son œil.

Puis il regarda Angie. Et sourit.

— Petite garce, répéta-t-il, presque affectueusement cette fois. C'est supposé être un entraînement. On ne nous avait pas dit qu'il y aurait de la résistance.

— « On » ? répéta Angie. Il doit y avoir erreur, ajouta-t-elle rapidement. Si on vous a dit de m'attaquer, il y a forcément erreur, je ne suis… personne !

L'homme fit un pas en avant, Angie un pas en arrière. Son téléphone, par terre, juste hors de portée.

— Mon nom est Angie Moretti, je suis certaine que vous n'avez aucune raison de me vouloir du mal…

— Oui, c'est bien elle, déclara l'homme tout haut. (Angie mit un instant à réaliser qu'il parlait dans un micro attaché à son casque.) Elle vient de confirmer son nom.

Un nouveau pas en avant. Angie jeta un coup d'œil au téléphone. Elle sentait le sang maculer sa gorge, sa chemise ; elle en sentait presque l'odeur, la saveur, et, un instant, le couloir tournoya devant elle.

Si elle bondissait, qu'elle ramassait le téléphone et courait...

— Angélique de Noailles, reprit l'homme. Je vous voyais plus grande. Et vous êtes plus pâle que sur les photos.

Angie bondit sur le téléphone. L'homme réagit très vite, trop vite ; il attrapa la jeune fille par le bras, leva sa dague, Angie hurla de terreur, tout devint noir, et elle se retrouva soudain à dix mètres de là, à une autre intersection.

Elle regarda autour d'elle, interloquée. Une migraine épouvantable lui battait les tempes. Derrière, l'assassin restait figé de stupeur. Angie se mit à courir comme une dératée. Derrière elle, pas un bruit – ses agresseurs la poursuivaient-elle ? Elle tourna, cherchant la foule, quelqu'un, et, d'un seul coup, elle se retrouva sur un quai plongé dans une demi-obscurité – le bon quai, direction Levallois, mais les travaux n'étaient pas terminés, il restait une palissade, quelques gravats, une pelleteuse à l'arrêt.

— Elle vient vers toi ! prévint une voix dans l'ombre.

Angie étouffa un cri, se retourna pour fuir. Trop tard.

L'homme à la dague était derrière elle.

Souriant. Amusé.

— Fais gaffe, elle vient de faire un truc bizarre, expliqua-t-il dans son casque. (Angie se retourna de nouveau, et un deuxième homme apparut derrière la palissade.) Elle m'a filé entre les doigts, reprit le premier agresseur. Et elle saigne. Je me demande si...

Un craquement. Puis un lourd « clac ». Les lumières s'allumèrent.

La scène se figea sous la clarté impitoyable de trois gros projecteurs.

— Mais qu'est-ce qui se passe, ici ? demanda Matt.

Il était debout à l'entrée du quai, la main sur le disjoncteur. Matt, grand, châtain, son sac d'escrime sur le dos, merveilleusement normal dans cette situation démente – à sa vue, Angie ressentit un tel soulagement qu'elle en vacilla presque. Les deux assassins, un instant éblouis, hésitaient. Le premier n'était qu'à quelques mètres, la dague ivoire à la main, et le deuxième...

Le deuxième homme était debout près de sa valise ouverte, celle qu'il avait eu du mal à passer aux tourniquets. À l'intérieur se trouvaient de gros sacs-poubelles et une scie électrique.

Angie eut un hoquet d'horreur, puis cria :

— Matt ! Matt, attention ! Ils sont dangereux…

Les deux assassins étudièrent le nouvel arrivant, puis se regardèrent, plus exaspérés qu'apeurés, comme si l'arrivée d'un témoin était moins un danger qu'une désagréable complication.

— Putain, dit le deuxième. Je croyais que c'était un « facile » ? Qui a fait l'estimation ?

— Fayolle, soupira le premier. Tu sais comment il est.

Angie ramassa une planche dans les débris et la leva, comme une arme.

— Matt, je vais me rapprocher de toi, d'accord ? Ensuite, on court vers la sortie…

— Angie, tu saignes, dit Matt. Que…

— Je m'occupe du garçon, déclara l'homme à la dague.

— *MATT* ! hurla Angie.

Matt posa son sac à dos par terre. Puis il sortit son épée d'entraînement de son sac d'escrime et se mit en garde, vaguement ridicule, avec sa lame fragile. L'assassin eut un sourire méprisant et avança.

Matt parut réfléchir.

Puis, rapidement, il posa l'épée par terre et ramassa une grosse bêche de chantier.

L'assassin s'arrêta.

Il étudia, tour à tour, les deux adolescents. Angie, sa planche à la main, qui reculait pour rejoindre Matt. Le jeune homme, sportif et de belle stature, tenant d'un air décidé sa solide bêche de métal.

— OK. (Il fit un signe de tête en direction de son collègue.) Ça devient compliqué, annonça-t-il. Remballe.

— Qu'est-ce que c'est que ces tarés ? murmura Matt, alors qu'Angie se postait à ses côtés. Son couteau ? C'est de l'ivoire ? Ta gorge ? Qu'est-ce qu'il t'a fait ?

— Je ne sais pas. Ils m'ont suivie et…

Elle s'interrompit. Le premier homme la contemplait en silence.

— Angélique de Noailles, annonça-t-il finalement. Vous ne passerez pas la semaine.

Angie et Matt le regardèrent, bouche bée.

— Oh, vous devez vous sentir très fière, reprit l'assassin, tandis que son compagnon, calmement, refermait la valise. Nous partons. Mais ça n'a aucune importance. (Il fixa Angie, de ses yeux blafards.) Vous êtes *marquée.*

Il y eut un silence. Angie était incapable de parler. Matt fronça les sourcils :

— « Marquée ? » Que…

L'homme garda ses yeux braqués sur Angie.

— Ce sera moi, ce sera nous, ou ce sera un autre. Il importe peu comment vous mourrez, ou qui vous tuera. Vous êtes *marquée*… Et dans une semaine, vous serez morte, répéta-t-il.

Puis il se retourna vers son collègue et, après un signe d'adieu, les deux assassins partirent tranquillement, laissant les deux adolescents épouvantés au milieu du quai désert.

Chapitre 2

Une demi-heure plus tard, Angie et Matt étaient au commissariat.

Sur la gorge de la jeune fille, le sang avait arrêté de couler. Angie tremblait quand Matt l'avait soutenue jusqu'au guichet de la station pour demander de l'aide. Mais le personnel du métro avait écouté l'histoire avec de grands yeux incrédules ; personne n'avait su comment réagir et Matt, écœuré par leur incompétence, avait appelé un taxi pour emmener son amie à l'hôpital.

Mais Angie avait refusé : à la place, le taxi les avait déposés devant le commissariat du 20e arrondissement. Si elle voulait avoir une chance de retrouver ses agresseurs, il fallait faire vite.

Les murs de l'étroite salle d'attente étaient pompeusement recouverts de marbre. Un buste abstrait, représentant *La Royauté guidant la France*, trônait sous les trois portraits habituels : ceux du jeune roi, du régent et du Premier ministre.

— Donc, ces types t'ont suivie, chuchota Matt, alors qu'ils patientaient sur des fauteuils en plastique.

— Ils m'ont repérée dans le couloir principal, j'imagine… Aux tourniquets…

— Mais ils connaissaient ton nom, insista le jeune homme, sourcils froncés. Et ce qu'ils ont raconté ! Que tu étais « marquée »… C'est tellement bizarre…

En face, sur une autre chaise, une femme au visage tuméfié, les yeux fixes, se balançait en chantonnant une berceuse. Derrière le guichet, deux employées bâillaient devant les registres de main courante. Le sang sur la chemise d'Angie ne paraissait pas les impressionner.

— Ils étaient si déterminés à me tuer, murmura Angie en réponse. (Elle se remit à trembler, elle avait froid, et rien, ni la veste de Matt ni le chocolat chaud du distributeur, ne suffisait à la réchauffer). Ils ne voulaient pas me faire peur, ou me faire mal, ou je ne sais pas, moi, me violer… Juste me *tuer.*

— Ils ne voulaient pas te violer ? Ces types n'ont aucun goût, murmura Matt en retour.

Angie resta un moment silencieuse, choquée, puis elle éclata d'un rire un peu hystérique, tandis que Matt riait lui aussi, nerveusement.

Derrière le guichet, les deux employées les fixèrent d'un air désapprobateur.

— Désolé, dit Matt quand Angie se calma. L'humour noir n'est peut-être pas approprié dans ces circonstances…

— Non, il est parfaitement approprié, au contraire, dit Angie, qui se colla, épaule contre épaule, au plus près de son meilleur ami. Tout ce qui peut me changer les idées…

Il y eut un silence. Matt et Angie restaient serrés l'un contre l'autre, sans dire un mot. En face, la femme au visage recouvert d'hématomes susurrait toujours sa berceuse. Le regard d'Angie se posa sur les portraits au mur, les plus puissants de France… Le roi, si jeune, paraissant un peu perdu sur sa photo retouchée. Le régent – le prince de Condé – puissant, solide, l'air dur. Et le Premier ministre, que la France entière surnommait « Richelieu »… Un homme brun et sec, dont le regard profond paraissait suivre Angie, qui frissonna, sans savoir pourquoi. Peut-être parce que ces portraits représentaient l'inconnu. La politique, le mystère, des forces sombres et dangereuses, qui la dépassaient.

— Leur dague, demanda Matt, brusquement. C'était de l'ivoire ?

— Je croyais que tu allais faire de l'humour pour me changer les idées.

— C'est seulement que… j'ai lu un truc là-dessus. Des dagues en ivoire… C'est mentionné dans *le livre*, non ? Celui de la fille, là, qui travaillait à Versailles, pour Mme de Montesquieu ?

— Ah, dit Angie, amusée. « Le livre ».

— Oui, « le livre ».

« Le livre », c'était bien sûr le fameux *Des vampires à la cour*, de Sylvie Ferrier, que tout le monde avait lu en France, et sans doute ailleurs. Sorti quatre mois auparavant, il caracolait depuis sur la liste des best-sellers. Sylvie Ferrier avait travaillé au château de Versailles en tant que dame d'honneur de Mme de Montesquieu, la maîtresse du régent. Cet ouvrage n'était pas un roman, mais une série de révélations, du moins si on la croyait. Il y avait des vampires à la cour, prétendait l'auteure, qui affirmait qu'elle avait été enchaînée dans un des sous-sols de Versailles, pour y servir de réserve permanente de sang.

Au lycée, le livre était passé de main en main. D'abord parce qu'il y avait pas mal de sexe : Sylvie Ferrier y décrivait avec délectation des scènes d'orgie dans les salons privés du château de Versailles, le tout raconté avec un luxe de détails, un érotisme teinté d'une pincée de sadomasochisme qui avait assuré le succès de l'ouvrage.

Sylvie Ferrier jurait dans toutes les interviews qu'elle n'avait raconté que la vérité. Elle était d'ailleurs réfugiée à Londres, pour se protéger de la vengeance des vampires, déclarait-elle (peut-être était-ce aussi pour payer moins d'impôts sur ses droits d'auteur). Pourtant, personne n'y croyait vraiment à ces histoires, ou plutôt si, on y croyait à moitié, comme on croit aux scandales des stars… La présence de vampires à la cour du roi de France donnait du piment aux rebondissements de la lutte éternelle, entre la famille d'Orléans et la famille de Condé, aux histoires de coucheries, d'intrigues et de poison.

— Sylvie Ferrier mentionne des dagues en ivoire ? demanda Angie. Au manche rouge ? Tu es sûr ?

Matt secoua la tête, pensif.

— Je crois. À moins que j'ai lu ça sur un des sites ?

— Les sites ? répéta Angie, d'un ton un peu moqueur, malgré la situation. Tu vas sur des sites vampiriques ?

— Tout le monde y va ! protesta Matt.

Ils se remirent à rire, s'attirant de nouveau un regard consterné des employées.

— Mon Dieu ! (Angie se redressa.) Ton entretien ! Matt, ton entretien pour l'entrée à l'École Saint-Cyr ?

— Tu crois que je vais y aller après ce qui s'est passé ? protesta le garçon.

— Évidemment ! Tu plaisantes ? Ça fait des années que tu en rêves ! Que tu t'acharnes à passer tous ces concours…

Ils avaient élevé la voix, et la femme au visage tuméfié cessa de chanter. Matt reprit, plus bas :

— Angie, tu as failli être assassinée. Je ne vais pas te lâcher.

— Le rendez-vous est à quelle heure ?

— Treize heures.

— Alors tu as le temps, dit Angie. (Elle prit la main de Matt, soudain tremblante, sans raison, seulement le choc de ce qu'elle venait de vivre.) Cet entretien est… Ton avenir se joue là-bas. Il faut que tu y ailles. Il faut que tu y ailles…, répéta-t-elle, sentant les larmes lui monter aux yeux.

Et c'est le moment que choisit Matt pour l'embrasser.

Angie mit quelques secondes à réaliser. Elle serrait la main de Matt, il s'était penché vers elle, et soudain…

Elle se dégagea avec douceur.

— Matt, je… Non. Nous sommes amis et…

Matt recula, très pâle. Le silence régnait dans la salle d'attente. La femme au visage tuméfié les observait sans bouger. Derrière le guichet, l'employée chuchota quelque chose à l'oreille de sa collègue avant de ricaner.

— Je suis désolé, balbutia Matt. Je ne sais pas ce qui m'a pris…

Une porte s'ouvrit et un inspecteur apparut :

— Angélique Moretti !

Matt et Angie hésitèrent, puis ils se levèrent, en même temps, évitant de se regarder dans les yeux.

L'inspecteur les mena dans un couloir à la peinture lépreuse, contrastant avec le faux luxe kitsch de la salle d'attente. Les deux adolescents traversèrent une pièce bondée où, sur des bureaux trop petits recouverts de dossiers fatigués, une dizaine de personnes se battaient avec des ordinateurs poussiéreux. Sur une porte en acajou, dont le luxe contrastait avec le reste du décor, une belle plaque en cuivre annonçait : « Sécurité Royale ».

Une carte de l'arrondissement était affichée sur un mur. Une dizaine de punaises orange y étaient enfoncées, constituant une forme géométrique. Matt s'arrêta pour la contempler ; une femme asiatique s'interposa aussitôt.

— C'est pas pour le public ! grommela-t-elle. Qui est interrogé, vous ou elle ?

— La fille, répondit l'inspecteur qui était venu les chercher.

— Alors vous, retournez dans la salle d'attente, ordonna l'Asiatique à Matt.

Derrière elle, un de ses collègues murmura :

— Si la carte est pas pour le public, elle devrait peut-être pas être au mur, hein, Kim ?

— C'est le seul endroit où il y a de la place, protesta l'Asiatique.

— Matt est mon meilleur ami, protesta Angie. Il est intervenu pendant l'agression. Il est témoin des faits.

— On l'appellera plus tard, déclara l'inspecteur d'un ton sec. Suivez-moi.

Son ton n'augurait rien de bon. Les regards d'Angie et de Matt se croisèrent ; le jeune homme fit un signe d'encouragement à son amie et la regarda s'éloigner. Puis, pour se donner une contenance, il fit semblant de jeter un dernier regard à la carte.

— *Aidez-moi…*

Matt s'immobilisa.

— *Contact. Au secours. Tu m'entends ? Contact ?*

Avait-il rêvé ? Une voix d'enfant. À peine audible, comme un murmure, un soupir.

Mais il n'y avait pas d'enfants dans la salle : autour de Matt, les policiers travaillaient, alors qu'Angie et l'inspecteur pénétraient dans un petit bureau. Kim, l'inspectrice asiatique, le couvait d'un regard furieux.

— Vous partez, oui ou non ? Cette carte est pas pour le public, j'ai dit.

— Oui, excusez-moi, balbutia Matt. Je…

Il se frotta les tempes.

Quoi, maintenant ? Il entendait des voix ?

Ces types, dans le métro, et il avait embrassé Angie, et… il devenait fou.

— Je suis navré. Je m'en vais, conclut-il.

Secouant la tête, il repartit lentement vers la salle d'attente.

Chapitre 3

Le bureau était minuscule, et il y avait tant de boîtes d'archives empilées sous la table qu'Angie eut du mal à caser ses jambes.

— Donc, déclara l'inspecteur avec mépris quand ils furent assis, vous vous êtes fait attaquer dans le métro par deux hommes avec une dague ? Une jolie dague en ivoire au manche rouge, comme sur tous les sites vampiriques ?

— En effet, répondit Angie de la voix la plus sereine possible.

Nul besoin de ses talents spéciaux pour détecter le sarcasme dans la voix de son interlocuteur. Il était déjà agacé et, si elle se montrait agressive, l'homme la considérerait aussitôt comme hystérique.

— J'étais à la station Opéra, commença l'adolescente.

Angie répéta l'histoire qu'elle avait déjà résumée à l'accueil, essayant de se montrer précise. Quand elle en arriva aux menaces proférées par le premier assassin, le policier fronça les sourcils :

— Il vous a appelée « Angélique de Noailles » ? Je croyais que votre nom était Angie Moretti.

— « De Noailles » est le nom de ma mère, « Moretti » celui de mon père. Je porte le nom de mon père, mais selon les lois du sang…

— Oui, je sais, dit l'inspecteur avec un geste dur. Le nom noble ne se perd jamais. Ce n'est pas comme nos noms à nous, stupides manants que nous sommes.

Angie se mordit les lèvres. Elle venait de gaffer.

En France, une haine larvée existait depuis des générations entre les nobles et les roturiers. Au fil des deux derniers siècles, des mouvements sociaux avaient été suivis par une libéralisation partielle : certains privilèges nobiliaires avaient été abolis, mais la démocratie ne s'était jamais vraiment installée.

Le conflit entre les deux strates de la société n'était toujours pas réglé. Partout en France, les nobles méprisaient les roturiers, bourgeois et manants. Ceux-ci le leur rendaient bien : les roturiers considéraient les nobles des grandes familles comme des parasites, avec leurs droits spéciaux, et leurs fortunes héréditaires.

Bref, entre les deux mondes, le mépris était mutuel.

Au lycée, Angie Moretti avait toujours dissimulé son ascendance maternelle, sauf à ses meilleurs amis. Et voilà qu'elle venait de se vanter d'être une « de Noailles » dans le petit commissariat d'un quartier populaire parisien. Un commissariat qui devait sans doute lutter chaque année pour obtenir le renouvellement de son budget, alors qu'en parallèle les services de la Sécurité Royale nageaient dans l'argent.

Oui. La gaffe.

Angie essaya de rattraper la situation.

— J'avais sept ans quand j'ai vu ma mère pour la dernière fois. J'ai été élevée par mon père, Jacques Moretti, et j'ai toujours vécu ici, dans le quartier de Belleville. D'ailleurs, je...

Mais elle avait déjà perdu la partie.

— *Mademoiselle de Noailles*, dit l'inspecteur en insistant lourdement sur chaque mot, je suis vraiment navré de ne pas pouvoir vous aider comme il siérait à une personne de votre condition, mais, comme vous le savez sans doute, les dagues en ivoire brandies par de perfides assassins sont une pure invention d'Internet...

Angie ouvrit la bouche pour protester, mais l'inspecteur continuait :

— En vérité, depuis ce foutu livre, les hallucinations collectives sont devenues tellement nombreuses que la Chambre des nobles a fait passer une circulaire qui nous interdit d'enregistrer les plaintes mentionnant un phénomène paranormal. (Il se leva, se dirigea vers la porte et l'ouvrit.) Donc merci beaucoup d'avoir daigné nous rendre visite, et si vous voulez maintenant vous diriger vers la sortie…

Angie ne bougea pas.

— C'était une dague, protesta-t-elle. Une dague, c'est une arme. Ce n'est pas un phénomène paranormal.

— La dague des Morts Debout ? Exactement comme dans le livre ? Vous m'excuserez, chère enfant, ajouta-t-il d'un ton moqueur, mais…

Angie se prit la tête dans ses mains.

— Très bien, murmura-t-elle. Oubliez la dague.

L'inspecteur la regarda sans comprendre. Angie releva la tête.

— Il n'y avait pas de dague. Dans la panique, j'ai donc dû me tromper, déclara-t-elle d'une voix claire et forte (la porte était restée ouverte, et le bureau était si petit que le reste du personnel devait forcément entendre la conversation). Deux hommes m'ont poursuivie dans le métro. L'un d'eux avait un couteau, il a essayé de me trancher la gorge, je me suis enfuie, il m'a rattrapée, il a *prononcé mon nom tout haut*, il a déclaré avoir *des photos de moi*, il m'a menacée… (Angie perdait son calme, des larmes perlaient à ses yeux ; l'hystérie qu'elle avait tant tenté d'éviter était enfin en train de la gagner.) Il a dit que j'étais marquée. *Marquée !* finit-elle par crier. Allez-vous, oui ou non, faire quelque chose ?

Il y eut un silence – derrière, dans la grande salle, les collègues s'étaient tus et Angie sentait leur attention, comme une charge électrique dans l'air.

L'inspecteur se rassit. Il fit glisser son clavier vers lui, puis, avec un lourd soupir, il commença à taper.

— Formulaire de plainte pour agression sur personne mineure. (Il prit quelques notes.) Donc, ajouta-t-il, cet homme a essayé de vous trancher la gorge. Comme ça, sur un coup de tête.

Angie ne répondit que d'un signe de tête – son courage entièrement évanoui. Elle attendit que la plainte soit enregistrée, que son interlocuteur lui affirme que « bien entendu, tout serait fait pour clarifier la situation, *mademoiselle de Noailles*, nous vous tiendrons au courant », puis elle se leva et, suivie par l'inspecteur goguenard, traversa de nouveau la salle où tout le monde s'était remis à travailler en silence, et où personne ne croisa son regard.

Une voix s'éleva derrière elle.

— Un instant, mademoiselle.

Angie se retourna.

L'inspecteur l'imita.

La porte de la salle marquée « Sécurité Royale » était ouverte. Sur le seuil se tenait un homme de haute taille, blond, impeccablement habillé, une fleur de lys brodée sur le col de sa veste. L'inspectrice asiatique se tenait à côté de lui, un dossier à la main – sans doute discutaient-ils d'une affaire.

— Verdier, ça ne t'ennuie pas de me prêter ta plaignante un instant ? demanda l'homme à la fleur de lys.

L'inspecteur qui avait interrogé Angie hésita, puis rétorqua avec une hostilité à peine déguisée :

— J'ai le choix ?

— Mademoiselle, si vous voulez bien me suivre, dit l'homme, désignant la porte en acajou.

Il prit le dossier que lui passa à contrecœur Verdier, tandis qu'Angie, étonnée, passait entre les tables trop serrées, prenant garde à ne rien renverser.

Elle entra.

L'homme de la Sécurité Royale referma la porte du bureau.

Il resta un moment debout, à observer Angie. Le silence s'installa, tandis que la jeune fille se calmait, essuyait ses larmes.

Puis il jeta un coup d'œil au dossier qu'il avait dans la main.

— Angélique Moretti.

Angie acquiesça.

— Je m'appelle Pierre Delaunay, dit l'homme, et je suis responsable des forces de la Sécurité Royale pour la zone nord-est de Paris. (Il s'assit.) Pourriez-vous répéter ce que vous avez raconté à mon collègue ?

Angie n'avait guère envie de recommencer, mais les yeux de l'homme étaient braqués sur elle, froids et attentifs. Il était prêt à l'écouter, réalisa-t-elle, à *l'écouter* vraiment, depuis la première fois qu'elle était entrée dans ce commissariat.

Angie recommença donc son histoire, n'omettant aucun détail. Quand elle eut terminé, Pierre Delaunay répéta :

— « De toute manière, vous êtes marquée. Si ce n'est pas moi, ce sera un autre. Vous ne passerez pas la semaine. » Ce sont ses paroles exactes ?

— Exactes.

Après un nouveau moment de réflexion, Pierre Delaunay déclara :

— Le problème, c'est qu'avec Internet il est difficile de savoir s'il s'agit d'une véritable marque, ou simplement de deux psychopathes qui savent comment fonctionne le Secret du Roi, et qui utilisent le vocabulaire dédié pour terroriser les gamines dans le métro.

Angie ne comprenait rien, ce qui ne l'empêcha pas de hocher la tête, en espérant que Delaunay continue.

— Avez-vous déjà été présentée à la cour, Angélique ?

La question semblait sortir du néant et, brusquement, Angie pensa aux dames qui soulevaient leurs jupes brodées d'or dans le métro, aux regrets qui l'avaient envahie.

— Non. J'ai grandi ici, dans le quartier. Je n'ai eu aucun contact avec ma mère, ou la famille de Noailles, depuis presque dix ans.

— Êtes-vous entrée récemment en contact avec un membre des deux familles – un d'Orléans ou un Condé ? Vous habitez à Belleville – la jeunesse dorée vient parfois s'encanailler dans les bars de la rue Rébeval. Vous n'avez dansé avec personne, dans une de ces boîtes à la mode ? Marché sur le pied de personne ? Vous n'êtes pas enceinte, d'un prince ou d'un duc marié, qui voudrait se débarrasser de vous et de l'enfant ? Vous ne cachez rien – aucun mystère ? Vous n'avez pas connaissance d'informations qui pourraient vous nuire ? Vous ne faites chanter personne ?

Angie ne put s'empêcher de rire, d'abord parce qu'elle était nerveuse, et ensuite parce que l'idée d'avoir marché sur les pieds d'un prince du sang lui semblait hilarante.

— Non pour tout, répondit-elle. Non, je n'ai pas eu de liaison interdite avec un noble de la cour. Je ne suis pas enceinte, je ne cache rien, je ne sais rien de mystérieux, je n'ai offensé aucun prince. Qu'est-ce que le Secret du Roi ? Et qu'est-ce qu'une marque ?

— Le Secret du Roi est l'ancien nom, toujours en usage, des services secrets privés du souverain. (Delaunay fixa Angie.) Une marque est un tampon en forme de carré noir, que ces mêmes services secrets apposent sur le dossier d'une personne pour la condamner à mort.

— Oh.

Angie avait perdu toute envie de rire.

— Je parle bien entendu d'une condamnation officieuse. Le Secret du Roi décide qu'une personne doit disparaître, et elle disparaît. En général, on ne retrouve jamais son cadavre.

Les yeux de fer de Delaunay étaient de nouveau braqués sur Angie. Attendant, analysant ses réactions.

— Vous… vous ne pouvez pas… me dire ça comme ça, murmura Angie, frottant ses tempes. Si… si c'est vrai, alors c'est un secret d'État que vous me révélez, et… Oh, mon Dieu…

Elle avait si peur que ses mains s'étaient mises à trembler, qu'elle ne pouvait plus parler. Delaunay hocha la tête, comme satisfait de la réaction d'Angie.

— *C'était* un secret d'État. Ce n'en est plus vraiment un depuis la publication du livre de Sylvie Ferrier et la vague des forums qui ont suivi. Je vous ai fait peur exprès. Je voulais savoir si vous alliez vraiment être terrifiée, ou si c'était *vous* qui aviez inventé cette histoire.

— Je n'ai rien inventé. J'ai été victime d'une tentative d'assassinat, martela Angie, furieuse. Et je viens voir la police pour qu'elle trouve les coupables, et qu'elle me protège.

Pierre Delaunay sourit.

— Très bien. Vous parlez comme une adulte, je vais vous traiter comme une adulte. Il y a toutes les chances que vos agresseurs soient des mythomanes qui aient entendu parler de la marque... Des malades qui s'attaquent aux jeunes filles et qui utilisent les méthodes du Secret du Roi pour se donner une importance. Dans ce cas, vous ne courez aucun danger. Ils savent que vous êtes allée porter plainte, ils ne s'attaqueront pas deux fois à la même victime. Je suivrai l'enquête, mais je le répète : dans ce cas, vous ne courez plus aucun danger. Rentrez chez vous, soignez-vous, et oubliez cette histoire.

Angie resta immobile, attendant la suite.

— Par contre... (Delaunay fit une pause.) Par contre, il reste un risque minime pour que vous soyez véritablement marquée. Dans ce cas, je ne peux rien pour vous. Personne ne peut rien pour vous. L'ordre vient d'en haut. Des assassins vont se succéder, jusqu'à ce que vous mouriez.

Il faisait soudain froid, très froid dans le bureau. Ou était-ce une impression ?

Delaunay reprit :

— Ce que je ferais, dans ce cas, si j'étais vous... je partirais. Je n'en parlerais à personne, et surtout pas à mon père – de peur que lui aussi ne se mette en danger en tentant de vous protéger. Je prendrais tout mon argent de poche, je volerais le code de la carte de crédit familiale, je viderais tous les comptes en banque, j'irais m'acheter des faux papiers chez les trafiquants de la gare de l'Est, je prendrais le premier train pour Moscou et je ne reviendrais jamais. Est-ce bien compris ? reprit-il, après que la pause se soit éternisée, entre les plantes vertes et la marqueterie des murs. C'est ce que je ferais. Si j'avais menti quand j'avais dit ne rien avoir à cacher. C'est ce que je ferais s'il y avait un secret. Quelque chose que je cache. Quelque chose qui puisse expliquer cette marque.

— Il n'y a rien, murmura Angie. Je n'ai aucun secret.

— Parfait, dit Pierre Delaunay en se levant. Alors, vous n'avez aucune raison de vous faire du souci.

Chapitre 4

Angie refusa que Matt la raccompagne. Quand celui-ci partit enfin, elle acheta un tee-shirt, descendit aux toilettes d'un café, se nettoya, se changea et, devant le vieux miroir fêlé, étudia la blessure superficielle sur sa gorge.

Puis elle se mit à pleurer.

Une demi-heure plus tard, elle sortit et marcha au hasard dans les rues. Seule. Après tout, si elle était marquée, si des assassins se préparaient à se jeter sur elle au premier carrefour, ne valait-il pas mieux qu'elle reste seule, pour ne pas mettre ses amis, son père en danger ? *Venez ! Allez-y ! Tuez-moi !* pensa-t-elle rageusement, arpentant les trottoirs encombrés, mais, trois heures plus tard, elle était toujours vivante et sur son téléphone les appels commençaient à affluer. Matt, qui annonçait que son entretien préliminaire pour l'École s'était bien passé et qui lui demandait comment elle se sentait. Angie ne répondant pas, les messages de son ami se firent de plus en plus pressants ; ceux de Clémence prirent ensuite le relais – Matt avait dû tout lui raconter. Vers 16 heures, Angie répondit enfin pour les rassurer, puis elle entra dans un square, éteignit son portable et s'assit sur un banc pour réfléchir à son aise.

Le choc et l'horreur de la matinée se dissipaient doucement.

Elle avait une décision à prendre.

Partir ou rester ?

« Je partirais s'il y avait un secret, avait dit Pierre Delaunay. Quelque chose que je cache. Quelque chose qui puisse expliquer cette marque. »

Avait-elle un secret ?

Alors passa brièvement dans son esprit une série de sensations confuses, une odeur de bois ciré, une mélodie de piano. Une présence dangereuse, fascinante ; du sang. On lui criait de retourner au lit, et...

L'impression fugitive s'évanouit. Un rêve, sans doute.

Angie se prit la tête dans les mains.

Elle n'avait pas menti à Pierre Delaunay. Elle ne dissimulait rien ; rien n'était louche dans son passé. Elle n'avait commis aucun acte illégal, elle n'avait même jamais eu encore d'amoureux sérieux – elle n'avait encore couché avec personne, pour être précise, même si, l'été précédent en Normandie, elle avait échangé avec le beau Romain d'interminables baisers sur la plage, mais Romain était ensuite parti à Rennes pour faire Math sup, et elle ne l'avait jamais revu. OK, un jour, au lycée, elle avait fumé deux cigarettes dans les toilettes, pendant que Clémence faisait le guet, mais ce n'était sans doute pas pour ça que les services du roi voulaient l'éliminer. L'imagination d'Angie se mit à galoper, imaginant un monde où des équipes d'agents royaux s'introduisaient dans les établissements scolaires, abattant les adolescents qui ne respectaient pas les règles et...

Angie se redressa, épouvantée.

Un secret. Bien sûr qu'elle avait un secret. Son talent. Son intuition, sa manière de percevoir les émotions. Était-ce la raison ? Était-ce pour cela qu'on avait tenté de l'assassiner ?

Sortant son téléphone, Angie fit une recherche fébrile sur Internet. Le Secret du Roi était dirigé par le Premier ministre. Mais évidemment, pour éclaircir les choses, il lui suffisait d'obtenir un rendez-vous avec le célèbre Richelieu et de lui dire... Quoi ?

— Monsieur le Premier ministre, mon nom est Angélique de Noailles. Je crois que vous voulez me faire assassiner. Puis-je vous demander pourquoi ?

Non, c'était absurde.

16 h 30. Autour d'Angie, le square bruissait d'enfants qui sortaient de l'école ; les mères et les nourrices bavardaient autour des poussettes, téléphonaient ou travaillaient sur leurs ordinateurs portables. L'air sentait le pain au chocolat, le lait des biberons, le café et le tabac froid des visiteurs nocturnes du parc.

Non.

Le monde était rationnel, prévisible.

Angie prit une profonde inspiration. Elle refusait de croire qu'il y avait une conspiration gouvernementale pour l'éliminer. D'ailleurs, personne n'était au courant de ses capacités. Enfin, à part Matt et Clémence, mais ils n'y croyaient pas, donc ils ne risquaient pas de cafter.

Angie se leva, sa décision prise.

Elle restait. Les mystérieux services de Richelieu n'étaient pas impliqués. Deux fous avaient essayé de lui faire peur, elle avait porté plainte, terminé. Comme avait dit Pierre Delaunay, aucune raison de s'inquiéter.

Elle allait retourner chez elle, tout oublier, et reprendre sa vie.

Pourtant, elle ne prit pas le métro pour rentrer. Alors qu'elle remontait lentement l'avenue Ledru-Rollin, où son errance l'avait menée, son estomac se serrait d'une peur qu'elle refusait d'admettre. Elle se retourna plusieurs fois pour voir si on la suivait. Quand elle arriva enfin chez elle, le soir tombait ; il y avait, comme d'habitude, foule dans la rue de Belleville, et Angie fit un bond quand deux jeunes chinoises hilares la bousculèrent. Des silhouettes inconnues semblaient se fondre dans l'ombre de chaque magasin algérien, à côté de chaque pharmacie, de chaque étal de fruits exotiques, et Angie eut même un mouvement de recul dans l'entrée, en croisant Ernestine, la dame du quatrième étage, qui n'avait plus toute sa tête et annonçait que la lune allait descendre sur terre, prendre forme et marcher parmi les humains.

Angie appela l'ascenseur.

Puis, sans savoir pourquoi, elle prit l'escalier.

Six étages (grimpés à toute vitesse) plus tard, elle pénétrait dans le loft où elle habitait avec son père. C'était un bel appartement – en tout cas pour Paris, où les surfaces étaient petites et les prix astronomiques. Le peu de gens qui savaient qu'Angie Moretti était aussi la fille de la duchesse de Noailles pensaient que le loft avait été payé grâce à l'argent maternel, mais tel n'était pas le cas. Le grand-père Moretti, un ébéniste, avait racheté cinquante ans auparavant ce qui n'était alors que les deux derniers étages d'un taudis dans un quartier excentré de Paris. Une génération plus tard, le loft était un bijou hors de prix, et Angie et son père étaient ravis d'en profiter.

Jacques Moretti travaillait au rez-de-chaussée, devant trois écrans d'ordinateur et un fouillis kafkaïen de dossiers. En entendant sa fille, il releva la tête et lui fit un sourire distrait. Angie l'embrassa sur le front, répondit évasivement aux questions posées sur sa journée ; Jacques Moretti ne s'en aperçut pas et, après un hochement de tête affectueux (qu'Angie connaissait et qui signifiait qu'il n'avait rien écouté), il se replongea dans sa programmation.

— Comment avance le prototype ? demanda sa fille.

— Presque terminé. Ils semblent contents, à Washington, répondit Jacques Moretti avec un sourire satisfait.

— Ils ont engagé le meilleur, rétorqua Angie en passant ses bras autour des épaules paternelles.

— Très vrai, très vrai, ma chérie, dit Jacques Moretti en se replongeant dans ses lignes de code.

Angie ne demanda pas de détails. Son père n'aurait d'ailleurs pas eu le droit de lui en donner. Quand on bouclait un contrat pour le gouvernement américain, on ne s'épanchait pas en famille.

Dix-huit heures.

Dehors, les ombres s'allongeaient.

Il commença doucement à pleuvoir.

Angie alla se préparer un bol de céréales dans la cuisine, versa du lait froid, monta dans sa chambre et s'assit sur le lit. Elle resta là quelques secondes, sans bouger, puis, entendant un bruit, elle tourna la tête… et émit un glapissement de terreur en apercevant le visage de Clémence collé à la fenêtre.

Quelques secondes plus tard, elle ouvrait, riant de sa peur absurde, et son amie la serrait dans ses bras.

— Eh ben, tu es de bonne humeur pour quelqu'un qui vient de se faire attaquer ! commenta la nouvelle venue, tandis qu'Angie l'aidait à enlever sa veste mouillée par les premières gouttes de l'averse.

Clémence habitait dans l'immeuble voisin, à l'étage d'en dessous. Cela faisait des années que les fillettes avaient découvert que, compte tenu de l'enchevêtrement des toits dans ce quartier populaire, il était très facile de passer du balcon de Clémence à la terrasse abandonnée des anciens boulangers, et de la terrasse abandonnée des anciens boulangers au balcon de la chambre d'Angie.

— Comment te sens-tu ? demanda Clémence. Matt m'a raconté brièvement. Il était inquiet. Ta gorge ?

— Ce n'est qu'une égratignure, dit Angie, qui baissa son col pour lui montrer.

Clémence insista pour désinfecter la blessure en allant chercher de l'alcool dans la salle de bains, puis partit d'une série d'imprécations contre le genre humain, avant de bombarder Angie de questions : qu'avait dit la police ? Où en était l'enquête ? Est-ce qu'Angie avait dû étudier des photos de suspects ? Allait-elle être protégée ? L'appartement surveillé ?

Angie prit une profonde inspiration. Puis elle raconta.

Tout, dans le détail, sans rien dissimuler.

À la fin, Clémence resta un long moment silencieuse, bouche ouverte.

— Putain, commenta-t-elle enfin.

— Comme tu dis.

— Tu en as parlé à ton père ?

Angie secoua la tête.

— C'est que tu y crois, alors, à cette histoire ? Le Secret du Roi ? La marque ? Tu y crois un peu, non ? Sinon, tu n'aurais aucune raison de lui cacher.

— Non, je n'y crois pas, répéta Angie fermement. J'ai réfléchi. Personne ne me veut du mal. Je ne suis pas enceinte. Ni d'un duc, ni d'un comte, ni même d'un petit marquis.

— Pff. Un marquis, c'est méprisable. Angélique de Noailles ne s'abaisserait pas si bas.

— Tu as raison. Si je couche, il me faudra au moins un prince du sang.

— OK, les assassins avaient des photos, et ton nom, reprit Clémence après un moment de réflexion. Mais ça ne veut pas dire grand-chose. Obtenir des photos n'est pas très difficile, sur Internet. Je veux dire, si ce sont des malades. Il y a des gens qui sont obsédés par la noblesse, par le « sang bleu », tout ça. Ils suivent une lignée, harcèlent les gens qui en font partie... (Clémence s'interrompit, consciente que sa version des faits n'était guère plus rassurante.) Bref, il y a des tas d'explications possibles. Tu veux que j'en parle à *mon* père ?

Angie hésita, puis :

— Oui, je veux bien. C'est une bonne idée. Merci.

Il y eut un moment de gêne, rompu rapidement par Clémence :

— Tu dois être épuisée. Et tu as sans doute envie d'être seule, je suis désolée.

— Je n'ai pas *du tout* envie d'être seule, protesta Angie. Et j'ai besoin de parler. Mais pas de l'attaque, enfin, pas exactement. Mais d'abord, chocolat, annonça-t-elle en sautant sur ses pieds. Ça te dit ?

— Bien sûr, répondit son amie.

Et les deux filles descendirent faire un raid dans la cuisine.

Clémence en profita pour aller saluer M. Moretti, qui lui dit bonjour aimablement, sans réaliser (comme d'habitude) qu'il ne l'avait jamais vue passer la porte d'entrée. Puis, rapportant deux bacs de glace, les filles s'installèrent sur le lit, confortablement calées sur des coussins.

— Chère madame, je suis à votre écoute, annonça théâtralement Clémence.

— Très bien, dit Angie en prenant une énorme cuillère de chocolat.

Tout de suite, les histoires de services secrets et de marques s'éloignaient, devenaient irréelles et mélodramatiques.

— En fait, je veux parler de deux choses. Primo, Matt a essayé de m'embrasser.

Clémence laissa échapper une exclamation, et allait commenter quand Angie leva la main :

— Attends. C'est le moins important.

— Mmm. Journée intéressante, donc, susurra son amie.

— On peut le dire. Secundo, Clémence, je sais que tu ne crois pas à mon talent. Mais, quand je les ai croisés dans le métro, j'ai *su* que ces hommes allaient m'attaquer. Ils ont passé le tourniquet, ils m'ont parlé, et j'ai senti une vague d'agression, de mort...

Elle s'attendit à ce que Clémence proteste, mais son amie écoutait avec attention, le menton posé sur ses genoux. Elle paraissait si sérieuse, avec ses cheveux courts et bruns, et ses petites lunettes en métal, qu'Angie ne put s'empêcher de lui mettre de la glace sur le bout du nez.

— OK, dit Clémence en s'essuyant sans commentaire. Continue.

— Ensuite, quand je me suis perdue à l'étage, je les ai sentis venir. Je savais qu'ils m'avaient suivie, qu'ils me cherchaient – et je ne les voyais pas. Ils étaient cachés. Ne me parle pas de langage corporel à interpréter.

— Mmm, dit simplement Clémence. OK.

— OK ?

— Continue, marquise.

— Je ne suis pas marquise. Ce n'est pas parce que ma mère est duchesse que...

— Continue, prétendante au trône.

Angie leva les yeux au ciel. Un jour, les deux filles étaient allées voir sur www.serezvousroi.com, où Angie figurait dans la ligne de succession. Le site tenait au jour le jour, heure par heure, l'ordre d'héritage au trône, ce qui n'était pas une mince affaire étant donné que, dans les grandes familles nobles, tout le monde était plus ou moins cousin – même si les d'Orléans et les Condés tentaient, avec plus ou moins de succès, de ne pas joindre leurs lignées. Angie avait eu la joie d'apprendre qu'elle était (cette semaine-là !) 576e sur la liste des héritiers du trône, ce que les filles avaient fêté à coup de Coca et de Pépitos.

— Et puis, reprit Angie, à un autre moment, pendant l'attaque, j'ai eu comme un black-out. J'étais à un endroit, et l'instant d'après, à un autre, à dix mètres de là. Comme si je m'étais téléportée.

— Mmm.

— Mmm ?

— OK, déclara Clémence, après un court silence. Mon interprétation : quand ils t'ont parlé, tu as senti l'agressivité de ces hommes parce qu'ils devaient, justement, puer l'agressivité. Leur regard, leur voix, leurs phéromones… Et, plus tard, dans les couloirs, tu te savais seule, vulnérable. Tu savais que ces types étaient louches. Ton inconscient a compris que c'était le moment idéal pour qu'ils t'attaquent.

— Mon inconscient ?

— Tu sais, dans les westerns ? Quand le général *sent brusquement* que les Indiens lui tendent une embuscade dans la passe rocheuse ? Le général n'a pas de pouvoirs magiques. Mais c'est un bon stratège, il sait que son armée est vulnérable, il se dit que les ennemis ont dû sauter sur l'occasion. C'est son inconscient qui le prévient.

— OK…

— Quant au dernier incident, il est facile à expliquer. L'adrénaline, la peur. Tu as eu un moment d'absence.

— Moui, ça se tient, conclut Angie après avoir considéré les arguments. Peut-être.

— Bon. Maintenant, Matt. Il t'a sauvé la vie. Il t'a embrassée. C'est le vrai héros romantique de cette histoire – je veux dire, il avait même une épée à la main !

— Une bêche.

— D'accord, mais symboliquement…

On sonna à la porte d'entrée.

Angie sursauta – même Clémence eut un moment de recul. Les deux filles se regardèrent, effarées. Puis Angie bondit sur ses pieds.

— Mon père ! J'aurais dû lui dire… Je ne l'ai pas prévenu. Oh, mon Dieu ! J'aurais dû lui dire de n'ouvrir à personne…

— File par le balcon, balbutia Clémence, dont la voix tremblait. Je, euh, je resterai là, je jouerai l'innocente pour les retarder…

— Je ne peux pas abandonner…

La voix grave, familière de Jacques Moretti s'éleva et les deux filles se figèrent.

— Bien sûr, disait le père d'Angie, en bas. Je comprends. Oui, entre, je t'en prie.

L'estomac d'Angie était serré. Son cœur s'emballa – sentant… quoi ?

— Angie ! cria son père. Viens, ma chérie.

Son ton était étrange. Clémence et Angie échangèrent un nouveau regard. Puis Clémence se leva, prête à aller évaluer le danger, mais Angie lui saisit le poignet.

— Non, souffla-t-elle. J'y vais.

Elle descendit l'escalier.

En bas, son père, un peu raide, se tenait aux côtés d'une femme élégante, tailleur de marque, cheveux blonds étincelants dans son chignon serré.

— Angie, commença son père, d'un ton un peu rauque. Je… (Il désigna la femme.) Cela fait dix ans, mais je suppose que tu reconnais…

Il s'interrompit. Mais il n'avait pas besoin de continuer.

Angie se figea. Un frisson glacé descendit le long de son dos.

— La duchesse de Noailles…, reprit son père. C'est…

— Elle sait qui je suis, dit froidement la duchesse. Je le vois dans ses yeux. Elle me reconnaît très bien. (Elle tendit la main vers Angie, qui la serra mécaniquement.) Angélique, je suis ta mère.

Chapitre 5

La duchesse de Noailles étudia sa fille de haut en bas. Puis, satisfaite de son examen, elle déclara :

— Ma fille, il est temps que tu sois présentée à la cour.

Angie resta stupéfaite. Sa mère allumait déjà son téléphone pour consulter son agenda.

— Tu seras présentée au Bal de Mercure, jeudi soir, à Versailles, annonça-t-elle. Ce qui signifie que tu dois être prête vers 15 heures – habillée, coiffée, maquillée, en tenue d'Arrivée, vêtements de bal prêts dans une valise *ad hoc* –, ma dame d'atour se chargera du transport. Nous serons au château à 19 heures, ce qui nous donnera le temps de nous changer dans les vestiaires des demoiselles d'honneur, auxquels je nous obtiendrai accès. Je te conseille de commencer à te préparer dès 8 heures. Je t'enverrai mon coiffeur, avec les produits nécessaires et…

— Peut-être, interrompit Angie.

La duchesse de Noailles fronça les sourcils.

— Pardon ?

— J'ai dit « peut-être ». Vous me faites une proposition, je vais y réfléchir. Et j'accepterai, ou non. Qu'en penses-tu, papa ?

Sa mère eut un petit sursaut, comme s'il était inconcevable qu'on demande l'avis d'un autre être humain quand elle était dans la pièce, mais Angie garda son regard braqué sur son père, montrant que la conversation ne saurait continuer tant qu'elle n'aurait pas l'opinion de l'homme qui l'avait élevée, nourrie, aimée pendant toutes ces années.

Jacques Moretti garda le silence. Ses yeux semblaient scruter Angie, mais sa fille, habituée, savait qu'il ne la voyait pas ; il fixait un point indéterminé derrière elle, réfléchissant.

Puis il enleva ses lunettes.

Il les essuya, lentement.

Angie sentait sa mère bouillir, mais la duchesse ne dit rien, assez fine, sans doute, pour sentir qu'à trop presser elle risquait un refus catégorique. Clémence, qui avait suivi Angie, attendait, debout dans l'escalier.

— Tu devrais y aller, Angie, dit finalement Jacques Moretti. Le milieu d'Hél… Le milieu de ta mère est aussi le tien, il fait partie de ton héritage. Tu dois le découvrir.

— Parfait, reprit la duchesse de Noailles, une pincée de sarcasme dans la voix. Merci de ton soutien, Jacques. Ce point essentiel acquis, revenons aux choses pratiques.

Angie ne l'écoutait qu'à moitié.

Versailles. La cour. Les nobles. Le roi.

La marque.

Être introduite à la cour était sans doute le meilleur moyen de rencontrer Richelieu. De savoir…

— Tu vas avoir besoin d'une compagne pour le bal, Angélique, disait la duchesse. Une fille de ton âge, pour te chaperonner et te tenir compagnie. Je connais un certain nombre de demoiselles de bonne famille, qui doivent avoir autour de dix-sept ans…

— Je veux Clémence.

Dans l'escalier, son amie eut un hoquet de surprise et la duchesse de Noailles leva la tête, semblant remarquer pour la première fois l'adolescente brune à lunettes qui les observait de loin.

— Qui est Clémence ? demanda-t-elle pourtant.

— C'est moi, madame, expliqua poliment cette dernière en terminant de descendre les marches. Clémence Brissot, je suis une amie de votre fille, de longue date. Je la connais depuis la maternelle.

— Clémence *Brissot*. Comme le député Brissot ?

— C'est mon père.

La duchesse de Noailles fronça les sourcils. Le député Brissot était un des chefs du Parti républicain, violemment antimonarchiste. Angie se crispa, s'attendant au pire, mais sa mère se tourna simplement vers elle et reprit, comme si Clémence avait cessé d'exister :

— Je croyais que… Ton ami d'enfance n'était-il pas un garçon, Angélique ? Un certain Mathias ?

Refusant de se laisser ignorer, Clémence répondit aussitôt :

— Matthieu. Matt. Lui aussi est un ami proche. Nous nous connaissons tous trois depuis notre première année de maternelle, rue Servan.

— Ce Matthieu t'avait accompagnée au château en vacances, Angélique, n'est-ce pas ? Une ou deux fois, quand vous étiez petits ?

— Je ne sais plus, murmura Angélique.

Soudain les images lui revinrent, Matt et elle courant dans le parc, entrant dans le bois, jouant à cache-cache derrière les arbres, dans ces quelques hectares de forêt domaniale du château de Noailles, qui leur paraissait un monde.

— Oui, Matt est venu deux fois chez toi, Hélène, intervint Jacques Moretti, quand Angélique avait cinq et six ans. Mais il n'était pas là… lors de son dernier séjour.

Il y eut un silence, et Angie se demanda soudain ce que ressentait son père – confronté à son ex-femme, pour la première fois depuis… Combien d'années ? Angie l'ignorait, comme elle ignorait tant de choses. Ses parents se parlaient-ils encore ? S'étaient-ils vus, récemment, sans que leur fille le sache ?

Pourquoi avaient-ils divorcé ?

S'étaient-ils aimés ?

— Non, Matthieu n'était pas là la dernière fois, confirma la duchesse de Noailles. Très bien. (Elle se retourna vers Clémence.) Parlez-moi, jeune fille. Qui êtes-vous ?

Une autre adolescente se serait bloquée devant une telle demande, mais Clémence se contenta de sourire, et répondit, avec un brin de défi :

— Eh bien, madame, j'ai dix-sept ans, moi aussi. Comme Angie, j'étais au collège puis au lycée Voltaire. (Un frémissement des narines exprima tout le mépris que la duchesse portait à l'enseignement public.) Je suis une excellente élève, et modeste en plus, comme vous voyez. J'aime les sciences humaines et la politique. J'espère entrer à l'École des sciences politiques de Paris cette année, je milite aux Jeunes pour la République, et…

— Très bien, interrompit la mère d'Angie. C'est entendu. Vous accompagnerez ma fille. Je vous obtiendrai une dispense de noblesse. Et maintenant disparaissez, mesdemoiselles. J'ai à discuter avec ton père, Angélique.

Angie resta un moment immobile. Comment sa mère osait-elle lui donner des ordres dans cet appartement, *son* appartement ? Celui qu'Angie partageait avec son père, et où la duchesse n'avait pas mis les pieds depuis presque dix ans ?

— Un instant.

Angie fit un pas en avant. Ses parents se tournèrent vers elle.

— Je préfère mettre quelques détails au point auparavant, *madame.*

La tension monta d'un cran.

Le mot « madame » avait été choisi avec soin par Angie – hors de question d'appeler cette femme « maman », ou « mère », et le « madame », en apparence glacial, était techniquement approprié : c'était, par défaut, la manière correcte de s'adresser à une femme noble, mariée ou non, quel que soit son âge ou son rang.

— Nous n'avons pas eu l'occasion d'établir des rapports mère-fille habituels, continua Angie, imitant, inconsciemment, la formalité de la duchesse. Aussi me pardonnerez-vous si je ne vous reconnais aucune autorité dans nos futurs rapports.

— La relation n'a rien à voir avec l'affaire, Angélique. Une mère a autorité sur sa fille par définition.

—Cette autorité, dix ans d'absence l'annulent, madame.

—Absolument pas. Il faudrait une décision judiciaire, que je ne laisserais certainement personne obtenir, pour...

—*Dix ans!* hurla Angie.

Il y eut un silence. Jacques Moretti détourna les yeux. Il était très pâle–Angie sentit la tristesse de son père déferler comme une vague, alors qu'elle n'avait rien perçu durant le reste de la conversation. Sa gorge était serrée, elle avait envie de crier, d'amertume, de colère; elle retint ses larmes. Pas devant *elle*...

La duchesse ne répondit pas, ne donna aucune excuse, aucune explication. Angie attendit d'être capable de parler avant de reprendre:

—Il faudrait une décision judiciaire? Oui, en théorie. Mais en pratique je ne vous conseille pas d'essayer de me donner des ordres. Je vous accompagnerai à la cour uniquement parce que l'idée me plaît, et pour des raisons qui me sont propres.

—Rebelle et raisonneuse, à un si jeune âge? protesta la duchesse. Jacques, je ne te félicite pas. Comment as-tu élevé cette enfant?

—Les femelles de Noailles ne sont pas d'un caractère facile, répondit Jacques Moretti.

Hélène de Noailles se tourna vers son ex-mari, choquée. Leurs yeux se rencontrèrent, Jacques Moretti eut un sourire timide, et il passa alors entre les parents d'Angie un courant de regret, une ombre d'amusement, une vague de sentiments complexes.

Il était temps de prendre congé. Angie ne voulait pas perdre son calme une seconde fois. Après une demi-révérence, qu'elle espérait être ironique, elle rejoignit Clémence, et les deux filles remontèrent l'escalier.

Ce n'était pas parce qu'elles n'étaient plus en vue qu'elles n'étaient plus à portée de voix. La mère d'Angie ne se rappelait pas, sans doute, comment était structuré le loft, car, quand les deux amies passèrent le long de la mezzanine pour rejoindre la chambre, la duchesse expliquait, à voix basse mais audible :

— … et cette Clémence donne l'impression d'avoir un cerveau en bon ordre de fonctionnement. Elle en aura besoin pour ne pas se laisser étourdir par la cour.

— Finalement, elle est sympa, ta mère, murmura Clémence tandis qu'Angie ouvrait discrètement la porte. J'aime son discernement.

— Le côté gauchiste de cette fille sera parfait, sa présence donnera le côté intellectuel à la mode que les jeunes recherchent aujourd'hui, continua la duchesse. Et puis elle est juste laide comme il faut, pas assez pour que j'aie honte de la sortir, mais assez pour mettre Angélique en valeur.

Clémence leva les yeux au ciel avant de rentrer dans la chambre.

— Tu n'es pas laide, protesta Angie aussitôt la porte fermée. Tu es superbe, tes yeux sont magnifiques, cette nouvelle coupe te va très bien, et…

— STOP ! dit Clémence en levant la main. Je m'en fous, ajouta-t-elle en souriant. Je séduirai les hommes avec mon intellectualité gauchiste à la mode. (Elle prit la main d'Angie et la serra.) D'abord, toi. Ta mère, le retour. Réaction ?

— Ça va, répondit Angie. Je m'en fous.

— Vraiment ?

— Vraiment.

— Tu me mens ?

— Oui.

— Tu veux en parler ?

— Du concept général du mensonge ?

— Non. *D'elle.*

— Non.

— Et tu veux y aller. Tu as accepté. La cour. Le roi. Les robes.

— Oui. Mais, Clémence, tu n'es pas forcée de m'accompagner. Je sais que selon tes principes républicains…

— Mes principes ? Nous allons à Versailles ! s'écria Clémence. À la cour avec le marbre et les statues et les feux d'artifice et les machins dorés et la maîtresse du régent et… À Versailles ! Oh, et nous allons prendre la fameuse navette…

— Tu n'as pas le droit de te réjouir ! protesta Angélique, amusée. Tu es une militante républicaine ! Tu dois mépriser ces aristocrates en crinoline Kenzo ! Tu dois cracher sur ce luxe indécent ! Te sentir indignée ! Moralement supérieure !

— Je me sentirai indignée et moralement supérieure en buvant du champagne dans la galerie des Glaces. Et puis ce sera instructif. Tu sais ce que mon père dit tout le temps ?

Dehors, la pluie reprit doucement, ses gouttes tapant sur la vitre en rythme saccadé, comme de minuscules doigts de spectres.

— Oui, murmura Angie. Oui, je me rappelle. (Elle se força à sourire.) « Connais ton ennemi… »

Chapitre 6

Mardi 16 septembre – 9 heures du matin
Château de Versailles
Grands appartements, chambre du Soleil

En semaine, le Petit Réveil du roi Louis XXIV se passait dans la plus stricte intimité – il y avait moins de huit personnes dans sa chambre quand il sortait du lit. Seuls les indispensables étaient là : le Grand Valet de chambre, bien sûr, l'impénétrable Laurent, qui tenait ce rôle depuis plus de cinquante ans. Il y avait aussi la jolie Joséphine, sœur du roi, et le régent, ainsi qu'un ou deux courtisans.

De temps à autre, le Premier ministre se joignait à la cérémonie – alors que, d'après l'étiquette, il n'était pas d'assez haute naissance… mais qui se serait opposé au tout-puissant Richelieu ?

Et il y avait le page du roi, Benjamin de La Vallière.

Benjamin avait neuf ans et s'était retrouvé à ce poste un peu par hasard. Il était d'usage d'offrir aux rois, quand ils étaient petits, un fidèle compagnon de jeu. L'enfant pris pour tenir ce rôle était traditionnellement choisi dans une famille noble et pauvre de province. Il fallait qu'il soit innocent, non encore mêlé aux intrigues de la cour, et ne tente pas d'influencer le roi sur la politique du pays tout en jouant aux jeux vidéo.

Le page devait aussi être du même âge que le monarque – pour un compagnon de jeu, c'était la moindre des choses ! Et Louis XXIV avait quinze ans. Mais les hasards des décisions administratives avaient arraché le petit Benjamin de La Vallière, âgé de seulement neuf ans, à son pavillon en préfabriqué de Châtellerault, où il était élevé par ses grands-parents. Benjamin avait été nommé page de Sa Majesté, et propulsé dans le monde doré et glacé de Versailles.

Le jeune roi s'était montré plutôt gentil. Mais Benjamin était petit, la cour lui était inconnue, et il se sentait complètement perdu.

— Benjamin, tu vas me chercher un café ? demanda la princesse Joséphine, la sœur de Sa Majesté, qui s'était assise sans cérémonie sur le lit de son royal frère.

Le roi se réveillait à peine. On voyait, perdu dans les oreillers, une chevelure brune, le haut d'un pyjama en soie inconfortable, et un début d'acné sur un visage adolescent.

— Majesté, dit le régent de sa voix grave et profonde. (Il se tenait debout près du lit, ses bras épais croisés dans son costume Saint-Laurent). Sire, quand vous serez mieux réveillé, mes secrétaires viendront vous faire signer quelques documents. Vous savez, l'Assemblée nationale va se décider sur le règlement des échanges commerciaux aériens avec l'Angleterre. Les élections approchent, et je voudrais que nous en profitions pour demander un amendement sur les tonnages… Et le lobbying d'Arix Corp se fait de plus en plus pressant. Ils ne vont pas apprécier la décision.

— Mmm, répondit le roi, avant d'enfouir son visage plus profondément sous les oreillers.

— Henri, mon cher, ne devriez-vous pas attendre la présence du Premier ministre ? dit une jeune femme rousse, s'adressant au régent. Ne croyez-vous pas que quelqu'un devrait vérifier ces documents ? Après tout le roi est à peine réveillé. Sans vouloir vous offenser, Henri, vous pourriez en profiter pour lui faire signer n'importe quoi.

La jeune femme était souriante, mais Benjamin, malgré ses neuf ans, était conscient de la tension qui régnait dans la pièce.

Le régent, avec sa haute stature et son beau costume, s'appelait Henri, prince de Condé. La ravissante jeune femme rousse en robe de soie s'appelait Emma d'Orléans. Les familles de Condé et d'Orléans, les plus puissantes du royaume, se battaient à coup d'intrigues politiques, de meurtres et de poisons depuis...

—Depuis des siècles, Benjamin, t'imagines un peu ? avait dit Joséphine, la sœur du roi, un matin. Si tu savais comme c'est fatigant, leurs trucs ! avait-elle ajouté en bâillant – mais en bâillant d'un air sophistiqué, car tout ce que faisait la sœur du roi avait un air sophistiqué. Et, bien sûr, la famille d'Orléans ne digère pas le fait qu'un Condé ait été nommé Régent. Un Régent, Benjamin, c'est celui qui gouverne à la place du roi quand le roi est trop petit, avait-elle expliqué avec des mots simples. Et, comme le régent est un Condé, la famille d'Orléans se sent écartée du pouvoir. De toute manière, Riton ne sera régent que jusqu'au couronnement de Loulou, qui est très bientôt.

Il avait fallu un certain temps à Benjamin pour comprendre que Riton était Henri de Condé, le régent, et Loulou, le roi Louis XXIV. Mais cela faisait partie de l'affectation de Joséphine de donner des surnoms.

—Bon, alors, mon café, Benjamin ! protestait justement la princesse Joséphine. Je veux un allongé, avec sucrette, dans la belle tasse, toute dorée, celle que le pape nous a offerte l'année dernière...

Le visage juvénile de Louis XXIV émergea enfin des draps.

—Arrête, Joséphine. Benjamin n'est pas ton esclave. Et puis c'est *mon* page, pas le tien.

—Ce n'est pas grave, sire, j'y vais tout de suite, dit Benjamin qui, déjà levé, filait à une vitesse respectueuse vers l'antichambre.

Emma d'Orléans et Henri de Condé échangeaient à voix basse des propos acides. Laurent, le Grand Valet de chambre, sortait les vêtements que Sa Majesté mettrait après la douche. Un courtisan que le petit page ne connaissait pas prit congé avec une révérence.

Se hâtant pour ne pas mécontenter Joséphine, Benjamin entra dans l'antichambre à toute vitesse et percuta une dame extrêmement élégante qui en sortait, avec justement une tasse de café à la main.

La tasse sauta, le café se répandit sur les jupes à crinoline de la dame, qui commenta d'un ton acide :

— Petit maladroit ! Imbécile !

Elle attrapa un napperon pour éponger le désastre, puis demanda en criant de l'aide à Laurent :

— Ma robe ! C'est une Missonni ! Faites donc quelque chose, Laurent !

Le Grand Valet de chambre s'approcha avec une lenteur étudiée, qui laissait entendre qu'il était là pour servir le roi, et pas des courtisanes hystériques. La dame s'énerva encore plus puis, ne pouvant insulter Laurent qui était un personnage clé de la cour, elle reporta sa colère contre Benjamin. Le petit page, se sentant horriblement coupable, s'était figé, les larmes aux yeux.

— Et qui c'est, ce gamin, d'abord ? dit la dame, après quelques insultes bien senties qui firent ricaner Joséphine, maintenant carrément vautrée, malgré son jean et ses bottes, directement sur le lit royal de son frère.

— Benjamin est mon page, madame, soupira Louis XXIV, s'adossant sans enthousiasme sur ses oreillers pour contempler la scène. Il est arrivé il y a quinze jours, pendant que vous étiez à Rhodes. C'est pour ça que vous ne le connaissez pas. Veuillez l'excuser, il est encore maladroit.

— Athénaïs, mon amour, calme-toi, dit le prince de Condé en passant une main affectueuse autour des épaules dénudées de la dame.

Et c'est à cet instant que le petit Benjamin comprit, avec horreur, qu'il venait de tacher la robe de la célèbre Mme de Montesquieu.

Mme de Montesquieu. La maîtresse du régent. Celle qui était célèbre pour ses frasques et ses infidélités. Celle qui avait été au centre d'une nouvelle affaire des poisons. Celle dont les ennemis, disait-on, disparaissaient mystérieusement. Celle pour qui avait travaillé des années Sylvie Ferrier, l'auteure du fameux livre sur les vampires...

Tout cela n'avait pas l'air de faire peur à la princesse Joséphine, qui susurra :

— Aussi, quelle idée de porter une Missonni à crinoline à 9 heures du matin...

Mme de Montesquieu se retourna vers elle, offusquée, mais un courtisan à moustaches commentait déjà :

— C'est vrai que ce Benjamin est toujours dans les pattes du roi. Il ne le quitte pas, ce gamin ! Comme son double...

Tous les regards se posèrent sur Benjamin.

C'est alors que quelque chose changea.

Benjamin pâlit. Sa gorge se serra. Pour cacher son émotion, il fila dans l'antichambre et, les mains tremblantes, inséra une capsule dans la machine à expresso posée sur le guéridon de marbre. La princesse Joséphine n'avait toujours pas eu son café, et, tentant de se concentrer sur sa tâche, Benjamin commença à remplir non la tasse offerte par le pape (que Mme de Montesquieu, la maîtresse du régent, s'était attribuée), mais une vulgaire tasse de porcelaine et d'or Art nouveau, période *circa* Louis XVII.

Derrière lui, dans la chambre du roi, la conversation continuait.

— Je n'ai pas de leçon à recevoir d'une gamine de vingt ans, fût-elle la sœur du roi, protestait avec hauteur Mme de Montesquieu. Une gamine dont on connaît les mœurs, qui se conduit comme la dernière des sangs clairs, à s'allonger avec ses bottes sales sur le lit royal, et...

— Oh, lâche-moi, duchesse, répondit Joséphine sans cérémonie tandis que, devant le petit page, le café coulait goutte à goutte.

Benjamin tremblait.

Quelqu'un, dans la chambre du roi, lui voulait du mal.

C'était le talent de Benjamin, et son premier secret. Depuis toujours, il sentait les émotions des gens – leur peur, leur affection, leur gêne. Petit, il en babillait librement, devant ses grands-parents, ou devant Élise, sa grande sœur, mais personne ne prenait au sérieux ses divagations. À l'âge de sept ans, il s'était rendu compte que les autres n'étaient pas comme lui. Il avait aussi compris qu'il devait garder son secret pour lui – comme *l'autre* secret, ce qu'il faisait quand il était seul, et le fait qu'il y avait du sang, mais ça aussi, il fallait que personne ne le sache.

« C'est vrai que ce Benjamin est toujours dans les pattes du roi », avait commencé le courtisan, et…

Et alors quelqu'un avait eu une idée. Quelqu'un s'était dit…

Le mal. La mort.

Benjamin était en danger. Il le savait.

Quand le petit page rentra dans la chambre du roi, la tasse à la main, le régent était parti. La duchesse de Montesquieu discutait avec Emma d'Orléans, et la princesse Joséphine paraissait réfléchir. Le roi, enfin levé, buvait un grand verre d'eau – ses gestes paraissaient maladroits, mais c'était seulement qu'il était trop maigre, un adolescent de quinze ans monté en graine, dans son pyjama trop large.

Puis Emma d'Orléans et la duchesse de Montesquieu s'en allèrent à leur tour. Laurent le Grand Valet de chambre entra dans la salle de bains pour voir si les serviettes étaient chaudes, et la princesse Joséphine se lança dans une conversation à mi-voix avec son frère, que Benjamin fit semblant de ne pas écouter.

— Tu as quinze ans, disait Joséphine à Louis XXIV, et à quinze ans tous nos cousins avaient déjà… Enfin, tu sais très bien de quoi je parle, Louis. Les filles, c'est important, surtout dans ta position ! Tu seras couronné dans cinq jours ! Tu ne voudrais pas avoir la réputation de… Surtout que tu as toutes les opportunités ! Tu es le mec en France avec le plus d'opportunités. Je peux te dire, la nuit, n'importe laquelle de mes copines serait ravie de venir dans ta chambre pour…

La princesse s'interrompit brusquement et, prenant la tasse de café que Benjamin avait posée sur la table, elle contempla le page. Quelques secondes, mais qui parurent à l'enfant une éternité.

— Tu m'écoutes, Louis ? reprit-elle quand Benjamin, pour se donner une contenance, entreprit de recharger les batteries des consoles de jeu. Loulou, tu sais que j'ai raison. Si je disais à Talia de venir dans ton lit, après la Mascarade de jeudi, par exemple…

— Je ne veux pas de Talia ! s'écria Louis XXIV, sa voix qui muait passant brusquement de l'aigu au grave. Je… je trouverai moi-même. Je peux très bien me débrouiller tout seul, merci.

— Ouais, y'a qu'à voir, grommela sa sœur. Pense à ce qu'on disait de Louis XIII, Loulou. Et réfléchis à…

— Ma chère sœur, *nous* désirons être seul, maintenant, interrompit Louis XXIV en se redressant de son air le plus majestueux. Veuillez *nous* laisser. Pas toi, Benjamin, ajouta-t-il en voyant le garçon hésiter.

— Très bien, répondit Joséphine, vexée. Je vous en prie, restez donc seul, mon frère, s'il vous sied.

Elle se dirigea vers la porte d'un air hautain, puis s'arrêta, prise d'une pensée.

— Benjamin, viens là, ordonna-t-elle.

Le garçon obéit. Derrière, Louis XXIV, bâillant toujours, entrait dans la salle de bains.

Joséphine étudia de nouveau le page, réfléchissant. Puis elle fouilla dans son minuscule sac, ouvrit une pochette en soie, en sortit une pilule effervescente. Prenant une bouteille d'eau minérale, elle servit un verre et y laissa tomber le comprimé.

Celui-ci se désintégra.

— Bois ça, ordonna Joséphine.

Benjamin prit le verre. Hésita.

— Ce sont des vitamines, insista Joséphine. Tu dois être épuisé, à courir comme ça, aux ordres de tout le monde.

Benjamin tenait le verre, immobile. Il ne bougeait toujours pas.

— *Bois*, ordonna Joséphine d'un ton sec.

— Hé, Benjamin ! (Louis XXIV avait entrebâillé la porte de la salle de bains, sa brosse à dents à la main.) J'ai continué *Death Gun*

Strike III cette nuit, après la réunion sur la réforme fiscale. Tu sais que j'en suis au niveau quatorze ?

— Vraiment ? dit le page. (Et, posant le verre sur la table, il tourna le dos à Joséphine et saisit l'occasion pour filer.) Trop génial, Majesté ! Vous avez passé le demi-boss ?

— Avec les dix-huit lance-flammes et le pompier zombie, expliqua le roi, tandis que sa sœur, furibarde, claquait la porte de la chambre et s'éloignait dans le couloir.

Benjamin entendit les bottes résonner sur le marbre, puis une nouvelle porte claqua et le bruit des pas s'éteignit.

Le verre était resté sur la table. L'eau était légèrement trouble.

Benjamin attendit que le roi ait de nouveau disparu, puis il prit le verre, alla dans l'antichambre, jeta le contenu dans le lavabo, ouvrit le robinet pour qu'il n'en reste rien et resta là, un long moment, à contempler l'eau couler.

Chapitre 7

Mardi 16 septembre – 23 h 12
Château de Versailles
Dans les appartements privés de Mme de Montesquieu

— Le feu a des reflets de meurtre sur votre peau, murmura Philippe d'Orléans.

À ses côtés, Mme de Montesquieu, maîtresse d'Henri de Condé, régent de France, était allongée nue sur le lit de repos, reprenant son souffle. Elle laissa évaporer la sueur sur sa peau, appréciant la fraîcheur de la nuit d'automne, puis se tourna paresseusement vers le vampire.

— Mon Dieu, Philippe, vous êtes d'un sinistre, ce soir ! Naguère, l'amour vous mettait de meilleure humeur…

Philippe d'Orléans laissa errer ses yeux vers la fenêtre ; dehors, les bassins de Versailles reflétaient à peine la lueur glauque de la lune.

— Je suis navré, Athénaïs. Cela fait quelques mois que… Eh bien, disons que je traverse une période un peu sombre, en ce moment.

— Quelques mois ? Dites quelques années, Philippe. Quand j'avais vingt ans, vous étiez bien plus joyeux compagnon.

On frappa légèrement à la porte. Une jeune fille entra et déposa un plateau sur la table de nuit. Elle était fraîche, un peu ronde ; Philippe d'Orléans la suivit un moment des yeux.

— Merci, Constance, dit Mme de Montesquieu.

La jeune fille esquissa une courte révérence avant de disparaître. Sur le plateau se trouvait une coupe remplie de sang. Athénaïs de Montesquieu y trempa son index, traça des lignes pourpres sur son visage, ses joues, son front, puis elle passa au cou, aux seins, au ventre, à l'intérieur de ses cuisses.

Philippe se tourna vers elle en souriant.

— Mmm. Un parcours rien que pour moi. Décidément, vous êtes parfaite, murmura-t-il en suivant de ses lèvres les lignes pourpres.

Il ouvrit la bouche, révélant ses dents de vampire, puis mordilla le tracé, très légèrement, pour que le sang de sa compagne se mêle à celui de la coupe.

— Ne léchez pas tout, Philippe. Je vous rappelle que le rituel est thérapeutique.

— Thérapeutique ou esthétique ?

— Les deux. Un sort est toujours moins cher qu'un lifting. Et certainement plus efficace.

Philippe d'Orléans ne répondit rien. Il continuait à descendre, passant du ventre offert à des profondeurs plus sensibles, et Mme de Montesquieu laissa échapper un petit rire.

— Philippe ! Si vous insistez pour… (Elle reprit sa respiration.) Je vous prierai de remettre ensuite la quantité nécessaire… de sang… aux… endroits appropriés…

Elle s'interrompit. Quand, un long moment plus tard, elle fut de nouveau capable de parler, ce fut pour conclure :

— Le rituel de jouvence ne marche pas sinon.

— Ce sera un plaisir de vous obéir.

Philippe trempa à son tour ses doigts dans la coupe – puis lécha le sang obtenu – avant de commenter :

— Sang de vierge… De douze, treize ans ? Comment obtenez-vous ces produits ?

— À l'importation.

— N'auriez-vous pas besoin d'un sang plus puissant pour ce rituel ?

Mme de Montesquieu se redressa, amusée.

— Fille de douze ans, venant du Tibet, nourrie exclusivement de produits bio. Y a-t-il mieux sur le marché ?

— Pour un sort de jouvence ? Certainement. Le sang d'un descendant, ou d'une descendante des grandes familles. Vierge, jeune. Si possible tenant, en même temps, de Diane et d'Apollon.

— De Diane et d'Apollon ? murmura Mme de Montesquieu, amusée. Je ne connaissais pas cette métaphore.

— Oh, mais cet air m'est familier, Athénaïs. La petite Tibétaine commerce équitable n'est qu'un pis-aller. Vous *voulez* mieux…

— J'ai *déjà* mieux, précisa Mme de Montesquieu. J'arrive toujours à mes fins, l'auriez-vous oublié ?

— C'est vrai.

Le vampire eut un petit rire. Athénaïs de Montesquieu s'étira.

— Vous n'êtes pas venu ce soir simplement pour rendre honneur à mes appas, Philippe. Je vous connais.

— Vous avez raison, comme toujours. Il y a en effet un but à ma visite…

Le vampire se leva. Il était nu, sa peau très pâle, nacrée dans la lueur lunaire, contrastant avec ses cheveux mi-longs, très noirs, ses yeux très bleus. Il fit quelques pas, puis s'assit, sans se rhabiller, sur une des chaises tapissées du luxueux appartement.

— J'ai un marché à vous proposer, ma chère. Mais d'abord laissez-moi apprécier le charme du moment.

Mme de Montesquieu se leva à son tour, enfilant une robe d'intérieur en soie cramoisie. Elle était belle ainsi, belle et dangereuse, et elle étudia son compagnon.

— Quelque chose ne tourne pas rond chez vous, Philippe. Cette période un peu sombre, que vous venez de mentionner… Est-ce la « longue nuit des vampires » ?

Son compagnon lui jetant un regard étonné, elle ajouta :

— Je vis à la cour depuis l'âge de dix ans. Tout ce qu'il y a à savoir, je le sais.

— Si vous saviez tout ce qu'il y a à savoir, ma belle, dit suavement Philippe, vous seriez morte.

Ce fut au tour de Mme de Montesquieu d'être suave.

— Ne me sous-estimez pas.

— Jamais, répondit galamment le vampire. D'ailleurs, comment va votre fils ?

Une pause suivit, après laquelle Mme de Montesquieu répondit, avec un sourire de défi :

— Fort bien. Plus il grandit, plus il est charmant.

Philippe d'Orléans s'inclina :

— Forcément.

Sa compagne eut un petit rire. Philippe d'Orléans soupira, contempla de nouveau la fresque au-dessus de ses yeux et reprit :

— Le nom officiel n'est pas la « longue nuit des vampires », mais la « longue nuit de l'âme ». Une citation de je ne sais plus qui.

— Je croyais que les vampires n'avaient pas d'âme.

— Les humains en ont une ?

Madame de Montesquieu eut un geste d'ignorance, et Philippe d'Orléans continua :

— Vous savez, vos légers passages de dépression, à vous, les mortels. Quand vous atteignez quarante ans, et que tout se désenchante. Quand vos amis commencent à mourir, quand les idées, les êtres vous déçoivent. Maintenant, imaginez cette impression multipliée par mille, chez un vampire qui a vécu plusieurs siècles. Parfois, dans son esprit, quelque chose bascule. La vie ne compte plus pour lui – ni la sienne ni celle des autres.

— Est-ce cela qui vous arrive, Philippe ?

— Au risque de me répéter… si cela m'arrivait, vous seriez morte.

Il y eut un nouveau silence, moins confortable que le précédent. Un faible rayon d'aurore filtra par les rideaux.

— J'ai failli plonger, il y a deux siècles, conclut-il. Mais j'ai été retenu.

— Par quoi ?

— Je vous le raconterai une autre fois.

Mme de Montesquieu ferma les yeux et frissonna.

— Le marché ? dit-elle. Vous vouliez me proposer…

— Oui. (Dehors, un oiseau isolé se posa sur la fenêtre, puis s'envola.) Athénaïs, vous souvenez-vous de ce qui s'est passé, il y a dix ans, au château de la duchesse de Noailles ?

Son interlocutrice fronça les sourcils.

— Il y a dix ans ? Je me rappelle mon dernier bal là-bas. Je crois que nous n'avons plus été invités ensuite – plus Henri et moi, en tout cas.

— Oui. Le soir de ce bal.

— Il y avait eu un incident, un désaccord, murmura sa compagne, fouillant ses souvenirs. À propos de la fille de la duchesse de Noailles… Angélique. Une gamine de sept ans, je crois ?

— En effet. (Philippe hésita.) Henri vous a parlé de ce que nous faisions, là-haut ? Nos… réunions ? Ce qui était en jeu ?

— Votre petite secte ? Non, répondit Mme de Montesquieu, après une imperceptible hésitation. Henri ne m'a jamais rien expliqué.

Le vampire fixa son interlocutrice, cherchant la vérité dans ses yeux, mais les pupilles d'ambre d'Athénaïs de Montesquieu ne reflétaient que le feu.

— Très bien. Cette nuit-là, Henri est parti avec des dossiers. Ces documents, je les veux, Athénaïs. Un dossier en particulier, en cuir, libellé « Octobre 1763 ».

— 1763 ? Que s'est-il passé en 1763 ?

— Je l'ignore, dit Philippe d'un ton étrange. Mais je suppose… que des enfants sont morts.

— Comme des milliers cette année-là.

— Sans doute. En tout cas, Athénaïs, il existe cinq dossiers, tous reliés de cuir, qui se rapportent à cette période. Trouvez-les-moi, et en échange je vous offrirai un Nexus primal. Pas de séché, pas de sous-vide, pas de vague relique vidée de toute essence de l'Entité par des millénaires d'utilisation. Frais. Un *Nexus* neuf. *Primal.*

— Comment ? Comment obtiendrez-vous…

Philippe d'Orléans se contenta de sourire. Mme de Montesquieu avança vers la cheminée, réfléchissant. Puis elle appuya sur un bouton dissimulé près d'une tapisserie.

— Constance, deux vieux rhums, commanda-t-elle dans le petit micro, sur le mur. Miel-cannelle, avec un soupçon de ginseng.

Puis elle se tourna vers le vampire.

— Très bien. J'accepte.

— Quoi ? Comme ça ? Sans minauder ? Sans marchander ?

— Marchander n'est pas une mauvaise idée. Pouvez-vous me rendre un service en supplément, Philippe ? En plus du Nexus, je veux dire ?

— Peut-être…

Athénaïs de Montesquieu pencha la tête.

— La famille d'Orléans a accès aux Serveurs ID de la cour. Je voudrais en savoir plus sur Benjamin de La Vallière.

— Benjamin de La Vallière ?

— Un gamin. Le page du Roi.

— Aucun problème. Je vais même chercher tout de suite, pour célébrer notre accord, répondit le vampire.

De son manteau jeté négligemment sur une coiffeuse, il sortit son portable, entra une série de mots de passe, puis annonça :

— Benjamin de La Vallière, neuf ans, petite famille noble du Berry, une sœur, parents morts, élevés par des grands-parents du côté maternel, pauvres. Choisi comme page pour le roi sous la pression amicale mais ferme de notre ami Richelieu. Justement parce que ce gamin n'appartient à aucun clan, j'imagine.

— Donc, pas de famille influente derrière.

— Non.

— Parfait, murmura Mme de Montesquieu.

Il y eut un long silence, puis le vampire, pensif, murmura.

— Je me demande ce qu'il est arrivé à la fille, après. La petite Angélique. J'y pense parfois. Si elle est vivante, comment elle a été éduquée… Sur l'escalier, nous avions… Enfin, peu importe.

Il y avait quelque chose dans son ton qu'une femme aussi expérimentée que Mme de Montesquieu ne pouvait que remarquer.

— Sur l'escalier, vous aviez... ? (Elle ricana.) Vraiment ? Elle était jolie ?

— Elle avait sept ans !

— Et alors ? Ces choses-là se font.

— Elles ne sont pas de mon goût.

— Tant mieux. Oui, elle est vivante, votre petite de Noailles, reprit Mme de Montesquieu. Je le sais, car elle sera présentée à la cour après-demain.

— Quoi ?

Mme de Montesquieu désigna un programme posé sur sa table de nuit.

— Angélique de Noailles. Présentation officielle au roi à 21 heures, Bal de Mercure.

Philippe d'Orléans resta un instant coi. Puis, estimant qu'il avait fait une erreur – on n'exprimait pas un intérêt pour une autre femme, même âgée de sept ans, devant Athénaïs de Montesquieu –, il changea brutalement de conversation.

— Comment allez-vous obtenir les dossiers ?

— Oh, je me débrouillerai, répondit Mme de Montesquieu avec un léger sourire.

Quelque chose dans son ton...

Le vampire saisit Athénaïs de Montesquieu à la gorge et la plaqua contre le mur, avec une telle violence que deux vases du guéridon se brisèrent et qu'un tableau tomba. Il serra, enfonçant ses ongles dans la chair fragile, tandis qu'Athénaïs étouffait. Elle tenta de se dégager, de griffer, d'arracher les mains qui l'étranglaient, mais la force de Philippe d'Orléans était surhumaine ; il la laissa suffoquer un moment, puis plongea ses yeux dans les siens, longuement, jusqu'à ce que l'esprit de sa proie se brouille, devienne flou, ne soit plus qu'une lente, très lente musique...

— La vérité. Avez-vous l'intention de fabriquer de faux dossiers ? D'inventer, de falsifier le contenu ?

— Oui..., murmura Athénaïs.

— Que vous a raconté Henri ? Sur nos réunions ?

— Rien... Ou plutôt... que des vies étaient en jeu... La couronne... Mais qu'il ne pouvait... rien dire d'autre...

Le vampire lâcha prise. Mme de Montesquieu s'écroula par terre. Une minute passa, sa respiration sifflait, elle hoqueta :

— Vous n'avez pas... le... droit... L'Emprise... Dans l'enceinte du château de Versailles... Les *Lois*... !

Un cri de surprise derrière eux, suivi d'un bruit sourd : Constance, qui venait d'entrer, avait laissé tomber son plateau. Philippe garda son regard braqué sur Mme de Montesquieu, qui continua :

— L'idée de tricher... de fabriquer de faux dossiers m'a traversé l'esprit, mais je n'aurais jamais...

Le vampire se retourna vers Constance. Il ne paraissait plus humain, maintenant. Pourtant, rien n'avait changé, ni son physique ni ses traits, mais quelque chose dans sa position, dans la lueur de ses yeux, tenait du fauve ou du serpent. Constance hurla de terreur ; trop tard, le vampire avait déjà bondi, ses crocs s'enfoncèrent dans le cou de la jeune fille, arrachant la jugulaire. La gorge se déchira, le sang gicla tandis que, derrière, Mme de Montesquieu laissait échapper une brève exclamation d'horreur. Philippe d'Orléans but goulûment, le sang coulant sur la peau nacrée de son corps nu, sur le tapis, sur le parquet, alors que Constance agonisante émettait des gargouillements immondes.

Il lâcha sa victime. Elle s'écroula sur le tapis, morte.

Philippe se retourna vers Mme de Montesquieu.

— Je veux les véritables dossiers, articula-t-il lentement. Est-ce entendu ?

Il y eut un silence. Athénaïs de Montesquieu était debout, immobile, livide. Elle prit une profonde inspiration, puis siffla :

— Je me vengerai. (Elle tremblait, de choc et de colère, les larmes de rage se mêlant au sang sur sa peau.) J'attendrai. Que vous ayez vraiment quelque chose à perdre. Je le saurai. Et je me vengerai.

—Merveilleux. En attendant, trouvez-moi ces dossiers, dit le vampire, qui, après avoir ramassé son manteau et ses vêtements, se dirigea vers la porte et sortit.

Angélique se réveilla en sursaut.

Elle avait sept ans, et elle était toute seule, perdue dans le grand lit à baldaquin de cette chambre immense et formelle. Un bruit résonnait en bas, sous ses pieds. Une sorte de grondement, accompagné de musique… un refrain de piano inachevé, rabâché. L'effet était étrange.

Comme si c'était un fantôme de musique, plutôt qu'une vraie mélodie.

La fillette se glissa hors des draps–des draps en lin à l'ancienne, étouffants–; tout semblait pesant dans ce grand château qui appartenait à sa mère et où elle se sentait étrangère. Sur la table de nuit, le réveil marquait 3 h 11 en grosses lettres rouges. L'ignorant, Angélique se dirigea à tâtons vers la porte. Le parquet craquait; les voiles du baldaquin flottaient, comme des toiles d'araignée agitées par un mystérieux courant d'air. Elle sortit, fit quelques pas dans le couloir obscur, cherchant l'interrupteur. En bas, le grondement (la respiration?) continuait, ainsi que les notes de piano–un peu grinçantes, un peu fausses.

Sa chambre était au troisième étage de la tour nord. Angélique chercha l'escalier à tâtons. Et soudain elle le trouva, ou plutôt ses pieds trouvèrent le vide, elle glissa sur la première marche et tomba. Son front heurta le marbre et elle retint un cri de douleur–elle ne savait pas trop pourquoi, pour ne pas avertir les monstres, sans doute, parce que, dans un château comme celui-ci, des monstres, il y en avait forcément.

Une minute s'écoula. Angélique se releva, les larmes aux yeux. Elle se passa la main sur le front. Le sang coulait; il y en avait sans doute aussi par terre, mais il faisait trop noir et elle ne voyait rien.

Alors elle se mit à descendre.

Chapitre 8

Mercredi 17 septembre – 16 heures
Paris, 5e arrondissement
Près de l'École nobilière de Saint-Cyr

Matt connaissait Angie depuis qu'il avait quatre ans.

Angie, dont il n'était pas amoureux.

Tout le monde plaisantait, bien sûr, en voyant les petits « fiancés » se tenir la main, dans la rue, en rentrant de l'école maternelle. À cinq ans, Matt prenait ces fiançailles très au sérieux. Il voulait épouser Angie, plus tard. Et ça lui brisait le cœur quand elle partait tout l'été chez sa mère la duchesse et que les mois s'éternisaient sans qu'il la voie.

Brusquement, quand Angie avait eu sept ans, la duchesse de Noailles avait cessé de prendre sa fille en vacances. Elle avait aussi arrêté de donner des nouvelles, du moins c'était ce que les parents de Matt chuchotaient.

— Normal, susurrait la mère de Matt, qui n'aimait ni les nobles ni la royauté. Une duchesse, ça a autre chose à faire que de s'occuper de sa fille, non ?

Les années avaient passé. Matt et Angie ne disaient plus qu'ils étaient fiancés.

Les parents de Matt avaient divorcé. Le père de Matt avait commencé à verser une généreuse pension. Puis il avait rencontré «l'autre». Au bout d'un trimestre, il ne payait plus la pension; au bout de deux ans, il avait déménagé et ne voyait plus ses fils. Au début, Matt téléphonait à son père, laissait des messages. Quand il avait compris que son père ne rappellerait jamais, il avait arrêté.

La mère de Matt avait maigri. Elle avait arrêté de dire du mal des duchesses qui avaient mieux à faire que de s'occuper de leurs enfants.

Puis le petit frère de Matt était mort.

Écrasé par une voiture, dans la rue.

Aujourd'hui, Matt vivait avec sa mère, et ils étaient heureux. Bien sûr, l'ombre de Jérémie flottait toujours dans le minuscule appartement de Belleville, mais la vie avait repris. Matt et sa mère avaient simplement redoublé d'affection l'un pour l'autre. Cela faisait six ans, maintenant, et tout allait bien.

Mais Matt savait combien l'affection d'Angie (dont il n'était pas amoureux) était essentielle pour lui. Combien elle faisait partie de son équilibre. Et, en cédant à une impulsion stupide – en l'embrassant –, il avait tout gâché.

— Merde merde merde *MERDE*!

Sans réfléchir Matt donna un coup de poing dans un mur. Encore une impulsion stupide, parce qu'un mur, c'est en pierre.

— Aaah! *MERDE!*

Dans les rues de Belleville, personne n'aurait levé les yeux, mais Matt était dans le très chic 5e arrondissement de Paris. Les regards des passants se firent désapprobateurs. Un homme en imperméable bien coupé changea de trottoir pour ne pas le croiser. Une dame âgée s'approcha et déclara, avec une politesse hautaine:

— Jeune homme, la violence est dangereuse pour vous comme pour les autres. Apprenez à vous contrôler.

Après un sourire crispé, Matt s'éloigna, tenant son poignet douloureux, des larmes de souffrance aux yeux. Quel imbécile! Il avait son matériel d'escrime dans son sac à dos – au cas où on lui demande une démonstration – et s'il ne pouvait pas lever une épée parce qu'il s'était blessé la main…

Il traversa la rue, furieux contre lui-même. Le prestigieux établissement de l'École nobiliaire, entouré de hautes murailles de pierre, occupait un grand terrain en plein cœur de la capitale.

La grille d'entrée était fermée. Matt sonna.

Une éternité passa avant qu'on réponde :

— Quoi ?

— Bonjour. J'ai rendez-vous, pour mon dossier d'inscription.

— Une inscription ? En septembre ?

— Ce sont les inscriptions spéciales, vous savez, les Réserves ? Les quotas ?

Il y eut un ricanement, puis :

— Ah. Les « pas nés », c'est pas par la grille.

— Mais…

— Faites le tour. Entrez par la petite porte et attendez qu'on vienne vous chercher.

Matt obéit, la gorge serrée. N'être « pas né » voulait dire « ne pas être *bien* né », ne pas être noble ; ne pas avoir, sur sa carte d'identité, le fameux petit hologramme rouge. Ce qui vous interdisait l'accès à un certain nombre de postes, de carrières (et de restaurants), mais on n'avait jamais, encore, interdit à Matt de passer une porte.

La discrimination était en général plus feutrée.

À gauche, une porte grise. Matt sonna, elle s'ouvrit et il se retrouva dans un couloir peint en jaune sale. Avec un banc en bois cassé, où il refusa de s'asseoir.

Le temps passa.

Sa mauvaise humeur s'intensifiait.

Matt avait toujours mal à la main. Et, pendant ce temps, Angie (dont il n'était pas amoureux) était invitée à Versailles parce qu'elle avait, *elle*, le petit hologramme sur sa carte d'identité. Il l'imagina, en robe de bal, apprêtée pour d'autres.

Au bout de dix minutes, une femme revêche et pressée apparut enfin. Elle fit entrer Matt dans une zone de bureaux luxueux et on lui ordonna d'attendre de nouveau, seul, debout, devant une superbe porte de noyer où une plaque annonçait : « Bureau du Directeur ».

Matt attendit.

Des secrétaires passaient, indifférentes.

Finalement, c'était une bonne chose, ce baiser raté. Ça avait obligé Matt à réfléchir, à analyser ses sentiments. Il ne ressentait pour Angie qu'une franche et profonde amitié. C'était très bien, l'amitié, c'était merveilleux, bien plus précieux que l'amour.

À quoi ressemblerait Angie dans sa robe de bal ?

Deux jeunes gens firent alors leur apparition dans le couloir. Le plus âgé était vêtu de son uniforme de Saint-Cyr ; le deuxième, en civil, portait cravate et veste Kenzo. Ils avancèrent jusqu'à la porte du directeur, puis le jeune homme en uniforme remarqua l'épée de Matt, dont la garde dépassait du sac.

— Oh, excellent ! Une Adidas ? Vintage ?

— Pas vraiment, répondit Matt. La lame est vintage, mais elle a été scellée à une nouvelle garde il y a dix ans.

Son ton était froid. Pourtant, aucune raison d'être froid, le jeune homme en uniforme était parfaitement aimable, c'était seulement que Matt se sentait en infériorité, de vêtements, de classe sociale, d'éducation, de tout.

La dame revêche réapparut, toute frétillante.

— Saphir, comment allez-vous ? dit-elle au jeune homme en uniforme. Monsieur le directeur va vous recevoir tout de suite, vous et votre cousin…

Et, sans un regard pour Matt, elle frappa à la porte en noyer, l'entrouvrit, puis fit signe aux deux jeunes gens d'entrer.

— Je suis navré, expliquait Saphir à la dame en passant la porte, j'aurais dû venir présenter mon cousin plus tôt, mais mon père était en voyage, il n'a écrit la lettre qu'aujourd'hui. Et encore je la lui ai arrachée, il se préparait pour le Bal de demain soir…

— Ce n'est pas grave, peu de recommandations ont le poids de celle du comte de Valmont, répondit la dame.

Puis Matt perdit le reste de la conversation quand le lourd battant se referma sur eux.

Quinze minutes plus tard, les deux jeunes gens ressortirent. Saphir fit un signe aimable à Matt avant de s'éloigner, le cousin en cravate Kenzo lui jeta un regard hautain, la femme fit pénétrer Matt dans le bureau, et celui-ci se trouva enfin face au directeur.

M. de Maintenon était un homme d'une cinquantaine d'années, gardant une stature solide d'ancien militaire. Il consultait des documents quand Matt entra.

Il lui fit signe de s'asseoir.

— Matthieu Guitton, dit-il ensuite, prenant un dossier et l'ouvrant. Un lien avec les Guitton de La Rochelle ?

La question était sans doute posée pour tester les connaissances de Matt en histoire, mais, heureusement, ce n'était pas la première fois qu'on lui faisait le coup.

— Ma généalogie ne remonte pas jusqu'au XVIIe siècle, monsieur. Et beaucoup d'archives ont disparu après le siège. Aussi, je l'ignore.

M. de Maintenon hocha la tête, satisfait de la réponse. Un court silence suivit, alors qu'il semblait lire un passage du dossier.

Enfin, il demanda :

— Avez-vous des recommandations ?

— Des lettres de recommandations ? (Matt hésita, surpris). Elles sont à la fin. Mon professeur de français, les professeurs principaux des trois dernières années… Le directeur du lycée Voltaire… Celui de l'entraîneur de mon club d'escrime…

— Je ne parle pas de recommandations académiques.

Nouveau silence. Puis Matt comprit.

« Je suis navré, j'aurais dû venir présenter mon cousin plus tôt, mais mon père était en voyage, il n'a écrit la lettre qu'aujourd'hui… »

« Peu de recommandations ont le poids de celle du comte de Valmont… »

— Navré, monsieur, déclara Matt. Je n'ai pas la chance de compter de marquis ou de comte parmi mes connaissances.

Quelque chose, dans sa voix, fit lever les yeux du directeur.

— Ne le prenez pas sur ce ton, jeune homme.

— Je ne le prends sur aucun ton, monsieur.

Nouveau silence, puis Matt ajouta :

— Si vous me le permettez, monsieur le directeur, les quotas dans les écoles royales ont été votés pour donner une chance à certains élèves en fonction de leur seul mérite. Si les relations nobiliaires comptent, si un roturier a plus de chance qu'un autre parce qu'il est le cousin du comte de Valmont, alors l'esprit de la loi n'est-il pas détourné ?

— Peut-être, répondit M. de Maintenon. (La lueur d'amusement dans ses yeux fit penser à Matt qu'il n'avait pas tort d'argumenter.) Mais, si vous me le permettez à mon tour, monsieur Guitton, les recommandations sont de tous les milieux. Elles ne concernent pas que les nobles. Partout, dans toute profession… Vous aurez plus de chance d'obtenir la place d'apprenti pâtissier si vous êtes le neveu du boulanger.

Matt secoua la tête.

— Je n'ai aucune recommandation nobiliaire.

— Je vois ça.

Dehors, deux employées bavardaient près de la machine à café, leurs rires audibles malgré la porte fermée.

— Monsieur Guitton, je vais être franc. Nous réservons dix places par an pour les quotas roturiers. Nous en avons déjà pourvu neuf, et, vu la qualité de votre dossier, la dixième vous était réservée. Mais, vous l'avez compris, s'est présenté aujourd'hui, pour la même place, un nouveau candidat. Pierre-Gilles Le Roux, le cousin de Saphir de Valmont. Un cousin roturier. Mais *recommandé*.

— Son dossier est-il aussi bon que le mien ?

Le directeur hésita.

— Le dossier… n'est pas mauvais.

Un sentiment d'impuissance envahit Matt – une résignation amère, un renoncement furieux. Que pouvait-il faire ? Que faire quand la société, l'histoire entière se montait contre vous ? Quand Angie allait au bal danser avec ceux de son rang, quand des années d'efforts pouvaient être annulées par une simple lettre du comte de Valmont ? Non, il ne servait à rien de se battre, le destin était sans appel, et soudain Matt entendit de nouveau, clairement cette fois, ce cri qu'il avait perçu au commissariat…

— *Aidez-moi !*

Un appel d'enfant, *un petit garçon*, il sursauta presque, mais ce n'était que son imagination, il n'y avait personne, sauf le directeur qui continuait :

— Ma décision n'est pas encore prise, cependant. (Il se leva, et Matt l'imita, automatiquement.) J'ai été heureux de faire votre connaissance, monsieur Guitton. Quant à la place, je vais réfléchir, et nous vous appellerons très vite pour vous donner la réponse. Mais…

Ils se serrèrent la main, et le directeur conclut :

— N'espérez pas trop.

Chapitre 9

Nuit de mercredi à jeudi
Château de Versailles

Benjamin de La Vallière se réveilla en sursaut.

Sur la table de nuit, le réveil marquait 1 h 32.

Benjamin était seul dans le mince réduit qui lui servait de chambre, juste au-dessus des appartements du roi. Était-ce, d'ailleurs, Louis qui l'avait sonné ? Benjamin regarda le tableau d'appel, à dix centimètres de son lit. Non. Pas de lumière, pas de brève petite musique. Louis XXIV n'avait pas, comme ça lui arrivait parfois, envie de jouer aux jeux vidéo en plein milieu de la nuit.

Dans le château, le silence régnait.

Un bruit. Benjamin sursauta. Un craquement, comme il y en avait tant, un soupir des vénérables boiseries du château.

Benjamin était terrifié.

La peur se lovait dans le ventre du garçon. Une terreur absolue, sertie d'une conviction absolue. *On lui voulait du mal*, et ce mal approchait.

La Chose venait pour lui.

Benjamin tremblait de tous ses membres. Il fallait qu'il fuie, mais ses jambes étaient de glace. La seule issue était l'escalier, derrière la porte de son réduit, puis les quelques marches raides qui menaient à la tapisserie secrète et à la chambre où, Benjamin l'espérait, Louis XXIV dormait paisiblement.

La Chose approchait. La Chose allait monter les marches, elle allait pousser la porte, elle *la poussait*...

Benjamin lâcha un glapissement de terreur... Rien ne bougea. La porte ne s'ouvrit pas. Mais elle s'ouvrirait bientôt. Benjamin n'avait pas de mots pour décrire ce qu'il ressentait ; un adulte aurait employé les mots « intuition », « voyance » ; Benjamin disait seulement « ça », et « ça », c'était aussi son autre secret : ce qu'il faisait avec le sang.

Parfois, Benjamin *savait* quand les choses allaient arriver. Il avait su quand ses parents allaient mourir ; ou quand Élise avait été appelée à ce poste chez les Valmont et là il savait que s'il sentait la Chose approcher elle approchait.

Cette prise de conscience le secoua ; il avait besoin d'aide. Les mains tremblantes, le garçon ouvrit le tiroir de sa table de chevet et en sortit sa trousse de toilette. La fermeture Éclair eut du mal à coulisser ; enfin, frissonnant, il sortit une paire de ciseaux à ongles et, d'un coup maladroit, se planta le métal dans la paume.

Les ciseaux émoussés pénétrèrent à peine l'épiderme. Il fallut que Benjamin tourne un peu la lame, insistant, appuyant pour que le sang coule.

Une goutte, sur le drap blanc. Une deuxième. Benjamin de La Vallière ferma les yeux, continua à tordre l'instrument – ça faisait mal, mais pas trop, et puis il avait trop peur pour s'en soucier, et d'ailleurs « *ça* » marchait mieux quand il avait peur. Les paupières toujours closes, il bougea la main en laissant « *ça* » le guider et, quand il rouvrit les yeux, les gouttes de sang formaient un cercle sur le drap.

Il posa sa main au centre, se concentrant, appelant : *Au secours ! Ils me veulent du mal. Aidez-moi !* mais rien ne se passa. Benjamin sanglotait, il tordit de nouveau les ciseaux, pour obtenir plus de sang, puis il reposa sa main, regardant la tache cramoisie s'élargir sur le tissu immaculé.

— Élise, souffla-t-il.

Mais le visage de sa sœur refusait d'apparaître, elle n'entendait pas sa détresse.

Une dernière fois : la tache de sang s'élargit, dévorante ; il murmura :

— Aidez-moi !

Contact.

Benjamin frissonna, comme saisi par une décharge électrique. La jonction avait été lointaine, diffuse... et ce n'était pas sa sœur. L'appel avait atteint quelqu'un que Benjamin ne connaissait pas, mais qui l'avait *entendu*...

— *Contact ? Tu m'entends ? Contact ?*

Et, brusquement, tout s'arrêta.

Le « *ça* » s'était dissipé. La chance de Benjamin était passée.

Le contact éphémère s'était évanoui, cendres au vent, à jamais disparu.

Benjamin se retrouva seul dans la chambre minuscule.

La Chose était tout près.

Le garçon resta un moment immobile, assis sur le lit.

Puis il se leva – en pyjama, les pieds nus sur le sol glacé. Il resta quelques secondes planté devant la porte, impuissant, attendant la mort, quand tout à coup il se dit que c'était lâche de rester là sans rien faire, et la pensée folle lui vint que « Contact » aurait honte de lui, s'il savait que Benjamin s'était laissé tuer sans résister. Non. Il n'attendrait pas comme une bête qu'on conduit à l'abattoir, il irait à la rencontre de l'ennemi, et ce fut sans doute l'acte le plus courageux qu'accomplit Benjamin de sa vie, d'ouvrir cette porte, derrière laquelle il n'y avait que l'escalier.

Il descendit.

En bas des marches, la tapisserie était lourde comme un linceul, mais Benjamin la souleva bravement.

La chambre de Louis XXIV était immense et grise. Le lit à baldaquin reposait comme une gigantesque bête endormie. Le garçon avança ; un feulement – il poussa un glapissement de terreur – mais ce n'était qu'un chat, noir de jais, qui fila entre les barreaux de chaise et disparut.

Benjamin tremblait. Il fit encore quelques pas, épiant les formes spectrales des meubles dans l'antichambre, où même la machine à café prenait des aspects menaçants, guettant la salle de bains entrouverte, où des horreurs confuses se mouvaient entre la baignoire et la brosse à dents. Puis il sursauta… Le roi ! Louis n'avait pas réagi quand Benjamin avait crié. Les lourds rideaux du baldaquin étouffaient les bruits, peut-être Louis XXIV était-il mort, la Chose l'avait peut-être étouffé, étranglé, et retenant un hoquet de terreur Benjamin se précipita, écarta les rideaux…

Le roi respirait.

Son souffle était paisible, celui d'un adolescent endormi. Benjamin retint un soupir de soulagement, puis, voulant vérifier, il prit le téléphone portable sur la table de nuit et éclaira longuement le visage de son ami : oui, c'était bien lui.

Là. Sur le cou.

Deux minuscules points rouges marquaient la peau du roi. Benjamin fronça les sourcils. La marque avait de nombreuses explications possibles, mais…

Une morsure.

Toutes ces histoires qu'on racontait sur le château de Versailles, toutes ces rumeurs.

L'écorchure était fraîche. Benjamin de La Vallière passa son doigt dessus, et un peu de sang perla.

Il posa sa main sur le bras du roi et prononça son nom, doucement.

Louis ne bougea pas.

Il lui tapota l'épaule.

Sans résultat.

Le ventre de Benjamin se serra. Ce n'était pas normal, il secoua Louis avec violence, mais le roi ne frémit pas, il dormait toujours, il respirait, bien sûr, suivant un rythme si régulier qu'il en paraissait artificiel, et rien ne le réveillait, et soudain Benjamin sut que la Chose était derrière lui.

Il se retourna.

La Chose était une femme.

Elle était mince et belle, très pâle, aux longs cheveux noirs. Debout juste à un pas de lui, le regardant en souriant.

Benjamin voulut crier, n'y parvint pas, sa gorge était glacée. De sa main tremblante il attrapa un stylo sur la table de nuit, espérant, follement, s'en servir comme arme.

— Ne… ne touchez pas au roi, murmura-t-il.

Le sourire de la femme s'élargit.

— Je ne viens pas pour le roi, déclara-t-elle. Je viens pour toi.

Et elle se jeta sur lui.

Chapitre 10

Jeudi 18 septembre – 18 heures
Dans la Navette Royale Express,
entre le centre de Paris et le château de Versailles

La navette filait dans le soleil couchant, sur ses hauts piliers, au-dessus des immeubles illuminés de Paris. En bas, dans les rues, la vie continuait ; les phares arrière des voitures créaient d'immenses serpents rouges, des passants invisibles rentraient chez eux ou partaient dîner, ou travaillaient encore dans leurs bureaux déserts.

Et la navette transparente, étincelante, passait au-dessus de leur tête, emportant les privilégiés vers des réjouissances inconnues.

— OK, murmura enfin Clémence, alors que les deux filles, collées contre la vitre, regardaient les lumières de la ville se noyer sous leurs pieds. C'est normal que le Parti républicain ait fait un scandale. Tout cet argent public dépensé pour que des gens comme ta mère – ou comme nous aujourd'hui – puissent éviter les embouteillages, c'est proprement abject. Mais je dois avouer que, quand on est dedans…

— Oui, murmura Angie. C'est magnifique.

Paris s'éloignait maintenant. S'étendait, entre Versailles et la capitale, une large étendue sombre ; les terrains au sud-ouest de Paris n'avaient jamais été construits. Angie s'éloigna de la fenêtre, où Clémence restait appuyée, tandis que la silhouette illuminée de la tour Charles XI et le dôme d'or des Invalides royaux devenaient des icônes floues d'un paysage de carte postale.

Derrière, dans leur compartiment réservé, la duchesse était d'une élégance parfaite avec sa Tenue d'Arrivée. Elle lisait en silence, faisant passer d'un air distrait les pages sur son xPad. Derrière se trouvait sa dame d'atour, une femme un peu sèche nommée Uma et pour qui Angie ressentait une antipathie instinctive.

Brusquement, la porte du compartiment s'ouvrit, révélant une frêle jeune fille inconnue, tout sourires et jupes virevoltantes de soie violette.

— Madame de Noailles, et Angélique, c'est bien cela ? déclara la nouvelle venue. (Elle s'approcha d'Angie, la main tendue.) Le maître de cérémonie m'a dit que c'était ici ; je n'étais pas certaine que ce soit vous, car il n'est pas très physionomiste ; il s'est souvent trompé, les gaffes qu'il m'a fait faire parfois, vous n'imaginez pas, mais on m'a dit, la duchesse, sa fille, toute blonde, elle lui ressemble, alors quand je vous vois je me dis, ce doit être vous, non ?

Prise par surprise, Angie serra poliment la main tendue.

— Oui, euh, en effet. Angie Moretti, réussit-elle à placer. Je veux dire, Angélique de Noailles. Enchantée.

— Élise de La Vallière. Votre maman m'a contactée pour…

— Oui, j'ai demandé à Élise de venir, intervint la duchesse, sans daigner se lever.

Clémence, qui s'était rapprochée, contemplait la nouvelle venue comme un entomologiste étudiant un insecte exotique.

La duchesse reprit :

— Angélique, Élise est la demoiselle d'honneur d'Amina de Valmont. Je voudrais qu'elle te présente Amina et son frère Saphir pendant ce trajet. Par ailleurs, Élise vous sera très utile ce soir. Elle connaît beaucoup de monde à la cour, elle sait créer des liens.

— Vous me flattez, dit Élise avec un sourire modeste.

Mais la duchesse de Noailles continuait :

— Bien sûr, elle est payée pour ça. (Élise eut un moment de recul, puis rougit.) Je lui ai demandé de vous aider pendant le bal, de vous montrer un peu les ficelles de Versailles…

— Et je suis ravie de le faire, répondit Élise, d'une voix plus basse et avec un ton moins enthousiaste que quelques secondes auparavant.

Le « elle est payée pour ça » avait dû toucher une corde sensible, et Angie sentit soudain monter envers sa mère une bouffée de haine – le mot paraissait fort, mais il était réel.

Tout s'était déroulé si vite. L'apparition de la duchesse de Noailles avait été suivie par une journée passée en choix de vêtements, en essayages, en coiffure et tests de produits de beauté, et même en leçons accélérées de révérences – tout cela supervisé par la détestable Uma, la duchesse n'allant pas, évidemment, s'abaisser à gérer elle-même ce genre de détails. Bref, Angie avait eu trop à faire pour avoir eu le temps d'analyser ce que l'irruption brusque de sa mère dans sa vie lui faisait ressentir.

Désormais elle savait.

Angie était furieuse.

Elle était furieuse, et elle ne savait pas comment l'exprimer. Ce n'était certainement pas le moment de crier à sa mère de nouveaux reproches sur son abandon – pas maintenant, pas dans cette putain de navette.

— En tout cas, Élise, une chose est sûre, disait la duchesse. Il est hors de question qu'Angélique et Clémence mettent le pied hors du dôme. Vous me ferez le plaisir de rester dans la salle de bal, mesdemoiselles. Pas de petite promenade d'exploration dans les couloirs du château. Les fêtes privées, ce sera pour une autre fois.

L'énervement d'Angie augmenta. Et voilà : *cette femme* se permettait encore de leur donner des ordres, comme si elle en avait le droit, avec cette voix hautaine, dont chaque inflexion lui portait sur les nerfs.

La duchesse voulut continuer :

— D'ailleurs…

Angie lui coupa brusquement la parole.

— Sortons de ce compartiment, déclara-t-elle. Si Élise a des gens à nous présenter, qu'elle nous les présente. On étouffe, ici.

Il y eut un silence. Élise de La Vallière et Clémence jetèrent un coup d'œil étonné à Angie. La duchesse de Noailles observa sa fille ; celle-ci se prépara au pire. Mais, après une brève hésitation, sa mère se contenta d'agiter la main en direction de la porte :

— Angélique a raison. Allez-vous amuser.

Les trois adolescentes filèrent dans le couloir. Pendant qu'Élise faisait, poliment, un petit signe d'adieu aux deux femmes dans le wagon, Clémence chuchota :

— Ça va ?

— Ça va.

— Ta mère t'énerve ?

— Ne l'appelle pas comme ça, répondit Angie.

— La duchesse t'énerve ?

Angie haussa les épaules et Clémence continua :

— C'est toi qui as accepté de venir à Versailles, Angie. Elle ne t'a pas forcée.

— Je sais, souffla Angie.

— Vois ça comme une expérience. Une incursion au sein des troupes ennemies pour une reconnaissance stratégique. Et, pour des soldats, nous sommes extrêmement élégantes.

— Vous êtes superbes ! intervint Élise de La Vallière, qui n'avait entendu que la fin. D'ailleurs, ajouta-t-elle, vérifions. Vous avez compris le concept des deux tenues ?

— C'est un concept à notre portée, railla Clémence. La Tenue d'Arrivée sert à arriver au château. Puis on se change dans les vestiaires, et on met sa Tenue de Bal pour aller au bal.

Élise battit des mains.

— Bravo ! s'écria-t-elle d'un air super enthousiaste, tandis que Clémence se retenait de lever les yeux au ciel. Et c'est encore plus chic si les deux tenues sont assorties.

Clémence jeta un coup d'œil à Angie, qui paraissait toujours trop énervée pour parler.

— Elles le sont.

Angie et Clémence portaient toutes deux des pantalons larges de crêpe noir. Clémence avait associé au sien un haut de soie rouge brodé d'argent tandis qu'Angie avait choisi un luxueux bustier de velours lavande. Les mêmes teintes prédomineraient, comme prévu, dans leurs robes de bal.

— Oui, vous êtes splendides, répéta Élise. Parfait ! Allons-y !

— Allons où ?

— Je dirais, d'abord, à la voiture-bar…

Tout en parlant, Élise commença à avancer, passant dans la voiture suivante, avant de se frayer un chemin dans l'étroit couloir, qui longeait une série de compartiments privés.

— En fait, la Navette Royale Express, c'est un peu le dernier endroit où on cause, dit-elle, passant dans une autre voiture, ou plutôt, disons, le premier, avant Versailles, et je pense que Saphir et Amina de Valmont seront là-bas, au bar, vous savez que ce sont les enfants d'une princesse saoudienne ? Quand le comte de Valmont a épousé la princesse, cela a fait un scandale, et on a chuchoté qu'il avait été forcé de se convertir à l'islam, mais ce n'était pas vrai, et depuis bien d'autres ont fait comme lui, je veux dire, après tout, l'Arabie saoudite, c'est là où se trouve l'argent, la voiture-bar est sponsorisée par Moët et Chandon, ils font découvrir en avant-première leur nouveau champagne, celui aux airelles, vous l'avez déjà goûté ?

— Euh… pas encore, dit Clémence.

Elle jeta un coup d'œil à Angie et, voyant que son amie n'était toujours pas d'humeur à la conversation, elle continua :

— Donc vous vous appelez Élise de La Vallière. « De La Vallière », comme…

Clémence s'interrompit.

— On se tutoie, on se tutoie, protesta Élise, qui se plaqua contre la vitre pour laisser passer un serveur en uniforme de gala portant un plateau d'argent. Oui, « de La Vallière », comme *l'autre*, une cousine, enfin, à quelques générations près, mais moi, je n'ai pas eu la chance de coucher avec le roi... [1]

— Et donc, excusez-moi, continua Clémence, continuant à vouvoyer Élise, mais la duchesse a déclaré que vous étiez *payée* ? Payée officiellement ? Quel âge avez-vous ?

L'exaspération d'Angie s'accrut – tout le monde avait-il décidé de manquer de délicatesse ce soir ? Mais Élise, qui s'était arrêtée devant la porte de séparation menant à une nouvelle voiture, parut soulagée de pouvoir répondre.

— J'ai quinze ans. Mes grands-parents ne sont pas très fortunés, et Amina de Valmont avait besoin d'une demoiselle d'honneur. Depuis les lois sur l'exploitation des mineurs à la cour de Versailles, nous touchons le salaire minimum, mais, forcément, en échange, le poste implique quelques responsabilités. Nous sommes devenues un peu comme des secrétaires, un peu comme des attachées de presse...

— À quinze ans ?

Élise fronça les sourcils.

— C'est une merveilleuse opportunité. (Elle se redressa fièrement.) Vous savez que mon petit frère est page du roi ? Et il n'a que neuf ans.

— Pauvre gamin, murmura Clémence.

— Pauvre gamin ? C'est un poste envié de tous. Benjamin est ravi de pouvoir...

— Il tient les serviettes du roi pendant qu'il prend sa douche ? demanda Clémence. Il lui étale son dentifrice sur sa brosse à dents ? Il va lui acheter sa crème contre l'acné ?

— Quoi ? Non ! protesta Élise, choquée. Le roi a des valets pour ça ! Le poste de page...

1. Louise de La Vallière (1644-1710) était la première maîtresse de Louis XIV et son personnage apparaît dans de nombreux romans.

— Clémence plaisante, intervint Angie. Clémence est *républicaine*, ajouta-t-elle en baissant la voix, comme s'il s'agissait d'un gros mot.

Élise regarda Clémence avec un peu de terreur, comme si celle-ci avait soudain le pouvoir de cracher du venin.

— Une républicaine ? Merveilleux, merveilleux, c'est la première fois que j'en rencontre une, commenta-t-elle enfin d'une voix un peu aiguë.

Puis elle se força à un petit rire avant de reprendre son avancée dans le couloir.

Clémence soupira et Angie lui donna un coup de coude amusé.

Ayant continué leur chemin à travers une nouvelle voiture, où les vitres de trois compartiments étaient occultées par de lourds rideaux noirs, les filles se trouvèrent bientôt ralenties par une horde de jeunes gens éméchés qui remontaient le couloir dans l'autre sens.

— Tu voulais voir les troupes ennemies, murmura Angie à Clémence. Tu es servie. Regarde ! Des JM ! En troupeau !

Les bandes de « JM » (Jeunes Monarchistes) s'opposaient parfois au « JR » (Jeunes Républicains), chaque parti faisant, dans les lycées ou les universités de leurs adversaires, des descentes musclées qui finissaient à coups de batte de base-ball. Clémence grommela quelques insultes, puis accéléra, marchant sans vergogne sur les pieds de deux jeunes gens qui plaisantaient un peu fort, vantant avec des détails très crus les charmes de « l'assistante de la grosse de Vardes ». L'un des rieurs, qui tenait une bouteille de champagne à la main, s'arrêta pour boire, bloquant le chemin d'Angie, qui se trouva séparée des autres.

Quelque part, une porte hydraulique se referma avec un bruit d'air comprimé, tandis qu'un des JM déclarait :

— Accrochez-vous ! On entre dans le tunnel !

Clémence et Élise avaient déjà disparu dans la voiture suivante. Angie voulut les rejoindre, mais, brusquement, les lumières clignotèrent, la navette eut un soubresaut, projetant ses passagers sur la gauche et une giclée de champagne dans le corset d'Angie. Le propriétaire de la bouteille s'excusa en riant, son regard appréciateur plongeant dans la même direction que sa boisson ; le bruit des moteurs, résonnant dans l'espace clos du tunnel, devenait insoutenable, les lumières grésillèrent encore, puis s'éteignirent, plongeant les passagers dans l'obscurité. Des exclamations s'élevèrent, à moitié noyées par le bruit ambiant – au loin, une voix de femme déclara que c'était « chaque fois la même chose et qu'elle allait se plaindre ». Le jeune homme au champagne en profita pour serrer Angie d'un peu près, celle-ci se dégagea, au moment où la horde de JM décidait, Dieu sait pourquoi, de reprendre son avancée. Pour les laisser passer, Angie se colla à la fenêtre, on ne voyait toujours rien ; des corps mâles la bousculèrent, sentant le parfum et la sueur sous leurs chemises de soie, elle leva la main, cherchant un point d'appui…

Danger.

Angie se jeta en avant, sentant quelque chose l'effleurer. Elle eut un hoquet d'horreur ; une main de fer la saisit. Dans son cou, une douleur aiguë, fulgurante. Du métal, très fin, s'enfonçant dans sa chair.

Elle se débattit avec violence, mais on la maintenait, l'aiguille (la seringue ?) s'enfonçait toujours quand le train eut un nouveau soubresaut. Angie fut projetée en arrière, heurtant la barre métallique – mais l'aiguille n'était plus là, arrachée par le choc – elle se projeta sur le côté, cherchant à fuir… À quelques mètres, les conversations continuaient, la femme se plaignait toujours qu'« au prix que cette navette a coûté, ils pourraient quand même… », quelqu'un tira Angie en arrière, elle se dégagea, cria.

Le train sortit du tunnel. Aussi vite qu'elle avait disparu, la normalité reprit son cours – les lumières s'allumèrent, le bruit diminua, la stabilité revint.

Angie se redressa.

Devant elle se tenait un homme élégant, très calme, en costume chic.

Pas de seringue en vue. Pas d'aiguille, pas d'arme.

Elle frappa l'homme à la poitrine, l'obligeant à reculer.

— Ne me touchez pas !

— *Eh!* (Le JM au champagne, qui discutait plus loin, se tourna vers elle, puis se rapprocha d'un pas moyennement assuré.) Mademoiselle au corset! (Il retint un hoquet.) Cet homme vous importune?

L'homme au costume inclina légèrement la tête – il y avait, pensa Angie, une certaine ironie dans son attitude. Puis il se tourna vers le jeune noble.

— La demoiselle a trébuché – le tunnel, continua-t-il, vous savez, comment on perd l'équilibre facilement... Je l'ai rattrapée, je crois qu'elle a eu peur.

Le jeune homme au champagne fronça les sourcils.

— C'est ça? Il vous a rattrapée? demanda-t-il à Angie.

Angie hésita. Tout s'était passé si vite : elle avait trébuché, en effet, et... avait-elle vraiment senti *une seringue*? Elle était paranoïaque depuis l'attaque du métro; elle avait pu mal interpréter...

Ou bien...

Elle étudia l'homme en face d'elle, se concentrant, tentant de saisir ses émotions. Il n'émanait rien de lui, ou, plutôt, elle ne ressentait rien – ni agression, ni peur, ni gêne. Rien.

C'en était même glaçant.

— En effet, répondit-elle, après réflexion. J'ai trébuché. Merci de m'avoir rattrapée, ajouta-t-elle avec un petit signe de tête – sans quitter l'inconnu des yeux, essayant d'imiter, elle aussi, son attitude parfaitement sereine.

L'homme en costume la dévisageait en retour. Et pendant un moment il sembla à Angie qu'il y avait une lueur de défi dans son regard, un brin d'amusement, qu'ils s'affrontaient en duel et qu'ils en ressortaient à égalité...

À moins que tout cela n'existe que dans son imagination.

— Si vous voulez m'excuser, mademoiselle, conclut l'inconnu. J'ai rendez-vous en Zone Royale. Encore navré de ce malentendu. (Il fit un bref salut au jeune homme au champagne.) Vicomte...

Il s'inclina, tourna les talons, passa la porte de la voiture et disparut.

Le jeune homme prit une nouvelle gorgée de champagne.

— Que d'émotions, hein ! Il y a une cabine vide juste là, si vous voulez que je vous réconforte.

— Une autre fois, sûrement. Cet homme... il vous a appelé Vicomte. Vous le connaissez ?

— Jamais vu. Vous savez, les banquettes sont moelleuses. Et au pieu je suis... (Il s'approcha, son haleine puant l'alcool.)... inoubliable.

— J'en suis certaine, répondit Angie, l'esprit ailleurs. Mais je... Mes amies m'attendent. Et merci. Merci beaucoup. D'être intervenu. Je... vous suis vraiment reconnaissante.

Le jeune homme leva sa bouteille en réponse, et Angie s'éloigna.

Venait-elle de survivre à une nouvelle tentative d'assassinat ? Ou tout cela n'était-il qu'illusion – son agression précédente lui faisant envisager le pire au moindre incident ?

Sa tête lui faisait mal. Elle effleura son cou : il y avait une égratignure, en effet, mais rien de probant.

Pourtant...

Si c'était une seconde agression, devait-elle partir – tout quitter – pour survivre ? Suivre les conseils que Pierre Delaunay lui avait donnés, au commissariat ? Devait-elle descendre de la navette à Versailles, planter là sa mère et Clémence, attraper le premier train pour le sud de la France, puis sauter dans un bateau en Méditerranée, avant de disparaître pour toujours ?

Mais elle ne voulait *pas* disparaître. Le sentiment d'injustice prit Angie à la gorge. Elle n'avait rien fait de mal ; elle refusait de quitter sa famille, ses amis... Et, d'ailleurs, ne serait-ce pas ridicule, après avoir refait sa vie au bout du monde, après avoir brisé le cœur de son père, de réaliser dix ans plus tard qu'elle s'était trompée ? Que personne n'essayait de la tuer, qu'elle avait tout abandonné parce que deux fous l'avaient terrifiée dans le métro et qu'un train avait eu un soubresaut ?

Passant la porte avec prudence, elle pénétra dans la voiture suivante. Élise et Clémence l'attendaient, bavardant avec calme.

L'homme au costume avait disparu.

Chapitre 11

— Et voici Amina de Valmont, annonça Élise, debout devant la table en Formica de la voiture-bar où deux jeunes gens sirotaient d'élégants cocktails. Amina, j'ai l'honneur de te présenter Angélique de Noailles, ainsi que, euh, Clémence de Brissot.

— Clémence Brissot, tout court, corrigea cette dernière, tendant la main.

Amina de Valmont, nonchalamment adossée sur le siège en cuir, ne daigna pas faire un geste en réponse. Elle devait avoir une vingtaine d'années ; son regard un peu las, un peu hautain, était très bleu, sa peau très mate, et elle paraissait extrêmement consciente de sa supériorité de rang sur les nouvelles venues.

Clémence retira sa main. Un silence gêné s'installa, que son compagnon brisa en se levant brusquement :

— Mesdemoiselles, bien sûr, asseyez-vous. (Il jeta un coup d'œil à Amina, mais la jeune fille détourna orgueilleusement le regard.) Euh, ma sœur et moi sommes ravis de vous rencontrer, ajouta-t-il en appuyant sur le mot « ravis », comme pour couvrir l'impolitesse d'Amina.

Il fit le tour de la table et s'inclina devant Clémence.

— Saphir de Valmont, annonça-t-il, un peu timidement, un peu formellement.

—Clémence, répondit celle-ci, prise par surprise–ses yeux s'écarquillèrent quand Saphir lui prit la main et la baisa.

Clémence rougit et Angie tenta de dissimuler son amusement. Saphir lui baisa la main à son tour, puis se retourna vers Clémence tandis qu'Angie jetait un coup d'œil inquiet autour d'elle, cherchant l'homme au costume–sans succès.

La voiture-bar était bondée. Des serveurs, arborant une chemise blanche ornée des logos des entreprises sponsors, distribuaient gratuitement des coupes de champagne rougeâtre. Un groupe de filles en robes mordorées papillonnaient, rieuses, avec des JM ; deux hommes en costume trois-pièces fumaient (Fumaient ! À l'intérieur d'un train ! Malgré les strictes lois anti-tabac !) en compagnie d'un jeune rebelle en tee-shirt noir moulant et jean Saint-Laurent incrusté de poussière de diamant.

—Vous êtes la demoiselle d'honneur d'Angélique ? demanda Saphir de Valmont à Clémence.

Celle-ci le gratifia de son sourire le plus charmeur.

—Certainement pas. Je ne suis pas demoiselle, et je n'ai aucun honneur.

Saphir la regarda, choqué, puis éclata de rire, tandis que Clémence précisait :

—Angélique est mon amie.

—Clémence Brissot. Un lien avec le député ?

—Je suis sa fille, confirma Clémence en souriant.

Saphir de Valmont posa sa main sur son cœur.

—Quoi ? La fille d'un honnête républicain, en Zone Blanche ? Perdue dans ce lieu de décadence ? Votre père n'avait pas voté contre les crédits pour la navette ?

—Angie et moi sommes en mission en terrain ennemi. Ne le dites à personne.

—Oh, des espionnes ! Vous allez faire des rapports, prendre des photos prouvant la dépravation des modes de vie des privilégiés…

— Exactement. D'ailleurs, ça commence ! s'écria Clémence en désignant le cocktail. Là ! Une tranche d'orange dans un mojito – au lieu de citron vert ! La perversité est à son comble !

— Vite ! Dissimulons les preuves ! s'écria Saphir en attrapant la tranche d'orange et en l'avalant d'une bouchée.

Pendant ce temps Élise, tentant de briser la glace, murmurait à Amina :

— Mais si, Amina, tu t'en souviens ? La duchesse de Noailles a proposé à votre père que Saphir et Angélique fassent plus ample connaissance, ainsi que toi, Amina, et c'est pour cela que…

— Mon père et Hélène ne décident pas de mes fréquentations, répondit Amina d'un ton sec. Saphir sympathise avec n'importe qui, pas moi. (Amina toisa Angie.) Vous comprenez ma réaction, bien sûr, mademoiselle… *Moretti* ? Il s'agit bien du nom de votre père ?

Le « Moretti » avait été prononcé avec un tel mépris qu'Angie secoua la tête, exaspérée.

— Oui, Moretti, c'est bien mon nom. Nous descendons d'une longue lignée d'éboueurs trisomiques incestueux ; mon arrière-grand-père violait les vieilles dames, et son fils dépeçait les bébés. Bonne soirée, je vais chercher à boire.

Sur ce, Angie s'éloigna, ayant eu juste le temps d'apercevoir le visage épouvanté d'Élise. Elle se glissa entre les buveurs, plus énervée, sans doute, que ne le méritait l'incident.

Ironique, non ? Que l'inspecteur qui l'avait interrogée au commissariat ait prononcé le nom « de Noailles » avec le même dédain caricatural qu'Amina employait aujourd'hui pour articuler « Moretti » ?

Angie s'assit au bar, en proie à des sentiments indéfinissables. Écartelée entre deux mondes, peut-être ? Entre l'univers d'Angie Moretti, où tout était paisible et affectueux, où elle était une adolescente sage et discrète, et celui d'Angélique de Noailles, un monde où existaient des marques, où tout était luxueux, feutré, cruel.

Elle prit une profonde inspiration, écoutant les discussions autour d'elle, ignorant si elle était découragée ou furieuse. Au bar, on parlait du surintendant de la Maison du Roi, des tensions avec l'Angleterre, des bijoux que le régent offrait à Mme de Montesquieu, de restaurants, de tout, de rien. Angie laissa son esprit flotter, les mots tournant autour d'elle comme une danse, jusqu'à saisir un fragment de conversation.

— … et qui aurait cru que Richelieu daignerait poser le pied ici ?

— Il n'est venu que pour sa rencontre avec le régent. Il reprendra ensuite la navette dans l'autre sens. On ne le verra pas au bal, c'est sûr.

— Il ne quitte pas le Louvre, reprit le premier. Parfois, on dirait que le sol de Versailles le brûle.

— C'est au palais du Louvre qu'est l'administratif. Après tout…

Angie se tourna vers eux et les deux hommes interrompirent leur conversation, étonnés.

— Richelieu ? s'écria-t-elle. Pardon, vous avez dit Richelieu ? Il est ici ? Dans la navette ?

— Le Premier ministre a en effet daigné nous faire l'honneur de sa rare présence, annonça le premier buveur. Il est en rendez-vous, là-bas. (Il fit un signe vers l'autre côté du bar.) En Zone Royale.

Angie descendit de son tabouret. Le second buveur leva la main.

— Si vous n'avez pas de laissez-passer, vous ne pourrez pas l'approcher.

— Richelieu est un des hommes les mieux gardés de France, confirma son interlocuteur.

— Je comprends.

Angie hésita. Puis, lentement, elle commença à traverser la salle.

Sur le sol, une ligne blanche ornée de minuscules fleurs de lys marquait la démarcation entre la Zone Blanche, réservée aux nobles, et la Zone Royale, réservée au roi, aux princes du sang et à quelques rares privilégiés. De l'autre côté se trouvaient une série de loges privées, séparées du reste de la voiture par des portes coulissantes vitrées.

Et *il* était là. Là, tout près, assis dans la première loge, en grande conversation avec un homme à haute stature.

Angie n'avait jamais vu Richelieu – jamais *en vrai*, cet homme si puissant et si secret, un roturier, disait-on, anobli par la reine, de son vrai nom Armand quelque chose, mais que la France entière et les journaux internationaux n'appelaient que Richelieu[1]. Elle ne l'avait même jamais aperçu lors d'une célébration, comme les milliers de badauds qui se pressaient sur les Champs-Élysées le 10 décembre, lors du défilé militaire annuel. Bien sûr, il y avait la télévision, et ses photos dans les journaux, et le portrait officiel, qu'elle avait longuement contemplé dans le commissariat.

Et il était là. Derrière un fragile panneau de verre. L'homme qui, peut-être, avait le secret de ce qui lui était arrivé dans le métro, le secret de la marque, de la dague.

Prise d'une impulsion, Angie accéléra, traversa la ligne de démarcation, atteignit la loge…

Un garde apparut du néant devant elle.

— Cet endroit est privé, mademoiselle.

Il n'était pas vraiment apparu du néant, bien sûr. Il était simplement dans l'ombre, à gauche, et dans sa précipitation la jeune fille ne l'avait pas remarqué. L'émotion devait accentuer son talent, car elle sentit, sans avoir besoin de se retourner, que les regards des buveurs se tournaient vers elle, qu'elle attirait une certaine attention.

Mais, encore une fois, elle n'en avait cure. Un deuxième garde sortit du couloir, juste à côté.

— Sortez de la Zone Royale, s'il vous plaît.

La phrase était polie mais sans appel. Pourtant Angie insista : elle posa la main sur la vitre de la loge, poussant la plaque d'ouverture automatique – qui ne bougea pas. La porte était bloquée. Sous

---

1. Le véritable cardinal de Richelieu (1585-1642), Premier ministre de Louis XIII, était un homme autoritaire et ambigu, qui a tenu une place essentielle dans l'histoire française.

la force de son geste, cependant, la vitre vibra et, à l'intérieur, Richelieu se retourna.

Leurs regards se croisèrent – la jeune fille et le ministre. Ce ne fut qu'un instant. Angie eut le temps d'apercevoir des yeux bruns au regard profond, un visage sec, un grand front chauve. L'interlocuteur du Premier ministre, vêtu d'un costume grisé, était plus grand et plus fort ; ses tempes s'argentaient déjà.

Les sourcils de Richelieu se froncèrent, son regard s'attarda, un court instant.

— Vous êtes en Zone Royale, mademoiselle, déclara le garde, d'une voix forte, la repoussant physiquement cette fois.

Autour du bar, les conversations s'étaient arrêtées. De la table où elle discutait avec Saphir de Valmont, Clémence la dévisageait avec inquiétude. Amina, qui s'éventait lentement, contempla la scène, puis se tourna pour murmurer quelque chose à Élise avec un fin sourire.

Angie se tourna vers le garde.

— Veuillez m'excuser.

Puis, levant fièrement le menton, elle retraversa la salle. Le brouhaha reprit, mais Angie sentit les regards s'attarder.

— Tu es folle ? chuchota Clémence, qui venait à sa rencontre.

— Richelieu. Il était juste là.

— Et alors ?

Angie hésita, puis mentit.

— J'étais curieuse.

— Une de Noailles, chuchotait une femme à côté. Mais pas vraiment. À moitié. *Demi-roturière...*

— Sa mère a épousé on ne sait qui, commenta une autre. Avant de le regretter. Après, évidemment, ces pauvres enfants ne sont pas éduqués comme il faut. Ce n'est pas leur faute, si on y réfléchit.

Un des buveurs, qui l'avait prévenue de la présence du Premier ministre, s'approcha, goguenard.

— Je vous avais prévenue, mademoiselle. Vous savez, des photos dédicacées des stars, il y en a en vente sur Internet.

Angie baissa la voix et demanda :

— Et si on voulait le voir ? Obtenir un rendez-vous ? Pour un sujet important ?

L'homme haussa les épaules.

— Rien n'est assez important pour le Premier ministre.

— Si ça l'était ?

— Je ne sais pas. Il faut vous faire délivrer un laissez-passer…

— Par qui ?

— Aucune idée, répondit l'homme, exaspéré. Quelqu'un de la famille royale, je suppose.

Un petit air de musique retentit dans les haut-parleurs, suivi par une élégante voix de femme.

— Mesdames et messieurs, nous arrivons à Quai du Palais. Nous vous remercions d'avoir voyagé dans la NGV et espérons que vous avez passé un excellent moment en notre compagnie.

— Demandez au roi, dit l'homme avec un sourire méprisant, avant de s'éloigner.

La navette ralentit, à l'approche d'un quai illuminé, tandis que la voix concluait :

— Bienvenue à Versailles…

Chapitre 12

Jeudi 18 septembre – 20 heures
Château de Versailles, dôme Eiffel

La première impression fut un étourdissement.

Sous la structure étincelante de métal se mouvaient plus de mille invités qui riaient, conversaient, dansaient avec grâce au son des orchestres. Des guirlandes de minuscules lumières escaladaient, comme des volutes d'or, les courbes du dôme jusqu'à son faîte, à plus de cent mètres de hauteur ; comme pour contenir son immensité, des dais d'argent et de velours avaient été tendus, délimitant des quartiers où s'étalaient les buffets, se dissimulaient les orchestres, s'alanguissaient les élégantes sur des causeuses de satin. Et danseurs et séducteurs, serveurs et courtisans, comtesses et intendants semblaient faire partie d'un tout, et ce tout avait ses vagues et ses courants, son rythme, comme si une main invisible en lançait et en contrôlait les mouvements.

Angie eut un petit hoquet – son cynisme, ses peurs entièrement disparus.

Après s'être changées, comme prévu, dans les vestiaires des demoiselles d'honneur, les trois jeunes filles firent leur entrée par la colonnade nord ; la duchesse de Noailles et Uma étaient hors de vue, déjà perdues dans la foule. Clémence s'attarda devant une statue d'Artémis, Élise la suivit, curieuse; Angie les laissa s'éloigner, elle avança au hasard, ses lourdes jupes effleurant le parquet marqueté. Même sa tenue irréelle participait à l'illusion, à cette impression d'être un personnage de conte–*je suis Cendrillon au bal*, pensa-t-elle, et mieux encore, puisqu'elle n'avait eu à subir ni belle-mère odieuse ni demi-sœurs psychopathes; une partie de son esprit luttait pour lui rappeler la réalité, celle de son quartier, de Belleville, de ses petits commerces et de ses poubelles débordantes, mais non, la rationalité perdait la partie, ce sentiment d'émerveillement était si délicieux qu'Angie refusait de le laisser s'échapper. Si elle était Cendrillon, le Prince Charmant avait intérêt à bientôt faire son apparition, l'image de Matt se penchant pour l'embrasser traversa son esprit, tandis qu'un homme entre deux âges, qui valsait avec une dame en crinoline impeccable, lui demandait d'un ton sec de « se pousser, bordel, merci ». Un deuxième danseur la heurta, grommela quelques insultes, et Angie réalisa qu'elle se trouvait au milieu de la piste.

Prise de remords–où était Clémence?–elle recula jusqu'à la colonnade nord, mais il n'y avait plus personne sous l'arche immense–ou plutôt il y avait trop de monde. Se replongeant au hasard dans la foule (ce n'était pas désagréable, cette sensation de se perdre dans une réalité alternative) elle se laissa conduire vers l'ouest du célèbre dôme–en 1889, Gustave Eiffel, le créateur du lieu, avait dû abandonner son projet de tour sur le Champ-de-Mars et construire à la place ce chef-d'œuvre, qui l'avait rendu célèbre dans le monde entier; ce dôme représentait l'histoire, il symbolisait la puissance des rois, la spirale des siècles, tout ce gouffre des peuples et du passé, l'emmenant…

Où?

Une main se posa sur son épaule.

—Mademoiselle de Noailles.

Angie se retourna.

L'homme qui était derrière elle était beau, un peu pâle peut-être. Ses cheveux très sombres, ses yeux très bleus.

—Voulez-vous me faire l'honneur de m'accorder cette danse?

Elle fit une profonde révérence, puis offrit sa main – le souffle coupé, sans comprendre pourquoi, et il lui sembla que leur rencontre était celle de deux vagues qui se heurtaient avec violence, âpreté. Ils valsaient – Angie aurait été incapable de dire quand ils avaient commencé. Cela dura peu de temps, deux minutes, peut-être, et soudain ce fut terminé, le morceau de musique, déjà bien entamé, avait pris fin.

Ils restèrent immobiles, les mains jointes, au milieu des danseurs qui quittaient la piste, riant gaiement. Prise d'un brusque malaise, Angie retira sa main.

Son Prince Charmant, si c'était lui, l'observait attentivement. Son regard était ambigu, un peu hostile – comme s'il cherchait quelque chose, sans le trouver, et qu'il était déçu.

Voilà, c'était là sans doute la vérité des contes, le Prince Charmant rencontrait Cendrillon, dansait avec elle, et la trouvait sans intérêt.

— Qui est cette fille avec Philippe d'Orléans ? chuchota une femme qui passait à côté.

Son compagnon haussa les épaules.

— Personne.

Le Prince Charmant se pencha vers Angie.

— Vous souvenez-vous ?

Philippe. Angie fouilla dans sa mémoire, sans succès. Elle secoua la tête.

— Nous sommes-nous déjà rencontrés ?

— Oui.

Le ton de l'homme n'était pas aimable, du moins pas complètement. Il y avait, derrière, comme un mur d'attente, un aspect sombre et désespéré. Angie frissonna, pensa aux hommes dans le métro. Quelque chose, dans l'expression de son Prince…

Comme s'il avait faim.

Le cœur d'Angie battait à tout rompre.

— Vous êtes dangereux, déclara-t-elle.

L'homme eut un mouvement de recul, comme s'il était vexé, blessé, analysa Angie, surprise. Puis il eut un rire sec. Angie salua, et, apercevant Clémence près d'un buffet, en profita pour s'enfuir.

Son cœur battait à tout rompre. Ses joues étaient empourprées. Parce qu'elle avait eu peur ? Le Prince Charmant était bizarre, en tout cas, et elle atteignit enfin Clémence, la gorge serrée, les mains tremblantes.

— Tu dansais avec qui ? demanda Clémence.

— Euh, je ne sais pas, dit Angie, qui affecta de refaire le lacet de sa bottine pour dissimuler son émotion. Un type – il m'a invitée, comme ça.

Par bonheur, Clémence ne remarqua pas son trouble. Elle leva sa coupe.

— Je bois du champagne, comme promis. Pas dans la galerie des Glaces – mais sous le dôme d'Eiffel, c'est largement aussi bien.

— J'ai besoin d'un verre, moi aussi, murmura Angie, se redressant. (Elle se tourna vers le serveur, vêtu de la livrée de Versailles, qui attendait derrière la table immaculée.) Puis-je vous demander, euh… une tequila frappée ?

— Schweppes ou champagne ?

— Champagne.

— Tequila-champagne, parfait. Mademoiselle est connaisseuse, répondit aimablement le serveur.

Il n'était pas mal, lui non plus, avec ses grands yeux bruns charmeurs, et en d'autres circonstances, Angie aurait sûrement échangé quelques phrases. N'était-ce pas à ça que servaient les serveurs, à exercer les adolescentes à flirter autour de leurs premiers verres ?

Mais elle était encore bouleversée, incertaine de ce qui venait de se passer. Et si le Prince Charmant, lui aussi, était un assassin – jouant avec ses nerfs ? Était-ce son destin, de passer les heures, les jours qui allaient suivre, dans la paranoïa et la peur ?

— Quand est-ce qu'elle est, cette fichue présentation au roi ? demanda-t-elle, soudain impatiente, avide même.

Obtenir ce laissez-passer. Avoir ce rendez-vous. Parler à Richelieu.

— Tu m'avais dit 21 heures, non ? Tu es pressée ? s'étonna Clémence.

Angie ne répondit que d'un bref hochement de tête.

Clémence aurait pu poser plus de questions mais, fort heureusement, elle semblait avoir un autre sujet en tête. Elle s'éloigna du buffet, le verre à la main, suivie par son amie.

— Tu vois, en te regardant valser avec ce dandy aux cheveux noirs, Angie, commença-t-elle d'un ton que son amie connaissait bien (le ton : « Clémence a une théorie, et elle va l'énoncer, que vous ayez envie de l'entendre ou non »), j'ai réalisé quelque chose : c'est scandaleux !

— C'est scandaleux ? Que je danse avec un homme aux cheveux noirs ?

— C'est scandaleux que tu *saches* danser, explicita Clémence. Je veux dire, nous avons appris toutes les deux la valse au lycée. Au lycée *public*. Cours de danse de salon obligatoires. Cours d'escrime fortement conseillés. Tu veux me dire *pourquoi* ? Pourquoi les arts d'agrément sont-ils au programme ? Pourquoi on n'a pas eu, je ne sais pas, moi, des cours d'informatique à la place ?

— Parce que notre génération est née avec un ordinateur dans les mains et que les profs d'informatique sont complètement dépassés ?

Clémence fronça le nez.

— L'informatique ou autre chose, on s'en fout, ce que je veux dire, c'est que symboliquement…

— Oh, « symboliquement ». Si tu passes aux mots de cinq syllabes, maintenant…

— Ceux de quatre sont vulgaires. *Symboliquement*, donc, la danse et l'escrime…

Elle se tut – Élise venait d'apparaître, accompagnée de Saphir de Valmont, qui s'inclina aimablement.

— Mademoiselle Brissot, notre arrivée vous a interrompue, je le crains, dit-il d'un ton si formel qu'Angie le soupçonna d'être calculé pour exaspérer Clémence. « Symboliquement, la danse et l'escrime… », disiez-vous…

— Vous vous êtes enfuie, Angélique, protesta Élise, interrompant Saphir sans vergogne. Votre mère arrive, elle vous cherchait, je vous préviens, je vais me faire gronder, moi, si vous disparaissez, et d'ailleurs…

Angie avala d'une gorgée son *shot* de tequila frappée, laissant Élise continuer sa diatribe sans l'écouter, comme si elle avait coupé le son. Les bulles pétillèrent dans sa gorge, une sensation de chaleur la saisit. Elle éclata de rire, sans raison. Élise s'interrompit et lui jeta un coup d'œil étonné.

Saphir de Valmont sauta sur l'occasion pour reprendre la parole.

— « Symboliquement », donc. Vous alliez vous lancer dans une diatribe gauchiste, je le sens, mademoiselle Brissot. Et je suis curieux.

Une lueur de défi s'alluma dans les yeux de Clémence.

— Vous avez raison, monsieur de Valmont. Voici ma diatribe. Je me demandais pourquoi nous autres roturiers – ou demi-roturiers dans ton cas, Angie… (Élise eut un petit hoquet choqué, tandis que le sourire de Saphir s'élargissait.) Pourquoi nous oblige-t-on à apprendre les arts d'agrément aux frais de l'éducation publique ? La danse, l'escrime, des arts que, soyons francs, nous n'utiliserons jamais.

— Vous allez *danser* aujourd'hui, protesta Saphir.

— Et Matt est champion *d'escrime*, ajouta Angie.

— Situation exceptionnelle et garçon exceptionnel, contra Clémence. (Saphir demanda : « Qui est Matt ? » Clémence ignora la question et continua.) Mais un fils de comptable, une fille de boulanger, quelle occasion auront-ils de valser ? Ou de se battre en duel ? Aucune.

— Les duels sont interdits par la loi ! protesta Élise.

— Alors, pourquoi cet enseignement ? reprit Clémence, ignorant l'intervention. Parce que les roturiers veulent *imiter* les nobles, voilà pourquoi. Ils veulent donner à leurs enfants un ridicule vernis de bonnes manières. Du snobisme inversé, en quelque sorte.

— Du snobisme tout court, intervint Saphir. Du snobisme bourgeois, et j'utilise le mot « bourgeois » selon la signification de Scanski, bien sûr…

— Bien sûr ! confirma Clémence, ravie. D'ailleurs, c'est *exactement* comme dans la deuxième analyse de Scanski, qui…

Angie éclata de rire de nouveau, parce que l'alcool lui montait à la tête et parce que l'expression d'Élise, qui écoutait la discussion sur Scanski d'un air effaré, lui paraissait hilarante.

— *Too much* tequila ? demanda Clémence.

Saphir lui donna soudain un brusque coup de coude et murmura :

— Approche parentale.

Et, comme tous les adolescents du monde quand un adulte entre dans leur cercle, Angie, Clémence, Élise et Saphir se redressèrent, s'éloignèrent les uns des autres et peignirent sur leurs lèvres un sourire poli.

— Ah ! Parfait, dit la duchesse de Noailles, qui les rejoignait, accompagnée d'un homme qu'Angie ne connaissait pas. Vous faites connaissance tous les quatre, j'en suis ravie. Angélique, ajouta-t-elle en désignant le nouveau venu, j'ai l'honneur de te présenter le comte de Valmont. Comte, voici ma fille, Angélique.

Ainsi c'était là le père de Saphir et d'Amina, celui qui avait épousé la princesse saoudienne. L'homme n'était pas très grand, un peu maigre, les cheveux argentés, le visage sévère. Angie fit de son mieux pour effectuer une révérence convenable, le comte s'inclina pour lui baiser la main avant de déclarer :

— Charmante, charmante. Je vous ai vue… quand vous étiez petite, Angélique, commenta-t-il.

Les mots laissaient entendre une chose, le ton une autre. La voix du comte était, comme ses yeux, froide, presque coupante. Angie avait-elle senti un brouillard de mépris ? De méfiance ? L'impression passa aussi vite qu'elle était venue ; Élise s'était déjà lancée dans un discours sur les différents styles de baisemain, la duchesse se retournait vers le comte. Clémence profita de la diversion pour glisser à Angie :

— Il est cool.

— Le comte ?

— Saphir ! Saphir de Valmont.

— Il est cool. Vraiment ? Parce qu'il connaît Scanski ?

— Tout le monde connaît Scanski ! Tu connais Scanski !

— Je ne connais pas Scanski. Je connais *grave* pas Scanski. (Angie baissa la voix.) Clémence, au secours, j'ai trop bu !

— … et la présentation d'Angélique au roi est dans une demi-heure, expliquait la duchesse de Noailles. Autant nous rapprocher. Mais avant, Saphir, mon cher, pourquoi n'inviteriez-vous pas ma fille à danser ?

Saphir eut une imperceptible hésitation. Une lueur passa dans son regard, puis il s'inclina poliment.

— Ce sera un plaisir. Angélique…, dit-il en lui tendant la main, qu'Angie prit sans réfléchir.

— Attends ! Angie, tu avais *soif*, s'écria Clémence en jetant un coup d'œil significatif à son amie.

Un serveur passait, portant sur un petit plateau une bouteille d'eau minérale et un verre en cristal plein, destiné sans doute à quelque grand personnage.

— Hop ! Vous, là, excusez-moi, dit Clémence en attrapant le verre malgré le regard choqué du serveur, qui tenta, mais trop tard, d'esquiver le raid. Tiens, Angie.

Reconnaissante, Angie avala l'eau d'un trait, tandis que le comte de Valmont contemplait Clémence d'un air désapprobateur.

— Des manières bien brusques. Qui est cette demoiselle ? susurra-t-il à la duchesse.

— La fille de *Brissot*, répondit la duchesse, en appuyant sur le nom.

Le comte et la duchesse échangèrent un regard significatif, mais Angie n'entendit pas la suite car Saphir l'entraînait déjà vers la piste de danse.

Une valse. Angie garda le silence – pensant à la danse précédente.

Le silence de Saphir la fit revenir à la réalité. Il paraissait soucieux.

— Saphir…, commença-t-elle.

— Angélique…, répondit celui-ci d'un ton pénétré.

Angie éclata de rire, avant de demander :

— Saphir, qu'avez-vous compris réellement quand ma mère vous a ordonné de m'inviter à danser ?

Il y eut un court silence, puis Saphir murmura :

— Bien vu. Comment…

— Une hésitation et une attitude.

— C'est un don ?

— Je suppose. Et nous pourrions nous tutoyer.

— Très bien. Tutoyons-nous. Angélique, vois-tu… Je pense que nos parents veulent nous marier.

Angie eut un hoquet d'horreur.

— Nous *quoi* ?

— Nous marier. Nous deux. Angélique de Noailles et Saphir de Valmont. Ils ne sont pas très subtils. « Vous faites connaissance, j'en suis ravie », répéta-t-il en imitant si habilement la voix de la duchesse qu'en d'autres circonstances Angie aurait applaudi. « Saphir, pourquoi n'inviteriez-vous pas Angélique à danser ? »

— Mais… non !

La tête d'Angélique tournait. Était-ce pour cela que la duchesse de Noailles était brusquement apparue dans sa vie ? Pour la marier ? C'était absurde, et pourtant…

— J'ai dix-sept ans ! Nous ne nous connaissons même pas ! Les mariages arrangés sont dépassés, protesta-t-elle, tout en se rendant compte, au même moment, qu'elle disait une bêtise.

Les journaux étaient pleins de ces mariages de cour, pour rétablir une lignée ou allier deux familles. Non, les mariages arrangés étaient communs au contraire, c'était juste qu'elle se sentait si loin de toutes ces pratiques.

— Désolée, Saphir. Ne te vexe pas, je n'ai rien contre toi. Mais j'ai été élevée dans un autre milieu.

— Je sais. Élise m'a raconté.

— Oh. Bien sûr.

Angie réfléchissait. Le désir était fort de planter Saphir au milieu de la piste, de foncer vers sa mère, de lui hurler qu'elle n'avait aucun droit de manipuler sa vie, mais d'autres facteurs étaient en jeu.

— Saphir, je ne veux pas me marier.

— Je n'en ai pas l'intention non plus. Mon père et ma mère… J'ai vu ce que c'était qu'une union forcée. J'aspire à autre chose.

— Mais j'ai besoin d'avoir accès à la cour de Versailles, et de ne pas m'aliéner ma mère, du moins pas tout de suite. Ce n'est que pour quelques jours, peut-être.

Saphir sourit.

— Pas d'inquiétude, Angélique. Cela m'est déjà arrivé deux fois – de me retrouver quasi fiancé à des filles que je ne connaissais pas. Par bonheur, chaque fois les familles se sont disputées à propos de la dot et du contrat de mariage. Bref, je suis un pro de la situation.

— Génial. Le mode d'emploi ?

— Simple. Nous jouons le jeu. Nous dansons, nous nous « fréquentons », nous organisons des rencontres entre amis, le tout chastement bien entendu. Les familles se rassurent et arrêtent de nous surveiller, et nous attendons que le projet tombe à l'eau.

— Et s'il ne tombe pas à l'eau ?

— Il sera toujours temps de nous inquiéter – et de refuser notre consentement – à ce moment-là. Deal ?

— Deal, dit Angie, alors que la musique s'arrêtait. Le plan me semble idéal. Prenons un café demain ou après-demain. Je viendrai avec Clémence, dit-elle d'un ton innocent. D'accord ?

— Parfait, murmura Saphir, un peu trop vite. (Angie retint un sourire.) Parfait, répéta-t-il ensuite, d'un ton plus composé. Je viendrai avec ma sœur et mon cousin. Ce sera très « comme il faut ». Ils nous regardent, ajouta-t-il après un léger coup de menton vers le buffet. Je vais te baiser la main d'un air galant. Pour sceller notre accord.

— Entendu. Et je vais sourire d'un air ému.

Ils s'exécutèrent, puis revinrent avec tranquillité vers le buffet. Tout le monde les suivait des yeux – la duchesse de Noailles, le comte de Valmont, Clémence. Pour la première fois de la journée, peut-être pour la première fois depuis son retour, Angie étudia sa mère, se demandant ce qui se passait, ce qui se mouvait vraiment, derrière ce visage parfait et hautain. Leurs regards se croisèrent.

Était-elle revenue pour la marier ? Saphir s'éloigna, et il sembla à Angie que la question passait dans son regard – que sa mère comprenait –, mais les yeux si bleus de la duchesse de Noailles demeuraient impénétrables.

Oui, me marier ? Ou y a-t-il autre chose ? pensa Angie. Elles se regardaient toujours, et un froid la prit, brusquement.

— Il semble qu'il soit l'heure de votre présentation au roi, Angélique, déclara le comte de Valmont.

La duchesse détourna les yeux et, entre mère et fille, le fil fragile de compréhension invisible fut rompu.

— Oh, la présentation ! Parfait ! se réjouit Élise.

— Tu vas être déçue, chuchota Saphir à l'oreille d'Angie :

Elle le fut.

Chapitre 13

Un valet en livrée arriva devant Angélique et s'inclina avant de lui demander de le suivre. Angie s'exécuta, les mains tremblantes, tout en se traitant d'idiote. Louis XXIV était un gamin de quinze ans : y avait-il de quoi être intimidée ? Sauf qu'elle ne fut pas présentée à un gamin de quinze ans, mais menée dans une antichambre, tandis qu'on demandait à sa famille d'attendre à la porte. Dans la salle solennelle mais exiguë, flanquée de deux colonnes de lapis et de malachite, attendaient cinq autres individus en grande tenue – qui devaient, comme elle, être présentés à Sa Majesté. Une gamine de treize ans, trois dames entre deux âges et un ado portant une perruque poudrée, à la mode classique, qui jouait sur sa Nintendo en exagérant son air blasé.

Au fond de la pièce se trouvait une haute chaise dorée – *une sorte de trône* light, pensa Angie, qui espérait autre chose.

Un garde, un coup de trompette, et un monsieur bedonnant fit son apparition, son gilet trop étroit sanglé de cordons honorifiques. Nouveau coup de trompette, le valet déclara que : « En l'absence du roi, trop jeune pour occuper toutes ses fonctions, le chambellan des affaires honorifiques du château allait avoir l'honneur de... » (etc.). Il y eut une série de révérences, Angie s'approcha, fit la sienne devant le faux trône ; après un coup de menton condescendant, le chambellan la déclara « reçue à la cour de Versailles », avant de bâiller et de vérifier l'heure sur son portable, et la présentation se termina ainsi.

—Ils se foutent du monde! protesta Clémence quand Angie raconta la scène, à la sortie, après avoir reçu le «coup de tampon royal» sur sa carte d'identité. Après tous ces préparatifs? C'est ça, la célèbre cour de France?

—C'est vrai! Où vont nos impôts? renchérit Angie, imitant le ton indigné de Clémence, qui lui donna un coup de coude rieur.

Élise elle-même paraissait choquée.

—À ma présentation, j'avais treize ans, ça a duré vingt secondes, mais j'ai vu le roi, déclara-t-elle, avant de sourire avec émotion. Sa Majesté en avait douze–il était plus petit que moi. Très timide. Et, quand il a reçu mon frère, il s'est montré si gentil! Mais bon, peut-être y a-t-il des raisons de sécurité.

—Des raisons de sécurité?

—On dit qu'il y a eu des tentatives... que le roi est en danger, chuchota Élise, baissant la voix. Le couronnement, dans trois jours, et... Bref, il y a toujours des fous.

—Oui, n'empêche, protesta Clémence. Une journée d'essayage et de maquillage! Toute cette anticipation! Mesdames et messieurs, j'annonce officiellement que je suis déçue par Versailles.

Élise jeta un regard autour elle–derrière, sous les fastes du dôme, les danseurs évoluaient gracieusement. Les Valmont étaient partis rendre visite à des cousins dans leurs appartements privés du château, au deuxième étage, et, apprenant que ce n'était pas le roi qui allait recevoir Angie, la duchesse de Noailles avait tourné le dos et était tout simplement repartie au bal.

Élise se pencha et chuchota:

—Ce soir, le Bal de Mercure n'est pas le seul événement de Versailles, vous savez. (Clémence et Angie se rapprochèrent.) Il y a les dîners dans les petits appartements et, surtout, les soirées privées, comme la Mascarade dans la Suite de Vénus, dans l'aile ouest.

—La Suite de Vénus ? Peut-on y rencontrer des membres de la famille royale ? demanda Angie après un instant de réflexion.

—Espèce de snob, protesta Clémence. (Elle se tourna vers Élise.) On peut ?

Ravie d'être le centre de l'attention, Élise répondit :

—C'est notre meilleure chance. Mais on ne pénètre dans la Suite de Vénus que sur liste privée. Et puis votre mère a dit qu'il ne fallait pas qu'on quitte le dôme ; elle ne veut pas qu'on explore le château, elle a bien insisté.

—Qu'elle aille au diable, déclara Angie.

—OK, très bien, décida Élise avec un petit sourire de défi. Après tout, je suis censée vous présenter à des gens importants, mademoiselle de Noailles. La Mascarade, donc. Je vous préviens, nous allons avoir du mal à passer.

Clémence désigna le buffet.

—Mais d'abord un *shot* de tequila-champagne. Pour nous préparer à l'assaut.

La musique électro hurlait à l'intérieur de la Suite de Vénus. Devant, le chambellan qui gardait la porte refusait absolument de se laisser séduire.

—Mais je viens rejoindre mon frère, argumentait désespérément Élise. Son nom est Benjamin de La Vallière, le page de Sa Majesté, insista-t-elle, tandis que derrière elle Clémence gloussait sous l'influence de la magie noire de l'alcool. Vous comprenez, moi et mes amies avons un message important à lui délivrer…

Angie recommençait à avoir chaud à la tête (une drôle d'expression, « chaud à la tête », mais qui décrivait bien les sensations que ce *deuxième shot* de tequila-champagne éveillait en elle). L'impression était agréable, cependant – elle était légèrement surexcitée, tout en gardant ses capacités de réflexion. Accrochant le regard du valet, elle fit son sourire le plus charmeur (sachant parfaitement combien elle était mignonne, dans sa robe à bustier), mais l'homme se contenta de déclarer :

— Benjamin de La Vallière n'est pas présent ce soir.

Élise eut l'air surprise – même légèrement inquiète.

— Pourquoi ? Est-il malade ?

— Je ne saurais vous répondre, mademoiselle. Et la Mascarade de Vénus est sur invitation seulement. Pouvez-vous vous écarter, vous et vos amies, s'il vous plaît ? Vous bloquez l'entrée.

Et, en effet, un groupe de jeunes gens habillés de soie en noir et blanc, ayant eux aussi abusé de l'alcool, faisaient leur entrée à la Mascarade.

— Oh, merveilleux. Le retour des Jeunes Monarchistes, grommela Clémence.

Ils n'étaient pas masqués, et Angie crut en reconnaître certains, sans doute du groupe qu'elle avait croisé dans le train.

— Pouvons-nous quand même entrer ? insista Clémence. Pour prendre des nouvelles du frère de mon amie Élise.

— Vous n'êtes pas sur la liste, répéta froidement l'homme.

Élise leva le menton d'un air déterminé.

— Mon nom est Élise de La Vallière, et voici Angélique de Noailles – la fille de la duchesse du même nom, qui vient d'être présentée au roi, déclara-t-elle avec assurance. Et Clémence *de Brissolle* est sa demoiselle d'honneur. Vous savez ? Les Brissolle, de Cognac. Ce sont eux qui fournissent le château en alcools forts, et l'oncle de Clémence, le marquis, est un des sponsors de la soirée. Je pense que nous sommes toutes trois d'assez haute naissance pour qu'il soit offensant de nous voir refuser cette entrée.

Clémence cessa de glousser et contempla Élise avec admiration, impressionnée par l'aplomb avec lequel elle débitait ses mensonges. Hélas, le chambellan resta, lui, parfaitement indifférent.

— Si vous n'êtes pas sur la liste, vous n'êtes pas sur la liste.

Élise ouvrit la bouche, cherchant un nouvel argument, quand Angie, qui scrutait les arrivants, crut reconnaître celui qu'elle cherchait.

—Monsieur au champagne ! s'écria-t-elle en apercevant le vicomte qui l'avait percutée dans la navette.

Celui-ci, déjà à l'intérieur, stationnait dans l'antichambre, où on distribuait des loups à ceux qui n'avaient pas de masque.

—Demoiselle au corset ! répondit le jeune homme, se rapprochant.

Au même moment le chambellan déclara, d'une voix exaspérée :

—Maintenant, mesdemoiselles, je vais vous demander de vous éloigner. Si vous n'êtes pas nominalement invitées, vous...

—Oh, Bricard, ne grogne pas et laisse-les donc passer ! protesta le vicomte. Tu es censé arrêter les fâcheux – pas trois donzelles, jeunes, belles et motivées... Nous avons besoin de filles motivées, dans une soirée. Nous exigeons des filles motivées. N'est-ce pas les mecs ? demanda-t-il à la cantonade.

Deux de ses amis répétèrent aussitôt, d'une voix avinée :

—Ouais ! Des filles *mo-ti-vées* !

—Mais monsieur le vicomte...

—Allez, Bricard...

Le chambellan soupira – hésita – puis s'inclina.

—À vos ordres, vicomte.

Sans demander leur reste, les trois filles se glissèrent dans l'antichambre, pour se retrouver coincées dans le groupe de jeunes gens en noir et blanc qui attendaient de recevoir leurs masques. Deux charmantes jeunes filles, habillées de longues robes vertes, distribuaient des loups noirs aux hommes et des dorés aux femmes, tout en esquivant en souriant les mains baladeuses des invités masculins.

—Des demoiselles d'honneur de la princesse Joséphine, la sœur du roi, glissa Élise.

Le jeune homme au champagne prit un loup doré, le présenta à Angie, s'inclina et déclara :

—Vicomte Delaunay, pour vous servir. Et comment comptez-vous payer le service que je viens de vous rendre ?

— Angélique de Noailles, vous aviez renversé de l'alcool sur ma Tenue d'Arrivée dans la navette, nous sommes quittes ! répondit Angie avec son plus délicieux sourire.

Clémence et Élise passaient leurs masques, tandis que deux des JM s'affairaient autour d'elles, les collant d'assez près pour qu'Angie entende Clémence protester :

— Vous nous lâchez un peu, oui ?

— Le champagne ne tache pas, protesta le vicomte, nous sommes loin d'être quittes, et vous ne vous appelez pas Angélique. Vous vous appelez DAC. Demoiselle au Corset. Et faire rentrer trois filles dans une soirée privée royale, cela vaut au moins... Comment dire ? Vous savez, le vestiaire, au fond ? Il ferme à clé.

Fort heureusement, à cet instant, quelqu'un dans la salle principale augmenta d'un coup le volume de la musique (déjà assourdissante) et Angie sauta sur l'opportunité.

— Hein ? Quoi ? Le vestiaire ? Excusez-moi, je n'entends rien !

Suivant la brusque montée du son, les lumières s'éteignirent et quelqu'un commença à chanter « *Happy Birthday* Talia » d'une voix avinée. Quelques personnes suivirent, une voix féminine cria :

— Mais qu'est-ce que vous fichez ? Rallumez !

Et Angie avait déjà profité de l'obscurité pour se glisser hors de l'antichambre, filant comme une couleuvre entre les corps vêtus de satin. Quand elle arriva dans la salle principale, quelques lumières s'étaient rallumées, tandis que les velléités de *Happy Birthday* se taisaient avant la fin du premier couplet. Mais la musique restait assourdissante et, malgré la semi-obscurité qui régnait dans la Suite de Vénus, la vision qu'eut Angie fut plutôt celle d'une fête d'adolescents huppés que celle d'une véritable Mascarade.

La moyenne d'âge ne devait pas dépasser vingt ans. Il n'y avait pas de costume imposé et les tenues allaient du jean couture déchiré à la crinoline la plus élaborée, le tout jurant avec quelques masques luxueux d'inspiration vénitienne. Le décor était somptueux, mais la bière maculait les tapisseries anciennes, des bouteilles renversées et des verres en cristal brisés tachaient de vin les tables d'ébène et de nacre. Les membres de l'orchestre (remplacés par le son hurlant de l'électro qui sortait des baffles) avaient lâché leurs violons et se consolaient en sirotant un verre.

Angie se fraya un chemin entre les danseurs, les fauteuils bas et les divans occupés par les fumeurs. Cherchant à reconnaître des visages, elle aperçut Clémence qui, ayant elle aussi réussi à dépasser l'antichambre, venait d'enlever son loup et lui faisait signe de la rejoindre entre deux colonnes.

— Open bar ! cria Clémence pour couvrir le bruit ambiant quand Angie la rejoignit enfin. Mojitos ?

— Plus tard ! Où est Élise ?

— Partie vers le vestiaire ! Un des JM voulait lui donner des nouvelles de son frère, ou lui faire rencontrer quelqu'un qui avait des nouvelles de son frère. Ce n'était pas très clair, mais il l'a entraînée vers le vestiaire…

— Non, non, non, non ! protesta Angie alors que Clémence luttait pour entendre. Pas vestiaire ! Vestiaire, mauvais ! Vestiaire, dangereux ! Putain, elle a quinze ans… Monsieur au champagne ! appela-t-elle en apercevant dans la pénombre le vicomte Delaunay, qui avait déjà ses bras drapés autour d'une autre fille. Où est le vestiaire ?

— DAC ! Vous avez changé d'avis ! (Il lâcha la fille, qui tituba.) J'arrive ! Vous, moi… D'épais manteaux de zibeline argentée…

— Le vestiaire, ce n'est pas pour aller avec vous, c'est pour aller avec elle ! cria Angie en désignant Clémence qui, après un bref instant de surprise, réagit en prenant la taille d'Angie avant de déposer un chaste baiser sur les lèvres de son amie.

— Encore mieux ! s'écria le vicomte. Je vous rejoins ! Au fond de la suite, à gauche, dans la tente de…

Il commença à avancer, mais la fille qu'il venait de lâcher, n'appréciant guère la concurrence, le saisit par l'épaule et l'embrassa à pleine bouche, donnant de nouveau à Angie et à Clémence l'occasion de filer. Les filles se frayèrent un chemin dans la semi-pénombre, traversée des éclairs rouges et bleus des projecteurs ; les groupes criaient, dansaient ou buvaient ; à l'arrivée de nouvelles vagues d'invités, la foule devenait de plus en plus dense ; quatre ou cinq petites pièces s'enchaînaient sous les colonnades et, moins d'une minute plus tard, Angie avait perdu Clémence. Angie continua cependant, demandant la direction du vestiaire à tous ceux qu'elle croisait et, après une série d'indications contradictoires, elle se retrouva devant un rideau pourpre, à moitié levé, qui délimitait l'entrée d'un luxueux dais d'intérieur.

Angie s'y glissa.

L'endroit, décoré à la *Mille et Une Nuits*, puait la fumée de cigarette. Adossé au mur, un garde du corps en livrée argentée, une épée ornementale au côté, un holster sous sa veste, casque et micro aux oreilles, paraissait s'ennuyer ferme. À part lui, il n'y avait que des filles, pour la plupart habillées de vert, et Élise n'était nulle part en vue. La musique, toujours forte, demeurait à un niveau raisonnable pour une oreille humaine. Comme seule source de lumière, une fontaine de champagne illuminée de l'intérieur et des bougies qui finissaient de se consumer sur un somptueux gâteau d'anniversaire à peine entamé.

Une jeune fille brune (en cuissardes, minijupe de soie sauvage et débardeur assorti) tambourinait rageusement sur une porte en bois.

— Louis ! Ouvre-moi, bordel ! Il a tiré le verrou, cet imbécile, annonça-t-elle au garde du corps tandis qu'Angie approchait poliment.

— Excusez-moi, demanda-t-elle à la brune en cuissardes. Est-ce la porte du vestiaire ? J'ai une amie, euh, un peu jeune, et j'ai peur qu'elle n'ait été entraînée à l'intérieur contre son gré…

— C'est qui, celle-là ? chuchota une des demoiselles en vert.

La brune aux cuissardes donna un nouveau coup dans la porte.

— Il n'y a aucune fille dans le vestiaire, et c'est bien là le problème, répondit-elle. Louis ! Ouvre ! (Elle se tourna vers une grande blonde en jean Darling, avec la fameuse émeraude incrustée au niveau des fesses, qui avait fait le succès de la collection). Talia, vas-y, insiste.

Talia se colla contre la porte et susurra :

— Sire, ouvrez-moi. C'est mon anniversaire, après tout. Un petit baiser… Ce serait mon cadeau…

— C'est pour faire plaisir à Talia ! réitéra la brune aux cuissardes. Ce n'est pas pour toi, Loulou, c'est pour elle !

— Fiche-moi la paix, Joséphine ! répondit une voix juvénile à l'intérieur.

Le garde du corps bâilla, sans doute habitué à ce genre de scène, tandis que l'esprit d'Angie tournait à toute vitesse. « Sire », avait dit Talia, plus la voix juvénile… : le roi était donc enfermé dans ce cagibi, et la brune aux cuissardes qui tambourinait sur la porte, et qui l'appelait si familièrement « Loulou », était donc…

— Veuillez me pardonner, madame, dit Angélique à Joséphine en faisant une brève révérence, je n'avais pas reconnu la sœur du roi.

— Mais c'est qui, putain ? répéta une des demoiselles d'honneur.

— On s'en fout. T'as vu comment elle est fringuée ? répondit Talia à mi-voix.

— Mais je peux vous aider, reprit Angie, se concentrant sur Joséphine. Vous voulez faire sortir votre frère du vestiaire, c'est bien ça ?

— Je veux qu'il embrasse une fille. Avec la langue. Je veux dire, il va avoir quinze ans, les gens commencent à parler et…

— Laissez-moi vous proposer un échange, déclara Angie, d'une voix assez ferme pour que les demoiselles d'honneur se taisent. J'entre dans ce vestiaire. J'embrasse votre frère. Et, en échange, vous me signez un laissez-passer.

— Angélique de Noailles, reprit à mi-voix une des demoiselles, qui venait de chercher quelque chose sur son téléphone. Une bâtarde. Madame, protesta-t-elle en élevant la voix, vous voulez que votre frère sorte avec une bâtarde ?

— Ta gueule, Bérénice, coupa Joséphine, sans quitter Angie des yeux. Un laissez-passer pour quoi faire ?

— Pour obtenir un rendez-vous au Louvre, avec le Premier ministre… avec Richelieu.

— Un rendez-vous avec Richelieu ? Pour quoi faire ? (Joséphine eut une brève hésitation.) Ricky n'est pas l'homme le plus joyeux de la terre, je vous préviens. Mais… d'accord. Très bien.

Elle leva la main pour faire taire le concert de protestations qui s'élevait chez ses amies.

— Nous faisons peur à Loulou, avec toute cette pression. (Joséphine désigna Angie.) Elle est neuve, elle est mignonne, il n'y a pas de passif…

— C'est une intrigante ! protesta Talia. Elle veut juste être celle qui…

Angie lui jeta un regard si noir que Talia s'interrompit.

— Très bien, répéta Joséphine. Allez-y, mademoiselle de Noailles. Et vous autres… *silence*.

Les demoiselles d'honneur se turent aussitôt.

Angie s'approcha du vestiaire.

Elle attendit un moment – que le calme s'installe, que l'adolescent derrière la porte se demande ce qui se passe, qu'il se pose des questions.

Puis elle frappa, doucement, poliment.

— Majesté, chuchota-t-elle, très près de la porte. Vous ne me connaissez pas. Je m'appelle Angie Moretti. Je ne fais pas partie de la horde de harpies qui entourent votre sœur.

— Mais qu'est ce qu'elle raconte ? protesta une des demoiselles d'honneur.

— *Chut !* murmura Joséphine, furieuse. Laissez-la faire, j'ai dit !

— Je devais vous être présentée ce soir, Majesté, mais le chambellan a tenu votre rôle. Et je voulais vous voir. Je serai franche, j'ai un service à vous demander. Un service administratif. Je me suis introduite dans cette Mascarade uniquement pour vous adresser directement ma requête…

Angie s'interrompit. Rien ne bougeait dans le vestiaire. Sous le dais, les demoiselles d'honneur écoutaient, immobiles, et même le garde du corps avait tourné un regard vaguement intéressé vers la scène.

Angie attendit.

Dix secondes. Vingt.

Rien.

— Majesté ?

Elle frappa de nouveau. Tout doucement.

— Ça sert à rien, protesta Talia. Il ne…

Un bruit de verrou. Sous la tente, les filles se figèrent.

La porte s'entrouvrit, à peine. Derrière, un rai de lumière basse, des manteaux entassés.

— Entrez, dit une voix.

Un pas en avant – la porte semblait coincée et ne pivotait pas plus. Angie se faufila à l'intérieur, marcha sur un sac, se cogna la tête contre un cintre.

La porte se referma, et elle se retrouva en tête à tête avec le roi.

Chapitre 14

Le vestiaire ne faisait pas plus de deux mètres carrés ; il était empli, presque jusqu'au plafond, de fourrures, de capelines et de foulards, certains sagement rangés sur des cintres, les autres entassés en vrac. La peinture jaunâtre était fendillée, et une ampoule à la lueur fatiguée éclairait la scène.

Angie tenta une révérence, mais la pièce était trop étroite et elle ne réussit qu'à se râper le coude contre le mur.

— Sire…

Le roi se mordit les lèvres, gêné. *Il est trop grand, trop maigre, trop tout,* pensa Angie, *engoncé dans sa chemise de soie blanche orné d'une discrète fleur de lys sur le col.* Ses yeux marron étaient inquiets, timides ; les mèches châtains de ses cheveux trop longs lui retombaient sur les yeux et il en repoussa une avec nervosité.

La nervosité d'Angie, elle, avait complètement disparu. Louis XXIV n'était qu'un adolescent de quinze ans, un peu maladroit, un peu monté en graine, comme bien des élèves de seconde qu'elle avait laissés derrière elle en quittant le lycée. Les garçons qui la contemplaient quand elle passait sous les piliers de la cour, ceux qui n'osaient pas lui parler, parce qu'elle était en terminale et qu'elle était jolie.

— Je suis navrée d'envahir votre refuge, Majesté. Mais l'ambiance de la Mascarade, dehors, est un peu stressante. Je ne suis pas habituée.

— Moi non plus, répondit le roi. Enfin, je veux dire… Je devrais. Mais…

Il s'interrompit, cherchant ses mots, puis, ne les trouvant pas, se tut tout simplement.

— Vous devriez demander à votre sœur de vous laisser tranquille, reprit Angie. Ou le lui ordonner. Vous avez le droit de le lui ordonner ? Je veux dire… royalement ?

— Je l'ai fait plein de fois ! protesta le roi, d'une voix un peu trop aiguë. Elle m'écoute jamais !

Angie éclata de rire. Louis XXIV la regarda curieusement, puis se mit à sourire, lui aussi, sans savoir pourquoi.

— Je suis désolée, dit Angie, lui rendant son sourire, c'est votre : « Elle m'écoute jamais ! » Tous les ados du monde, flanqués d'une grande sœur, doivent dire exactement la même chose, sur le même ton.

Le sourire de Louis s'élargit et il y avait cette lueur, désormais, dans ses yeux, quand il la regardait ; Angie se sentit presque indécente, voire prédatrice, avec ses deux ans de plus, ses épaules dénudées et son décolleté plongeant. Rougissante, elle détourna le regard.

— Talia… elle veut être la première, reprit Louis. Elle veut pouvoir raconter à toute la cour, sur tout Internet, à toute la France, que c'est elle que j'ai embrassée la première, et moi, je ne veux pas. (Il haussa les épaules.) Je veux dire, bien sûr, je suis conscient que je ferai un mariage de raison…

— L'infante d'Espagne ? C'est ce qu'écrivent les journaux.

— Peut-être. Sans doute. Ça dépend du traité sur les Pyrénées, dit l'adolescent – et Angie ne put s'empêcher de s'amuser du contraste entre la maturité politique et la maturité émotionnelle du garçon.

— Majesté, venons-en au fait, si vous le voulez bien. Nous pouvons nous aider mutuellement. Moi aussi, il y a une intention derrière ma visite, comme Talia. J'ai passé un accord avec votre sœur. Si je vous embrasse, elle me signera le laissez-passer dont j'ai besoin. (Louis se figea, et Angie leva aussitôt la main.) Ne vous inquiétez pas, je ne compte pas vous embrasser. J'ai un plan.

Une expression fugitive passa sur le visage du roi – curiosité, amusement, un brin de déception ? Angie reprit :

— Ma proposition est que nous fassions du bruit dans ce cagibi. Comme si... enfin... (Angie se sentit rougir de nouveau : cette impression de pervertir un innocent.) Comme si, enfin, comme si nous faisions complètement les choses, vous comprenez ?

Louis rougit à son tour, tenta de dire quelque chose, n'y réussit pas.

— Ce serait encore mieux qu'un baiser. Votre sœur, Talia et tout le monde penseront que vous avez... Que nous avons... Moi, j'aurai mon laissez-passer, et vous, Majesté, votre sœur sera fière de vous, et elle vous fichera la paix pendant plusieurs mois.

Le roi détourna les yeux sur les visons et les hermines, puis finit par acquiescer.

— OK. Bonne idée.

— Très bien.

— Parfait.

— Allons-y.

Nouvelle pause. Ils rirent tous les deux, nerveusement. Angie gratta un peu la paroi en bois, puis, se prenant au jeu, secoua la porte, comme si quelqu'un s'y appuyait. Louis étouffa un fou rire, puis, se mordant les lèvres pour contenir son hilarité, il commença, lui aussi, à faire vibrer les parois. Ils continuèrent ainsi une bonne minute – *il aurait fallu ajouter des gémissements*, pensa Angie, *voire un petit cri*, mais honnêtement elle n'en avait pas le courage.

— Ça suffit ? souffla Louis au bout d'un moment.

— Je pense que oui. Attendez ! ajouta Angie quand ils s'interrompirent.

Elle sortit son rouge à lèvres, en mit un peu sur le col et la gorge du roi, défit un bouton de la chemise de l'adolescent, ébouriffa ses cheveux avant de contempler son œuvre.

— Parfait, annonça-t-elle. Prêt à sortir ? demanda-t-elle avant d'arranger une dernière mèche.

Sa main effleura la joue du roi, qui frémit.

— En même temps, murmura-t-il. Là, on... on ment.

— On ment ? répéta Angie, amusée.

— Je... Le roi représente la France... Un exemple moral... Et le mensonge, est, disons, le symbole de la déloyauté. De la trahison. Il est de mon devoir, de, euh...

— De mentir le moins possible ? Je comprends, dit doucement Angie, se rapprochant.

Leurs visages étaient très proches, mais elle ne voulait pas prendre l'initiative. Si elle voulait l'aider à vaincre sa timidité, il fallait que cela vienne de lui, que ce soit lui qui... Le roi rougit, hésita, puis posa sa main sur les épaules de la jeune fille.

Leurs lèvres se touchèrent. Ce fut un baiser très doux, presque chaste, qui ne dura qu'une seconde. Quand Louis se redressa, Angie lui adressa un sourire radieux, puis ouvrit la porte. Ils sortirent – Louis un peu ému encore, Angie d'un air conquérant, affectant de se recoiffer.

La musique hurlait toujours à l'extérieur, mais, sous le dais, le silence régnait.

Le garde du corps jeta un coup d'œil vers la tenture de l'entrée, pour vérifier que personne n'espionnait.

Les demoiselles d'honneur étaient figées, bouche bée. Joséphine, d'abord hésitante, battit des mains en voyant l'expression extatique de son frère.

— Excellent !

— Espèce de petite pute, souffla Talia quand Angie passa devant elle.

— Pas de photos ! aboya le garde du corps, alors que Bérénice commençait à lever son portable.

Comme la jeune fille insistait, il lui prit le poignet avec violence et répéta :

— Pas de photos !

Bérénice fit un pas en arrière, effrayée, tandis que la princesse Joséphine se tournait vers Angie.

— Bravo, conclut-elle. Superbe travail.
Et avant qu'Angie ait besoin de réclamer, elle ajouta :
— Un deal est un deal. Talia ? Trouve-moi un stylo.

Angie ressortit de la tente, le précieux papier à la main. Une euphorie inattendue l'avait saisie. Et ni l'atmosphère enfumée de la Suite de Vénus, ni les relents d'alcool, ni la musique beuglante, ni la fille en diadème qui vomissait dans une vasque ornementée ne réussirent, dans les minutes qui suivirent, à gâcher cette impression délicate d'avoir emporté, avec ce baiser furtif, un paradoxal morceau d'innocence.

Clémence et Élise étaient debout près d'un bar, un verre à la main, passablement éméchées.

— On veut partir ! cria Clémence quand elle aperçut Angie. Elle craint, ta fête !

Se retournant vers un serveur, elle ordonna :

— Une bouteille de champagne, mon brave ! À emporter !

— « Mon brave » ? grogna le serveur.

Angie se pressa d'intervenir :

— De la part de Talia, pour la princesse Joséphine.

Après un coup d'œil à son chef, qui haussa les épaules, le serveur tendit une bouteille de Taittinger à Clémence qui commença à se frayer un chemin jusqu'à la sortie, agitant le champagne comme un drapeau.

— Qu'est-ce que tu foutais ? hurla-t-elle à Angie tandis qu'elles se rapprochaient de l'antichambre en enjambant des couples très occupés.

— Moi ? Je…

— Nous, on a évité un viol. Enfin, un début. Allez, je te le fais à cinquante pour cent. *Un demi-viol.*

— Hein ? Quoi ? s'écria Angie, prise d'un affreux remords. (Toute à ses manipulations, elle avait oublié le danger que courait Élise.) Mon Dieu ? Qu'est-ce qui s'est passé ?

— Rien, justement !

Elles s'arrêtèrent devant l'arche de sortie.

— Rien, grâce à Clémence, expliqua Élise, qui hésitait entre le rire et les larmes. Dauvert – le marquis de Dauvert – m'a dit que mon petit frère, enfin que Benjamin m'attendait. Il m'a entraînée vers le fond de la salle, derrière les colonnes, et, évidemment, Benjamin n'était pas là et, évidemment, le marquis a commencé à… Je veux dire, c'est vieux comme le monde ! Quelle imbécile je suis…

— Mais non, protesta Angie.

— Mais si, rétorqua Clémence.

— Donc, je lui ai dit non, mais il a continué, son copain l'a rejoint, et il m'a saisi les poignets, il m'a plaquée contre un pilier, et j'ai crié, et Clémence est arrivée…

— Et je lui ai mis une beigne, annonça fièrement Clémence. Au marquis.

Élise fut prise d'un fou rire ; Clémence suivit ; décidément, elles avaient bu, toutes les deux, pensa Angie, leur rire était contagieux, et Élise ajouta, des larmes de rire lui perlant maintenant aux yeux :

— Son nez a commencé à pisser le sang, il y en avait partout sur sa chemise, et…

Elles rirent encore plus fort, tandis que le portable d'Élise se mettait à briller.

— La duchesse de Noailles, Angélique. Elle dit qu'elle a essayé de vous téléphoner… de te téléphoner dix fois. Et tu n'as pas répondu.

— Mon portable est sur silencieux, annonça Angie. Et il va le rester.

Élise pouffa de nouveau, comme si Angie avait prononcé une réplique absolument hilarante.

— Qu'est-ce qu'on fait maintenant ? demanda Clémence. Je me sens prête à conquérir le monde.

— Moi aussi, souffla Angie. J'ai le cœur qui bat à cent à l'heure.

— C'est l'adrénaline.

— Et l'alcool.

— Vous voulez visiter Versailles ? dit Élise. Parce que je vous emmène. Je connais tous les passages, enfin, pas tous, mais un certain nombre…

— Oui ! Allons combattre le crime et séduire les garçons ! déclara Clémence.

Élise jeta un coup d'œil à son téléphone et ajouta :

— Un nouveau message de la duchesse de Noailles.

— On s'en fout, décida Angie. Au fait, je vous ai dit que j'avais embrassé le roi ?

— *Quoi… oi ?* croassa Élise.

— Il en a de la chance ! commenta Clémence. J'espère qu'il a apprécié ! Et maintenant… à nous, Versailles !

Chapitre 15

L'heure qui suivit fut une parenthèse enchantée et embrumée à la fois.

L'incident du marquis avait, semble-t-il, éveillé chez Élise un petit côté rebelle. Elle fit donc passer Angie et Clémence dans les bâtiments du vieux Versailles, interdits au public, par une porte réservée mais dont le garde était connu pour prendre d'interminables pauses-cigarette, expliqua-t-elle.

Il était en effet absent. Les filles passèrent en pouffant, se sentant à la fois idiotes et aventurières, et se retrouvèrent dans une série de salles majestueuses, donnant sur les anciens appartements royaux, considérés désormais comme trop inconfortables, et transformés en salons privés.

Et il y en avait du monde, dans ces salons privés. Versailles vivait et vibrait bien au-delà du dôme. À cette heure, chaque pièce était un monde, presque une petite communauté. Dans certaines, le feu des cheminées laissait des reflets pourpres et orange sur des silhouettes enlacées – parfois, ils étaient plus que deux sur les profonds divans, et Angie, fascinée, croisa le regard de deux femmes nues et masquées, très concentrées sur un homme qui ne leva la tête qu'en entendant la porte s'entrouvrir ; telle une volée d'oiseaux, les trois filles se sauvèrent, Angie gardant un goût saumâtre de sa brève vision. Non que ce soit sa première image d'orgie (à l'ère numérique, une fille de dix-sept ans avait tout vu, du moins sur écran), mais le contraste entre la scène et l'innocence du baiser échangé dans le vestiaire était désagréable, comme si elle jonglait, de nouveau, entre plusieurs réalités.

La pénible impression passa, les filles se glissèrent dans de nouveaux salons, plus éclairés. Dans l'ancienne chambre de la reine, une belle jeune femme aux cheveux roux (« Emma d'Orléans », chuchota Élise) présidait, radieuse, une réunion privée où, sur des tables de poker improvisées, les joueurs misaient des sommes fabuleuses. À côté, on dansait dans une large galerie, dont les statues avaient été maquillées par un farceur. Après s'être jointes à la danse, les trois jeunes filles furent emportées avec un groupe de jeunes gens surexcités vers le sommet d'un immense escalier en marbre, puis le leader du groupe, qui ne devait pas avoir seize ans, s'installa en haut des marches et commença à fumer un joint ; les filles prirent chacune une bouffée, puis se sauvèrent, et, de couloir en couloir (« J'ai quelque chose à vous montrer ! » disait Élise, les entraînant toujours plus loin), elles se retrouvèrent bientôt isolées dans une aile différente du château, somptueuse et silencieuse.

Les salons, leurs conversations feutrées étaient désormais loin. Les couloirs du rez-de-chaussée étaient plongés dans une semi-pénombre, éclairés seulement par de tremblotants bougeoirs électriques. Mais Élise semblait savoir où elle les conduisait. Elle poussa une lourde porte, et les trois jeunes filles se retrouvèrent dans la galerie des Glaces, fermée pour travaux, que la jeune demoiselle d'honneur, blasée, traversa à toute vitesse de son pas léger. Clémence et Angie ralentirent, fascinées par la beauté du lieu le plus emblématique de Versailles, hypnotisées par les reflets infinis de leurs silhouettes, créés par les miroirs. Élise était déjà ressortie, Clémence se hâta de la rejoindre ; Angie s'attarda, regardant les centaines d'Angélique créées par les reflets symétriques – ces silhouettes élégantes, presque étrangères dans leur luxueuse tenue, qui la contemplaient en retour. Sa tête tournait – ce n'était pas une bonne idée, après tant d'alcool, d'avoir fumé (et pas du tabac)... Un instant, Angie eut l'impression étrange que les Angélique qui la contemplaient dans le miroir n'étaient pas exactement les mêmes, qu'elles étaient de vraies personnes, différant d'elle par des détails imperceptibles, de coiffure, de vêtements. L'impression était si forte qu'Angie s'approcha d'une des glaces, si élégante dans son cadre de bois et de vieil or, et tous les reflets se rapprochèrent avec elle, et il lui sembla de nouveau que l'Angélique la plus proche n'était pas… pas exactement…

—Angie! cria Clémence.

Soulevant ses jupes, Angie courut les rejoindre, tandis qu'un piano désaccordé se mettait à jouer dans une pièce attenante.

La musique était prenante, passionnée malgré ses fausses notes, et Angie sentit une vague de familiarité l'envahir. Elle repensa à l'inconnu qui l'avait emportée dans la valse, qui lui avait demandé si elle se souvenait…

Elle était petite, elle descendait un immense escalier, et… Non, elle ne descendait pas un escalier, elle en montait un, en compagnie de Clémence et d'Élise, un étroit escalier en métal de maintenance.

Élise disait: «Nous y sommes presque!»

La musique ne s'était pas interrompue, elle continuait comme un bruit de fond, et Angie réalisa que le piano n'avait jamais été réel, la mélodie ne jouait que dans son esprit. Deux étages plus haut, Élise entrouvrit une petite lucarne, se hissa dehors (ce qui, vu la taille de ses jupes, n'était pas une mince entreprise) et, quelques minutes plus tard, les trois filles étaient debout sur les toits du château de Versailles, alors que la nuit étendait autour d'elles son royal velours.

Elles avancèrent jusqu'à une zone en pente douce et s'assirent. Leurs regards portaient vers le sud. À gauche, les lueurs captives du dôme d'Eiffel, en haut les profondeurs de l'éther; devant, les jardins de Versailles se perdaient dans la forêt, puis dans la nuit. Montaient vers elles la rumeur douce de l'orchestre, les voix étouffées des danseurs, et, encore une fois, Angie eut le vague souvenir d'une autre nuit, d'un autre bal.

Élise s'était allongée, le dos sur le toit glacé, fixant les astres. Elle paraissait mélancolique, et Angie décida d'utiliser volontairement son talent. Elle se concentra sur Élise, ouvrit son esprit à l'affût des émotions – et elle les sentit : solitude, exclusion, tristesse.

S'allongeant aux côtés de la jeune demoiselle d'honneur, elle lui effleura la main.

— Élise, merci pour cette soirée. C'est un vrai bonheur de t'avoir comme amie.

Élise sourit aussitôt, ses yeux s'éclairèrent. Clémence jeta un regard étonné à Angie, puis à Élise, et dut comprendre la situation, car elle ajouta :

— Nous formons une belle équipe, toutes les trois ! Et d'ailleurs, pour fêter ça…

Elle lutta contre le bouchon de la bouteille de champagne, qui finit par sauter et partit dans le parc en bas tandis que le liquide jaillissait joyeusement.

— Attention ! Tu en perds ! protesta Élise.

Clémence après avoir goûté lui passa la bouteille en riant.

Élise but directement au goulot, puis ce fut le tour d'Angie, qui prit sa part avant de déclarer :

— Clémence, nous avons une mauvaise influence sur cette enfant.

— Quelle enfant ? protesta la demoiselle d'honneur.

— Toi, Élise ! Tu as quinze ans ! Et, depuis que tu nous « coaches » pour cette soirée versaillaise, nous ne te faisons faire que des bêtises !

Clémence approuva sans remords apparent, et Élise répondit :

— Oh, mais, chères amies, ces bêtises, je les apprécie fort.

Son ton si incongru dans une bouche si jeune et dans une telle situation firent partir Angie et Clémence dans une nouvelle crise de fou rire, à laquelle Élise se joignit bientôt. Clémence demanda ensuite si Angie avait vraiment embrassé le roi, et Angie résuma la scène tandis que son amie fronçait les sourcils.

— Pourquoi avais-tu besoin d'un laissez-passer ? commença-t-elle.

Angie contra aussitôt la question par :

— Ah, et aussi nos familles veulent nous marier, Saphir de Valmont et moi.

Clémence bondit.

— Pardon ?

— Ne t'inquiète pas, ça ne risque pas d'arriver, ajouta Angie amusée par sa réaction. Avec Saphir, nous avons décidé de faire semblant, nous nous voyons après-demain. Clémence, tu es invitée. Et attendue.

Il y eut un silence, qu'Élise, malgré son état d'ébriété, interpréta aussitôt.

— Oh ! Clémence ! Saphir te plaît ?

— Je lui ai parlé *deux minutes* ! protesta celle-ci.

Trop tard. Élise était lancée :

— Non, parce que je sais que, justement, Saphir n'a pas de copine ; l'année dernière, il a failli sortir avec Éléonore de Monsoreau, qui va hériter du duché, enfin, si le procès avec sa demi-sœur se résout, mais le comte de Valmont s'est opposé à leur relation, le père de Saphir est très snob, très exigeant, malgré sa mésalliance…

— Deux minutes ! J'ai parlé à Saphir DEUX MINUTES, répétait désespérément Clémence, tandis qu'Angie fronçait les sourcils.

— Une princesse saoudienne, c'est une mésalliance ?

— Pour les loyalistes. Pour les partisans de l'ancien sang, expliqua Élise, après un petit hoquet dû au champagne. Ceux qui pensent qu'il ne faut se marier qu'entre familles de vieille noblesse française. Et puis la princesse est arabe. Alors que le comte aurait pu choisir de renforcer la lignée en épousant une cousine.

— Bonjour la consanguinité, s'écria Clémence. Ils voulaient des bébés à deux têtes ?

— Saphir et Amina en souffrent ? demanda Angie, pensive. Du racisme ?

Élise sourit.

—Saphir dit que le racisme s'arrête là où l'impôt sur la grande fortune commence.

Nouveau fou rire, nouvelle gorgée de champagne, et Clémence demanda :

—Et toi, Élise ?

—Moi quoi ?

—*Boyfriend ?*

—Non. (Il y eut un court silence.) Quand on n'est pas protégée par une famille puissante, les jeunes gens de la cour sont...

Élise frissonna.

—Tu vois ! Tu es mûre, déclara Clémence. Élise, il est temps de changer ton orientation politique. (elle chuchota, dans l'oreille d'Élise qui devint écarlate) Abolition de la monarchie. Instauration d'une république. Annulation totale des privilèges aristocratiques.

Élise fit un petit « oh » choqué.

—On ne peut pas dire ça, murmura-t-elle.

—Oh, on peut, railla Clémence. Crois-moi, on peut.

—Élise, tu es aussi rouge que si tu venais d'ouvrir un manuel érotique, s'amusa Angie.

—Imagine, Élise, insista Clémence. Le marquis et son salopard de copain, tout à l'heure ? S'ils perdaient leur titre, et leurs droits spéciaux ?

—Mmm, dit Élise, réfléchissant.

Une lueur d'amusement dansait dans ses yeux.

Clémence leva sa bouteille.

—Vive la république ! conclut-elle.

Angie répéta le toast, Élise hésita, puis se lança elle aussi, tandis que résonnaient les premières détonations d'un feu d'artifice.

En bas, la rumeur des voix s'était renforcée – les danseurs sortaient du dôme pour assister au spectacle offert. Les lumières s'élancèrent dans la nuit : nacre et or, gerbes éblouissantes, pluies de perles, illuminant les arbres, les eaux, le ciel, et les jeunes filles restèrent un long moment à le contempler, se passant la bouteille en silence.

Quand la débauche de lumière prit fin, ou peut-être s'interrompit-elle simplement pour l'entracte, les filles avaient déjà des étoiles plein la tête. Elles se levèrent, puis redescendirent l'échelle, l'esprit alangui et heureux. Elles rebroussèrent chemin, descendirent encore pour se retrouver au niveau des salons et des théâtres privés, mais elles étaient dans une autre aile du château où il n'y avait personne. Pourtant les lumières brillaient, de magnifiques flambeaux halogènes faisaient ressortir les ombres des statues et les danses bleu et or des chérubins sur les plafonds ; dans un boudoir abandonné les bûches flambaient gaiement, et deux verres à whisky à peine entamés témoignaient d'une présence disparue. Élise hésita, puis désigna, dans un couloir, une porte recouverte de plaques de malachite qui, expliqua-t-elle, indiquaient discrètement l'entrée des toilettes.

Les trois adolescentes s'y glissèrent pour se refaire une beauté. Le lieu n'était pas très grand, peut-être trente mètres carrés, et paraissait unisexe. Les murs de marbre orangé reflétaient la lumière diffuse du lustre.

Il y avait un homme au fond.

Les filles avaient l'esprit encore obscurci et il leur fallut un moment pour réaliser ce qu'elles voyaient. Clémence terminait une phrase, Élise riait encore, Angie marchait vers un des lavabos, alors que son esprit enregistrait, lentement, trop lentement, que l'homme… que l'homme était penché sur le lavabo, sniffant une poudre bleutée, que son visage… que son visage était maculé de sang, que ce sang, il en avait partout, autour de la bouche, sur ses dents, coulant le long des commissures de ses lèvres, sur son cou, sur sa chemise de soie…

Angie sentit ses amies se figer derrière elle.

L'inconnu leva la tête, ses pupilles dilatées par la drogue.

Angie tenta d'articuler un avertissement, mais il était trop tard.

Le mouvement fut si rapide qu'elle ne vit même pas l'homme bouger.

Une main l'étrangla, des dents se plantèrent dans sa gorge, déchirant, buvant. Derrière, dans un autre monde, Clémence poussa un hurlement d'horreur, Angie se débattait, mais la prise du vampire était d'acier ; elle devina, plutôt qu'elle ne vit, ses deux compagnes qui criaient, tentant d'arracher l'agresseur à sa proie ; le vampire buvait toujours ; tout devenait blanc, Angie perdait connaissance. Soudain, le vampire la lâcha, sans raison ; il attrapa Élise par l'épaule et projeta l'adolescente sur les lavabos ; la tête d'Élise percuta les miroirs, qui se brisèrent avec fracas ; Clémence répétait : « Angie, Angie ! » Angie était tombée sans s'en apercevoir, la poitrine oppressée, elle respirait à peine ; le vampire s'attaquait à Élise maintenant ; il souleva ses jupes, planta ses dents dans le haut de ses cuisses, déchirant l'artère fémorale ; la jeune fille hurlait d'horreur, tentant désespérément de fuir ; Angie se relevait, au ralenti ; son esprit lui rugissait de se porter au secours d'Élise, que chaque seconde était cruciale, mais ses membres tremblaient, ses mouvements englués ; elle se rendit compte qu'elle ne voyait que par intermittence, si faible que son cerveau fonctionnait comme par stroboscopie ; un éclair, elle vit Clémence, qui avait saisi un éclat de miroir et le levait pour frapper ; l'éclair suivant, Clémence était à terre, du sang sur la nuque (Angie avait réussi à se lever, mais ses pieds glissaient sur le sol détrempé) ; nouvel éclair, Élise à la porte, gémissante, rattrapée par la créature qui la plaqua sur une cuvette de marbre ; il y eut un bruit répugnant de chair déchirée ; Angie avait ramassé l'éclat de miroir ; elle poignarda, entailla la nuque du monstre, une fois, deux fois, mais rien n'y faisait, c'était comme s'il ne sentait rien ; en fait, il riait ; il se releva, un sourire carnassier aux lèvres, et Élise – oh, mon Dieu ! Élise ne bougeait plus et sa gorge, sa gorge était… indescriptible ; le vampire saisit Angie, la colla contre le mur…

La balle de la duchesse de Noailles lui traversa la tête.

Chapitre 16

La détonation résonna entre les plaques de marbre.

Autour d'Angie, les personnages se figèrent, comme un tableau.

La duchesse de Noailles, debout à l'entrée, sa tenue impeccable, un petit revolver à la main. Clémence, blême, recroquevillée à terre. Le vampire, gisant sur le carrelage, un trou net et clair entre les deux yeux – pourpre comme une marque de Shiva. Et le sang, surtout, le sang partout : sur les murs, sur l'émail, par terre en flaques, sur les vêtements et le corps d'Angie, gouttant sur les lavabos où Élise gisait immobile.

Angie se força à avancer – chaque pas était une lutte, comme s'il représentait une distance infinie. Puis le cauchemar parut céder, et tout s'accéléra. La duchesse de Noailles baissa son arme et la rangea dans sa pochette Dior. Les mains secouées par des tremblements compulsifs, Angie se pencha sur Élise, lui tâta la poitrine, le cou, cherchant un pouls.

— Elle est morte, déclara froidement la duchesse, fermant sa pochette avec un petit « clac ». Et maintenant vous allez faire exactement ce que je dis.

Clémence tenta de se relever, glissa. Angie la rattrapa. Les deux adolescentes restèrent un instant collées l'une à l'autre, tirant réconfort de leur chaleur mutuelle, tandis que la duchesse de Noailles sortait son téléphone et le mettait sur « chronomètre ».

— Nous avons quatorze minutes avant qu'il se réveille, déclara-t-elle, désignant le vampire. (Clémence et Angie eurent un hoquet d'horreur.) Il faut l'achever avant qu'il rouvre les yeux. Sinon, nous sommes fichues.

— L'achever ? demanda Angie, qui luttait pour reprendre le contrôle d'elle-même. Comment allons-nous…

— C'est un vampire ! s'écria la duchesse, exaspérée, comme si la question était d'une stupidité sans nom. Il faut lui couper la tête et le brûler, évidemment !

— Évidemment, répéta Clémence.

Mais son ton n'était même pas sarcastique, elle fixait le sang, le cadavre d'Élise, les yeux quasi vitreux, et Angie eut peur.

— Clémence, tu… tu es en état de choc. Tu saignes. Ta tête…

— Non, ça va, répondit Clémence sur le même ton.

La duchesse de Noailles approchait du vampire et Angie eut un sursaut.

— Les urgences. Il faut appeler les urgences. Élise, on peut peut-être la réanimer, on peut…

— Son cœur ne bat plus. Sa nuque est brisée, sa carotide déchirée. Il n'y a rien à réanimer. (Angie ne sut quoi répondre.) Plus que treize minutes. (Elle fixa les deux filles, longuement.) Vous ignorez qui nous venons d'abattre. Votre seule chance de survie, *ma* seule chance de survie, est que personne au monde n'apprenne ce qui s'est passé en ce lieu. Pas la police, pas vos familles, personne. (Elle désigna le vampire.) Notre seul espoir est que ce corps disparaisse à jamais et que nul ne sache ce qui lui est arrivé. Il nous reste un peu plus de douze minutes. Si un garde, un courtisan, un valet, une femme de ménage entre dans ces toilettes avant que nous ayons tout fait disparaître, notre mort est signée. Compris ?

Clémence et Angie acquiescèrent. La duchesse jeta un nouveau coup d'œil au chronomètre.

— Angélique, trouve-moi une scie. Ou un grand couteau de cuisine. Ou une tronçonneuse.

Angie resta bouche bée, jusqu'à ce que sa mère ajoute, exaspérée :

— Oh, mon Dieu, ma fille, quelle enfant gâtée tu fais ! Crois-tu que Versailles n'est qu'une enfilade de pièces dorées ? Crois-tu que le parquet se cire par magie, que des fées lavent la vaisselle, que les poubelles se téléportent sur les bennes ? Cherche les portes en trompe-l'œil, les escaliers de service, et descends. Il y a des cuisines, des réserves, des locaux pour le ménage, des ateliers, des caisses à outils. Les bûches, pour les cheminées ? Comment crois-tu qu'ils les coupent ? À la petite cuillère ?

— Elle est morte, murmura Clémence, les yeux braqués sur Élise. Vraiment morte.

La duchesse soupira.

— Oui, merci, mademoiselle Brissot, pour ce commentaire d'une flagrante utilité. Maintenant, terminé. Fini les jérémiades et les éloquents regards tragiques. Êtes-vous capable de m'aider, oui ou non ?

— Je suis capable, dit doucement Clémence.

— Angélique, tronçonneuse, répéta la duchesse.

Angie se contenta d'un hochement de tête et fila.

Le couloir était désert. Angie se mit à courir sous les flambeaux électriques, tentant de se concentrer. Elle tourna à gauche, deux personnes somnolaient à droite, dans un bureau, et elle ne voulait pas les réveiller – puis elle fut prise d'un doute : comment savait-elle qu'il y avait deux personnes, si elle ne les voyait pas ? Mais les questions viendraient plus tard, il fallait agir et, ouvrant une porte de bois mal dissimulée par une peinture en trompe-l'œil, Angie découvrit un escalier de service, moquetté de gris. Elle descendit les marches quatre à quatre.

Puis s'immobilisa.

Elle courait. Dans un escalier. Quelques minutes auparavant, elle était au bord de l'évanouissement, et maintenant… *elle courait* ? Angie frissonna, elle avait cru entendre Élise rire, elle s'était crue sur le toit, à regarder le feu d'artifice; elle aussi était en état de choc, mais le fait qu'elle ait couru n'était pas une hallucination. Tant pis, encore une fois, ce n'était pas le moment de s'interroger; Angie prit une profonde inspiration, puis repartit.

Elle ne se sentait pas affaiblie. Au contraire, elle vibrait d'une force étrange, comme si elle était capable, physiquement, de prouesses; son état mental, en revanche, mêlait l'irréalité et la culpabilité. Élise, une gamine de quinze ans, Angie l'avait entraînée hors du dôme, elle l'avait fait boire, elle l'avait poussée à des expéditions interdites, et maintenant elle était morte. Angie descendit trois nouvelles marches, entrevit, au fond d'un interminable couloir, une porte rouge avec une inscription illisible et...

Angie était devant la porte.

Elle se plia en deux, prise de nausée.

Que s'était-il passé? Un instant, elle descendait les dernières marches; l'instant d'après, elle se retrouvait cinquante mètres plus loin, devant la porte.

Dans le métro. Cela lui était arrivé dans le métro, quand les hommes l'avaient attaquée. Angie avait perdu un morceau de temps, à moins qu'elle ne se soit déplacée extrêmement vite. Et là...

Ça recommençait.

Son cœur s'emballa, puis se calma tandis qu'elle reprenait le contrôle. Sur la porte était marqué: « A 18 – Réserve ».

Pas le moment. Ce n'était pas le moment de réfléchir; Angie posa la main sur la porte et poussa.

— Non! Sur le tapis! ordonnait la duchesse à Clémence. Plus que huit minutes! annonça-t-elle quand Angie les rejoignit, dans un luxueux petit salon attenant aux toilettes.

Clémence avait hâtivement préparé un feu. Les flammes mordaient le papier, léchaient le petit bois, mais n'avaient pas encore attaqué la bûche. Elles avaient porté le corps inconscient du vampire sur un magnifique tapis de soie chinoise, vieux de plusieurs siècles sans doute. Dans l'esprit d'Angie, les pensées les plus parasites se bousculaient, le prix du tapis, du détachant suffirait-il à éliminer le sang, et est-ce qu'Élise avait froid, toute seule, abandonnée près des lavabos ? Elle ne fut tirée de sa spirale de réflexions absurdes que par la voix de sa mère qui demandait :

— Tronçonneuse ?

— Couteau électrique, déclara Angie en tendant l'instrument.

— Trouve une prise, répondit la duchesse, après un soupir exaspéré.

Angie brancha le fil derrière une tenture.

— Et les caméras ? demanda Clémence.

— Pas de caméras ou de micros à Versailles, répondit la duchesse. Le château est régi par des lois spéciales, et le gouvernement n'a pas le droit de surveiller les lieux.

Clémence acquiesça, très pâle, et quand Angie demanda « Ça va ? » elle ne répondit que par un signe de tête.

— Concentrez-vous, ordonna la duchesse.

Elle prit le couteau et appuya sur le bouton.

Découper un corps en morceaux avec des lames électriques mal aiguisées n'est pas une opération qu'on entreprend tous les jours. Angie, dont le cœur battait toujours trop vite, et à qui une étrange migraine battait les tempes, devait s'en souvenir par bribes, plus tard, comme une sorte d'interminable suite d'images atroces, de sensations malsaines. La duchesse de Noailles s'attaqua d'abord aux cervicales.

— Il ne sera mort que quand la tête sera détachée et brûlée, expliqua-t-elle, les dents serrées par l'effort.

Mais les lames vibrantes du couteau avaient du mal à entamer l'os, le sang giclait, tandis que Clémence et Angie maintenaient de leur mieux le cadavre (ou du moins le futur cadavre).

— Pourquoi n'appelons-nous pas la police ? chuchota Clémence, sachant que cela n'allait faire qu'énerver encore plus la duchesse.

Mais Angie comprenait ; Clémence était prête à faire, à dire n'importe quoi pour les extirper de l'ambiance de film d'horreur où elles avaient basculé. La duchesse de Noailles, épuisée, ne fit d'abord que changer de position, avant de demander à Angie de prendre la suite de son macabre ouvrage. Angie attrapa le couteau électrique et s'attela à la tâche, tentant de ne penser à rien, ou à autre chose, alors que les lames patinaient sur les os de la nuque et que le sang maculait les fibres de soie du tapis ; un sujet, n'importe quel sujet pour occuper son esprit ; Matt, l'été dernier, en Normandie, devant la mer, avec Clémence, ils avaient fait une bataille de glace au chocolat, puis Matt et elle s'étaient disputés avec violence et, à un moment, Angie avait cru que… Mais rien à faire, ses pensées revenaient toujours à Élise abandonnée sur l'émail du lavabo, et les cervicales du cadavre finirent par céder avec un bruit sec, et la tête se détacha du corps.

Les trois femmes eurent un mouvement de recul, comme si le vampire allait avoir un dernier sursaut, se relever, mais il ne se passa rien de tel.

— Trente secondes, annonça la duchesse. Il faut brûler la tête…, murmura-t-elle, un brin moins impeccable que d'habitude, ses cheveux légèrement ébouriffés, une goutte de sueur perlant sur sa tempe.

Elle enleva ses gants, prit le crâne du vampire, hésita un incompréhensible instant, et le jeta dans les flammes.

Il y eut un silence. Clémence et Angie fixaient la cheminée, ne sachant à quoi s'attendre : une explosion, des éclairs, une manifestation surnaturelle ? Il n'y eut, d'abord, rien d'étrange – les cheveux prenaient feu, la chair se carbonisait –, puis, avec un hoquet d'horreur, Angie crut qu'une lueur de vie passait dans l'œil, mais ce n'était peut-être qu'un jeu de lumière. Suivirent un crissement, un soupir ; une brume argentée s'éleva dans la cheminée – et plus rien.

La tête s'était désintégrée. Ni odeur nauséabonde de chair brûlée, ni restes d'os, rien. Que cette brume argentée, sitôt apparue, sitôt envolée.

La duchesse de Noailles se détendit, comme si un poids terrible disparaissait de ses épaules. Elle reprit le couteau des mains d'Angie, puis répondit, enfin, à la question qu'avait posée Clémence, une éternité auparavant.

— La mort de cet homme va résonner, très haut, très loin, mademoiselle Brissot. Et sa famille voudra le venger. Une vengeance à l'ancienne. Oh, appelez la police, si vous voulez. Elle viendra. Votre rapport sera enregistré. Puis ce rapport disparaîtra. Ainsi que votre père, le puissant député. Disparu, un matin, comme ça. Votre mère. Vos frères, vos sœurs, si vous en avez. Enfin viendra notre tour, votre tour, Clémence, puis celui d'Angélique, celui de son père… et le mien, bien entendu. Et pour nous trois, les plus impliquées, la mort sera une inaccessible grâce.

Le feu continuait à crépiter. Sur le tapis, le sang du cadavre décapité commençait à coaguler.

— Notre destin, mesdemoiselles, va se jouer sur vos actions de ce soir, avant que la disparition soit remarquée. Nous allons finir de brûler le corps ; vous allez vous nettoyer, vous changer, vous remaquiller. Puis vous allez retourner au Bal de Mercure, et vous allez danser.

— Quoi ? s'étrangla Angie

— Madame, c'est impossible, s'exclama Clémence Vous ne pouvez pas nous demander de…

— Je ne demande pas. J'ordonne.

— Je n'abandonnerai pas Élise dans les toilettes, protesta Angie.

La duchesse se leva.

— Nous allons tout nettoyer, bien sûr, et dissimuler le cadavre de cette gamine – je le ferai récupérer cette nuit, avant que les équipes de nettoyage passent. Mais l'important, c'est que nul soupçon ne plane sur vous. Que nul ne puisse vous lier à cet incident. Il faut qu'on vous *voie*, danser, parler, vous amuser ; il faut qu'on ait l'impression que vous n'avez jamais quitté le dôme.

— Nous l'avons quitté, déclara Angie. Nous étions dans la Suite de Vénus il y a une heure.

— Vous avez été vues ? Remarquées ?

Angie eut un petit rire.

— Définitivement.

— Alors, dit la duchesse après un instant de réflexion, vous retournerez là-bas d'abord. Vous vous arrangerez pour vous faire remarquer de nouveau. Puis vous rejoindrez le dôme, et le bal principal. Compris ?

Angie hocha la tête.

— Compris.

— J'ai autre chose à vous dire. Et je ne le répéterai qu'une fois, alors prêtez bien attention.

La duchesse se leva, épousseta, à côté des larges taches de sang de sa robe, un peu de poussière invisible, puis reprit :

— Cette scène, ces meurtres, ce que nous sommes en train d'accomplir ce soir... rien de tout cela n'est jamais arrivé. Cette attaque dans les toilettes, la manière dont nous avons disposé du cadavre... vous ne m'en reparlerez jamais. Vous ne me poserez pas de questions. Vous ne le raconterez jamais, à personne. Et surtout – surtout ! – vous n'en discuterez jamais entre vous, *jamais*, est-ce bien entendu ? Vous retournerez à vos vies, et tout reprendra comme avant. Compris ?

Les deux filles la regardèrent en silence. Puis elles hochèrent la tête.

Satisfaite, la duchesse ralluma le couteau électrique.

Chapitre 17

Le métal rongea l'os, et les membres furent jetés un à un dans la cheminée. Ils prenaient feu un peu trop vite, un membre humain ne se serait pas consumé si rapidement. Puis, quand la majorité de la chair était brûlée, le morceau se réduisait en poussière.

Le sang disparut du tapis, d'un coup, quand le dernier membre du vampire se consuma. Angie et Clémence en restèrent ébahies ; la duchesse de Noailles se releva, rajusta sa coiffure, avant de déclarer qu'il était temps de passer à la suite.

Le corps d'Élise fut soulevé ; il fallut s'y mettre à trois.

—Oui, un cadavre, c'est toujours très lourd, commenta la duchesse de son ton blasé.

Puis le fardeau fut jeté sans cérémonie derrière un divan, devant lequel les trois conspiratrices se figèrent alors que des pas approchaient – un couple, plaisantant et flirtant, passa sans s'arrêter dans le couloir, avant de disparaître dans les profondeurs du château.

Ensuite, il fallut nettoyer les toilettes, éponger le sang, et il y eut ce moment, pire que tout peut-être, où, la duchesse repartie au bal, Clémence et Angie filèrent dans les vestiaires déserts pour enlever leurs robes flétries et tachées, et repasser leur Tenue d'Arrivée. Fond de teint, rouge à lèvres, mascara, elles durent de nouveau se préparer ; et Angie, apercevant son reflet dans le miroir, eut la pensée furtive qu'elle n'était plus elle-même, mais un des reflets aperçus dans la galerie des Glaces – différente pour toujours.

Enfin ce fut le retour à la Suite de Vénus, la gorge serrée. L'impression shakespearienne d'avoir, littéralement, du sang sur les mains. Quand les deux adolescentes se retrouvèrent devant le bar abandonné où elles avaient extorqué la bouteille de champagne, des larmes roulèrent sur les joues de Clémence, et elles restèrent immobiles, au milieu des buveurs fatigués qui cuvaient sur les canapés.

Ce fut à cet instant de calme relatif qu'Angie prit conscience que ses perceptions n'étaient vraiment pas normales.

Quelqu'un criait. Loin, éternellement, un cri atroce, sans début et sans fin.

Tout vibrait. Entre les tables basses se mouvaient des courants de couleurs. L'impression qu'elle avait eue en allant chercher le couteau électrique n'avait pas disparu – au contraire, son étrange état ne faisait que croître. Angie posa sa main sur sa poitrine, sentant les battements s'accélérer, se demandant si elle n'allait pas avoir une crise cardiaque.

— Comment vas-tu ? Ta tête ? murmura-t-elle à Clémence, espérant se raccrocher à la réalité.

Mais son amie se contenta de hausser les épaules.

Angie sentait sa détresse – Grand Dieu non, elle *voyait* la détresse de Clémence, comme une aura. Les volutes grises de la peine, les fissures obscures de la peur. *J'hallucine*, pensa Angie, qui détourna les yeux, épouvantée. Et, soudain, elle les sentit approcher.

— Deux filles, sur la gauche, pour nous, murmura-t-elle, la voix rauque.

Clémence parut étonnée – il n'y avait personne –, mais quelques secondes plus tard deux des demoiselles d'honneur de la princesse Joséphine faisaient leur apparition, sortant de derrière une arche et se dirigeant droit vers Angie.

Talia et Bérénice, c'étaient leurs prénoms ; Angie s'en souvenait, de son intermède avec le roi. Et, à la seule vue des jeunes filles,

les informations affluèrent – les plis fatigués de leurs robes (deux heures de danse), le corset de Talia déformé (rajusté en hâte, après une rencontre compromettante), le maquillage un peu coulé (la sueur, l'alcool, un replâtrage hâtif devant un miroir de poche). Et Angie *voyait* leur fatigue flotter autour d'elles, la brume terne de l'épuisement, teintée chez Talia d'une veine rouge de colère, qui prenait racine plus bas, aux sources de l'incertitude – et tout cela était évident, si clair. Angie eut un spasme – presque un malaise – et Clémence lui serra la main.

— Angie ? *Angie ?*

Trop tard. Talia et Bérénice étaient sur elles – comme des têtes chercheuses, des missiles, mais Angie n'avait ni le temps ni l'envie de jouer comme au théâtre une scène déjà écrite et, quand Talia ouvrit la bouche, Angie la coupa, lui volant ses paroles avant que Talia les prononce :

— Oui, je suis encore là ; non, nous n'allons pas rester ; oui, je suis une petite pute.

Clémence eut un sursaut de surprise, mais Angie lui fit signe de se taire ; interrompant de nouveau Talia qui tentait désespérément de s'exprimer, elle plongea plus profondément au cœur des courants d'émotion.

— Oui, Talia, c'est injuste car, toi, tu as toujours été là, auprès de la princesse Joséphine, la soutenant, l'aidant, une bonne amie, et moi, je débarque sans rien savoir des intrigues et des rivalités et des secrets, j'ignore à quoi vous avez survécu, et pourtant, comme ça, clac, j'emporte la récompense, le baiser du roi, et ce n'est pas juste, parce que ce baiser de Louis XXIV, et cette notoriété et cette protection, tu les avais mérités, Talia, ta loyauté méritait bien cette récompense, et tu sais quoi… (Angie lâcha Clémence, posa la main sur l'épaule de Talia et lui fit un rapide baiser sur la joue.) Tu as raison et je suis désolée.

Talia et Bérénice en restèrent, selon une vieille expression du père d'Angie, comme deux ronds de flan. Angie reprit la main de

Clémence et l'entraîna à grands pas hors de la Suite de Vénus, à travers les halls illuminés.

—*Et les caméras ? demandait Clémence.*

—*Pas de caméras ou de micros à Versailles, répondait la Duchesse.*

Non, ce moment était passé, Angie l'avait déjà vécu et, dans le présent, Clémence la tira brusquement par le bras.

—Angie ! Arrête ! Que se passe-t-il ?

—Oh, mon Dieu, Clémence, j'ai un problème, murmura Angie, qui, passant sa main sur son visage, s'aperçut qu'elle saignait du nez *(sang, Élise, lavabo, pourpre et blanc)*. Mon corps, mon esprit, tout tourne… trop vite et…

Angie reprit sa marche, et Clémence suivit, son inquiétude allant croissant.

—Tu sais, mon talent ? ajouta Angie en baissant la voix. De… de sentir les émotions… C'est comme s'il était devenu fou… depuis… depuis le, la, l'attaque, les toilettes, ajouta-t-elle.

Puis elle retint sa respiration car elles venaient de pénétrer de nouveau sous le dôme.

L'impression qui avait saisi Angie la première fois se trouva multipliée. La nausée la prit, sa tête tournait, la foule n'était qu'une orgie de couleurs et de liens – les liens *entre les gens*, réalisa Angie effarée ; elle percevait les relations, comme des cordes de couleur qui se créaient et se défaisaient entre les danseurs, les serviteurs et les courtisans. Les serpents jaunes de l'envie, dorés de l'amitié, les liens pourpres de la haine ou du désir…

Angie se perdait. Dans sa poitrine, son rythme cardiaque s'affolait.

Elle tituba.

—Accroche-toi à moi, disait Clémence, très loin. Appuie-toi sur le mur, viens là, murmurait-elle. (Angie sentit qu'elle était adossée à une paroi, derrière une colonnade, et qu'elle se serait écroulée si Clémence ne l'avait pas soutenue.) Angie, ton nez saigne encore, tes yeux sont injectés de… OK. OK. Ne panique pas, Angie, ne panique pas, je t'emmène à l'hôpital…

— Non… Nous devons être vues… sous le dôme, souffla Angie.

— Rien à foutre ! Je t'emmène aux urgences ! rétorqua Clémence.

Mais Clémence s'évaporait, ses paroles disparaissaient dans un autre monde, car l'esprit d'Angie accélérait encore, établissant des connexions, des réciprocités.

Elle parla, très vite, sans reprendre son souffle :

— Élise nous a dit que son frère devait être présent dans la Suite de Vénus et il n'y était pas elle a parlé de danger et maintenant Élise est morte peut-être y a-t-il une logique sous-jacente et même si notre rencontre aux toilettes paraît fortuite il se peut que… Et les caméras ?

— Mais qu'est-ce que tu racontes ? souffla Clémence.

Angie n'écoutait pas, ce phénomène, qui l'avait affectée deux fois, dans le métro et devant la porte de service, les points communs étaient la peur, l'adrénaline. Non, il y avait autre chose, un lien plus symbolique, plus évident, sa poitrine était oppressée ; des éclairs blancs lui cinglaient l'esprit…

— Tiens le coup, sanglotait Clémence, j'appelle le Samu, Angie, ne meurs pas, tiens encore un peu.

Mais Angie n'écoutait plus, ses jambes se dérobaient sur elle et elle sombra dans un gouffre sans fond…

Une main d'homme la rattrapa. Ferme, solide.

— Que lui arrive-t-il ? demandait une voix étrangement familière.

— Elle fait un malaise ! répondit Clémence, au bord de l'hystérie. Un AVC ou une crise cardiaque ou… Le Samu m'a mis en attente et… Qui êtes-vous ?

— Un ami de la famille. J'ai dansé avec Angélique tout à l'heure.

Angie s'obligea à ouvrir les yeux, reconnut l'homme aux cheveux noirs qui, au début de la soirée, l'avait emportée dans une valse

Elle ouvrit la bouche et les paroles déferlèrent :

— Vous êtes un vampire. Je reconnais la faim et la brume noire et le livre de Sylvie Ferrier a raison mais pas entièrement il doit y avoir un arrangement entre vous et la couronne, sinon vous ne pourriez pas évoluer à la cour, à l'ère informatique vous auriez dû être repérés depuis longtemps oui il y a forcément un contrat...

— OK..., souffla Philippe d'Orléans après un moment de silence stupéfait. Je vois. Angélique, écoutez-moi. Écoutez-moi, d'accord ? Respirez à fond. Il faut que vous repreniez le contrôle de...

Mais, au mot « vampire », des forces étaient apparues dans l'aura de Clémence, rage et vengeance et désir de protection...

— Éloignez-vous d'elle ! Vous m'entendez ? s'écria-t-elle d'une voix blanche. Partez, sinon je hurle ! J'alerte tout le monde, je...

Un nouveau changement brusque ; l'homme (le vampire) avait levé la main ; l'aura de Clémence vira au métal tandis qu'il ordonnait :

— *Reculez de trois pas. Lâchez ce téléphone. Et n'alertez personne.*

Clémence obtempéra.

Elle ouvrit la bouche, tenta de parler, sans succès.

Angie sentit Philippe d'Orléans se pencher vers elle, l'étudier. Puis il se redressa.

— Votre amie est en délire postsorcellaire, expliqua-t-il à Clémence. Il faut qu'elle reprenne le contrôle ou – comme vous dites – elle risque de faire un accident vasculaire cérébral. J'ai vu des magiciens inexpérimentés mourir en quelques minutes. *Que s'est-il passé ?*

Clémence pleurait.

— Je ne sais pas. Elle a commencé à saigner du nez... À dire n'importe quoi...

Alors Angie comprit.

Il était là, le point commun. *Le sang.* Dans le métro, la dague lui avait ouvert la gorge, le sang avait coulé, elle se souvenait de son odeur. Et aujourd'hui, mon Dieu, du sang il y en avait eu tant, celui du vampire, celui d'Élise, le sien ; elle en avait été maculée, il avait coulé en flaques...

Mais il fallait garder le secret.

— Le sang, déclara Philippe d'Orléans, comme s'il avait suivi le raisonnement d'Angie. Angélique, ouvrez les yeux. (Il claqua des doigts.) *Ouvrez les yeux...*

Angie sentit les liens de métal invisibles de l'Emprise se tendre vers elle ; elle les détourna sans difficulté, puis elle ouvrit les yeux, parce qu'elle le désirait. Un instant, la réalité reprit ses droits – la musique, l'immensité du dôme, le bal. Clémence, morte d'inquiétude, incapable de bouger, et cet homme aux yeux bleus intenses, penché sur elle avec une inquiétude sincère.

Puis le monde s'effilocha de nouveau – remplacé par les auras, les couleurs, la folie. L'esprit du vampire n'était qu'une brume argentée frémissante, avec une sphère noire roulant, dévorante, à l'intérieur.

— Angélique, je m'appelle Philippe, d'accord ? Philippe d'Orléans. Concentrez-vous. Vous êtes en danger. Vous avez saigné du nez, et, vu votre nature d'empathe, le sang sur votre visage a déclenché un afflux de puissance que vous êtes incapable de gérer. Êtes-vous praticienne ? Est-ce la première fois ?

— Praticienne ?

— De magie ?

— Non… Je n'ai jamais… Je ne savais même pas…

Philippe d'Orléans se tourna vers Clémence.

— Votre nom ?

— Clémence.

— Clémence, je vais relâcher mon Emprise. Ne criez pas, ne fuyez pas, elle a besoin de votre présence.

Il mordit sa main, du sang perla, qu'il passa sur les lèvres d'Angie, tandis que Clémence retenait une exclamation, puis se retournait nerveusement pour vérifier qu'on ne les observait pas.

— Angélique, reprit le vampire. Trouvez-moi un mantra… Une phrase, un vers que vous puissiez utiliser comme ancre spirituelle, pour reprendre le contrôle.

Les pensées d'Angie dérivaient, ses cours de français, « Je suis maître de moi comme de l'univers », avait dit Corneille, mais elle détestait Corneille, et ses pensées s'attardèrent sur Rimbaud, *Le Bateau ivre*, elle aussi était un vaisseau à l'abandon, emporté par la tempête. *Je sais les cieux crevant en éclairs, et les trombes je sais le soir…*

—Maintenant, vous allez répéter ce vers, l'associer à votre vie réelle, à votre quotidien, à vos amis, continuait Philippe. Il faut que vos pensées s'apaisent.

—Je comprends.

Elle comprenait. Mieux : elle savait. Là encore, tout s'imbriquait comme les pièces d'un puzzle : des bribes d'articles sur le yoga, sur les techniques de méditation, des conversations éphémères auxquelles elle n'avait jamais accordé d'importance. *Les Aubes sont navrantes… Toute lune est atroce et tout soleil amer.*

Rythmer. Se maîtriser.

—Bravo. C'est bien, continuez.

Angie inspira profondément. Philippe lui prit la main…

Et leurs esprits se joignirent.

Ce fut brutal, absolu. Le vampire eut un hoquet de surprise –Angie un sursaut–, était-ce le sang du vampire sur ses lèvres, son état d'empathie totale, le choc de ce qu'elle venait de vivre… Des images les traversèrent tous deux, des flashs de souvenirs, de leurs enfances respectives, mais ce n'était pas là l'important, pas là le cœur de leur contact, c'était, comme s'ils étaient, un instant, dans toutes leurs sensations, dans tout leur être…

Devenus l'autre.

Fin.

Désunion.

Aussi brutalement que cela avait commencé.

Angie resta figée. Les minutes passèrent.

Elle gardait les yeux fermés, tandis que sa respiration se calmait, que ses pensées se calmaient.

Quand elle rouvrit enfin les yeux, Clémence lui caressait l'épaule.

Philippe avait reculé. Il était livide.

—Comment te sens-tu ? murmura Clémence. Tu as l'air d'aller mieux. Attends.

Elle fila vers les tables blanches du buffet, attrapa une carafe en cristal, mouilla une serviette en papier et nettoya en douceur le visage de son amie.

—Merci, Clémence.

—Alors ?

—C'est toujours là. Mais je contrôle.

L'énergie rampait toujours en elle, mais au moins son cœur ne paraissait plus décidé à exploser dans sa poitrine. Et elle pouvait choisir entre les deux visions – la surface trompeuse de la normalité ou l'autre, celle des auras, des courants.

Elle se tourna vers Philippe.

—Merci à vous aussi.

Le vampire mit un moment à répondre. Leurs yeux se rencontrèrent, aucun d'eux n'osant parler le premier de ce qui s'était passé.

—La magie a un prix, expliqua-t-il enfin. En fait, elle en a deux. Le sang et la folie. (Il fronça les sourcils.) C'est étonnant. Un saignement de nez. Une si petite cause pour une réaction aussi violente...

La cause, c'étaient deux meurtres dans les toilettes, et l'afflux de sang, mais Angie ne pouvait guère l'avouer. Elle détourna les yeux, puis but un verre d'eau.

Un silence gêné s'installa. L'urgence passée, aucun des trois ne savait comment se comporter. Clémence, toujours nerveuse, se préparait à entraîner son amie, quand Philippe d'Orléans fit un pas soudain en avant et s'inclina, de manière très formelle.

—Mademoiselle de Noailles, savez-vous que nous n'avons jamais été officiellement présentés ? Mais vous ne nierez pas que nos rencontres ne manquent ni d'épice ni de charme.

Devant un tel changement de registre, Angie eut un petit rire. Le vampire se tourna vers Clémence.

—J'étais également ravi de faire votre connaissance, mademoiselle...

—Brissot.

—Mademoiselle Brissot, une Emprise n'est jamais agréable. J'espère que vous me pardonnerez mon écart de conduite.

Clémence se contenta d'un signe de tête en guise de réponse. Philippe d'Orléans se tournait de nouveau vers Angie quand une voix retentit derrière lui.

— Philippe.

Le vampire se retourna, pour découvrir une jeune femme aux cheveux noirs, vêtue d'une longue robe pourpre.

— Philippe. Emma m'envoie. Il faut que je vous parle.

— Si cela pouvait attendre un instant. J'en finis juste avec…

— Votre frère a disparu.

Philippe se retourna, surpris.

— Pas du tout ! Charles est parti je ne sais où, dans l'aile ouest, je crois. Il avait rendez-vous avec son…

Il jeta un coup d'œil aux adolescentes, mais la femme continua.

— Il avait rendez-vous avec son dealer, oui, je sais. Philippe, vous ne comprenez pas. Charles a *disparu*. Emma ne sent plus sa présence.

Philippe devint très pâle.

— Quoi ?

— Elle a perdu… Elle *l*'a perdu.

— C'est impossible, murmura Philippe. Il était là il y a moins de deux heures, et…

Angie avait arrêté de respirer. Elle sentait la présence effarée de Clémence, juste à côté. Par bonheur, le vampire ne remarqua pas leur réaction.

— C'est impossible, répéta-t-il. Emma se trompe. Charles… Un rituel doit dissimuler sa présence, une invocation…

Ce fut au tour de la femme de jeter un coup d'œil méfiant aux deux jeunes filles.

— Allons discuter ailleurs. (Elle lui prit le bras et l'entraîna.) S'il a… Si le duc d'Orléans a été… Si son esprit a été renvoyé, entendirent les deux filles alors que le couple s'éloignait, toute la maison d'Orléans s'unira pour le venger, Philippe. Nous maudirons, nous chasserons, ajouta-t-elle, et nous retrouverons…

Et son murmure se perdit, et ce fut la dernière chose que Clémence et Angie entendirent.

Deuxième partie

Le Louvre

Chapitre 18

Vendredi 19 septembre – 1 h 32 du matin
Paris
TV France 4 – Bulletin d'informations

« "Notre France est gouvernée entre le Louvre et Versailles." C'est la célèbre citation du philosophe Alex Dumas, qui ouvre son essai best-seller *Politique et pouvoir*. "Le destin de la France se joue entre les intrigues malsaines du château de Versailles et les mystères des services secrets lovés dans les entrailles du palais du Louvre", affirme-t-il. Mais les sympathies républicaines notoires de Dumas contredisent la neutralité officielle de ses…

"Mon frère vient d'être assassiné. J'en ai la preuve…", a affirmé Emma d'Orléans devant nos caméras, il y a un peu moins de vingt minutes, à sa sortie du Bal de Mercure à Versailles. Étrange déclaration, car, selon nos sources, la police n'avait reçu aucun appel ni aucune déclaration de disparition. De même, les amis proches du duc Charles d'Orléans n'avaient aucune raison de croire…

… Les élections approchent, et le débat a été chaud, cet après-midi, entre le député Brissot, second du Parti républicain, et le marquis de Serres, député loyaliste à la Chambre des nobles. Le traité de non-agression avec l'Angleterre, que les républicains appellent chaudement de leurs vœux, est-il mauvais pour l'économie nationale ? C'est ce que pensent les loyalistes, affirmant que la tension entre les deux pays permet de préserver la puissance militaire de la France… et de nombreux emplois.

"Le marquis de Serres travaille-t-il pour la France, ou pour les marchands d'armes ?" demandait, à la sortie de l'émission, le député Brissot. Rappelons que la multinationale Arix Corp, liée à de nombreux loyalistes par son panel d'actionnaires, est… »

Chapitre 19

Vendredi 19 septembre – 1 h 32 du matin
Paris, 13e arrondissement
Dans le quartier chinois

La vieille comtesse d'Épernon commençait à avoir du mal à effectuer le trajet entre son fauteuil et la salle de bains.

La comtesse avait quatre-vingt-sept ans, et vivait seule dans son petit appartement d'une tour moderne et anonyme, en plein quartier chinois. Elle n'avait pas d'enfants, à l'exception d'un neveu, qui hériterait, à sa mort, du titre de comte. Hériter du titre, pas de l'argent, parce que de l'argent il n'y en avait plus dans la famille depuis le XVIIe siècle.

Le neveu n'était pas désagréable. Il était même plutôt gentil pour quelqu'un que la comtesse ne connaissait qu'à peine, il lui donnait régulièrement des nouvelles et, quand la comtesse avait fêté ses quatre-vingts ans, il avait même proposé de lui trouver une place dans une jolie maison de retraite nobiliaire à Nogent.

Mais la comtesse avait préféré rester dans sa tour.

En face de son appartement habitait une famille vietnamienne. Trois générations dans la même pièce. La grand-mère s'appelait Nhân et, un jour, Nhân l'avait invitée à prendre le thé, la comtesse y était allée par curiosité, et aussi pour critiquer, parce que Dieu savait comment ils vivaient, tous ces étrangers, mais le thé était bon et les gâteaux moelleux, et elle avait invité Nhân en retour et maintenant, tous les jours à 16 heures, devant du thé fumant, la comtesse et Nhân caquetaient avec bonheur sur l'état de la France, les frasques de Mme de Montesquieu, les séries télé et tous ces jeunes qui ne savaient plus ce que c'était que le travail.

Et les enfants et les petits-enfants de Nhân saluaient la comtesse en souriant quand elle les croisait dans le couloir ; elles s'amusaient bien, les deux vieilles dames, et la comtesse ne voulait pas partir en maison de retraite pour se retrouver seule, au milieu de ceux qui seraient, à leur tour, des étrangers.

Mais cette nuit-là, vers 1 heure – 1 h 30 selon la télé – la comtesse lisait encore dans son fauteuil, dans le salon. Elle ne dormait plus beaucoup, désormais, et rester les yeux ouverts sur son lit lui faisait penser à la mort.

Cette nuit-là, donc, elle se sentit un peu faible. Il était temps d'aller se coucher, pensa-t-elle, mais au fond elle savait que c'était autre chose, que ce n'était pas une saine fatigue, ce brusque étourdissement. La comtesse se leva doucement. La télé, bloquée sur la chaîne d'informations, parlait maintenant d'émeutes dans les banlieues et d'un poste de la Sécurité Royale incendié. La comtesse marchait avec lenteur ; le temps de traverser le salon, le reporter était passé à un autre sujet : le Bal de Mercure, à Versailles, et le micro fut donné à Emma d'Orléans. *Une jolie fille ! Les d'Orléans avaient toujours eu belle allure.* Bref, la petite d'Orléans au micro, qui disait quelque chose à propos de son frère, et enfin la comtesse arriva à la salle de bains.

« Nous retrouverons les meurtriers, disait la petite d'Orléans. *Et nous nous vengerons.* »

La comtesse arriva devant le miroir, puis s'immobilisa.

Elle saignait du nez.

Chapitre 20

Vendredi 19 septembre – 1 h 32 du matin
Paris, le Louvre

La colère d'Angie était montée dans la navette de retour, tandis que reposait à côté de la jeune fille le sac contenant, fourrée en boule, sa jupe en soie tachée du sang d'Élise.

Sa rage s'était accentuée dans la limousine louée par sa mère pour les raccompagner, Clémence et elle ; une limousine où les deux filles étaient restées silencieuses, ayant trop à dire – et trop à taire – pour converser derrière un chauffeur inconnu.

Clémence était descendue devant chez elle.

Alors Angie s'était penchée vers le chauffeur et lui avait demandé de la déposer devant le palais du Louvre.

Elle demeura quelques minutes immobile devant l'immense demeure parisienne des rois. Tout était obscur et silencieux. Derrière elle, les rares promeneurs étaient entourés des couleurs fumeuses de leurs émotions. Le rush de sang, toujours présent, mais contrôlé, faisait frémir sa chair et accélérait ses pensées.

Angie n'avait qu'à fermer les yeux, se concentrer pour les voir, dans le château ennemi. Leurs auras, leurs émotions. Celles des employés, des agents, vaquant à leurs tâches dans les sous-sols.

Les hommes du Premier ministre, de Richelieu. Ceux qui l'avaient, peut-être, condamnée.

Angie hésita.

Puis elle se dirigea vers l'entrée.

— Nous avons une intrusion, annonça John Primo, confortablement installé sur son immense fauteuil pivotant.

« John Primo », c'était un surnom donné par Tercier, le directeur exécutif du Secret du Roi. Tercier en avait eu assez de se souvenir des identités toujours changeantes des « incapables rivés devant leurs écrans là-haut », en d'autres termes, des agents sérieusement entraînés qui surveillaient la zone réservée aux services secrets.

Depuis, quel que soit leur véritable nom, les deux agents étaient appelés John Primo et John Secundo.

— Intrusion détectée, répéta John Primo, qui transféra l'image à ses collègues.

Une silhouette était apparue sur l'écran surveillant un des sept accès menant au Secret du Roi, dans le sous-sol du château.

Sept accès, ce n'était guère pratique, mais pratique, le palais du Louvre ne l'était pas. Le vieux château des rois de France, lové au cœur de Paris, existait depuis le XIIe siècle. Il avait abrité, dans ses salles sinistres, ses escaliers dérobés, ses cachots infâmes, tant de souffrances et de meurtres, que les murs de pierre hurlaient encore des siècles plus tard, au souvenir des prisonniers abandonnés dans les oubliettes, ou de la douleur des captifs torturés dans leurs cages de fer.

Pourtant le Louvre était, encore aujourd'hui, le centre administratif du pays. Et on n'allait pas en refaire l'architecture, de ce labyrinthe historique. Alors il arrivait régulièrement que des stagiaires se perdent, leur pile de dossiers à la main, et se retrouvent dans les couloirs du Secret du Roi. John Primo ou John Secundo appuyaient alors sur une touche, des agents extrêmement aimables apparaissaient devant les égarés et les remettaient avec fermeté sur le bon chemin.

Mais cette fois… John Primo se pencha vers l'écran, étonné.

La silhouette n'était plus là.

Il n'y avait plus personne, dans l'escalier ouest.

Quelqu'un était apparu. Puis avait disparu – les détecteurs de mouvement le confirmèrent, et John Primo tapa rapidement le code de Vigilance.

Jean-Claude Tercier n'était pas encore rentré. Le directeur exécutif du Secret du Roi, qui ne recevait d'ordres que de Richelieu, était dans le métro, à attendre la rame – oui, le métro était encore le moyen de transport le plus rapide à Paris, même pour un homme de son importance.

La nouvelle du passage à l'état de Vigilance s'afficha sur sa tablette.

Vigilance. En quelques touches, Tercier accéda aux caméras et aux fils d'information. John Secundo lui avait envoyé un message privé, lui disant de ne pas s'inquiéter.

Or, s'il y avait une chose que Jean-Claude Tercier n'aimait pas, c'était qu'on lui dise de ne pas s'inquiéter. Tout était inquiétant, surtout deux jours avant le couronnement du roi. Le métro arriva, Tercier monta, et perdit aussitôt contact avec le Louvre – Internet ne fonctionnait pas dans les tunnels, les deux minutes hors connexion ne firent qu'accentuer sa frustration. Quand il arriva enfin à la station, il se jeta hors de la voiture. Les infos arrivèrent sur son écran.

Elles étaient mauvaises.

Du statut « Vigilance », on était passé à « Alerte ». L'intrus apparaissait et disparaissait sur les écrans, comme s'il allait vite, inhumainement vite. Les hommes du service d'intervention, aussitôt appelés, avaient eu un visuel. Une femme. Ils avaient tiré, des cartouches somnifères : un intrus prenant le risque dément de s'introduire seul au cœur du Secret du Roi était soit un fou, soit un terroriste extrêmement dangereux ; il devait être capturé vivant et interrogé. Mais aucune balle n'avait atteint sa cible.

L'intrus était au premier sous-sol et se dirigeait vers l'escalier est, vers la zone de Sécurité absolue du troisième.

Le troisième. Là où se trouvaient les prisonniers. Là où se trouvaient les Autres. Le statut « Alerte » était monté d'un cran.

Tercier avait grimpé les escaliers du métro à toute vitesse. Une fois sorti, il réussit à avoir Fayolle au téléphone, qui, de sa voix calme (Fayolle était toujours calme, quelles que soient les circonstances) expliqua qu'ils avaient sans doute affaire à un ennemi prescient. La femme anticipait leurs mouvements, expliqua Fayolle, peut-être en interprétant les émotions ; la signature infrarouge prouvait qu'il ne s'agissait pas d'un vampire, mais l'utilisation de la magie était manifeste. Tercier raccrocha en maugréant, puis courut vers le château. Il *détestait* la magie, malgré certains des moyens utilisés par le Secret du Roi, mais ce n'était pas comme si Richelieu avait le choix. Tous ces liens séculaires, ces pactes signés au sang dont les services secrets royaux avaient hérité…

Le Louvre. Tercier se jeta dans l'ascenseur réservé de la Cour carrée, qui ne lui avait jamais paru aussi lent, et, quand il arriva au deuxième sous-sol, il était trop tard, l'intrus avait atteint son but.

Car il s'était trompé. Fayolle, les hommes des Services d'intervention, ils s'étaient tous trompés. Le troisième sous-sol, les Autres et les prisonniers, n'avait jamais été l'objectif du terroriste.

Sa cible était, dès le début, le bureau de Richelieu.

Tercier remonta le couloir en courant, l'arme à la main, hurlant à Fayolle et à ses hommes de revenir.

Trop tard.

La femme ouvrit la porte du bureau.

— Monsieur le Premier ministre, dit-elle tandis que, derrière la lourde table en bois, Richelieu se levait, abasourdi. Mon nom est Angélique de Noailles. Je crois que vous voulez me faire assassiner. Puis-je vous demander pourquoi ?

Chapitre 21

Derrière elle, l'agent s'était figé. Angie sentait sa tension, sa surprise. La culpabilité de ne pas avoir accompli son devoir.

— Monseigneur ? demanda-t-il.

Richelieu ne répondit pas. Il observait Angie, sourcils froncés.

— Angélique de Noailles, répéta-t-il, réfléchissant.

L'agent fit un pas sur la droite, se plaçant entre la jeune fille et le Premier ministre.

— Toutes mes excuses, monseigneur, ajouta-t-il en rangeant son arme. (Il désigna Angie.) Prescience. Et une vibration sorcellaire, du moins nous le supposons.

Et soudain un autre homme apparut dans le couloir, puis deux autres, comme des ombres, bloquant la porte ; l'agent sortit de sa poche une boîte noire et oblongue. Et ses intentions, cette fois…

— J'ai un laissez-passer, monseigneur ! cria Angie. Signé par la princesse Joséphine.

Richelieu leva la main.

— Un instant, Tercier.

Angie sortit de sa poche le papier signé par la sœur du roi. Le Premier ministre le lut, et une lueur d'amusement passa dans son regard. Tercier haussa les épaules.

— Ce chiffon n'a aucune valeur, monseigneur. Laissez-moi…

— Monsieur le Premier ministre, interrompit Angie, le cœur battant à tout rompre. Je sais que vous avez d'autres affaires à traiter, bien plus essentielles que les turpitudes de la vie d'une adolescente. Mais on m'a dit que j'étais marquée et, voyez-vous, il s'agit de ma vie, et moi, j'y accorde une certaine importance. Je ne demande que cinq minutes de votre temps…

Elle fit son sourire le plus charmeur, tentant de garder son calme, de ne pas penser aux armes braquées sur elle. De ne pas se demander ce qu'il y avait dans la boîte oblongue.

De ne pas imaginer ce qui arrivait aux cadavres, quand on les sortait du Louvre, s'ils en sortaient jamais.

Un instant passa, pendant lequel sa vie fut, littéralement, en suspens. Puis Richelieu eut un fin sourire. Il leva le laissez-passer.

— Je ne saurais rien refuser à la sœur du roi. Asseyez-vous, mademoiselle, dit-il en désignant la chaise en noyer. Tercier, merci. Vous pouvez nous laisser.

Tercier hésita. Il jeta un bref coup d'œil en haut à droite (en direction d'une caméra ?). Puis, après un bref salut :

— Si vous changez d'avis, monseigneur…

— Bien entendu, dit Richelieu.

Angie s'assit, retenant un frisson.

Les hommes sortirent. La porte se referma.

Richelieu jeta un coup d'œil vers la caméra invisible, en haut à gauche ; puis il regagna son fauteuil, posant son stylo et prenant une élégante plume d'oie à l'ancienne. Suivit une pause, où Angie se sentit à la fois protégée et en extrême danger. Le bureau était comme une grotte, un refuge. À l'intérieur, elle était en sécurité. Si elle en sortait…

— Je vous écoute, mademoiselle, dit Richelieu, assez froidement – comme si l'amusement qui avait suivi la lecture du document signé par Joséphine était déjà épuisé.

Angie prit une profonde inspiration.

— Depuis quatre jours, on a tenté à plusieurs reprises de me tuer. Un des assassins a précisé que j'étais marquée. Les renseignements que j'ai pris m'ont menée jusqu'à vous, et je voulais savoir pourquoi le roi, ou son gouvernement, avait décidé de me condamner.

— Si vous étiez vraiment marquée depuis des jours, je pense que vous seriez morte, répondit le Premier ministre, ouvrant un ordinateur portable. Mais voyons cela. Angélique de Noailles, répéta-t-il, faisant jouer ses doigts sur le clavier.

Il se passa une dizaine de secondes tandis qu'il étudiait des écrans, tapait des codes.

Silence.

Richelieu leva les yeux ; il observa Angélique, longuement.

— Un instant.

Se penchant, il ouvrit un tiroir. Angie se raidit, prête à bondir, pour échapper à elle ne savait quoi – une balle ? Mais le Premier ministre ne sortit qu'un dossier banal, en carton, d'une couleur orange fatiguée, comme Angie aurait pu en acheter à la papeterie du coin, pour quelques francs. Son nom, Angélique de Noailles, était griffonné à la hâte, ainsi qu'un numéro à quatre chiffres.

Richelieu l'ouvrit, le feuilleta. Puis il déclara :

— En effet, Angélique. Vous êtes marquée.

Angie se figea – il lui fallut quelques secondes pour reprendre son souffle.

— Pourquoi ? murmura-t-elle enfin.

Richelieu secoua la tête.

— Aucune idée.

Puis devant le regard effaré de son interlocutrice, il ajouta :

— La capacité de Marquer ne m'appartient pas, jeune fille. J'ai bien des pouvoirs, mais celui-là – condamner à mort par une signature, sans explication, est un héritage amusant datant du XVIIIe siècle. Ce pouvoir appartient au roi, au régent et à quelques grands de la cour. Nous recevons des ordres, mes hommes les exécutent.

— Qui ? La marque. Qui a demandé…

— Il m'est hélas impossible de vous le révéler.

Angie baissa la tête. Le rush de sang (la « vibration sorcellaire », avait dit Tercier) s'estompait, comme une drogue dont l'effet s'évanouit. Et après ? Elle s'était jetée dans la gueule du loup, imaginant... Quoi ? Qu'elle parlerait au Premier ministre et que tout s'arrangerait ?

— Je suis navré, reprit Richelieu en consultant de nouveau son portable. Cet ordre aurait dû être exécuté de manière plus professionnelle. Il semble que mes hommes se soient un peu amusés. Vu votre âge, ils vous ont sans doute considérée comme une cible d'entraînement. Puis Tercier vous a repérée, par hasard, dans la navette. Il savait que son équipe vous avait ratée, alors, par désœuvrement, par curiosité, il a tenté de...

Richelieu s'interrompit, consultant de nouveau l'écran, tandis qu'Angie frissonnait. *Oui*. Elle le reconnaissait, maintenant. L'homme au costume, le train. La seringue.

Tercier.

— Par désœuvrement, répéta-t-elle amèrement. Par curiosité.

— En effet. D'ailleurs, reprit Richelieu, en ce moment même, deux de mes hommes attendent votre arrivée dans le hall de votre immeuble.

— Avez-vous le pouvoir de retirer cette marque ?

Richelieu étudia la jeune fille, avant de répondre :

— Oui.

— Parfait, dit Angie. Que puis-je faire ? Je ne sous-entends rien de sexuel, ajouta-t-elle vivement, réalisant une des interprétations possibles de ses paroles. Mais j'ai survécu jusque-là. J'ai réussi à parvenir jusqu'à vous.

— Vous êtes une empathe, déclara Richelieu, après un nouveau coup d'œil au dossier.

Angie en resta bouche bée. Toutes ces années, à se demander si son talent était réel. Et là, l'entendre mentionner de ce ton banal.

— Vous avez échappé à Tercier, dans le train. Et vous l'avez mis de très mauvaise humeur.

— Vous m'en voyez navrée.

Le Premier ministre joua avec la plume.

— Vous me mettez dans une situation difficile, mademoiselle de Noailles. Je suis conscient que la situation ne manque pas d'un certain romanesque. Une jeune fille de dix-sept ans, qui non seulement survit à sa marque, mais qui, au lieu de quitter la France, vient jusqu'au tréfonds du Louvre rencontrer le responsable de ses malheurs. Ne pensez pas que je ne suis pas admiratif – je le suis. Mais comme je vous disais, si un grand de la cour… si quelqu'un vous a mis sur cette liste, ce quelqu'un m'en voudrait de vous en retirer.

Il y eut un silence – durant lequel ils se jaugèrent.

— Et puis vous avez joué avec le sang. Honnêtement, la magie ne m'impressionne pas, et elle ne me plaît guère.

Angie hésita à dire la vérité : qu'elle ne connaissait rien en sorcellerie, et qu'elle serait bien incapable de reproduire son exploit, mais Richelieu ne lui en laissa pas le temps.

— La plume est un signal, dit-il en levant la main droite. Si je la pose sur le bureau, de manière parallèle au bord, la porte s'ouvrira, et mes hommes vous entraîneront, mademoiselle de Noailles. Et nous ne nous reverrons plus, pas dans ce monde, en tout cas. (Il fit tourner l'objet entre ses doigts.) Si j'hésite encore entre la poser ou à la remettre pacifiquement dans l'encrier, c'est pour trois raisons. D'abord, je connais votre mère.

Angie garda le silence, et il continua :

— Ensuite, cette arrivée rocambolesque, et ce laissez-passer qui ne vaut rien, comme dit Tercier, mais qui ajoute un certain panache à votre venue. (Il se pencha vers Angie.) Pourtant, ce n'est pas cela qui me fait le plus hésiter. Ce qui m'impressionne, c'est que vous ayez peur. Oh, vous jouez bien la comédie, le regard planté dans le mien comme si nous étions en train de négocier entre égaux…

Angie ne répondit rien – sa gorge était si serrée qu'elle pouvait à peine respirer.

— Vous êtes terrifiée et pourtant vous n'abandonnez pas. Vous voulez comprendre. Même maintenant, je suppose que votre esprit cherche désespérément des solutions.

Il y eut un long silence.

Richelieu remit la plume dans l'encrier.

— Très bien, dit-il enfin. Négocions.

Il se laissa aller dans son fauteuil.

— Le couronnement du roi est dans deux jours, mademoiselle de Noailles. Je pense qu'on essaie de l'assassiner.

La poitrine d'Angie était si oppressée qu'elle avait du mal à parler. Son regard restait fixé sur l'encrier.

— L'assassiner ?

Si elle s'écroulait maintenant, si elle éclatait en sanglots, elle perdrait tout.

— Oui.

— Le régent a intérêt à la mort du roi…

Richelieu eut un geste vague.

— Le régent, les grandes familles, ses héritiers, le parti républicain, tout le monde a intérêt à la mort du roi. Sauf moi, et la princesse Joséphine, sans doute. (Richelieu eut un sourire triste.) Il n'a même pas quinze ans…

— Sa Majesté Louis XXIV, dit Angie, pensant à leur baiser, dans le vestiaire. Vous le connaissez depuis qu'il est tout petit ?

— C'est mon filleul, dit durement Richelieu.

Mais il ne jouait, lui, pas bien la comédie – et il avait une empathe en face. L'affection, l'amour même, un amour paternel et profond, se dissimulait derrière cette dureté de façade, et la terreur d'Angie se dissipa en partie. Sa situation n'avait pas changé, mais c'était rassurant de penser que l'homme qui tenait son destin entre ses mains n'était pas complètement un monstre, qu'il avait en lui quelque chose d'humain, et qu'elle pouvait toucher.

— Louis est en effet très jeune, commenta-t-elle. Avez-vous des preuves, des indices qu'un attentat se prépare ? Avez-vous des suspects ?

— Des suspects, nous en avons trop. Le Secret du Roi est à l'affût. Mais vous pouvez m'être utile pour d'autres raisons. Parce que vous n'êtes pas un agent aguerri et cynique, parce que vous êtes jeune et fraiche, parce que vous êtes empathe. Vous pouvez assister, voire provoquer, des conversations que jamais mes hommes n'auront la chance d'entendre.

— En allant à Versailles ?

— Vous avez embrassé le roi, mademoiselle de Noailles.

— Comment… ?

Angie s'interrompit – la question était inutile.

— Vous avez embrassé le roi, répéta Richelieu, ce qui prouve un mélange de rouerie et de naïveté tout à fait intéressant. Mettez-le à profit, voulez-vous ?

Il se pencha et sortit quatre nouveaux dossiers. *Étrange,* pensa Angie, *ce mélange de technologie et de méthodes arriérées. Pourquoi utiliser du papier à une époque où tout était en ligne ?*

— Les véritables affaires d'État, mes agents s'en occupent. Mais il y a parfois… Comment dire ? De petits événements qui sonnent faux. Des petits accrocs dans la logique des choses, qui éveillent notre intuition, mais que nous n'avons pas forcément le temps de traiter.

Il désigna la table.

— Choisissez un dossier, mademoiselle de Noailles. Ensuite, vous aurez deux jours pour enquêter : jusqu'au couronnement. En attendant, je suspends votre marque. Si vous me ramenez une information qui ait trait à la sécurité du roi, je la retirerai définitivement.

Angie le regarda, effarée.

— Vous me donnez *deux jours ?*

— Presque trois. Maintenant choisissez, ordonna Richelieu.

Angie prit les dossiers et lut les titres en silence.

Sur le premier, on avait écrit à la main « 21 mai ». Un peu étrange, de noter une date et de ne pas préciser l'année. Sur le deuxième était marqué « Julien Shaw » et sur le troisième, « Isabelle de Grammont ».

Quand elle lut le nom inscrit sur le quatrième, Angie prit garde à ne pas changer d'attitude.

Elle fit semblant d'hésiter, puis demanda :

— Benjamin de La Vallière ? Un parent d'Élise ?

— Oui, je crois qu'ils sont frère et sœur, répondit distraitement Richelieu. (Il désigna le dossier.) Benjamin est le page de Louis. Il a neuf ans, ou il *avait* neuf ans.

— Il est mort ?

— C'est toute la question, dit Richelieu avec l'indifférence d'un homme qui gère, au quotidien, le destin de millions de personnes. Benjamin ne quittait pas Sa Majesté, ou presque. Il dort dans une petite pièce qui n'est accessible qu'en traversant la chambre du roi. Et pourtant il a disparu.

Angie pensa à Élise, cherchant son petit frère, dans les lumières saccadées et les relents d'alcool de la Mascarade.

— Le garçon est allé se coucher, reprit Richelieu, et il n'était plus là au réveil. Nous avons raconté à Louis qu'il était parti en vacances. Il n'y a, d'ailleurs, rien dans ce dossier, ou presque. Pas d'ennemis connus. Aucun vice, aucune mauvaise fréquentation.

Quel vice pourrait avoir un enfant de neuf ans ? se demanda Angie, mais le Premier ministre continuait :

— Benjamin a pu fuguer. Il a pu se faire enlever ou tuer, pour des raisons qui n'ont rien à voir avec la sécurité du royaume et, honnêtement, je n'y aurais pas accordé une pensée s'il n'était le page de Louis. Trouvez-moi quelque chose, mademoiselle de Noailles, qui confirme ou qui infirme la possibilité d'un danger pour le roi. (Richelieu désigna le dossier où était inscrit le nom d'Isabelle de Grammont.) À moins que vous ne préfériez une autre affaire ?

Angie secoua la tête.

— Non.

Elle regarda le nom, écrit d'une main indifférente. Élise était morte de manière atroce. Et la seule personne qu'elle aimait – son petit frère – avait disparu.

— Non. Je garde celui-là.

— Très bien. Tercier ?

Richelieu n'avait pas changé de position, il n'avait même pas élevé la voix, mais la porte s'ouvrit et Tercier entra. Angie le contempla avec une sorte d'horreur.

L'attaque dans le train. Par désœuvrement. Par curiosité…

— Tercier, Mlle de Noailles va travailler pour nous, pendant quelques jours tout au moins.

— Entendu, monsieur le Premier ministre.

— Vous lui donnez les contacts, les numéros de téléphone. La procédure habituelle.

— À vos ordres.

Tercier regarda Angie et sourit. Puis il désigna la porte.

— Après vous, mademoiselle…

La jeune fille sortit, et Tercier resta, un instant, seul avec Richelieu. Il lui tendit une enveloppe, dans laquelle se trouvait une clé USB. Le Premier ministre lui jeta un regard interrogateur.

— À propos de votre nouvelle recrue, dit l'agent.

Puis il s'inclina et sortit à son tour.

Chapitre 22

Vendredi 19 septembre – 1 h 32 du matin
Paris, quartier de Belleville
Deux jours avant le couronnement

Aidez-moi !

Matt se réveilla en sursaut.

La chambre du minuscule deux pièces où il vivait seul avec sa mère était plongée dans l'obscurité. Dehors, la circulation paraissait assoupie.

Dans le salon, sa mère dormait sur le canapé-lit.

Matt s'était couché plus tôt que d'habitude ; il en avait eu assez de faire semblant de surfer sur l'ordinateur alors qu'il ne pensait qu'à une chose : Angie. Angie la veille, au bal, ravissante certainement, entourée de nobles élégamment vêtus qui dansaient avec grâce. Angie au château de Versailles.

Angie, dont il n'était pas amoureux.

— Versailles, c'est son monde, finalement, à cette petite, avait déclaré la mère de Matt à dîner, ce soir-là, devant le poisson pané et la salade en sachet.

Aucune amertume sociale dans sa voix : la mère de Matt aimait bien Angie.

— Le nom « de Noailles » vaut une fortune à lui seul, avait-elle expliqué alors que, dans la bouche de Matt, le poisson prenait un goût de plâtre. Elle va rencontrer un joli marquis, faire un grand mariage, s'installer dans un appartement du 6e arrondissement… J'en veux bien un, moi aussi, un appartement à Saint-Germain-des-Prés! Et un marquis! Mais qu'il ait plutôt la quarantaine, tant qu'à faire, et qu'il ressemble à George Clooney.

Matt avait gobé sa salade et était reparti dans sa chambre.

Et, dans son sommeil…

— *Aidez-moi! Ils me veulent du mal!*

Matt s'assit sur le lit.

— *Contact,* avait dit, ensuite, la voix. (La voix d'un petit garçon.) *Contact, tu m'entends ?*

Matt se frotta les tempes, mal à l'aise. D'habitude, les brumes de rêves se dissipaient au réveil. Là, l'impression restait, prégnante.

— *Contact ? Tu m'entends ?*

La voix, au désespoir croissant.

— *M'as-tu entendu ?*

Le petit garçon du rêve avait un visage. De grands yeux bruns, une peau un peu mate. Matt n'alluma pas la lumière, ne regarda pas la photo de Jérémie sur le mur, prise quelques semaines avant l'accident.

Pas besoin d'un psy pour comprendre qu'il était hanté par le souvenir de son petit frère. Mais de là à entendre des voix… Et pourquoi maintenant ? Pourquoi rêver de Jérémie, cette nuit, en particulier ?

Le stress ? L'incident du métro ?

D'ailleurs, d'autres sensations accompagnaient ce rêve. Une odeur de… De *salpêtre* ? Un sentiment d'urgence. Et, euh… du béton ?

Oui, dans le rêve, il y avait un sac de béton crevé, un morceau de trottoir fendillé, sur lequel les fissures prenaient la forme d'une branche cassée, et le bas d'un réverbère parisien. Plus Matt réfléchissait, plus les perceptions du rêve étaient puissantes ; il sentait presque le froid de la nuit, le bruit de lourdes semelles d'hommes sur le trottoir. Le petit garçon trébuchait, on le tirait brutalement en avant…

Et surtout il y avait la croix.

Une croix verte. Un tag fluorescent, sur un mur. Tout frais.

Matt se leva et alla regarder par la fenêtre. Un trottoir, en béton. À côté, un réverbère. Et une fissure, comme partout sur les chaussées parisiennes, mais la saveur, l'influence du rêve étaient encore si fortes que ce morceau de trottoir et ce réverbère l'attiraient irrésistiblement.

Il s'habilla.

Après tout, pourquoi pas ? Le fantôme de Jérémie l'appelait dans son sommeil, à grands coups de symboles et d'indices psychanalytiques, certainement. Matt n'avait plus envie de dormir, et il ne voulait pas réfléchir, pas penser, et surtout pas à Angie, qu'il avait embrassée et dont il n'était pas amoureux.

« Nous sommes gouvernés entre le Louvre et Versailles », disait la voix d'un présentateur, sortant du radio-réveil que Matt avait allumé sans réfléchir, mais, cette nuit-là, Matt était allergique au mot « Versailles », et il fit taire l'appareil d'un geste rageur.

Il enfila ses baskets. Traversa la salle à manger. La respiration de sa mère était légère, régulière. La porte d'entrée. L'escalier.

Quatre étages, la porte lourde et grinçante de l'immeuble.

Dehors.

Il n'y avait pas grand monde dans la rue. Sous un porche, une vieille dame cuvait sa bière. À l'arrière d'un restaurant tunisien fermé, deux serveurs partageaient une cigarette. Matt trouva la zone qu'il avait repérée de sa fenêtre : le bout de trottoir sale, un réverbère, la fissure.

Non. Ce n'était pas là.

Pas là ? Évidemment que ce n'était pas là. L'endroit qu'il cherchait n'existait pas.

Des gyrophares de police, au carrefour entre la rue de Belleville et la rue de Tourtille. Matt approcha. Quelques curieux s'étaient attroupés ; deux inspecteurs interrogeaient les passants. Matt reconnut l'un d'entre eux, ou plutôt l'une : une inspectrice, l'Asiatique qu'il avait rencontrée au commissariat, quand il avait accompagné Angie. La femme qui lui avait interdit de regarder une carte punaisée au mur : un plan du quartier avec des punaises qui formaient une étoile.

L'autre inspecteur était un homme de très mauvaise humeur.

— Putain, Kim, je te dis que ça ne sert à rien. On a déjà tout récupéré la première fois. Qu'est-ce que tu espères, un portrait-robot ?

Dans la foule, Matt reconnut Igor, un des serveurs du café *Les Idiots*, juste à côté. Quand Jérémie et lui étaient petits, la mère de Matt les emmenait aux *Idiots* boire des chocolats chauds. Plus tard, Matt y était retourné avec Angie et Clémence, il y avait bu son premier cocktail et s'était senti très adulte.

— Igor ? Que se passe-t-il ?

— Hé, salut, Matt, murmura Igor. C'est l'histoire de la gosse de la boulangère, là, tu sais ? Hafid, de la librairie d'en face… il a vu une BM noire s'arrêter ici il y a une heure. Or comme c'est justement une BM qui était impliquée dans l'enlèvement…

— Un enlèvement d'enfant ? répéta Matt.

Puis, sans savoir pourquoi :

— Un garçon ? Aux yeux bruns ?

— Non ! Une fille. Tu n'en as pas entendu parler ? Y'a une semaine, en plein jour, sans précautions, comme ça. La gamine jouait sur le perron de la boulangerie, deux hommes sont sortis et l'ont embarquée. Personne n'a eu le temps de réagir – quelqu'un a noté les premiers chiffres de la plaque de la bagnole, mais il était trop tard.

— Et la voiture est revenue ? Aujourd'hui ?

— Il y a une heure. Enfin, une BM noire. Rien ne prouve que ce soit la même. Hafid a appelé les flics aussitôt, mais, quand ils sont arrivés, elle était déjà repartie.

— Ça n'a aucun sens, murmura Matt.

— Kim, bordel, ça n'a aucun sens ! protestait l'inspecteur juste à côté. Pourquoi la *même* voiture serait revenue ? Sur les mêmes lieux ? Il n'y avait plus d'enfant à enlever !

— Lâche-moi, Verdier, grommela l'inspectrice asiatique. (Son regard se posa sur Matt.) Vous. Le garçon. Je vous connais. Comment je vous connais ?

— Il y a deux jours. Euh… J'ai accompagné une amie pour une plainte, au commissariat, répondit Matt, se sentant coupable sans savoir pourquoi. (Kim s'attarda, le regard méfiant.) J'habite juste là, ajouta-t-il, désignant la rue de Tourtille et je…

— N'avez rien vu ? Pour le kidnapping de la fillette ?

— Non, murmura Matt.

Soudain il se figea – la croix. La croix du rêve. Vert fluorescent. Elle était là, toute fraîche, taguée sur le mur, et Matt frissonna, sans savoir pourquoi.

L'inspectrice avait suivi son regard.

— Que regardez-vous ? demanda-t-elle, glaciale. (Matt désigna le tag et Kim le dévisagea longuement.) Pourquoi ?

— La diplomatie de N'Guyen, en première ligne, grommela l'autre inspecteur.

— Ta gueule, Verdier, grogna Kim qui fixait toujours Matt. Alors ? Votre nom ?

— Matt… Matthieu Guitton.

— Mais oui, c'est vous le garçon qui vous intéressiez à la carte, la dernière fois, déclara Kim d'une voix traînante.

Elle étudia Matt sous toutes les coutures avant de lui demander sèchement ses papiers.

— Putain, Kim ! renchérit Verdier, tandis qu'Igor s'interposait.

— Attendez, vous n'avez pas le droit ! Il n'a rien fait, ce gamin !

— Sa gueule me revient pas, grommela l'inspectrice, tandis que Matt sortait son portefeuille.

Kim étudia la carte d'identité, puis la rendit, avant de murmurer à son collègue :

— Il étudiait la croix.

— Et alors ? On sait pas si c'est la même ! protesta Verdier.

— C'est la même. En tout cas, c'est la même que celle du passage. Et elle est fraîche.

— Tu ne penses pas que les kidnappeurs sont revenus pour peindre un tag ? Et puis – on sait même pas si ça a un rapport ! Y'a plein de tags à Ménilmontant. Cette affaire te rend parano, ma belle. Et ce n'est pas parce que ton nouveau grand ami *monsieur* Pierre Delaunay pense que…

Matt qui écoutait avec une intense curiosité n'entendit jamais la suite parce qu'Igor, indigné, avait pris le garçon par l'épaule et s'exclamait :

— Tu devrais pas te laisser traiter comme ça, gamin ! Porte plainte ! La Sécurité royale se croit tous les droits, continua-t-il, haussant la voix, tandis qu'autour les passants renchérissaient.

L'inspecteur Verdier leva les yeux au ciel, tandis que Kim répondait :

— On n'est pas la Sécurité Royale, connards !

— C'est à cause de gens comme vous qu'on va voter républicain ! ajouta un monsieur barbu, sous les acclamations de la (minuscule) foule.

L'exaspération de Kim croissait.

— On est la police *publique*, bande d'imbéciles ! Vous pensez que la Sécurité Royale en a quelque chose à foutre de l'enlèvement de la fille d'un boulanger ?

— Ouais, et puis vos républicains, à la municipalité, demandez-leur déjà d'augmenter notre budget, grommela l'inspecteur Verdier.

Matt s'éloigna, laissant la discussion s'envenimer sans intervenir.

Son rêve lui martelait les tempes.

« Aidez-moi », « Contact, tu m'entends ? » Des lourdes semelles d'hommes sur le trottoir, le garçon trébuche, l'odeur de salpêtre.

Ça devenait une obsession. Comme dans *Rencontres du troisième type*, ce film où le héros était obnubilé par une montagne, Matt lui aussi *devait* trouver cette deuxième croix, et rapidement il descendit la rue, tourna à gauche et remonta le boulevard. « Le passage », avait mentionné l'inspectrice. « À Ménilmontant », avait dit Verdier. Dix minutes plus tard il était dans le 11e, et il erra une trentaine de minutes dans divers passages avant d'en trouver un qui s'appelait, justement, le « passage de Ménilmontant ».

Matt descendit l'étroite ruelle. Au milieu se trouvait un terrain vague, entouré par une barrière grillagée en mauvais état. Les murs étaient tagués, et là, bien en évidence, luisante et verdâtre, se trouvait la croix.

Matt hésita.

La nuit était silencieuse, les immeubles endormis. Il leva la main, toucha le tag, puis regarda autour de lui. Juste en face, de l'autre côté de la rue, un trottoir, une fissure, un réverbère.

Le réverbère.

Cette impression, de nouveau, que le rêve prenait le pas sur la réalité. Ce goût dans sa bouche.

C'était là.

Non. Cela n'avait aucun sens. Il était dérangé, un accès de délire. Il allait rentrer chez lui ; pourvu qu'il réussisse à se glisser dans sa chambre sans réveiller sa mère, sinon, comment allait-il expliquer…

Un bruit.

Deux hommes sortaient d'une porte cochère, en face. Le premier, en cravate lavande, rentra dans une Mercedes avec chauffeur. Le deuxième, aux larges épaules, en costume lui aussi, lui fit un salut poli, puis regarda la portière claquer et la Mercedes démarrer.

La voiture s'éloigna. L'homme en costume jeta un rapide coup d'œil autour de lui avant de rentrer.

Matt s'était caché dans l'ombre du muret, par réflexe.

Une Mercedes. Ce n'était pas impossible pour le quartier – à Paris, rien n'était impossible – mais c'était étonnant, comme cet homme solide, en costume de bonne facture, à 3 heures du matin. Ses vêtements, sa stature – on aurait dit un garde du corps de luxe, et ça, non, ça n'allait pas avec l'immeuble à la façade grisâtre dans lequel il s'était engouffré, avec ses sacs-poubelles crevés pourrissant sur le balcon. Matt avança jusqu'à la porte cochère. Pas de Digicode, il suffisait de pousser – et l'odeur de salpêtre lui sauta littéralement au nez.

L'immeuble était désert.

Le palier était envahi par les affiches déchirées et les toiles d'araignée, l'escalier condamné. Sur le mur était placardée une affiche de la Mairie de Paris déclarant le bâtiment insalubre. De l'autre côté, une porte donnait sur la cour.

Matt la poussa.

Au fond se trouvait une façade blanche et neuve, le rideau de fer descendu devant ses baies vitrées. On aurait dit une de ces agences de communication à la pointe du design qui s'installaient dans les quartiers populaires où le loyer était accessible, sauf qu'une agence aurait eu une enseigne, et pas cinq caméras de sécurité sur le toit.

La cour était en travaux. Sacs de béton crevés, plaques de plâtre.

Le petit garçon est sorti de force de la voiture, par les hommes aux lourdes semelles, il a les yeux bandés, il ne voit que le béton du trottoir, la fissure, le bas du réverbère...

Puis ils le traînent à travers le hall de l'immeuble, il trébuche, l'odeur de salpêtre... Il arrive dans la cour, sacs de béton crevés ; ils le poussent à l'intérieur et...

— Aidez-moi !

Matt fit demi-tour et rentra dans le petit hall, le cœur battant. Devait-il appeler la police ? L'inspectrice – Kim quelque chose ? Pour lui dire quoi ? Il y avait vraiment eu un enlèvement d'enfant, mais une *fille* avait été kidnappée.

Pourtant... si le garçon du rêve était réel ? S'il ne s'agissait pas de Jérémie ?

— Bonsoir, dit une voix derrière Matt.

Matt se retourna. L'homme aux larges épaules se découpait dans l'encadrement de la porte.

— B… bonjour, répondit Matt, bafouillant presque.

L'homme entrouvrit le pan de sa veste. À l'intérieur se trouvait un badge en forme de fleur de lys.

— Service du roi, annonça-t-il. (Il désigna la cour. Le rideau de fer.) Veuillez me suivre.

Matt hésita, puis :

— Non.

L'homme le contempla un moment.

— Vraiment ?

— Je suis dans un hall public. La porte de l'immeuble était ouverte. Je n'ai rien fait de mal, et je ne vois pas pourquoi je devrais vous obéir.

L'homme rangea son téléphone dans sa poche et sortit une petite matraque.

Matt hésita, puis bondit vers la porte ; l'homme tenta de l'attraper ; Matt se dégagea (toutes ces années d'escrime, d'échauffement, d'entraînement) et il allait atteindre la sortie quand le coup s'abattit sur sa nuque.

Tout devint flou. Matt oscilla – se retournant, il vit l'homme qui rangeait avec flegme sa matraque métallique pour sortir son téléphone. L'adolescent aurait dû s'enfuir, bouger, mais il ne pouvait pas. Des étoiles blanches explosaient devant ses yeux, il allait vomir ; il se rattrapa au mur, glissa ; l'homme téléphonait, comme s'il ne se souciait plus de lui…

… Le hall tournait, il n'arrivait plus à respirer…

— OK, je vous l'amène. T'avais raison – il est pas clair. Préparez le produit.

Matt luttait pour reprendre sa respiration. Une grande goulée d'air – et, quand l'homme l'attrapa par l'épaule, il parvint à crier…

— Lâchez-moi ! Au secours ! Lâchez-moi… ENLÈVEMENT ! On m'enlève…

— *Fuck* de pute, maugréa l'homme, ressortant sa matraque.

Et la porte de l'entrée de l'immeuble s'ouvrit à toute volée.

— Sécurité Royale ! Lâchez-le !

La scène se figea. L'homme à la matraque, tenant Matt par l'épaule. Matt, luttant pour respirer, sa nausée croissante. Un grand homme blond, à l'entrée, son semi-automatique pointé vers eux.

— Sécurité Royale ? répéta l'agresseur de Matt.

— Coordinateur Pierre Delaunay. Zone nord-ouest. Lâchez ce garçon, ou je tire.

— Calmons-nous, dit l'homme en costume, laissant aller l'adolescent. (Il leva les mains, à peine, sans lâcher la matraque.) Je suis un collègue.

— Un collègue ?

Matt se laissa glisser contre le mur. Se retrouva assis par terre.

— Du Louvre, expliquait l'homme à la matraque.

Il fouilla ses poches, sortant, cette fois, une carte que l'agent Delaunay étudia.

— Elle n'est plus à jour, annonça-t-il. (Delaunay jeta un coup d'œil à Matt.) Comment te sens-tu, gamin ?

— Je… Ma tête tourne…

— La carte n'est plus à jour parce que je bosse dans le privé, expliquait l'autre. Je peux baisser les bras ?

— Non.

Cette lueur, dans les yeux de l'homme à la matraque, que Matt vit, et que peut-être Delaunay remarqua aussi, parce qu'il monta, très légèrement, le canon de son semi-automatique.

Comme s'il visait la tête, maintenant.

— Je bosse pour les princes, reprit l'homme. Et j'ai une proposition pour vous, coordinateur Pierre Delaunay de la zone nord-ouest. Vous baissez votre arme, vous embarquez le mioche, et nous rentrons tous les deux tranquillement chez nous. Parce que sinon vous allez m'arrêter, mettre une éternité à remplir les formulaires et, trois heures plus tard, vous recevrez un appel exaspéré de votre supérieur qui vous ordonnera de me libérer. Et, dans quelques semaines, vous vous ferez muter. En Bretagne, par exemple. C'est beau, la Bretagne. Le golfe du Morbihan. Les mouettes. La pluie.

Delaunay ne bougea pas.

— Quels princes ? demanda-t-il. Les princes, c'est vague…

L'homme ne fit que sourire. Delaunay hésita – et *soudain il sembla à Matt qu'il allait tirer…*

… et l'homme à la matraque dut avoir la même impression, parce qu'il devint, une fraction de seconde, très pâle…

Puis Delaunay baissa son arme.

— Allez, venez, dit-il en faisant un signe de tête à Matt.

— Vous n'allez pas l'arrêter ? croassa Matt. Il m'a frappé… à la nuque… Il allait…

— Venez. Je vous ramène.

Matt se leva en trébuchant, faillit tomber, se retint au cadre de la porte. Il jeta un dernier coup d'œil à son agresseur, qui les observait comme s'il voulait enregistrer chaque détail de leurs traits ; Delaunay aida le garçon à descendre les marches du perron et, deux minutes plus tard, Matt se retrouvait assis dans la voiture de l'agent, une Renault grise banalisée.

Pierre Delaunay resta un instant immobile, les mains sur le volant, sans démarrer.

— Merci, dit Matt. Merci. Je pense que vous m'avez sauvé la vie.

— Je le pense aussi, dit l'agent.

Il y eut un silence.

— Que faisiez-vous là ?

Peur, fatigue, soulagement – Matt ne sut répondre que la vérité.

— L'enlèvement de la petite fille, et un rêve. Je… Vous allez me trouver fou, mais j'ai rêvé de… des croix. Des croix vertes. Comme celle-là sur le mur. Une sorte d'obsession.

Il s'attendit à ce que Delaunay lui rie au nez, mais ce dernier fixait toujours le pare-brise.

— Vous êtes de la famille d'un des enfants enlevés ?

— Euh… non, murmura Matt. Du moins je ne crois pas. (Il sursauta.) « Des » ? Il y en a eu combien ?

Delaunay esquiva la question.

— Combien de croix, dans votre rêve ?

— Je… Une.

Delaunay ralluma le contact. Puis il fronça les sourcils, sortit un Kleenex, s'essuya le nez, sans raison apparente. Son téléphone choisit ce moment-là pour bipper.

— Kim. C'est moi.

Delaunay continua la conversation, démarrant lentement la voiture, lui faisant prendre au ralenti les étroits tournants de la ruelle.

— Ouais. Je l'ai suivi. Ouais, un des types d'Arix – celui à la cravate lavande. Il avait rendez-vous. Non. Par contre, je suis tombé sur un gamin – un ado. Je pense… que l'un d'entre eux voulait le prendre… Ouais, il va bien. Non. Pas clair. Oui. Pas sûr. Je t'en dis plus au retour.

Il raccrocha tandis que Matt expliquait :

— Avant de porter plainte, il faudrait que je prévienne ma mère, elle ne sait même pas que je suis sorti et…

— Ne portez pas plainte.

Matt le regarda, étonné. Delaunay haussa les épaules, l'air las, comme si des années d'injustices et de compromis pesaient brusquement sur lui.

— Pour l'instant, nul ne sait qui vous êtes, expliqua-t-il. Vous ne leur avez pas dit votre nom ?

Matt secoua la tête.

— Non. Rien. Je suis passé dans le champ des caméras, dans la cour, et ce salopard m'a attrapé.

— Ils ne savent donc rien de vous. Mais si vous portez plainte… Votre nom, votre adresse…

Il s'interrompit, mais Matt avait compris. Le reste du trajet se fit en silence, et, quand ils arrivèrent en bas de la rue de Tourtille, Delaunay jura, puis sortit de nouveau un mouchoir.

— Excusez-moi. Mon nez saigne, depuis une heure ; allez savoir pourquoi…

Matt le remercia encore, avant de se préparer à sortir.

— Ne vous mêlez plus jamais de cette histoire, ordonna Delaunay. Si vous rêvez encore de ce môme, ou des croix, prenez votre oreiller, tournez-vous de l'autre côté et rendormez-vous. Compris ?

Matt acquiesça, claqua la portière et rentra.

L'immeuble était sombre et froid. Arrivé chez lui, il s'assit sur une chaise, dans la salle à manger, près de sa mère qui dormait toujours.

Le temps passa. Il resta là, dans l'obscurité, réfléchissant, puis, au bout d'une demi-heure – sentant sa présence, peut-être – sa mère s'éveilla.

— Chéri ? demanda-t-elle, s'asseyant avec lenteur. Tout va bien ? Tu es… tu es habillé ?

— Je suis allé faire un tour dehors, expliqua-t-il.

Sa mère se redressa, inquiète.

— Quoi ? À cette heure ? Que s'est-il passé ?

Matt ouvrit la bouche – mais que pouvait-il raconter ? Il n'avait rien fait – à part être ridicule et se mettre en danger.

À part se conduire comme un crétin. Comme un fou.

— Chéri ?

Matt hésita. Longuement.

— Je suis amoureux d'Angie, murmura-t-il enfin.

Chapitre 23

Nuit de vendredi à samedi
Paris, quartier de Belleville
Deux jours avant le couronnement

Cette nuit-là, Angie rêva de Philippe d'Orléans.

Au début ce ne fut qu'un mélange confus de rues parisiennes sombres, de flammes, de cadavres et de hurlements. Un mélange de sensations, si vraies qu'elle se serait crue là, sur les pavés parisiens, à fuir ou à tuer, et elle était Angie, transportée dans un siècle qui n'était pas le sien, mais elle était aussi lui, Philippe, elle voyait Paris par ses yeux, des siècles auparavant, elle avait dix-neuf ans et au cœur un mélange de folie et de désespoir. Puis vinrent d'autres images, des dames en robe 1900 attendant sur un port que le soleil se couche ; un bar, à Vienne, dans les années 1930, rires et cocktails et verres en cristal, des femmes qui gémissaient dans une cour, de grands vaisseaux aux voiles claquantes, prêts à partir pour des rives lointaines, et des meurtres, beaucoup de meurtres, le goût du sang sur la langue, sa chaleur qui vous descend dans la gorge, comme de longues goulées de vie.

Et du sexe, beaucoup de sexe. Toutes ces nuits – dans des grands lits de châteaux ou sur des paillasses de fermes, toutes ces femmes rieuses ou effarées, et Philippe mordait leur corps et celui d'Angie, car parfois elle était les femmes mais parfois elle était Philippe ; elle les voyait nues par ses yeux et elle se voyait nue par ses yeux et il descendait toujours et Clémence dit : « Et les caméras ? » et elle se réveilla en sueur.

Elle était dans son lit.

Dans sa chambre, à Belleville.

XXIe siècle, grisaille parisienne, Klaxons des embouteillages, rideaux de fer grinçants des commerces qui ouvraient.

Angie n'avait dormi que quelques heures depuis son retour du Louvre. Elle s'était glissée entre les draps, dans un état presque hypnotique, ne voulant qu'une chose : oublier… Et peut-être dormait-elle encore maintenant, même les yeux ouverts, elle n'était pas complètement consciente.

Ce rêve. Il était réel, ou plutôt c'étaient les souvenirs de *l'autre,* du vampire. Leurs deux esprits s'étaient touchés alors qu'elle était à son plus haut moment de rush de sang, ils s'étaient mélangés, et… Et dormait-il, lui aussi ? Les vampires rêvaient-ils, enterrés loin du soleil ? De qui rêvaient-ils ? Dans son esprit ensommeillé les questions filaient comme de l'eau et Angie ne se rendit pas compte qu'elle s'était de nouveau assoupie.

Ils étaient tous les deux, nus, dans un immense lit aux draps blancs.

— Le monde ne devrait pas être ainsi. Il faut que je parle à mon frère, chuchota Philippe.

Angie posa un doigt sur ses lèvres, et ils s'embrassèrent.

Ce jour-là, Philippe rêva d'Angie.

L'aube se levait sur le parc.

Négligeant leur hôtel particulier de la place des Vosges, Philippe avait décidé de rester dans les appartements de Versailles, attribués depuis Louis XIV à la famille d'Orléans. Pour un vampire, Louis XIV, ce n'était pas si loin – le vampire se souvenait des bals fastueux et de chuchotements amoureux dans les buissons de Versailles, il se souvenait de cette euphorie qui avait pris le pays quand le roi était jeune et que nul lieu au monde n'égalait les fastes de la cour de France, il se souvenait de la belle Mlle de Fontanges, au cou de laquelle Charles avait tant bu qu'elle en était morte.

Charles, son frère. Que Philippe avait cherché toute la nuit, et qu'il n'avait pas trouvé.

Sa disparition paraissait si étrange. Pendant le bal, Charles parlait avec Emma, de cette absurde histoire de couronnement ; Philippe ne leur avait pas prêté attention – leurs jeux de pouvoir ne l'intéressaient plus vraiment, et puis il dansait avec Angélique. Après, Charles était venu, l'haleine chargée de whisky pour proposer à son frère de l'accompagner dans un des salons privés, pour tester des doses neuves d'Xk et pour boire, encore, au cou élégant d'une de ses favorites du moment.

Philippe avait refusé.

Charles avait déjà abusé des petites pilules bleues. Sa voix était empâtée, ses yeux injectés de sang. Philippe détestait le voir dans cet état. Il savait que Charles luttait – la longue nuit de l'âme – il avait été submergé plusieurs fois. Depuis quelques années, il nageait en eaux sombres, et, à cette chute, Philippe ne voulait pas assister.

Alors il avait laissé son frère partir, seul, vers les salons, et Charles n'était jamais revenu.

Philippe l'avait cherché toute la nuit – laissant Emma gérer les médias. Leur sœur était persuadée que Charles avait disparu pour de bon, qu'elle l'avait senti se dissiper. Philippe refusait d'y croire. Mais il n'avait pas trouvé son frère, et le soleil venait, il était temps de se retirer avant que le matin brûle.

Il s'était allongé.

Le sommeil était aussitôt arrivé.

Ils étaient tous les deux, nus, dans un immense lit aux draps blancs.

— Le monde ne devrait pas être ainsi. Il faut que je parle à mon frère, avait-il murmuré à Angélique.

Elle souriait, le regardant, avec dans ses yeux une compréhension infinie.

— Je devrais rêver de Charles, murmura-t-il.

— Il n'est plus là, répondit-elle.

Elle était si belle, et étrangement si sage, avec sa peau lumineuse et ses longs cheveux blond pâle, qui rappelaient les icônes, ou les préraphaélites. Son regard parlait de paix.

— Et les caméras ? avait murmuré Angélique, nue dans ses bras. Tu sais tout de moi, avait-elle ajouté.

C'était faux, il ne savait rien – il n'avait entrevu que des bribes, quand leurs esprits s'étaient embrassés, de petites choses, car Angélique n'avait vécu que de petites choses encore, par bonheur pour elle. Une vie de rires et de loyautés, des journées de soleil avec juste assez d'ombre pour l'épicer de mystère, et elle était comme de la lumière dans sa gorge, le pardon, enfin, et Philippe l'embrassa, et l'inconscience le prit, et il sombra.

Chapitre 24

Samedi 20 septembre
Paris, quartier de Belleville
La veille du couronnement

Angie se réveilla vers midi.

Elle avait rendez-vous le soir même avec Saphir et Amina de Valmont dans un café branché du quartier du Marais. La Duchesse de Noailles avait téléphoné pour vérifier qu'Angie allait bien s'y rendre – « An-gé-li-que » avait-elle dit sur le message, avec cette manière qu'elle avait d'appuyer sur chacune des syllabes du prénom de sa fille, « Je te prie de ne pas être en retard ce soir, et je te demanderai d'être aimable avec les Valmont, et de t'habiller de manière correcte. Merci de me confirmer ta présence là-bas. »

Le message paraissait si absurde. La dernière fois qu'Angie avait vu sa mère, c'était juste *après*.

Mais Angie avait ses propres raisons de sortir ce soir-là.

« J'y serai », se contenta-t-elle d'envoyer.

L'après-midi se passa dans une sorte de brume. Angie prit une énorme tasse de café et s'installa sur un grand fauteuil, près du bureau de son père. Celui-ci travaillait en silence, lançant parfois à sa fille un regard affectueux.

Les heures passèrent. Angie se sentait psychiquement épuisée. Elle avait besoin de présence, de banalité, de normalité. Mais même préparer lentement, vers 16 heures, un déjeuner tardif, même écouter son père commenter les problèmes économiques internationaux ne suffisait pas à la réconforter. Sur l'ordinateur, la radio murmurait, et son père zappait sur les chaînes d'informations. Jacques Moretti était sans doute le seul français du pays à ne pas se soucier du couronnement qui avait lieu le lendemain, mais chaque rappel donnait à Angie la nausée. La monarchie, son attirail de luxe, les interviews des traiteurs, des producteurs de champagne retenus pour la cérémonie, tout devenait une allégorie d'horreurs secrètes, le symbole de ce qui s'était passé la nuit précédente.

Tous ces évènements, en une nuit… en quelques heures. La mort d'Élise de La Vallière. Cette scène surréaliste au Louvre, avec Richelieu. La marque. L'inscription sur son dossier. Et – n'oublions pas ce minuscule détail – Clémence, Angie et sa mère avaient tué un homme, enfin un vampire, avant de découper en morceaux un cadavre qui s'était avéré être celui de Charles d'Orléans, l'aîné d'une des deux plus grandes familles de France – et le frère de…

— Tu te sens bien, ma chérie ? demanda son père, et Angie sursauta – avant de réaliser qu'elle était figée, debout, le regard dans le vide, deux assiettes de poulet grillé à la main.

Pour que son père détourne les yeux de l'écran, il fallait qu'elle paraisse vraiment perdue.

— Non. Non, je ne vais pas très bien.

Angie posa les assiettes sur le bureau, puis s'assit. Dehors, il faisait gris ; il pleuvait légèrement. Le bruit de la circulation flottait, irréel ; le loft paraissait isolé dans une bulle, détaché du reste du monde.

— Que se passe-t-il ? interrogea Jacques Moretti. Des problèmes de cœur ?

Que répondre ? Comment résumer ? Même mentir était trop compliqué. Angie haussa les épaules, et murmura :

— C'est un autre monde…

Son père acquiesça et, après un moment de réflexion, Angie lui demanda :

— Quand tu as rencontré maman, ce n'était pas trop dur ? Je veux dire : la cour, les nobles. Être transporté dans un univers si différent du tien. (Son père l'étudia, pensif, et Angie continua :) Papi était ébéniste, c'est bien ça ?

— Ébéniste et sculpteur. N'oublie pas de mentionner sculpteur, sinon ton grand-père va se retourner dans sa tombe. Il était très fier d'être un artiste, même si ses sculptures étaient… Bref. Il n'en a jamais vendu une seule.

— Tu es le fils d'un artisan du plus pur milieu populaire parisien, reprit Angie, souriant malgré elle, tant l'image de son intellectuel de père, incapable de lever son nez de ses livres ou de son ordinateur, paraissait trancher avec cette définition. Et soudain, tu épouses la Duchesse de Noailles. Tu te trouves téléporté dans les cercles aristocratiques. Comment ça s'est passé ?

Jacques Moretti hésita.

— D'abord, ta mère n'était pas encore duchesse, à l'époque. Nous étions étudiants, nous nous sommes mariés en cachette, à la mairie du ve arrondissement, juste à côté de la Sorbonne. Il fallait faire vite, ta mère avait cours une demie heure plus tard…

— Sérieusement ?

— Oh, je te le promets, dit Jacques Moretti en riant. Un cours de Littérature Comparée. Elle ne l'a pas manqué ! Le soir, nous avons fêté notre union avec notre bande d'amis, ici même, dans l'ancien atelier de mon père… Avec des pizzas, du champagne, et un peu de…

Il fit le geste de fumer et Angie s'offusqua :

— *Papa !*

— Eh, nous avions vingt ans ! Même pas, d'ailleurs. Ta mère en avait dix-neuf. Ensuite… Quand le mariage s'est su… Hélène s'est instantanément fait renier par sa famille. Ses parents ont tenté de la déshériter.

— Mes grands-parents, murmura Angie, qui n'avait jamais pensé à ses ancêtres de ce côté-là.

— Crois-moi, tu n'as rien perdu à ne pas les connaître. En tout cas, leurs manœuvres ont échoué. À leur mort, Hélène a repris le titre, la fortune et le château familial.

— Et ses amis ? La cour ?

— La cour ! Dieu merci, je n'y ai jamais mis les pieds, s'exclama Jacques Moretti. (Il se reprit.) je veux dire, tu as dix-sept ans, il est normal que tu aies envie de t'amuser. Moi, j'étais concentré sur mes études, puis sur mon deuxième doctorat. J'ai très vite travaillé pour l'ONU, sur un projet d'intelligence artificielle. Les amis nobles d'Hélène m'ont accepté sans problème. Avec le recul, je crois même qu'ils étaient ravis de pouvoir montrer, en nous fréquentant, à quel point ils étaient rebelles… Larges d'esprit, ouverts, modernes…

Angie ne put s'empêcher de rire.

— J'imagine tout à fait.

— Parfois, nous tombions sur des crétins qui tentaient de me snober. Ta mère leur envoyait mes diplômes à la figure. Elle sait se montrer féroce, tu peux me croire.

— Oh, je te crois. (Angie hésita.) Mais, papa… vous êtes tellement différents. Je ne parle pas de milieu social mais plutôt de personnalité. (Elle hésita, puis baissa la voix, un peu honteuse.) Vous étiez vraiment amoureux ?

— Très.

Il y eut un silence.

— Le divorce… Que s'est-il passé ?

Le père d'Angie haussa les épaules.

— Comme tu dis. Nous étions très différents.

Il tourna son regard vers l'écran et se remit à travailler. Angie ne reprit pas la conversation. Elle ne demanda pas davantage de détails ; elle ne demanda pas pourquoi, quand elle avait sept ans, sa mère l'avait brusquement chassée de son existence. Ces dernières nuits, des souvenirs lui étaient revenus, par bribes ; elle se voyait descendre un grand escalier – celui du château de Noailles ?

Mais tout était si confus…

Puis elle revit sa mère, le pistolet à la main. Le sang sur les carreaux des toilettes de Versailles.

Elle était passée si près de la mort. Et si la duchesse de Noailles n'était pas intervenue…

Angie frissonna.

La pluie continuait à tomber. Angie prit son portable, envoya un texto à Matt, mais, quand celui-ci répondit enfin, le message était froid. Angie hésita, puis l'invita à venir les rejoindre ce soir-là, au restaurant avec Saphir de Valmont.

Elle avait besoin de réconfort, de sentir ses proches près d'elle.

— Que veux-tu pour dîner, ma chérie ? demanda son père, comme s'il lisait dans ses pensées. Il y a un documentaire passionnant sur le XXe siècle, la famine en Ukraine, nous pourrions commander des sushis. Qu'en dis-tu ?

— Désolée, je sors, ce soir, répondit Angie, pas entièrement mécontente d'échapper au programme.

Son père fronça les sourcils.

— Tu as l'air fatiguée.

Elle l'était. Elle était même épuisée, et ne voulait qu'une chose, retourner se coucher, dormir et ne pas rêver ; elle voulait se réveiller au matin et que toute cette histoire n'ait été qu'un long cauchemar. Mais elle était marquée, officiellement, et elle avait une mission à remplir. Il fallait qu'elle trouve un moyen de se mêler aux jeunes gens de la cour, et les Valmont étaient son ticket d'entrée.

— C'est vrai, je suis un peu fatiguée, mais tu sais comment c'est, papa. Dès que je verrai Clémence et Matt…

Son père acquiesça, rassuré par les prénoms familiers.

— Il faut que nous invitions les parents de Clémence à dîner, un jour. Je veux dire, un député, ce doit être quelqu'un de cultivé, et…

Sa voix se perdit – ou plutôt Angie n'écoutait plus. Ce dîner entre son père et les Brissot, les deux familles respectives en parlaient depuis des années, et il ne s'était jamais concrétisé. D'ailleurs, Clémence et Angie préféraient la situation actuelle. Moins leurs parents sympathiseraient, mieux gardés seraient les secrets.

Son père ralluma la radio sur l'ordinateur. Le bulletin d'informations traitait – évidemment – des préparatifs du couronnement… Puis d'une épidémie de grippe à Paris, du moins les médecins pensaient-ils qu'il s'agissait d'une grippe, qui commençait par un saignement de nez et qui montait vite, et qui en vingt-quatre heures avait déjà fait une dizaine de morts. Pendant qu'Angie mangeait, passa une analyse politique sur la « constitutionnalisation ». La France devait-elle devenir une monarchie constitutionnelle, comme l'Angleterre ? La possibilité faisait hurler les monarchistes loyalistes, qui voyaient là le début de la déchéance : une constitution, c'était un premier pas vers une république, et la république, c'était le diable.

Suivit un débat d'experts se demandant si le futur roi avait annoncé, oui ou non, sa décision de nommer le régent ministre des Finances avant que la voix d'Emma d'Orléans retentisse de nouveau.

— … qui confirment que mon frère a été assassiné. La police ne nous croit pas ? Très bien. Les grandes familles n'attendent rien du gouvernement – elles règlent leurs comptes elles-mêmes. Vous m'entendez ? Quelqu'un, quelque part, est *coupable*. Et ce coupable, nous le retrouverons.

Angie frissonna.

— Ça doit faire plaisir aux républicains, ce genre de discours, ironisa son père. « Les grandes familles n'attendent rien du gouvernement… Elles règlent leurs comptes elles-mêmes » ? Intéressante définition de la démocratie !

— Nous ne sommes pas en démocratie, souffla Angie.

—Oh… tu te politises, ma chérie ? Nous devrions vraiment organiser ce dîner, je suis certain que M. Brissot a une opinion… intéressante sur Emma d'Orléans, et d'ailleurs…

Angie embrassa son père sur le front et partit s'habiller.

Angélique chercha l'escalier à tâtons. Et soudain elle le trouva, ou plutôt ses pieds trouvèrent le vide, elle glissa sur la première marche et tomba. Une minute passa. Angélique se releva, les larmes aux yeux. Elle passa la main sur son front. Le sang coulait ; il y en avait sans doute aussi par terre, mais il faisait trop noir et elle ne voyait rien.

Alors elle se mit à descendre.

Et c'est ainsi que le vampire la vit, pour la première fois : une petite fille de sept ans aux longs cheveux blonds épars, en chemise de nuit, le sang coulant de son front, sur son cou, sur ses blanches épaules.

Avançant vers lui comme un cadeau.

Il l'étudia un moment.

—Bonjour, dit-il enfin, avant de tirer une bouffée sur sa cigarette.

—Bonjour, répondit Angélique.

Elle hésita, la main sur la rampe, observant l'inconnu assis en contrebas. La lueur orange de la cigarette éclairait son visage. Derrière la haute fenêtre en ogive du deuxième étage, l'obscurité pesait sur le parc, la surface mouvante de la piscine, les tilleuls de l'allée. En bas, au rez-de-chaussée du bâtiment principal, le bal prenait fin, on rangeait la vaisselle, les derniers invités regagnaient leurs chambres ou leurs voitures.

L'inconnu avait la peau très pâle, les yeux très bleus. Il portait un pourpoint de velours sur sa chemise blanche ; son téléphone portable était posé par terre à côté de lui, comme s'il venait de terminer une conversation. L'écran blanchâtre brillait dans l'obscurité.

—Je suis tombée, expliqua Angélique. Je suis tombée et je me suis fait mal.

—Je vois ça, dit l'inconnu, avec un drôle d'accent dans la voix. Une blessure au front… ce n'est rien. Ça saigne beaucoup, mais ce n'est pas grave.

Angélique ne répondit pas.

—Je m'y connais, ajouta-t-il.

Il y eut un silence, pendant lequel il fixa le front de la fillette, et le sang, avec une insistance qui la rendit mal à l'aise.

—Viens t'asseoir là, dit-il enfin en désignant la marche, juste à côté de lui.

Angélique obéit – elle n'en avait pas particulièrement envie, mais elle était polie. L'inconnu se pencha vers elle, posa son doigt sur la blessure, regarda le sang sur son index, puis le lécha – comme on mettrait son doigt dans un pot de confiture, ou dans un pot de Nutella, avant de le goûter. Le bleu de ses yeux se fit plus profond, plus intense. Il recommença, reprenant du sang sur le front de la gamine, le léchant – Angélique se crispa un peu. Ce n'était pas que c'était désagréable, cela ne faisait pas mal, mais c'était bizarre, quand même, de se faire traiter par quelqu'un comme si on était, je ne sais pas, une glace au chocolat – et elle s'écarta un peu, gentiment, pour ne pas le vexer.

L'homme sourit, révélant… Ses dents étaient étranges, on aurait dit qu'elles avaient soudain grandi, comme pour mordre. Angélique aurait dû avoir peur, mais, malgré ces canines vraiment, vraiment bizarres, le sourire de l'homme n'était pas méchant. Il était… amusé. « Ironique et résigné », aurait-elle précisé si elle avait eu un vocabulaire plus étendu, mais ces termes étaient trop complexes pour une enfant de sept ans.

Angélique avait toujours su ce que les sourires signifiaient. Les visages impassibles, aussi. Cela faisait partie de son « don », de deviner ce que les gens ressentaient.

—Ah. Tu es la fille de notre hôtesse, je suppose, soupira soudain l'homme, comme s'il venait de prendre conscience de quelque chose. La fille de la duchesse de Noailles, c'est ça ?

—Oui. Je m'appelle Angélique, dit la gamine en lui tendant la main. Angélique de Noailles.

L'homme tendit la sienne, et Angélique la serra, de manière très officielle.

—Philippe d'Orléans, déclara-t-il. C'est un peu cruel, ce que tu me fais là, Angélique. Descendre seule, fraîche et sans défense, ce sang jeune et cramoisi sur ton front telle une marque d'offrande... Une véritable métaphore de la tentation. (Angélique le regarda sans comprendre, et Philippe poursuivit avec un soupir.) Mais bon, il y a les lois de l'hospitalité, tout ça. Spécialement après ce somptueux buffet, et toutes ces bouteilles de Nuits-saint-georges...

Il y eut un silence tandis que Philippe se remettait à fumer. Le sang coulait toujours sur le front d'Angélique, lentement. Les volutes argentées de la cigarette montaient dans la nuit.

Angélique se sentait bien, bizarrement en sécurité. Le bruit qui l'avait réveillée–comme un moteur, comme un lent grondement, pérenne et rassurant–continuait en arrière-plan, mais la musique avait pour l'instant disparu. Ils restèrent comme ça un moment sans bouger, la petite fille et le vampire, laissant simplement le temps s'écouler.

—Mon papa me manque, déclara finalement Angélique. Et Matt, aussi.

—Qui est Matt ? demanda Philippe.

—Mon amoureux. Mais il est plus vieux que moi, lui, il a sept ans et trois mois.

—Un âge... délicieux, dit Philippe avec un petit sourire. Ton père est un roturier, c'est cela ? La famille Moretti, quelque chose ? Des bourgeois ? C'est une sorte de scientifique ?

Certains des mots, comme « roturier », étaient trop compliqués pour Angélique, mais le mépris retenu de son compagnon n'avait pas besoin de traduction.

Elle fronça les sourcils.

—Mon père est un grand savant.

—La mésalliance de jeunesse de la duchesse de Noailles... On fait tous des folies, quand on a vingt ans. Je suppose qu'elle réparera ça

bientôt. Après tout, le divorce est si simple, de nos jours. C'est au moins un progrès de cette époque...

—Papa et maman s'aiment ! protesta Angélique.

Le vampire écrasa sa cigarette, directement sur le bois précieux de la rampe, puis il eut un rire sec.

—L'amour, murmura-t-il. (Et il n'y avait nul besoin des capacités d'Angélique pour sentir l'amertume dans sa voix.) Ne t'inquiète pas, petite, c'est un cancer dont on finit toujours par guérir.

—Je n'y crois pas, protesta Angélique. Moi, j'aimerai toujours Matt.

Philippe garda les yeux baissés un moment et, quand il les releva, une rage sourde filtrait dans ses pupilles. Cette fois Angélique sentit le danger, mais elle fit comme si de rien n'était, car il lui semblait que ce serait pire si elle montrait qu'elle avait peur. Le vampire se pencha très près, tout près, sa main se posa sur la nuque de la fillette, il l'attira vers lui, puis il approcha sa bouche de son front, huma le sang, murmura, d'une voix presque rauque :

—Ça va laisser une cicatrice, de toute manière...

—Je sais ce que pensent les gens, murmura Angélique très vite, parce que tous ses instincts lui criaient qu'il fallait qu'elle dise quelque chose, n'importe quoi, pour briser la tension, et que sinon quelque chose allait arriver, quelque chose de mal.

Et elle sentit le vampire hésiter...

... puis la lâcher.

—Quoi ?

—Enfin, pas vraiment ce qu'ils pensent, mais ce qu'ils sentent. Dans leur cœur. S'ils sont fâchés, ou contents, ou... tristes... Même s'ils essaient de le cacher...

Philippe la regarda, étonné. Angélique remarqua que ses dents étaient redevenues normales. L'impression de danger s'effaçait.

—Vraiment ? demanda le vampire en fronçant les sourcils

—Vraiment, répondit fièrement la petite.

—Qu'est-ce que je pense, là ?

—Non, ça ne marche pas comme ça, je n'entends pas des mots. Mais je sais que vous avez, euh... faim... Mais pas trop... Vous êtes amusé

aussi, un peu intéressé par ce que je dis, et un peu triste… et aussi il y a comme… (Elle réfléchit.) Comme un nuage. Ou une pluie. D'ennui ?

—Pas mal, répondit son interlocuteur après un moment de réflexion. Mais rien qui ne puisse être déduit de la situation, avec un peu de psychologie. Tu es sûre que…

… En bas de l'escalier, une petite porte s'ouvrit. Un homme au visage osseux et aux cheveux gris en sortit.

—Philippe, nous t'attendons, commença-t-il.

Puis il s'interrompit.

Chapitre 25

Samedi 20 septembre – 18 heures
Paris, quartier du Marais
Rue des Francs-Bourgeois

Il pleuvait.

Le *Bragelonne* était un petit café chaleureux, typiquement parisien : salle étroite et bondée, murs recouverts de boiseries et fauteuils à l'ancienne. L'air sentait l'arabica et le chocolat chaud, les serveurs s'affairaient, débordés, sous les lampes orangées et les clients qui n'avaient pas prévu les pluies de septembre serraient contre eux leurs vestes trop légères. Un joyeux brouhaha s'élevait, et tout le monde ignorait, ou feignait d'ignorer, le garde planté en plein centre de la salle, devant l'escalier d'acajou.

Quand Angie arriva en bas des marches, le garde leva la main.

— Désolé, mademoiselle. Le premier étage est Zone Blanche.

— Oui, je sais. Nous avons rendez-vous, expliqua Angie, tandis que Clémence, derrière, tentait d'accrocher sa veste à un portemanteau encombré. (L'homme fixa Angie, attendant la suite.) Avec des amis, précisa la jeune fille. Saphir de Valmont, sa sœur, et d'autres…

— Voilà qui est mieux, petite, répondit l'homme d'un ton condescendant. Pour entrer, il faut mentionner des noms précis.

Angie jeta un coup d'œil aux tables autour d'elle, gênée – mais les dîneurs étaient concentrés sur leurs affaires, et leur échange passait inaperçu. À côté, Clémence contemplait le menu du jour, silencieuse, presque éteinte. Angie l'avait retrouvée au métro – et les deux filles s'étaient, bizarrement, senties gênées. Elles ne s'étaient pas vues depuis la veille, depuis le meurtre, et le seul sujet dont elles brûlaient de discuter leur était interdit.

— Alors, nous pouvons monter ? insista Angie.

— Oui, s'il y a bien le joli petit hologramme nobiliaire sur votre carte d'identité, dit l'homme de la même voix doucereuse.

Angie dut se retenir pour ne pas lui en coller une, mais la conversation eut au moins l'avantage de sortir Clémence de son apathie.

— Vous avez raison de vérifier, susurra-t-elle. Il ne faudrait pas que n'importe qui puisse s'adresser à Saphir de Valmont.

— C'est vrai, déclara une voix amusée en haut des marches. Il ne faudrait pas que n'importe qui puisse m'adresser la parole. Je suis un être délicat, je n'accepte que des conversations de qualité.

Malgré elle, Clémence laissa échapper un rire, et Saphir, accoudé à la balustrade du premier étage, s'inclina théâtralement avant de faire signe aux deux filles de le rejoindre. Avec un soupir, le garde leva la main :

— Désolé ! Carte d'identité d'abord.

Et ce fut toute une histoire, car même si Angélique de Noailles avait sur sa carte le fameux hologramme (et même, depuis la veille, le tampon si recherché de présentation à la cour), Clémence, elle, n'était pas noble et, avant qu'elle puisse gravir les marches, Saphir de Valmont dut descendre l'escalier et signer un registre prouvant qu'il avait invité, sous sa responsabilité, « la roturière Clémence Brissot » à accéder à la Zone Blanche.

— Monsieur de Valmont, la prochaine fois, obtenez un passe annuel pour mademoiselle, déclara l'homme en désignant Clémence qui montait en silence tandis qu'Angie se demandait si elle devait se réjouir ou s'inquiéter du manque de réaction de son amie.

Mais Saphir de Valmont les accueillit avec tant de chaleur que l'impression désagréable de leur arrivée s'effaça vite. Au premier, la salle était de toute beauté. L'endroit, si bondé en bas, était quasi vide à l'étage ; les fresques Art déco illuminées par les rayons argentés filtraient par l'immense baie vitrée.

Amina de Valmont, la sœur de Saphir, était encore une fois langoureusement installée sur une banquette. Deux inconnus – un jeune homme à lunettes et une blonde aux cheveux courts – sirotaient un cocktail en sa compagnie.

— C'est vrai, vous devriez vous faire délivrer un passe annuel, mademoiselle Brissot, déclara Amina de Valmont en les voyant approcher. Vous savez ? Comme les précepteurs, les habilleuses et les gouvernantes.

— Je comprends, répondit Clémence, tandis que les deux autres se levaient pour les saluer. Il est bon de trier les gens. Je propose d'ailleurs d'instituer une zone roturière, avec un test de QI pour avoir le droit d'y pénétrer.

Angie étouffa un rire, et crut lire dans les yeux d'Amina une lueur d'amusement. Quelle étrange sensation – d'en être de nouveau réduite à analyser les expressions des êtres pour deviner leur humeur, alors que moins de vingt-quatre heures auparavant, Angie *voyait*, littéralement, la couleur des émotions jouer devant elle.

— Ne faire sortir de Zone Blanche que les gens intelligents ? intervint la blonde aux cheveux courts, tendant la main à Clémence. Vous plaisantez ! Aucun de nous ne pourrait plus circuler !

La phrase eut l'effet escompté : tout le monde rit, et les tensions s'évanouirent. Saphir partit chercher du champagne, Clémence et Angie s'installèrent, et la conversation s'engagea assez naturellement.

Le jeune homme à lunettes, qui s'appelait Pierre-Gilles, avait pris à leur arrivée des airs dédaigneux. Mais quand Angie apprit qu'il était le cousin de Saphir et d'Amina et qu'il devait entrer à Saint-Cyr, l'école dont rêvait Matt, elle en profita pour le bombarder de questions. Les yeux de Pierre-Gilles s'illuminèrent aussitôt et il se lança avec enthousiasme dans une description élogieuse du cursus scientifique de l'École. En l'écoutant, une partie de l'antipathie instinctive d'Angie disparut, mais une partie seulement – Pierre-Gilles prenait bien soin de ne pas adresser la parole à Clémence, et il portait l'épée au côté (sur son jean !) avec une affectation qu'Angie avait toujours trouvée ridicule.

La blonde aux cheveux courts s'appelait Jeanne, vicomtesse de Volanges. Elle s'était présentée comme la meilleure amie de Saphir et, entre les deux filles, le courant passa sans difficulté.

Amina restait un peu hostile, tirant sur sa cigarette avec des gestes nonchalants – cela faisait des années que les cafés étaient non-fumeurs, mais, en Zone Blanche, les serveurs n'osaient sans doute pas faire appliquer la loi.

Saphir s'était glissé près de Clémence, des coupes de champagne à la main.

— Ça ne vous a pas plu, murmura-t-il. L'escalier. Le type, en bas. Le registre à signer.

— Non, répondit Clémence. Ce n'est pas votre faute, et merci d'être descendu nous chercher. Mais… imaginez comme c'est humiliant. Il faut que vous vous portiez garant de moi ? Parce que je ne suis pas noble… ?

— J'ai deux réponses à cela, déclara Saphir. Mademoiselle Brissot, vous allez être soufflée. Prête ?

Clémence but une gorgée de champagne.

— Prête.

— *Primo* : on ne se tutoyait pas ?

— Je ne crois pas… Je ne sais plus…

— Eh bien, tutoyons-nous.

Clémence s'inclina en réponse, Saphir rougit légèrement, et Angie dissimula un sourire, tout en faisant semblant d'être concentrée sur ce que disaient ses voisins.

— *Secundo*… (Saphir réfléchit.) Cette histoire de Zone Blanche est scandaleuse, et humiliante, en effet. Mais regarde, Clémence : la salle du resto est pleine, en bas.

— Pleine ?

— De dîneurs. De roturiers, de bourgeois, qui paient une fortune leur maigre assiette de bœuf sauté au quinoa. Parce que l'endroit est à la mode. Et pourquoi l'endroit est-il à la mode ? Parce qu'il est, justement, à moitié Zone Blanche… Et qu'avoir la Zone Blanche au-dessus de sa tête, c'est un peu mystérieux, un peu magique… On ne sait pas qui y mange, en ce moment même… Un marquis, un duc… Un prince, peut-être ?

— Mme de Montesquieu et son nouvel amant ?

— Exactement ! répondit Saphir. Les dîneurs, en bas, espèrent voir… Je ne sais pas, moi, la sœur du roi monter l'escalier. Et, à la place, ils ont eu Amina.

Celle-ci, qui suivait la conversation, jeta un regard noir à son petit frère. Clémence reprit :

— Si je comprends bien, Saphir, tu trouves que les castes et les divisions sociales sont une manière de réenchanter la société ?

— D'y mettre du prodige… du merveilleux. Oui.

— Parce que moi, protesta Clémence, je pense qu'il s'agit plutôt de la cristallisation d'un délire collectif, comme le dit Scizinstein, et…

… et Angie cessa d'écouter, parce que Saphir et Clémence commençaient à citer des noms de sociologues à la vitesse de la lumière, et aussi parce que Jeanne de Volanges, la charmante vicomtesse, venait de demander :

— Au fait, Amina, où est passée ta demoiselle d'honneur ? La petite… Élise de La Vallière ?

Angie retint sa respiration. Amina, qui écrasait sa cigarette, répondit d'un air boudeur :

— Je ne sais pas.

— Je croyais qu'Élise adorait les soirées ! reprit Jeanne. Et la veille du couronnement… D'ailleurs, si nous allons sur les Champs-Élysées ce soir…

— La grand-mère d'Élise est malade, reprit Amina du même air vexé, et, soi-disant, Élise est partie lui rendre visite. Sauf qu'elle n'a même pas pris la peine de me dire au revoir. Ce matin, ses valises avaient disparu, et papa a juste reçu un mail…

— Un mail ? C'est bizarre, non ? demanda Jeanne.

Angie imagina sa mère, arrangeant la disparition d'Élise, payant des gens pour se débarrasser du cadavre, récupérer les valises, envoyer le mail, terroriser la grand-mère, peut-être. Passa alors la vision d'Élise, sur le toit de Versailles, souriante et émue… et Angie se sentit brusquement mal – les larmes aux yeux, la nausée au cœur.

Elle but un verre d'eau, tentant de dissimuler son trouble.

Amina, elle, haussa les épaules avant de répondre à Jeanne.

— Je ne sais pas. Élise devait m'aider à me coiffer ce soir – elle me l'avait *promis* – mais ce n'est pas la première fois qu'elle fait le coup. Une fois, elle est allée rendre visite à son frère à Versailles, elle ne m'a pas donné de nouvelles pendant vingt-quatre heures ! Alors qu'elle devait passer chercher ma robe au pressing ! À l'époque, je lui ai dit…

— Son frère ? intervint Angie. (Sa voix tremblait, et elle fit une pause avant de continuer.) Élise a un petit frère, c'est ça ? Le page du roi ?

— Oui, c'est ça, répondit Amina, avec un geste de mépris. Le petit Benjamin. C'est scandaleux, qu'il ait eu cette place. Je veux dire, des gamins bien mieux nés que lui, il y en avait des tas, les petits Rohan, par exemple. Mais non, il a fallu que ça tombe sur lui ! Le monde est d'une injustice, parfois, c'est incroyable…

Angie hésita à poser de nouvelles questions : il aurait paru étrange qu'elle s'intéresse à un gamin de neuf ans. Et Amina paraissait ignorer que Benjamin avait disparu – peut-être personne n'était-il au courant. Et c'était tragique, la sœur et le frère, si jeunes, si seuls, sans soutien à la cour de Versailles. La première était morte et personne ne le savait, et l'autre, un enfant, un petit garçon, évanoui, « évaporé », avait dit Richelieu, il s'était perdu quelque part, ou *on* l'avait perdu, et nul ne s'en souciait.

Sauf Angie.

Sauf qu'elle ne recherchait pas le petit Benjamin de La Vallière par bonté d'âme, mais parce que sa vie en dépendait… et soudain

Angie se sentit sale, opportuniste. Autour d'elle, nul ne se souciait de son silence, la conversation continuait – des amis d'Amina arrivèrent, des « vieux », d'une vingtaine d'années.

Angie les salua, puis se rassit.

En vérité, elle ne pouvait pas faire grand-chose, à part attendre d'aller sur les Champs-Élysées, comme avait dit Jeanne, en boîte sans doute, pour pénétrer de nouveau le monde de Versailles. Pour revoir peut-être le roi, ou son entourage, la princesse Joséphine, ses demoiselles d'honneur, tous ces gens qui avaient paru si proches, si accessibles la veille, et qui désormais paraissaient exister dans un autre univers.

Et brusquement Angie en eut marre – de prévoir, de se poser des questions, de trembler du passé et d'avoir peur de l'avenir. L'ambiance était bonne, Clémence et Saphir paraissaient heureux, et elle décida de se détendre, d'apprécier le moment.

Le serveur passa, Angie commanda un mojito…

Et ce fut bien sûr le moment que choisit Matt pour arriver et tout gâcher.

Chapitre 26

Matt était d'une humeur crasse.

Angie regretta aussitôt son invitation. Elle voulait mêler ses deux mondes, ses amis de Versailles et ses amis de Belleville, et ce ne fut que quand Saphir dut de nouveau descendre pour signer le registre pour se porter garant du roturier Matthieu Guitton et qu'elle vit le visage pâle, humilié et furieux de Matt, qu'elle réalisa que le mélange Belleville-Versailles n'allait sans doute pas prendre.

Il ne prit pas.

— Hé… Je vous connais, non ? s'exclama Pierre-Gilles avec hauteur, quand Angie lui présenta Matt.

Saphir s'écria aussitôt :

— Mais oui ! On s'est croisés à Saint-Cyr ! Devant le bureau du directeur… Moi, c'est Saphir, déclara-t-il, tendant la main au nouvel arrivant.

Matt ne bougea pas la sienne.

— Oui. J'étais là pour un entretien, répondit-il sèchement.

— Pour les quotas ?

— En effet.

— Alors, comment ça s'est passé ? insista Saphir, qui n'avait pas remarqué la froideur de Matt.

— Mal, répondit Matt simplement.

Il se laissa tomber sur une chaise. Clémence lui demanda ce qu'il voulait boire, mais, au lieu de répondre, Matt toisa Saphir et continua :

— Moi aussi, je vous connais. Vous êtes le fils du comte de Valmont. Et vous, ajouta-t-il en désignant Pierre-Gilles, *vous*, vous êtes le cousin roturier.

À la table, tout le monde se tut, et les trois jeunes gens venus rejoindre Amina se tournèrent pour écouter. Pierre-Gilles avait sursauté, devenant aussi raide que si on venait de lui jeter un seau d'eau sur la tête – il jeta un coup d'œil imperceptible à Amina, qui se redressa, éteignit sa cigarette et se tourna vers Matt.

— Monsieur..., commença-t-elle. Je n'ai pas l'honneur de connaître votre nom...

— Guitton, dit Matt avec un sourire glacé. Avec deux « t ».

— Monsieur *Guitton*, reprit Amina, chez les gens bien élevés, on ne fait pas de remarque sur la naissance de quelqu'un.

Dans d'autres circonstances, Angie aurait ri – elle n'avait pas oublié comment Amina l'avait insultée dans la navette – mais Amina irradiait une telle autorité qu'elle en était fascinée.

À sa grande surprise, Matt ne se laissa pas impressionner.

— J'aimerais que vous ayez raison, mademoiselle de Valmont, rétorqua-t-il. J'aimerais ne pas avoir à en parler. Hélas, à Saint-Cyr, la naissance et les influences des grandes familles sont d'une importance capitale.

Saphir regarda Matt, puis Pierre-Gilles, et il dut deviner le problème car, se tournant vers Jeanne de Volanges, il changea brusquement de conversation, entamant une discussion sur l'escrime. La jolie vicomtesse enchaîna aussitôt, soutenue par un des amis d'Amina ; Angie en profita pour détourner l'attention de Pierre-Gilles en lui demandant où ils avaient prévu d'aller ce soir, et la diversion, si artificielle qu'elle soit, sembla un moment fonctionner.

Amina reprit sa cigarette.

Pierre-Gilles se rassit.

Matt jeta un coup d'œil à Angie, puis il se leva, un énervement sourd filtrant dans tous ses gestes, et partit chercher un verre.

Le temps qu'il revienne, la conversation s'était arrêtée sur une boîte à la mode, *Le Six*, sur l'avenue des Champs-Élysées, où se retrouvait le soir une partie de la jeunesse de la cour. Matt se rassit, un whisky à la main.

Un whisky! remarqua Angie qui ne l'avait jamais vu boire, au pire, que de la bière. Un quatrième ami d'Amina fit son apparition, il y eut de nouveaux changements de place; dans le chambardement, Jeanne de Volanges se trouva à côté de Matt et lui demanda depuis combien de temps il connaissait Angie.

—Depuis quatorze ans, répondit Matt après un rapide calcul.

Saphir se penchait vers Angie pour lui proposer du champagne. Jeanne chuchota, rieuse:

—Et que pensez-vous de ces fiançailles manigancées par la mère d'Angie?

—Des fiançailles? répondit Matt, le visage neutre.

Jeanne continua, d'un ton confidentiel:

—Il semblerait que Saphir de Valmont soit un bon parti pour Angélique de Noailles. (Matt prit une longue gorgée de whisky.) Enfin, rien n'est officiel, c'est juste notre déduction mais, vu la manière dont la duchesse semble encourager leur fréquentation... Ce ne serait pas non plus la première fois que Saphir se fait caser, continua Jeanne, je veux dire, c'est un bon parti!

—Et comment! La fortune saoudienne alliée au pouvoir de la particule, commenta un des amis d'Amina.

—Exactement, continua Jeanne, qui se lança dans une série d'anecdotes mettant en scène des parents désargentés essayant de vendre leur fille au fils du comte de Valmont.

Matt buvait en silence, et ce fut Clémence qui, fort innocemment, mit le feu aux poudres en demandant:

—Alors, Matt? Raconte! Pourquoi tu dis que l'entretien de Saint-Cyr s'est mal passé?

Angie fit signe à Clémence de se taire. Trop tard.

—Eh bien, répondit Matt, avec un calme étudié, vois-tu, Clémence, il semblerait que la dernière place des quotas de roturiers soit déjà attribuée à... (Il désigna Pierre-Gilles d'un coup de menton.) Au monsieur, là-bas. Qui est d'aussi médiocre naissance que moi, et dont le dossier est, j'imagine, bien moins bon que le mien, mais qui est pistonné par son noble cousin Saphir de Valmont.

Il avait délibérément parlé fort–cette fois, la situation n'était pas rattrapable. Un silence glacé tomba sur les deux tables, tandis qu'autour d'Amina les jeunes gens faisaient, cette fois, carrément pivoter leur chaise pour assister à la scène.

Pierre-Gilles se leva, très pâle, et il aurait sans doute envoyé son poing dans la figure de Matt s'il n'en était séparé par Clémence et Saphir. Amina s'était levée, elle aussi.

—Saphir ne fait que son devoir en aidant son cousin, déclara-t-elle, furieuse. Et... Pierre-Gilles ne s'appelle peut-être que Le Roux, mais il est proche des Valmont par le sang et par la fréquentation, et ses amis sont tous de haute extraction (Amina désigna un des convives, un grand blond au visage constellé de taches de rousseur), comme M. de Montmorency par exemple, et...

Elle continua sa diatribe, sans remarquer qu'elle ne faisait, à chaque mot, qu'humilier plus profondément le pauvre Pierre-Gilles. Celui-ci, qui ne pouvait guère faire taire sa cousine, allait insulter Matt quand Clémence fit de nouveau brusquement dévier le conflit.

Sourcils froncés, elle s'était tournée vers l'homme qu'Amina venait de désigner comme M. de Montmorency. Elle l'étudia avant de se lever brusquement :

—Vous... C'est vous..., murmura-t-elle avec fureur. Vous êtes... vous êtes *Prince Bernie*...

—Vous pouvez m'appeler « Prince », jeune beauté, rétorqua le blondinet. (Puis il sauta sur ses pieds.) Hé ! Vous êtes la fille Brissot ! Cette petite salope !

— Bernie ! s'écria Saphir, se levant à son tour. S'il te plaît ! Clémence est mon invitée et…

— Eh bien, tu invites n'importe qui ! protesta Montmorency.

Au même moment, Clémence expliquait, hors d'elle, à Matt :

— « Prince Bernie » est un des leaders du LYS… Le pire des connards de ces bandes de connards de Jeunes Monarchistes… Les mecs du LYS partent de l'université privée de Saint-Gervais et font des descentes à la batte de base-ball dans les écoles publiques pour « casser du républicain »…

— Oh, et puis quoi, encore ! protesta M. de Montmorency alias Prince Bernie. (Tout le monde était debout maintenant, et un serveur s'était immobilisé dans l'escalier, son plateau à la main.) Des descentes dans les écoles publiques ? N'importe quoi ! On a violé les petites filles et brûlé les nouveau-nés, aussi ? Non, nous avons seulement pris notre revanche dans les Centres républicains quand…

— Vous avez massacré des gamins à coups de batte de base-ball !

— Vos gamins avaient dix-huit ans ! Ils étaient inscrits aux Jeunes Républicains, ils étaient venus dans *nos* QG taguer *nos* affiches…

— Vous les avez pourchassés dans les rues et…

— Oh, comme si vous ne nous aviez pas lancé des cocktails Molotov, espèce de garce mal baisée…

Clémence, griffes sorties, bondit dans la direction de Montmorency qui fit un pas en arrière. Une table bascula, deux des amis de Prince Bernie applaudirent, Clémence jeta son verre à la figure de ce dernier, mais le champagne tacha à peine sa chemise blanche ; Saphir rattrapa Clémence par la taille pour l'empêcher de continuer, celle-ci se débattit en criant « Lâche-moi, bordel », Saphir ne lâcha pas, Clémence se débattit plus fort et, soudain, sans prévenir, Matt gifla Saphir à toute volée.

— *Elle t'a dit de la lâcher, putain !*

Il y eut un silence.

Saphir retira ses mains de la taille de Clémence, puis recula. Prince Bernie, surpris, s'était calmé d'un coup.

— Matt…, murmura Clémence. Attends. Saphir ne…

Matt la fit taire d'un geste.

— Clémence, maintenant ? susurra-t-il à Saphir, sa voix vibrante de fureur. Il te les faut toutes ? Le droit de cuissage, c'est ça ?

Saphir le fixa, hagard.

— Quoi ?

— Matt, souffla Angie. Non. Ne… Écoute. Nous ferions mieux de partir…

— Partir ? Il y a eu une gifle, susurra un des amis d'Amina. Il y a eu défi. Duel !

— Duel ! répétèrent les autres. Duel ! Duel ! Duel ! Duel ! scandèrent-ils en chœur :

— Quoi ? Non ! protesta aussitôt Amina. Saphir, tu es trop jeune…

— Duel, Duel, Duel ! continuaient les autres.

Angie et Clémence, épouvantées, tentaient d'apaiser la situation.

— Les duels sont interdits par la loi ! protesta le serveur, en haut des marches. Ils sont punis d'une amende de…

— Oh, suffit, dit Montmorency, on sait très bien que vous n'allez pas appeler la police en Zone Blanche…

Et, comme le serveur insistait, il sortit un billet de 100 francs et lui glissa, tandis qu'Angie attrapait Matt par l'épaule.

— Matt, écoute…

— Va te faire foutre, Angie, OK ? Va te faire foutre.

— Duel ! Duel ! Duel !

— Très bien. (Saphir tendit la main.) Pierre-Gilles, ton épée.

— Attendez, protesta Clémence. C'est ridicule. Les duels sont une coutume d'un autre âge qui…

Matt se plaça devant Saphir, résolu, puis regarda autour de lui.

— Je n'ai pas d'épée non plus.

— Qu'à cela ne tienne ! dit Montmorency, lui passant la sienne.

Et soudain – avant même que des paroles rituelles aient été prononcées – les lames de Saphir et de Matt s'engageaient, et tout le monde fit un pas en arrière.

— Saphir ! Je te préviens : j'appelle maman ! cria Amina, furieuse.

Heureusement pour la solennité du moment sa réflexion fut noyée par les applaudissements qui saluaient le premier coup.

Saphir venait de porter une botte, parée facilement par Matt, qui se fendit et effleura en retour la manche de son adversaire.

— Merde ! s'écria Angie, saisissant son téléphone, puis s'arrêtant – les duels étaient, en effet, interdits par la loi, et si Matt se faisait arrêter, les répercussions sur ses études pouvaient être majeures.

Tout le monde avait, d'ailleurs, pris son téléphone. Les amis d'Amina filmaient le duel. Jeanne envoyait, d'un air atterré, un message à quelqu'un, et le serveur, qui avait rangé son billet dans sa poche, appelait le cuisinier pour admirer le spectacle. Ce dernier arriva juste au moment où Matt – ses gestes parfaitement maîtrisés – égratignait le poignet gauche de Saphir de sa lame, faisant perler une goutte de sang. Il y eut quelques sifflements appréciateurs, les passes continuèrent, acier contre acier, toujours calmes… en apparence car Angie sentait la tension monter. Matt, bouillonnant toujours de cette rage inexpliquée, parait sans difficulté les coups de son adversaire, sans vraiment répliquer, mais Angie le sentait prêt à bondir, comme un tigre. Et en effet, sans effort visible, il feinta, puis toucha de nouveau Saphir au poignet, le droit cette fois.

— Eh ! C'est pas juste, souffla Jeanne, qui venait de rechercher le nom de Matthieu Guitton sur Internet. (Elle désigna Matt.) Il est champion d'escrime ; il a remporté deux fois le tournoi de l'est parisien… Saphir n'est pas du niveau…

— C'est dégueulasse ! protesta Pierre-Gilles. (Il se tourna vers Angie.) Votre ami sait parfaitement qu'il est supérieur à l'épée ? Et il provoque Saphir pour une fausse raison ?

— Tant pis ! On ne va pas les interrompre maintenant ! protesta Charles-Antoine, un ami de Montmorency. Ce serait la honte !

Clémence et Angie échangèrent un regard…, mais le dénommé Charles-Antoine avait raison. Il aurait été déshonorant pour les combattants, et surtout pour Saphir, d'arrêter simplement parce que ce dernier venait d'apprendre que son adversaire était plus doué que lui. Angie pinça les lèvres, se répétant que le combat allait bientôt finir, que Matt savait ce qu'il faisait, mais Saphir de Valmont avait déjà été touché à deux endroits, et sa nervosité montait. Il tenta d'atteindre Matt à l'épaule, Matt esquiva avec une facilité déconcertante… et le duel se fit soudain plus sérieux, plus serré, tandis que Montmorency-Prince Bernie et son ami Charles-Antoine continuaient à filmer et à commenter…

— Pas mal, une parade en quarte… Ouais… Oh, il aurait dû mieux se fendre… Joliii… Vise le coude… Vise le coude…

— Fermez-la, crétins ! s'écria Amina, le téléphone à l'oreille. Maman ! s'écria-t-elle soudain.

Elle partit vers le fond de la salle, expliquant la situation à toute vitesse, sans voir, heureusement, Matt, concentré, se fendre, feinter sur la gauche, Saphir se précipiter dans l'ouverture et Matt, froidement, l'écorcher de nouveau, à la gorge, juste en dessous du menton.

Le coup était humiliant… volontairement. Pour commencer, toucher quelqu'un à la gorge était dangereux, même avec des lames d'entraînement. Et puis, dans la mystique de l'escrime, le cou était un lieu de « soumission », et Saphir fit un bond en arrière, furieux.

Le silence se fit. Prince Bernie et Charles-Antoine filmaient toujours, mais ils avaient levé leur regard de leur téléphone. Clémence et Angie s'étaient figées. Là-bas, Amina s'était retournée et contemplait la scène, consternée.

Même interdits, les duels entre ados étaient communs ; les choses s'arrêtaient en général au premier sang, et le perdant payait les bières. Mais c'était une chose qu'une escarmouche entre copains, et une autre qu'un inconnu – un roturier – humilie délibérément, devant ses pairs, en le touchant à la gorge, le fils du comte de Valmont.

— En d'autres temps, on le ferait bastonner, ce Guitton, murmura Charles-Antoine. À l'ancienne, en bas de chez lui, un bon passage à tabac. Pour lui apprendre sa place…

— Ça peut encore se faire, déclara Montmorency. Amina ? Veux-tu qu'on s'en occupe ?

— Oh, vos gueules, bande de psychos, murmura Amina, qui avait presque les lames aux yeux.

— Il faut arrêter ça, souffla Clémence à Angie.

Son amie acquiesça ; mais ce n'était pas facile. En effet, selon une règle bien misogyne, si une fille interrompait un duel, les deux combattants étaient – encore une fois – déshonorés.

Le serveur, maintenant inquiet malgré le billet dans sa poche, expliquait la situation à un homme en costume-cravate – le patron, sans doute.

Les deux combattants s'étaient eux aussi immobilisés. Saphir un peu en arrière, l'épée levée, pâle et furieux ; Matt impassible, et Angie fut la seule, sans doute, à lire dans ses yeux un vague regret. Mais il était trop tard – s'excuser, dans ces circonstances, n'aurait fait qu'envenimer la situation –, et soudain Saphir attaqua – rageusement, aveuglément. Clémence retint sa respiration. Matt recula, les coups hargneux de Saphir le mettant en difficulté, ou peut-être prétendait-il seulement être en difficulté, parce que, brusquement, il se fendit et toucha une dernière fois Saphir, cette fois à l'épaule, avec une facilité apparente encore plus humiliante, peut-être, que pour la blessure au cou.

Saphir recula. S'arrêta.

Matt baissa son épée – le signe que si Saphir voulait, le duel pouvait prendre fin. Amina poussa un soupir de soulagement, Jeanne souffla un « Pas trop tôt »…

… quand Saphir fit un pas en avant et gifla Matt de la lame de son épée.

Il y eut un cri ; Angie se précipita, mais fut retenue par Montmorency. Elle se dégagea furieusement, trop tard.

L'assistance était figée d'horreur. Matt essuya, incrédule, le sang sur sa joue droite. La lame fine de Saphir avait claqué comme un fouet, à un millimètre de l'œil à peine… L'orbite aurait sûrement été touchée si Matt n'avait en partie esquivé, mais la lame était quand même passée très près…

… et ce n'était pas seulement l'œil, il y avait plus, il y avait pire, bien pire. Gifler avec une épée, c'était historiquement très marqué, c'était le noble cinglant le paysan, l'aristocrate souffletant l'inférieur, presque le maître avilissant l'esclave. Matt jeta son épée, bondit sur son adversaire, poings serrés, mais Angie, Clémence et Amina s'étaient interposées et, vingt secondes plus tard, le patron avait attrapé les deux garçons par l'épaule :

— Vous allez me foutre le camp de mon établissement, espèce de petits crétins ! (Saphir, sous le choc, ne réagit pas, mais Matt se dégagea brutalement, puis porta la main à sa joue et la retira pleine de sang.) Nobliaux de Zone Blanche ou pas, je suis plus que capable de vous traîner dehors par les cheveux !

— Putain ! s'écria Montmorency, baissant son téléphone avant de tapoter une série de touches. Ça, c'est du drame ! Si ça fait pas le hit du mois sur…

Amina lui arracha le téléphone des mains.

— T'es trop con ou quoi ? Tu l'as envoyé ? Tu l'as « partagé » ? (Montmorency la regarda sans comprendre.) Tu as pensé à l'École, crétin ? À Saphir ? À Saint-Cyr ?

— Oh, dit Prince Bernie, l'air, un bref instant, sincèrement embêté. (Puis il haussa les épaules, contrit.) Trop tard. Navré.

— Espèce de connard, siffla Amina, répétant le motto de la soirée.

Mais Angie n'écouta pas la suite, car Matt descendait les escaliers en courant, et elle fila à sa poursuite.

Chapitre 27

Matt, déjà sorti du restaurant, remontait à grands pas la rue des Francs-Bourgeois. Il tourna, et Angie, rejointe par Clémence qui avait dévalé les escaliers à leur poursuite, ne le rattrapa que plus loin, dans le petit parc de l'hôtel de Sévigné, sous les magnifiques marronniers. Matt, furieux, envoya son poing rageur dans un tronc et poussa un cri de douleur.

— C'est ça, éclate-toi la main droite pendant que tu y es ! hurla Clémence, en arrivant à ses côtés. Ce sera la dernière dose de connerie de la journée la plus stupide de ta vie !

— Matt, je t'emmène aux urgences ! s'écriait Angie, au même moment. Ta joue… Ton œil… Il te faut des points de suture, et… Maintenant ta main…, ajouta-t-elle.

Matt, qui ne répondait pas, contemplait son poing ensanglanté.

— Deux fois, maugréa-t-il. Deux fois en deux jours.

Il fixa Clémence et Angie jusqu'à ce qu'elles se taisent.

— C'est eux, vos nouveaux amis ?

Clémence rougit. Angie, elle, soutint son regard.

— Non, Matt. Ce ne sont pas nos nouveaux amis. Nous avons rencontré Saphir et Amina de Valmont hier, et je ne me fais pas d'amis en vingt-quatre heures. Mais ce sont de nouvelles connaissances, oui.

— De nouvelles connaissances, hein ? En Zone Blanche ? Avec des types du LYS et…

Angie l'observait, sourcils froncés. Matt détourna les yeux, pour se concentrer sur une cible plus facile.

— C'est ça, tes convictions républicaines, Clémence ?

— Je ne savais pas que... Montmorency... Prince Bernie... J'ai essayé de lui casser la gueule ! protesta Clémence. Et Saphir de Valmont n'est pas comme ça, il...

— Il te tenait pendant que tu te débattais ! Il m'a giflé de sa lame !

— Tu es champion d'escrime, Matt ! hurla Clémence. Et tu as provoqué Saphir volontairement, de manière à l'humilier en public ! Tu n'as pas honte ?

Ce fut au tour de Matt de ne pas savoir quoi répondre.

— Il n'y a pas un code d'éthique, par hasard, en escrime ? continuait Clémence, hors d'elle. Un code que tu aurais brisé ?

Matt se tut, puis il donna un coup de pied dans l'arbre, cette fois, et poussa un second cri de douleur. Et ils restèrent là, en silence, alors qu'autour d'eux la vie continuait – des vieilles dames discutaient à voix basse, des enfants glissaient sur les toboggans, des amoureux s'embrassaient. Le soleil se couchait, une brise soulevait le sable du parc, créant de légers tourbillons de poussière.

Tous les trois, liés par tant d'affection et de souvenirs... et aujourd'hui, un mur de secrets les séparait. Angie aurait été bien incapable de compter le nombre de mensonges et de non-dits qui l'éloignaient de Matt, et même de Clémence, et un instant il lui sembla qu'elle avait été changée, remplacée, qu'elle était devenue une des silhouettes entraperçues dans le miroir de la galerie des Glaces, une inconnue dont même les rêves lui étaient étrangers.

Ses rêves.

Même à cet instant, en regardant Matt qui la dévorait des yeux, avec cette lueur de défiance et de... – Angie savait fort bien de quoi il s'agissait, mais elle refusait d'y penser – en regardant Matt donc, elle voyait maintenant l'image de l'autre, la créature qui avait hanté sa nuit. Brusquement, elle se retourna – elle avait cru sentir sa présence, le voir, dans la rue –, mais quand Angie scruta le trottoir il n'y avait personne, qu'un groupe de touristes qui descendait d'un car, et puis, pensa-t-elle avec un étrange serrement de cœur, c'était impossible, car la nuit n'était pas encore tombée.

—Angie, murmura Matt.

Simplement son nom. Pour qu'elle leur revienne.

—Matt, commença Angie. Tu as peut-être entendu dire... Je ne suis pas fiancée à Saphir, continua-t-elle. (Les joues de Matt s'empourprèrent aussitôt.) C'est une rumeur idiote qui court – parce que ma mère nous pousse à nous fréquenter. Mais, entre nous, il n'y a rien, en fait c'est plutôt Clémence qui...

—Je m'en fous, coupa Matt, glacial. Pourquoi penses-tu que ça m'intéresse, comment ou avec qui tu *bais*...

—*MATT!* interrompit Clémence, horrifiée.

Non par le gros mot, mais parce que... Matt, si sage, si calme, l'ami fiable et parfait, dire ça à Angie – à n'importe qui d'autre, OK, mais pas à Angie – il semblait à Clémence que ce serait irrattrapable, que ce serait la fin de leur groupe, de leur amitié, de tout. Et Matt les étudia toutes les deux, et la même pensée lui traversa l'esprit, qu'ils étaient maintenant autres, des étrangers, et pourtant il avait espéré, en revoyant Angie ce soir...

Qu'avait-il espéré ?

—Matt, il s'est passé quelque chose, à Versailles, hier, commença brusquement Clémence. Nous étions dans les couloirs du palais, après le bal. Avec une amie, enfin une autre fille, et...

—Non ! cria Angie. Clémence, non !

—Pourquoi ? demanda son amie, les larmes aux yeux.

—Parce que... nous ne pouvons pas... raconter...

—Mais c'est Matt !

—Non !

Matt fixa Angie, puis prit sa décision.

—Allez vous faire foutre. Toutes les deux. Je ne veux plus jamais vous voir, déclara-t-il.

Et de nouveau il tourna les talons et partit, cette fois pour de bon.

— Pourquoi ? protesta Clémence, après une minute de silence. Pourquoi devons-nous garder le secret *face à Matt* ? Pour Élise et… le vampire…

Angie hésita. La seule raison de ne pas se confier était l'interdiction de la duchesse de Noailles.

« Vous ne le raconterez jamais, à personne. Et surtout – surtout ! – vous n'en discuterez jamais entre vous, jamais, est-ce bien entendu ? »

— Si on parlait, Matt se sentirait sans doute obligé de raconter les faits à la police et…

— Oh, mon Dieu ! s'offusqua Clémence. Comment peux-tu penser ça ? Jamais il ne nous dénoncerait !

Ses larmes coulaient librement maintenant, et Angie détourna la tête pour cacher son émotion.

Clémence continuait, la voix rauque.

— Tout s'écroule autour de nous.

— Tu exagères, souffla Angie.

Mais Clémence reprit :

— Depuis hier soir. Tout est bizarre, perverti. Même Saphir… (Clémence détourna la tête, honteuse.) Je le croyais différent. Souffleter Matt, avec l'épée ! Il ne peut pas ignorer la signification sociale de…

Sa voix se perdit. Angie soupira.

— Non, il ne l'ignore pas. Mais il était furieux, humilié. Il a voulu humilier à son tour.

Clémence secoua la tête.

— Saphir a ton numéro ? reprit Angie.

— Oui. Je le lui ai donné tout à l'heure.

— Il a peut-être appelé pour s'expliquer.

Clémence eut un geste de rejet, puis, changeant brusquement d'avis, elle sortit son téléphone.

— Non. Rien.

— Il va sûrement appeler. Tout raconter à Matt nous soulagerait, *nous*, reprit Angie, revenant sans transition au sujet précédent. Mais lui ? Tu imagines... Un tel choc ?

— Nous avons tué un vampire, rétorqua Clémence, furieuse. Enfin, ta mère a tué un vampire. C'est un peu important, non ? Comme information ? Je veux dire, déjà, le fait qu'il y ait des vampires ? Tu ne crois pas que notre meilleur ami devrait être au courant ? Pour le protéger, rien que ça ?

L'argument était bon et Angie hésita.

— Pourquoi on ne pourrait pas aborder le sujet – au moins entre nous trois ? continua Clémence. Ce que nous avons vécu... Tu réalises le changement conceptuel de...

— Je ne veux pas revivre cette scène.

L'ignorant, son amie continua :

— Ce monstre. Drogué, fou, une machine à tuer. Et Élise... Son cadavre, je le vois encore, je vois ce taré lui déchirer la gorge et – dans mes rêves, cette nuit, j'avais l'arme à la place de ta mère, et je tirais, mais je ratais, et Élise... Oh, mon Dieu, Angie ! nous la connaissions à peine, mais j'entends sa voix partout.

Angie ne retenait plus ses larmes.

— Je sais.

— Et on n'a même pas eu l'occasion de l'enterrer, de lui dire adieu. Et *cette femme*, à la télévision... (Clémence baissa la voix.) Disant qu'elle va nous retrouver. Qu'elle va se venger.

Angie eut un frisson.

— Chut ! s'exclama-t-elle, sans savoir pourquoi.

— Personne ne nous écoute. Qu'est-ce qu'on risque ?

Angie hésita. Rien, en effet, ne semblait pouvoir arriver – malgré la nuit qui tombait – le policier qui se préparait à fermer le parc, les jeunes qui fumaient près de la grille.

Pourtant... quand Clémence avait prononcé la dernière phrase. Quand elle avait dit « cette femme », il y avait eu comme une tension, sous les arbres.

Une *attention*, comme une Bête, tapie. Attendant. Écoutant.

— Une des femmes les plus puissantes de France, continua Clémence. (La brise se fit plus froide et Angie serra sa veste contre elle.) Emma d'Orléans, tu te rends compte ?

La température baissa d'un coup – on aurait dit qu'une ombre s'était abattue sur le square. Clémence continua :

— Et nous, nous avons…

— NON ! cria Angie, trop tard.

— … tué son frère.

Il y eut comme un choc, une détonation silencieuse. La température chuta encore, une fraction de seconde à peine…

Puis tout disparut.

L'environnement était redevenu normal. L'impression de présence, de conscience, s'était évanouie. Avait-elle rêvé ?

— Quoi ? demanda Clémence. Angie ? Ça va ?

— Non, murmura Angie, très pâle. Enfin, je ne sais pas…

Et le soir tombait maintenant, les derniers rayons du soleil disparaissaient derrière la façade. Oui, la nuit venait, et avec elle…

— Angie ?

— Tu n'as pas senti ce froid ? murmura Angie. Comme une décharge ? Au moment où tu as prononcé la dernière phrase ?

— Quoi ? Non…

— Attends. Laisse-moi réfléchir.

— Angie, reprit Clémence, est-ce que c'est comme hier ? Quand tu délirais ?

— Non. Je… Tais-toi. Laisse-moi…

Rien, il n'y avait rien, qu'un bus lointain qui démarrait dans une rue adjacente, des bavardages lointains, la rumeur diffuse de la cité.

Et pourtant…

Prise d'une impulsion soudain, Angie entraîna Clémence vers la sortie.

— Partons. Séparons-nous. Éloignons-nous de ce parc.

— Angie…

— Quand tu as prononcé le nom de cette femme, ajouta Angie, tandis que Clémence suivait, effarée, puis que tu as dit que nous avions tué… tu sais qui, quelqu'un a écouté… Quelqu'un a *entendu*…

— C'est de la folie, protesta son amie, alors qu'Angie scrutait les alentours, inquiète. Les d'Orléans…

Angie lui fit signe de se taire, mais Clémence continua, furieuse :

— Quoi ? Ils ont des micros dans les squares ?

— Non ! cria presque Angie. C'est lié aux mots prononcés, au… Je ne sais pas ! Il ne faut pas rester là, répéta-t-elle. Partons. Éloigne-toi, éloigne-toi le plus possible. Nous nous retrouverons plus tard, c'est… Allez !

Et, l'estomac serré par une peur indéfinissable, Angie poussa Clémence dehors, puis lui fit signe de se perdre dans les rues, loin, loin du parc, de se séparer, de disparaître, de marcher, très loin, jusqu'à ce que la ville les engloutisse.

Chapitre 28

Samedi 20 septembre – 19 heures
Paris, quartier du Marais

Clémence avança droit devant elle, le cœur battant. Elle tourna au hasard, remonta la rue des Blancs-Manteaux, sans savoir vraiment où elle allait ; le quartier, trop noble, ne lui était pas familier – est-ce que justement ce connard de Montmorency et sa famille n'habitaient pas par ici, dans un hôtel particulier ? Ses pensées s'embrouillaient ; Angie, qui affirmait qu'elles avaient été repérées, qu'elles étaient suivies ? Espionnées ? Cela paraissait fou – et Matt, qui était parti furieux, et Saphir…

Saphir, elle l'avait laissé à l'étage, livide. Clémence le revoyait, l'épée à la main, après ce geste affreux, méprisant et méprisable, où son ami aurait pu perdre un œil.

La jeune fille ralentit, ses pensées prenant un autre tour.

Peut-être Saphir allait-il l'appeler ? Oui, peut-être. Mais comment osait-elle, après ce duel, encore penser à Saphir de Valmont ? Matt avait eu tort, bien sûr, mais il aurait pu être gravement blessé. Et Saphir et elle avaient partagé, quoi, trois conversations ?

Elle avait oublié son téléphone au parc.

Clémence s'immobilisa.

Son téléphone. Clémence l'avait sorti pour voir si Saphir avait appelé, elle l'avait posé sur le banc ; Angie avait commencé à péter les plombs, et…

Son téléphone était resté sur le banc.

Rue de Rivoli, où Clémence se trouvait, la ville était bruyante et colorée. Une foule bigarrée sortait du métro, et, dans le crépuscule naissant, les vitrines illuminées étalaient leurs vêtements hors de prix. L'impression de danger s'était estompée – avait-elle jamais existé ?

Angie avait paniqué. Elle avait imaginé le péril, certainement, et…

Et il semblait à Clémence, debout près d'un arrêt de bus bondé, qu'elle oscillait entre deux univers. Dans le premier, elle était une adolescente banale, qui avait oublié son portable. Dans le second, des choses immondes vous repéraient par magie quand on prononçait un nom, et…

Non.

Je refuse d'y croire, pensa Clémence en rebroussant chemin.

Le parc n'était qu'à cinq minutes, qui lui parurent interminables. Son cœur battait fort, et c'était déstabilisant, de sentir la foule joyeuse s'éloigner alors qu'elle s'enfonçait de nouveau dans les ruelles étroites du quartier du Marais.

Autour d'elle, les commerçants fermaient boutique. Les rideaux de fer descendaient avec un bruit grinçant. Les restaurants, eux, ouvraient, et, sur les terrasses des trottoirs plus animées, les premiers clients s'installaient.

Le parc était désert, la grille fermée. Le garde était rentré chez lui.

Clémence étudia les alentours. Un passant remontait la rue ; les réverbères s'allumaient. Rien de sinistre, rien d'inquiétant. Se sentant vaguement ridicule, Clémence escalada la grille, courut entre les arbres et les statues, et son téléphone était là, sur le banc, bien sagement, il y avait un nouveau message vocal et il y avait aussi un chat.

Un chat noir, au pelage luisant, portant un collier en cuir. L'animal était assis par terre, immobile sur les graviers, et Clémence n'y aurait pas fait attention si la bestiole n'était pas postée à l'endroit exact où Angie et elle avaient eu leur conversation.

Un chat. Et alors ?

Clémence prit son téléphone. Le message était de Saphir de Valmont.

Elle jeta un coup d'œil méfiant à l'animal.

Le chat regardait Clémence. Celle-ci rangea, avec lenteur, son téléphone dans sa poche.

Le chat cracha dans sa direction. D'instinct, la jeune fille fit un pas en arrière – si ce n'était pas absurde, elle aurait presque eu l'impression que la vilaine bête l'observait, l'analysait, de ses petits yeux jaunes et pervers. Le collier était noir et rouge, de facture luxueuse, avec une plaque en or, comme un blason. Clémence se pencha pour mieux voir, alors le chat se jeta sur elle, lui griffa le mollet – et partit.

L'adolescente poussa un cri de surprise, et resta étonnée, contemplant la marque sur sa jambe.

Trois petites griffes.

Clémence hésita. Les chats normaux ne se jetaient pas sur les gens pour les griffer. Mais il fallait qu'elle rentre chez elle pour se désinfecter, et…

Les chats normaux ne se jetaient pas sur les gens pour les griffer.

Cette marque sur son mollet.

Une marque, comme Angie, et… brusquement Clémence eut l'intuition que si elle voulait rester vivante il lui fallait rattraper ce chat et le tuer.

Ce fut comme une évidence. Elle se jeta dans les buissons. Le chat s'éloignait avec lenteur, comme satisfait d'avoir rempli sa mission *(quelle pensée bizarre)*, mais il ne fallait pas que le chat retourne à ses maîtres, il ne fallait pas qu'il dise qu'il l'avait trouvée là *(de la folie, c'est de la folie)*. Les branches écorchèrent les bras de Clémence, alors qu'elle plongeait pour saisir la bête qui lui échappa, bien sûr – avez-vous déjà essayé d'attraper un chat ? La griffure la brûlait – ces trois stries, comme quand on marquait les coupables au fer rouge. Le chat accéléra, trottant sous un toboggan, puis il se retourna, comme pour se moquer. Clémence courut, ses pas bondissant sur le revêtement caoutchouteux qui tapissait le sol sous les balançoires. Le félin était arrivé sous une haie de buis, près du gazebo. Il cracha de nouveau, et Clémence s'arrêta – elle aurait juré, non, elle jurait que ce putain d'animal se foutait de sa gueule.

Mais ce putain d'animal ne connaissait pas Clémence.

La Clémence qui, à la maternelle, se battait toutes griffes dehors contre les garçons qui lui piquaient ses jouets, celle qui, à seize ans, cognait à coups de pied et de poing contre les mecs du genre de Prince Bernie dans les manifs, et surtout la Clémence qui, depuis qu'elle avait trois ans, allait chaque année passer l'été dans la ferme de sa grand-mère en compagnie des poules, des oies *(sales bêtes, les oies, croyez-moi)*, deux chiens-loups, deux chèvres, et la bande de garçons de M. Raymond, qui un jour l'avaient coursée pendant trois heures dans l'étable pour lui soulever la jupe et voir ce qu'il y avait en dessous, et qui n'y étaient jamais arrivés.

Clémence sourit au chat.

Elle lui fit un geste d'adieu. Sur son mollet, la griffure prenait une teinte noirâtre, et elle croyait sentir l'infection remonter le long de sa jambe. Ses mains tremblaient, de peur et d'une résolution frénétique. Elle poussa un cri, se retourna d'un coup et bondit.

En deux pas, elle était sur le gazebo – pour couper la route à la sale bête *(ce putain de petit monstre aux yeux jaunes couleur vomi)*. Elle se jeta de l'autre côté ; le chat poussa un étrange feulement et fila dans la direction opposée et, cette fois, c'était une vraie poursuite, le chat ne se moquait plus, il courait *(Les chats couraient-ils ? Cavalaient ?*

Galopaient?). La poursuite dura plusieurs minutes entre les statues avant que l'animal s'engage dans un sentier sur la gauche, filant vers un labyrinthe de colonnes recouvertes de ronces ; Clémence, essoufflée, comprit que c'était sa dernière chance : si l'immonde bestiole se glissait dans le bosquet elle la perdrait pour toujours ; elle sauta, se projeta en avant *(comme quand Éric, l'aîné de M. Raymond, l'avait presque attrapée au-dessus du foin)*, elle atterrit à plat ventre sur le chat et le saisit à pleines mains.

La douleur fut instantanée. Le chat se ramassa sur lui-même, lui griffant le visage, le ventre, les mains, une boule de haine et d'ongles ; Clémence hurla, le tenant à bout de bras pour l'éloigner de ses yeux – ses poignets étaient en sang, mais si elle lâchait tout était terminé, et elle revit sa grand-mère saisissant les lapins par la peau de la nuque avant de les achever d'un coup de hachoir *(sales bêtes aussi, les lapins, à y réfléchir, elle détestait cette ferme)*, c'était comme ça qu'on attrapait les chats, par la peau du cou, elle se souvenait de M. Raymond noyant une portée de chatons, et la scène l'avait profondément choquée quand elle était petite, mais, à ce moment précis – qui aurait cru que l'information lui serait utile un jour – et tandis que ces pensées la traversaient pour la distraire de sa souffrance, Clémence cognait – elle cognait le chat sur le chapiteau d'une colonne, elle lui cognait la tête de toutes ses forces, de manière répétée, et c'était abominable, un cauchemar, le chat qui criait et le sang qui giclait dans les yeux de Clémence et ses mains n'étaient que plaies, elle lâcha – le chat glissa par terre, à moitié assommé… C'était le moment, Clémence le saisit par la peau du cou, comme M. Raymond et, hurlant, elle envoya l'animal de toutes ses forces contre la pierre.

Il y eut un craquement suivi d'un bruit – un gargouillis – que Clémence ne devait jamais oublier.

Le cadavre du chat glissa à terre.

Clémence aussi.

Elle resta là, affalée dans la pénombre, près des pierres ocre des colonnes. Près du lierre, des ronces, du jasmin. Couverte de sang, le corps de son ennemi à ses pieds.

Elle venait de tuer un chat.

La conscience de sa folie la saisit, et elle se serait sans doute levée pour filer droit aux urgences psychiatriques si la griffure sur son mollet (maintenant sombre et boursouflée, aux bords jaunâtres) n'avait pas choisi ce moment pour disparaître.

S'évanouir, complètement, comme si elle n'avait jamais existé, laissant derrière elle une peau lisse et intacte.

Le temps passa.

Il faisait froid.

Clémence sortit son téléphone. Le rangea de nouveau.

Puis elle se mit à trembler.

Les minutes passèrent encore.

Enfin elle se leva, ramassa le cadavre de l'animal, et alla le jeter dans le bassin.

Chapitre 29

Samedi 20 septembre – 19 h 30
Paris
TV France 4 – Bulletin d'informations

« Avec une centaine de personnes affectées aujourd'hui en région parisienne. Rassurez-moi, Bernard, il ne s'agit pas d'une épidémie ?

— Anne-Marie, soyez rassurée : cette maladie, baptisée le “Syndrome S”, n'est pas contagieuse. Mais quatre patients sont décédés, ce qui inquiète les autorités. Les symptômes débutent par un saignement de nez, apparemment inoffensif, mais qui… »

Chapitre 30

Samedi 20 septembre–20 heures
Paris, Opéra Bastille
Réception du ministère de protection des Arts et des Lettres

—Sa Majesté le régent et Mme de Montesquieu !

La voix du chambellan résonna dans l'immense galerie, au deuxième niveau de l'Opéra. Dehors, les tours autrefois sinistres de la forteresse de la Bastille étincelaient, repeintes de couleurs vives par un artiste contemporain.

—Monsieur le régent... Monsieur le régent... !

Près du buffet, consuls et hommes d'affaires se précipitaient sur Henri de Condé, espérant bénéficier des faveurs de sa dernière soirée de pouvoir. Une frénésie étrange, car, le lendemain, à la seconde où la couronne se poserait sur la tête de Louis XXIV, le régent perdrait toute autorité. De l'homme le plus puissant de France il redeviendrait un humain parmi d'autres–un grand de la cour, riche au point de ne pas connaître l'étendue exacte de sa fortune. Mais il ne serait plus le régent.

N'auraient-ils pas mieux fait, ces quémandeurs, de courtiser le roi–enfin le futur roi, celui dont la signature aurait, dans vingt-quatre heures, toute la puissance perdue par l'autre ? C'était là où les apparences jouaient leur rôle, aussi absurdes soient-elles. Henri de Condé était un homme grand et fort, aux épaules larges. Sa voix grave et posée promettait richesse et carrière. Louis XXIV était un adolescent maigre et timide, qui ne parlait guère et que personne ne connaissait vraiment.

Un adolescent qui, pour l'instant, était seul, assis au centre de la table recouverte d'une nappe impeccable, où serait, dans quelques minutes, servi un luxueux dîner.

Affalé sur sa chaise à quelques places de là, le vicomte Delaunay observait avec un peu de gêne ce gamin isolé – car ce n'était qu'un gamin, ce presque monarque d'à peine quinze ans. Joseph, le deuxième valet, se tenait debout derrière la chaise de Louis – mais les places autour de l'adolescent royal étaient vides, en contraste frappant avec la foule réunie autour du régent.

Le vicomte Delaunay n'avait jamais adressé la parole au futur souverain. L'étiquette ne le lui permettait pas, mais dans une telle situation… c'était une question de politesse, de pitié, presque.

— Votre Majesté aime-t-elle l'opéra ? demanda-t-il finalement, en se penchant à travers la table trop large.

Puis, car l'adolescent, distrait, n'avait pas répondu :

— Votre Majesté apprécie-t-elle le spectacle qui a été donné à son intention ?

Louis XXIV détourna ses yeux des danseuses qui, sur une estrade, s'escrimaient sur une version rap du *Lac des cygnes*. Il dévisagea le vicomte, jeta un coup d'œil au groupe pressé autour du régent, puis répondit, avec un léger sourire :

— J'apprécie tous les spectacles.

Les yeux de l'adolescent pétillaient – le vicomte Delaunay rit et, bousculant les convenances, il attrapa une bouteille de champagne, se leva et partit s'asseoir juste à côté du roi.

— Je ne savais pas que Sa Majesté avait le sens de l'humour, dit-il en lui proposant un verre – que Louis refusa.

— Jamais d'alcool.

— Pas avant dix-huit ans… Ou pas en public, hein ? dit le vicomte en se servant une rasade. (Louis ne répondit pas, se contentant d'observer son nouveau compagnon en souriant.) Votre Majesté a l'air de bonne humeur. A-t-elle passé une bonne soirée avant-hier, à la Mascarade ?

— Excellente, répondit l'adolescent, dont le sourire s'élargit.

Le vicomte lui fit un clin d'œil, puis leva sa coupe ; Louis XXIV leva son verre de jus d'orange en réponse, et ils burent ensemble, à la vie, ou à l'avenir, et quelque chose, un éclair fugace d'amitié, ou de compréhension, passa entre le gamin de quinze ans et le fêtard de vingt-cinq.

— Vous savez, sire, reprit en aparté le vicomte Delaunay, il y a des blagues qui courent sur le fait que vous ne soyez pas bavard.

Il attendit une réponse, mais Louis XXIV se contenta d'acquiescer. Le vicomte leva encore son verre et précisa :

— Ils disent que, pour vous, un mot c'est une tirade, deux c'est un discours, trois c'est un séminaire.

Louis garda le silence – les yeux brillants de malice.

— Vous êtes plus bavard en privé, je suppose ?

— Certes.

— Et dans les Conseils ?

— En effet.

— Et votre sœur – la princesse Joséphine – a, elle, le discours plus facile ?

— C'est très vrai, répondit l'adolescent après un instant de réflexion.

Puis il se reprit :

— Mince ! Ça fait quatre !

— Personne ne dit plus « mince », sire, lui chuchota le vicomte.

Louis lui répondit sur le même ton :

— Dès demain, je dirais « merde ».

Le vicomte éclata de rire, étonné lui-même d'apprécier l'échange avec ce gamin esseulé avec qui il avait entamé la conversation, à vrai dire plus par gentillesse que par ambition – tant c'était étrange de le voir ainsi négligé, alors que le couronnement était le lendemain. Oui, étrange, et le vicomte se demanda, après un coup d'œil vers la foule qui pressait toujours le régent, si peut-être ces gens savaient quelque chose qu'il ignorait...

Que peut-être, pour cet adolescent si calme, le couronnement et le lendemain n'arriveraient jamais.

Le téléphone du vicomte s'illumina, affichant un appel en absence. Il l'ignora – ça ne se faisait pas, quand même, de répondre au téléphone devant le roi, puis, en quelques minutes, deux, puis trois messages vocaux s'affichèrent. S'excusant profusément, le vicomte les écouta, et devint très pâle.

Il se leva, se rassit, se releva, sans réaliser qu'il enfreignait à répétition l'étiquette, avant de balbutier :

— Majesté... Si vous me permettez de prendre congé... Je... Mon frère...

— Qu'y a-t-il ? demanda Louis XXIV.

— Mon demi-frère, Pierre Delaunay... Il travaille à la Sécurité Royale, et euh... L'hôpital vient d'appeler. Je ne savais pas qu'il était atteint du... de... cette nouvelle maladie. L'épidémie, je veux dire. Ce nouveau syndrome, avec le nez qui saigne. Ils disent que c'est très grave...

— Mais oui, bien sûr..., bafouilla l'adolescent. Allez-y. Partez. Si... hum, si vous avez besoin de quoi que ce soit...

— Je remercie Votre Majesté, dit le Vicomte, qui n'écoutait qu'à moitié.

Il s'inclina, attrapa son téléphone et fila, laissant Louis inquiet et gêné.

Le vicomte était la seule personne qui, ce soir, s'était conduite avec lui avec chaleur, et maintenant qu'il avait un problème, lui, Louis XXIV, le futur roi de France, ne pouvait rien faire pour l'aider. Le garçon jeta un coup d'œil vaguement énervé à la clique qui entourait le régent. Puis, un peu par défi, il demanda à Joseph, le deuxième valet, de lui apporter un papier, un stylo et le cachet royal.

— Le cachet royal ? répéta Joseph. N'est-il pas à Versailles, Majesté ?

— Le sous-secrétaire à la plume doit en avoir un exemplaire dans sa mallette, expliqua gentiment Louis XXIV. C'est la tradition.

— Très bien, sire, dit Joseph, qui revint quelques minutes plus tard avec le matériel demandé.

Louis écrivit, tandis qu'autour la table commençait à se remplir. Le duc de Chaumont, un vieil ami de la famille royale, se pencha avec curiosité en voyant Louis fermer l'enveloppe d'un coup de son cachet officiel.

— Un blanc-seing, Majesté ?

— Pour un ami. Son frère est malade, expliqua brièvement Louis. Je veux qu'il ait les meilleurs soins.

Un blanc-seing était un document de poids, au pouvoir disproportionné pour la situation. Le duc de Chaumont voulut protester, mais il était trop tard, Louis XXIV avait déjà demandé à un serveur de porter le document au vicomte Delaunay. Puis il y eut un mouvement de foule – Henri de Condé et Mme de Montesquieu approchaient, et la horde de courtisans avec eux. Le régent prit sa place près du roi, Mme de Montesquieu un peu plus loin.

Une série d'interminables discours s'enchaînèrent pendant lesquels le régent, qui devait rester debout, garda le visage impassible d'un habitué. Et le futur roi, qui devait rester assis, était partagé entre son inquiétude pour le vicomte et l'envie de taper dans les canapés au saumon.

Enfin le régent put s'installer, et le dîner commença. Ils étaient une trentaine à la table d'honneur et, malgré les nouvelles du Syndrome S, l'humeur était bonne, d'autant que les invités avaient déjà beaucoup bu.

Les seules personnes silencieuses, de tout le repas, furent le roi et le régent.

Deux personnalités complexes, et qu'on disait secrètes, même si l'un avait passé la cinquantaine, et l'autre n'avait pas seize ans. La tragédie les avait réunis – Henri de Condé se souvenait encore de ce matin-là. Il était en voyage à New York et, sur l'écran télé démesuré de sa chambre du *Ritz*, le présentateur avait annoncé d'un seul trait la mort du roi et de la reine de France, dans ce terrible accident, le fait que leur fils ait survécu et que lui, le prince de Condé, le cousin germain de Louis, se retrouvait nommé régent.

En un instant, Henri de Condé devenait l'homme-clé du pays. Au pinacle – et Louis n'avait que cinq ans. Il ne serait couronné qu'à quinze, une décennie, cela paraissait une éternité et, même si personne ne le disait tout haut (enfin, personne d'officiel, parce que sur les blogs, on ne parlait que de ça), tout le monde pensait bien que dix ans, c'était tout le temps qu'il fallait à un enfant pour mourir...

Et Henri de Condé aurait alors hérité du trône.

Il ne pouvait pas ne pas y penser, le prince de Condé, ce soir-là à l'Opéra Bastille. Penser à ses espoirs d'alors, maintenant que les dix ans s'étaient écoulés et que l'adolescent à ses côtés, avec ses gestes maladroits et son sourire un peu gauche, était vivant, bien vivant. Et qu'il ceindrait la couronne demain.

Et Louis devait y penser aussi – le garçon avait accès à Internet, comme tout le monde. Comme tout le monde il avait consulté, le soir, les pourcentages de survie que lui accordaient les blogs politiques goguenards. Quand Louis avait attrapé une pneumonie, à neuf ans, tout le monde avait pensé à un empoisonnement. Tout le monde avait désigné Henri de Condé comme coupable. Le garçon, qui toussait dans son lit, combattant la fièvre, n'avait que ça à lire, chaque matin. Les gros titres qui annonçaient : « Louis agonise, Henri se réjouit. » Ou : « Le prince de Condé prend déjà les mesures du trône. » Il y avait aussi les comptes à rebours pirates : « Moins cinq jours avant la mort du roi… » « Moins quatre jours avant la mort du roi… ».

Mais Louis avait guéri. Grâce aux antibiotiques, ce qui n'empêcha pas les journaux de sous-entendre que Richelieu avait trouvé un antidote au poison. Et l'enfant avait repris sa place au Conseil.

Tout cela n'était pas très favorable à une relation de confiance.

Pourtant Henri de Condé avait essayé – vraiment. Au Conseil, quand il y avait une question difficile, il se tournait vers Louis et lui expliquait, avec des mots simples – du moins ce que le régent croyait être des mots simples. Louis écoutait en silence, le fixant de ses grands yeux bruns, sans répondre, presque sans réagir. Un moment, Henri avait cru que l'enfant royal avait un problème, qu'il était « un peu lent », peut-être – mais il n'en était rien. Quand on lui posait une question, le garçon montrait qu'il avait très bien compris et, à treize ans, Louis connaissait tout des traités militaires, des crises économiques et des lois de protection des locataires. Mais ils n'étaient jamais devenus amis, le régent aux épaules carrées et le frêle adolescent.

Henri de Condé avait essayé d'une autre manière. Il avait régulièrement invité Louis et sa grande sœur Joséphine à dîner dans ses appartements de Versailles. Il avait essayé d'être léger, de s'intéresser aux problèmes des jeunes, de parler séries télé ou jeux vidéo, mais, encore une fois, difficile d'établir une intimité quand un homme envoyé par Richelieu restait debout derrière le futur roi et goûtait tous ses plats, un par un, carpaccio, lasagnes, charlotte au chocolat, afin de vérifier que leur hôte ne les avait pas empoisonnés.

Au bout d'un moment, Henri avait cessé d'organiser des dîners. Puis il avait tout simplement cessé d'essayer.

Et voilà. Ils étaient là, tous deux, aujourd'hui, et tout allait changer demain, et Henri de Condé se tourna vers le jouvenceau et lui demanda :

— Comment vous portez-vous ce soir, Majesté ?

Cela aurait été le moment pour l'adolescent de regarder Henri de Condé dans les yeux et de demander :

— Bien, merci. Sinon, je voulais savoir... Avez-vous essayé de me faire tuer ? Pendant toutes ces années ?

Car il n'y avait jamais eu de preuves – que des rumeurs et, finalement, personne ne savait ce qui se tramait derrière le front large du régent. Et oui, peut-être aurait-ce été le moment de percer l'abcès en posant la question :

— Mon cousin, avez-vous essayé de me faire assassiner ?

Mais, au lieu de cela, l'adolescent se contenta de répondre :

— Je me porte très bien. Les frites sont délicieuses.

— Votre Majesté..., reprit Henri. (Il hésita.) Votre Majesté n'a encore rien annoncé, pour le poste de ministre des Finances.

L'adolescent ne répondit pas. Il reprit une frite et Henri de Condé comprit.

— Vous n'avez pas encore décidé.

— En effet.

La réponse aurait pu paraître sèche, mais Henri connaissait assez le jeune roi pour savoir que c'était simplement sa manière de s'exprimer.

— Je sais que vous avez toute confiance en Richelieu, Louis.

— Oui.

— Votre parrain est un Premier ministre compétent, et très... protecteur...

Henri s'interrompit. C'était terrible, ce sujet aussi était tabou. Car bien sûr, tout le monde pensait que, si Louis était encore vivant aujourd'hui, c'était parce que Richelieu s'était acharné à parer les tentatives de meurtres régulières du régent.

— Très affectueux, je veux dire, même si vous le voyez moins souvent maintenant, sans doute ?

— Il est très occupé.

Louis fit une pause, puis se tourna vers Henri et déclara, d'un ton étonnamment royal :

— Mon cousin, vous vous êtes montré un excellent régent. Les économistes s'accordent à dire que la France est en bien meilleur état qu'il y a dix ans. Je vous en félicite. Et je vous remercie.

Henri de Condé s'inclina en réponse – plus touché par le compliment qu'il ne l'aurait cru.

— Sire, déclara-t-il ensuite, le poste de ministre des Finances me permettrait de contrebalancer l'influence de Richelieu. Mes opinions sont parfois différentes des siennes, ce qui constituerait un équilibre précieux. Il n'est pas bon d'avoir un seul point de vue.

Henri vit dans les yeux du futur roi que l'argument avait touché. L'adolescent inclina la tête.

— Je vais y penser.

C'était le signal que la conversation était terminée. Un nouveau silence s'installa – à côté, Mme de Montesquieu flirtait avec un séduisant jeune homme de trente ans, Edward Willoughby, un jeune associé anglais d'Arix Corp, qui portait une chemise lavande – la couleur du logo de la société. Près de l'entrée s'élevait un léger brouhaha – un illuminé voulait entrer de force. Les gardes le refoulèrent, et l'œil exercé du régent remarqua qu'il y avait des changements derrière la chaise du roi – Joseph, le second valet, recula, laissant la place à un homme en costume gris. Henri de Condé fronça les sourcils. L'homme en gris lui disait quelque chose, ce visage, il l'avait déjà vu ; c'est alors que, près de la porte, l'illuminé refit son apparition. Il avait échappé au garde, et il bondit sur une des estrades, à côté d'une cantatrice effarée, qui interrompit son aria.

L'inconnu se mit à déclamer un extrait de *Don Quichotte*, alors que les dîneurs riaient. Les gardes lui passèrent finalement les menottes, sous les huées déçues de certains convives.

— Laissez-le ! C'est toujours mieux que la Castafiore ! cria un invité éméché, tandis que l'intrus traitait en espagnol les gardes de « moulins à vent ».

Mme de Montesquieu applaudit, soutenue par ses voisins, ce qui fit que personne ne vit le deuxième illuminé, celui qui avait un poignard à la main, se jeter sur le roi.

— Mort au tyran !

L'homme avait jailli de la gauche, venant des cuisines, son costume sombre se mêlant aux livrées, moment où un serveur enlevait l'assiette du roi. Personne ne l'avait vu approcher, là-bas Don Quichotte hurlait :

— Rien n'est réel ! Le monde n'est pas ce qu'il devrait être !

Une assiette se brisa, un serveur hurla : « ATTENTION ! » et l'homme apparut devant Louis XXIV, la lame levée :

— MORT À L'IMPOSTEUR !

Il aurait suffi d'un geste. Il aurait suffi qu'Henri de Condé lève le bras, qu'il bouscule l'assassin, pour que le coup rate, pour que la lame qui descendait déjà n'atteigne pas Louis en pleine poitrine.

Henri ne bougea pas.

Il aurait voulu – il fallait qu'il… Mais il était figé. Tout semblait ralentir, le meurtrier, cheveux blonds très courts, ce regard fou, Henri était-il réellement paralysé, ou est-ce que… S'il n'agissait pas, dans une fraction de seconde il serait roi… Son regard croisa celui de Louis, et il lui sembla, à sa grande horreur, que l'adolescent lisait dans ses yeux…

La réalité reprit un rythme normal. Louis renversa son fauteuil en arrière, et le premier coup du meurtrier dérapa sur l'accoudoir. L'assassin releva sa dague, des mains puissantes le saisirent, ses bras furent tordus, puis bloqués derrière lui, sa tête percuta la table, son nez explosa en sang. L'homme au costume gris cogna, pour bonne mesure, une deuxième fois la tête de son captif sur le plateau, puis sortit les menottes de sa poche et les lui passa tranquillement.

— Merci, Tercier, murmura Louis XXIV.

— À votre service, Majesté, répondit l'homme de Richelieu, qui avait remplacé Joseph.

Tout cela n'avait pris que quelques secondes.

Autour de la table, les invités s'étaient levés, effarés. Certains criaient, une femme sanglotait, le nez de l'assaillant saignait sur la nappe, et Jean-Claude Tercier, du Secret du Roi, fouillait le captif pour vérifier qu'il ne dissimulait pas d'autres armes.

—Nous avons eu une information de dernière minute–que quelque chose se tramait–, ce type appartient à une espèce de secte, expliqua Tercier à voix basse. Richelieu, je veux dire, monsieur le Premier ministre, m'a envoyé remplacer Joseph…

—Oui. Merci encore, dit le futur roi, qui avait du mal à respirer.

Puis, de nouveau, son regard croisa celui d'Henri de Condé.

Il y eut un silence. Ils savaient tous les deux, parfaitement, ce qui s'était passé–ou plutôt ce qui ne s'était pas passé.

Le geste qui n'avait pas été fait.

Là-bas, les gardes passaient frénétiquement des coups de téléphone, Emma d'Orléans était debout, livide et glacée, Mme de Montesquieu s'éventait, des nobles engueulaient les membres de la sécurité, une des cantatrices avait des vapeurs.

—Oh, mon Dieu, Louis, murmura le vieux duc de Chaumont, vous… Il vous a touché ? Comment vous sentez-vous ?

—Je n'ai pas une égratignure. Ne vous inquiétez pas, je… Un peu secoué, mais… je vais bien.

—Votre Majesté, reprit le duc, entre cet attentat et l'épidémie… Certains pourraient y voir un signe. Ne pensez-vous pas qu'il vaudrait mieux… retarder le couronnement ?

—Non, monsieur le duc. Non. Nous ne changerons rien au programme. (Louis jeta, pour la dernière fois, un coup d'œil au régent. Sa voix était glacée.) Je veux être couronné *demain*.

Et Henri de Condé sut qu'il ne serait jamais ministre.

Chapitre 31

Samedi 20 septembre – 23 heures
Paris, avenue des Champs-Élysées
Le Six

La musique était si forte que personne n'entendait rien – les serveurs n'entendaient pas les commandes, les clients pas les conversations, les dragueurs pas les réponses à leurs compliments. Les projecteurs vomissaient des lumières brutales et syncopées ; la piste de danse, au sol recouvert de miroirs, était terrible pour les filles qui portaient des jupes. Pourquoi *Le Six* était-il la boîte à la mode ce semestre ? (Ou ce trimestre, ou peut-être seulement cette semaine si on en croyait Amina de Valmont.) L'endroit n'était qu'une mauvaise copie des discothèques des années 1970, avec ses boules à facettes et ses posters vintages, ou peut-être était-ce là l'attrait, à moins que la séduction ne vienne des cocktails – inspiration suédoise, soi-disant – qui mêlaient champagne, bière et liqueur, et, quand Angie dégusta le premier, elle se dit qu'elle avait sans doute bu plus d'alcool cette semaine que durant toute sa vie.

Elle avait aussi vécu plus de folies cette semaine que durant toute sa vie, et sa boisson (champagne rosé-crème de cassis-cidre), était délicieuse, même si elle n'avait pas grand-chose à voir avec la Suède, et la musique lui étouffait l'esprit, et c'était bien, et Angie commanda un autre cocktail, comme ça, parce qu'on était la veille du couronnement, que son meilleur ami la haïssait, ou l'aimait, ou les deux; parce que cela faisait six jours qu'un homme, dans le métro, lui avait dit: « Vous ne passerez pas la semaine » et qu'elle était encore là; elle but au souvenir d'Élise et à la santé de Benjamin de La Vallière, s'il était toujours vivant.

Elle but parce qu'elle était « enchantée », au sens d'« enchantement », par un vampire – et qu'elle n'avait qu'à fermer les yeux pour voir son visage même maintenant, alors que, Dieu sait, elle avait d'autres soucis.

Et, au-dessus du bar, la télévision silencieuse passait des images saccadées de préparatifs du couronnement, mêlées à des images de patients sur les lits d'hôpital et de salles d'attente débordantes aux urgences. Des experts médicaux parlaient d'un air rassurant, leur regard ferme bien planté dans la caméra, puis il y eut des images de députés se disputant au Parlement, suivies d'un reportage sur ce qui ressemblait à des robes Yves Saint Laurent, tandis qu'en dessous défilaient les cours de la Bourse.

Angie ferma les yeux, but une gorgée de son deuxième cocktail, et se dit que sa vie n'avait aucun sens.

Clémence tremblait quand elle entra dans la salle. Elle ne chercha pas Angie, elle se dirigea droit vers les toilettes, et là, pour la troisième fois depuis qu'elle avait tué le chat, elle se nettoya les mains, les coudes, le visage, grattant sous ses ongles pour vérifier qu'il ne restait pas de sang. La musique hurlait derrière la porte, des mégots de cigarettes et des préservatifs jonchaient le sol.

Angie lui avait envoyé l'adresse du *Six* par texto – la boîte où le groupe d'Amina de Valmont s'était rendu après le duel. Clémence n'avait pas écouté le message de Saphir. Ce message, elle était revenue au parc pour le chercher, mais il lui avait coûté trop cher, il ne pourrait jamais valoir l'acte qu'elle avait commis. Clémence ressortit, longea la piste de danse, aperçut Angie qui sirotait un cocktail, les yeux rivés sur la télévision. Elle passa de l'autre côté – Dieu que cette musique était forte –, elle ne voulait pas voir Angie, pas raconter et, enfin, elle aperçut Saphir, très pâle, dans un coin, éclairé sporadiquement par les éclairs de cette ridicule boule à facettes.

Clémence s'approcha, le cœur battant. Oui, pour un garçon qu'elle avait vu deux fois, et putain, c'était comme ça, OK ? *Foutez-moi la paix, voix de la morale et de la raison !* Il paraissait si jeune – c'était la première fois que Clémence se faisait cette réflexion, parce que, quand on a dix-huit ans, on a l'impression que le monde entier a dix-huit ans, que ceux qui sont plus âgés sont des vieux, et ceux qui sont plus petits des gosses. Mais là, Clémence réalisait combien ils étaient tous deux immatures et dépassés par les événements. Elle n'était plus qu'à deux pas, il la vit, il avança et, brusquement, ils étaient en train de s'embrasser – comme si elle ne s'était pas sentie approcher, comme si le temps avait tressauté. Et ils continuèrent, puis se séparèrent, toujours enlacés, dans leur coin sombre, leurs corps zébrés par les lueurs saccadées.

— Tu as eu mon message ? demanda plus tard Saphir, après qu'ils se soient embrassés une nouvelle fois – éperdument, et en silence.

Un garçon que tu as vu deux fois !

— Oui. (Clémence pensa au chat, au square.) Enfin, non. J'ai vu que tu m'en avais laissé un, mais... il s'est passé un truc, et je n'ai pas eu le temps d'écouter. Angie m'a donné rendez-vous ici, et j'ai pensé... Que disait le message ?

— Que j'étais désolé. (Décidément Saphir était pâle, et pas seulement à cause de cette absurde lumière.) Ce n'est pas excusable, ce que j'ai fait... À ton ami, avec l'épée... Comment va-t-il ?

Clémence hésita.

— Physiquement, ça va. Il aura une cicatrice, j'imagine. Moralement, c'est difficile à estimer. Matt est compliqué. Il a l'air calme, mais en dessous... c'est comme une marée, des courants secrets...

Saphir écoutait, tout en caressant l'épaule de Clémence sous son tee-shirt noir, qu'en d'autres temps Clémence et Angie avaient surnommé le « tee-shirt hypocrite ». Apparemment simple (juste un tee-shirt noir, messieurs-dames !) mais avec un décolleté trop large qui glissait innocemment ou sur l'épaule, ou sur la naissance des seins, un décolleté qui, si ça se trouve, était taché de sang de chat maintenant, et Clémence embrassa Saphir encore, et il lui répondit avec quelque chose qui ressemblait à de la passion, et c'était fou, quand même...

— Nous nous sommes vus deux fois, protesta-t-elle en riant.

— Je sais, dit Saphir, avec un faible sourire. (Il lui effleura la joue.) C'est ce que je me disais, tout à l'heure, en t'envoyant le message. Mais ce n'est pas souvent, tu sais, que ça... hum... que ça « clique ». Pour moi. Avec une fille.

— Je sais. Moi, c'est pareil. Mais principalement avec les garçons, répondit Clémence.

Ils restèrent en silence dans le noir à se tenir la main, alors que les haut-parleurs hurlaient et que le monde était un théâtre d'ombres démentes.

— Et j'ai cru que j'avais tout gâché, avec ce duel, reprit Saphir. Je veux dire... (Il fit un geste, désignant Montmorency, ses amis, les Jeunes Monarchistes en général.) Je ne suis pas comme eux. Je refuse d'être comme eux. Et pourtant...

Saphir soupira, puis reprit, après une pause.

— Maintenant – après avoir dit que je n'avais pas d'excuse – je vais évidemment essayer de m'en trouver une. Ton ami m'a giflé sans provocation. Clairement, il était d'assez mauvaise humeur...

— Matt a un faible pour Angie, expliqua Clémence.

Saphir eut un petit rire ironique, du genre « le monde est compliqué » et il se pencha vers Clémence, et ils s'embrassaient toujours quand Montmorency-Prince Bernie s'arrêta devant eux et se mit, bien sûr, à prendre des photos.

— Wou-hou ! Le Valmont et la Brissot ! Si c'est pas mignon ! C'est beau, l'amour interdit, hein, Zeus et sa nymphe, Marius et Cosette, Roméo et la cuisinière de Juliette !

Saphir et Clémence lui firent un doigt d'honneur et reprirent avec énergie leur activité.

Il était temps de changer d'endroit. Conduire une soirée, tout un art, Amina de Valmont quitta le bar d'un pas lent, puis bâilla ostensiblement, ce que ses compagnons devaient reconnaître comme le signal – d'ailleurs, qui étaient ses compagnons ce soir ? Son groupe se rassemblait avec lenteur, Jeanne la jolie vicomtesse, son cousin Pierre-Gilles, Montmorency-Prince Bernie, Charles-Antoine de Montespan et sa bande, et, bizarrement, Angélique de Noailles. Amina détourna les yeux – elle espérait avoir semé cette petite peste après le duel. Pourquoi était-elle revenue ? Angélique ne s'intéressait pas à Saphir, c'était clair, et d'ailleurs…

Là-bas, Saphir embrassait la petite Brissot.

Fuck.

Putain, Saphir n'en manquait pas une. Ne comprenait-il pas qu'il fallait qu'ils soient plus prudents que les autres, eux, les enfants de la Saoudienne, de l'Arabe. Eux dont « l'ascendance était discutable », disaient parfois les crétins décérébrés que Montmorency-Prince Bernie appelait ses amis. Comme si la fille d'un émir n'était pas d'aussi vieille lignée que ces abrutis, mais à Paris tout était une question de perception…

Non, Saphir ne comprenait pas. Les Bernard de Montmorency, les Charles-Antoine de Montespan avaient le droit de baiser les caissières du Monoprix, personne ne leur ferait de reproches. Mais eux deux – Amina et Saphir – aucun faux pas ne leur serait permis.

Tant pis ! Il fallait faire semblant d'ignorer l'affaire et, abandonnant Saphir à sa petite arriviste, Amina de Valmont tourna les talons.

Son groupe suivit, tels des moutons derrière la bergère – si les moutons avaient des cocktails et des cigarettes.

Ascenseur jusqu'au sixième étage. Traversée d'un salon réservé où Amina se montra si impériale que le garde n'osa demander les cartes d'identité. Sur un sofa, une drag-queen esseulée, portant costume XVIIIe et perruque blanche, sniffait un rail de coke.

Au fond s'ouvrait la passerelle.

Elle s'étendait entre les deux immeubles, amenant au sixième étage du bâtiment d'en face, et appartenait au Réseau Supérieur, un labyrinthe privé de passages couverts, entièrement réservé aux nobles. De l'autre côté, on débouchait dans la salle privée d'un restaurant, puis le Réseau Supérieur continuait, nouvelle passerelle, plus luxueuse, qui traversait à plus de trente mètres du sol l'avenue des Champs-Élysées.

Sous eux, la ville. La circulation, les voitures prises au piège, leurs phares étincelants comme des joyaux captifs, et la foule des manants, se pressant sur les passages piétons, sans se soucier de ce qu'au-dessus, dans leur tuyau étincelant de métal et de verre, passaient les véritables maîtres de la nuit.

Et Amina de Valmont avait beau y être habituée, à ce dédale privé, elle avait quand même, encore, quand elle l'empruntait, un goût de merveille, comme si elle devenait un bref instant d'une autre espèce, celle des lutins, des fées. À chaque arche de cuivre, des mains sculptées tenaient des flambeaux électriques, et tout cela avait un air magique aussi, comme dans *La Belle et la Bête* de Cocteau, et enfin ils se retrouvèrent au sixième étage d'un nouvel immeuble. L'escalier les mena plus bas, à la terrasse d'un autre bar, et là, ils s'installèrent pour une nouvelle tournée, alors que, sur les écrans télés, on affirmait que le nombre de victimes du Syndrome S ne cessait d'augmenter.

Mais qu'importe – ils étaient bien loin du monde extérieur, de la triste réalité.

Paris étincelait. Amina ne permit pas à ses ouailles de s'attarder plus de vingt minutes – le temps d'un verre et de trois cigarettes. Nouvelles passerelles, troisième bar, tout le monde était éméché maintenant, sauf Amina, qui ne faisait que tremper ses lèvres dans l'alcool – son rôle de souveraine de la soirée était à ce prix. Vers minuit courut la rumeur que le roi venait d'échapper à une tentative de meurtre (quelqu'un avait posté des photos sur Twitter) puis les photos disparurent, l'info fut démentie, mais entre-temps une idée avait émergé – celle de prendre la Navette Royale Express et d'aller finir la soirée au château de Versailles.

Amina fronça les sourcils. Ce n'était pas un mauvais plan. Montmorency était, après tout, le cousin du roi et de la princesse Joséphine, et ils auraient accès aux fêtes privées, mais Amina avait l'impression confuse que l'initiative ne venait pas vraiment de Montmorency, mais d'Angélique de Noailles, et que la petite garce s'était débrouillée pour insinuer cette pensée chez les garçons.

De toute manière, il était trop tard, vicomtesse Jeanne battait déjà des mains.

— Oh oui ! Au château !

— La dernière soirée avant le nouveau règne ! se réjouissait Pierre-Gilles.

Amina fit donc contre mauvaise fortune bon cœur et, après une longue marche sur les ponts de cristal illuminés, ils se retrouvèrent pour un dernier verre avant la navette, dans la salle veloutée d'un cabaret où les lourds rideaux dissimulaient la splendeur illuminée de l'Opéra Garnier.

Angie partit chercher un café à l'étage d'en dessous.

Elle remonta, sa tasse à la main, et, quand elle leva la tête, Philippe d'Orléans était debout devant elle.

Chapitre 32

Le vampire fit un léger salut.

— Mademoiselle de Noailles. Je suis heureux de vous revoir.

Angie sentit le rouge lui monter aux joues. Elle fit une révérence formelle – n'importe quoi pour gagner du temps, reprendre ses esprits.

— Monsieur d'Orléans…

Ils étaient, par bonheur, séparés du groupe par une fausse statue en bronze et une paroi de plantes. Derrière, Montmorency-Prince Bernie annonçait :

— Navette dans quinze minutes !

— Je vous ai appelée, murmura Philippe. Ce soir, avant que le soleil se couche.

— Appelée ?

— En esprit. Et vous m'avez entendu. Je vous ai sentie. Vous étiez dans un parc…

Angie détourna les yeux, si nerveuse qu'elle en tremblait presque. Dieu, l'impression physique, puissante, que ce quasi-inconnu lui faisait !

Elle avait tué son frère.

Elle avait assassiné le frère de cet homme. S'il l'apprenait…

— Monsieur d'Orléans, j'ai été ravie de vous revoir, mais je dois partir. J'accompagne des amis, et…

Il lui effleura l'épaule. La voix d'Angie se perdit.

—Je comprends. Nous sommes officiellement des inconnus, et vous voulez garder vos distances.

Angie l'étudia. Il n'était pas si terrifiant, en apparence : un simple jeune homme, brun aux yeux bleus, fin et musclé. Si elle n'avait pas vu la sphère dévorante dansant dans son aura, il aurait paru normal. Si elle n'avait pas, en rêve, accédé à ses souvenirs.

Sexuels. Violents. Inoubliables.

Il inclina la tête.

—Vous n'êtes pas très bavarde.

Angie secoua la tête.

—Je réfléchis.

—L'expérience que nous avons partagée à la soirée quand nous avons partagé nos esprits a dû vous paraître déstabilisante.

—C'est peu dire.

Le vampire sourit et Angie baissa la voix.

—Je suis une empathe, expliqua-t-elle ensuite, à voix basse. Je l'ai appris récemment.

—Je l'avais deviné.

—J'ai eu accès à du sang. *(Le sang de votre frère, le sang de sa victime, le sang de mon amie.)* Je me suis coupée avec un verre cassé. Et…

—Et vous n'avez pas su gérer l'afflux de puissance. Une overdose, en quelque sorte. Mais le reste, Angélique. Ce qui s'est passé entre nous. Ce lien.

Son regard était ardent, profond.

—Les rêves que nous partageons.

Angie ne put répondre, et il se rapprocha.

—J'ai attendu – avec une telle impatience – que la nuit tombe. Nous avons… Nous pouvons… Mon hôtel particulier est à deux pas.

—Non.

La réponse était prononcée d'une voix si nette que le vampire eut un mouvement de recul, tandis que la voix de Montmorency s'élevait de nouveau.

— Huit minutes ! Payez vos verres ! Reprenez vos manteaux ! Rajustez vos soutiens-gorge !

— Non ?

— Non. Vous êtes un vampire, souffla Angie, tandis que Philippe haussait les sourcils, amusé.

— En vérité, ma nature est sujette à débat. Mais je suppose que cette conversation peut attendre…

— Il y a trois jours, j'ignorais même que les vampires existaient, continua Angie, baissant encore le ton. (Jeanne la jolie vicomtesse, qui traversait la salle, leur jeta un coup d'œil étonné.) Ou la magie, ou cette histoire de sang…

— Les surprises donnent du sel à la vie, non ?

— Ma vie est assez salée comme ça. Vous – les vampires… vous tuez.

Philippe leva les yeux au ciel.

— Seulement le jeudi. Vraiment, ceci est la conversation la plus absurde que…

— Et si je répète encore *non*, dit Angie, dont la fureur montait, vous êtes capable de m'entraîner dans un coin et de me violer. Ou de m'assassiner, de me vider de mon sang, ou le tout à la fois. Et personne ne pourra s'interposer, personne ne pourra me venger, parce que vous êtes un d'Orléans…

La colère flamboya dans les yeux du vampire, mais Angie poursuivit.

— Alors pardonnez-moi, si je vous dis que malgré les rêves, malgré… (Elle s'interrompit. Il était si proche. Son visage. Sa peau.) Malgré *tout*, je préfère… (C'était trop difficile de s'expliquer, son souffle était court.) La réponse est non, répéta-t-elle.

Soudain Philippe lui prit le bras, durement, l'obligeant à reculer, alors que Jeanne de Volanges s'approchait, sourcils froncés :

— Tu as besoin d'aide, Angélique ?

— *Foutez-moi le camp !* souffla le vampire, ses yeux prenant une teinte métallique.

Le regard de Jeanne se vida, elle s'éloigna mécaniquement, et Angie dégagea son bras avec rage.

— Voilà, dit-elle, désignant Jeanne. Voilà pourquoi c'est non.

Ils s'affrontèrent des yeux, un long moment, et Angie sentit que la situation pouvait basculer. Puis Philippe fit un pas en arrière.

— Je savais que ce serait difficile.

— On y va ! cria Montmorency.

Les voix du groupe montèrent d'un cran, il y eut des rires et des pas vers la sortie, mais Angie ne bougea pas – son cœur battait, et pas seulement de colère. Le vampire continua :

— C'est difficile parce que vous avez dix-sept ans. Cela aurait été beaucoup plus simple de convaincre une femme de quarante, parce qu'elle, elle sait. (Philippe baissa la voix. Son ton se fit plus grave, plus pressant.) Elle sait combien il est exceptionnel, miraculeux même, de trouver ce genre de lien. Et vous, vous êtes là – une gamine optimiste et idiote, à penser que les années vont passer, que vous allez tomber amoureuse, une fois, deux fois, cinq fois, que la magie que vous avez ressentie avec moi renaîtra facilement avec d'autres. Mais ce ne sera pas le cas.

Il fit une pause. Angie pouvait à peine respirer.

— J'ai vécu des siècles. Et cela ne m'est arrivé qu'une seule fois.

— Angélique ! cria quelqu'un – Pierre-Gilles, peut-être.

Les voix du groupe se décalaient vers l'ascenseur privé qui descendait le long de la façade pour s'enfoncer dans les tréfonds de la station Opéra, jusqu'au quai.

— Une seule fois, il y a deux cents ans. Oh, j'ai baisé – croyez-moi. J'ai eu des liaisons, des amours…

— Il faut que je… que je parte…

Philippe se pencha vers elle et l'embrassa. Angie se noya dans un océan de nuit.

Et, quand il la lâcha, elle eut l'impression de revenir de très loin.

— Je pourrais faire ce que vous avez dit, reprit le vampire, d'une voix rauque. Le viol, l'enlèvement. L'Emprise. Mais ce n'est pas ce que je désire.

Les portes de l'ascenseur s'ouvraient. Philippe prit la main d'Angie, lui embrassa la paume.

— Si vous changez d'avis, appelez-moi. Il vous suffira de penser à moi… de prononcer mon nom. Si vous êtes en danger. Je serai là.

Il la lâcha, salua et partit.

Angie resta immobile, le souffle court.

Il lui fallut plusieurs minutes pour revenir à elle, rejoindre ses compagnons et descendre, le cœur battant, vers la navette qui allait les mener à Versailles.

Chapitre 33

Dimanche 21 septembre – 2 h 14 du matin
Château de Versailles
Chambre des demoiselles d'honneur

— Au couronnement du roi ! annonça Talia.
Et la princesse Joséphine reprit :
— Au couronnement de mon *little brother* !

Ils étaient douze, entassés par terre dans la chambre de fonction de Talia, entre les crinolines, les canettes de bière vides et les miettes de gâteau.

La pièce faisait, royalement, *huit* mètres carrés. Huit mètres meublés d'un mini-frigidaire, d'une petite télé et d'une couchette rabattable – les toilettes et la douche étaient dans le couloir, à partager avec les autres demoiselles d'honneur.

Jeanne et Pierre-Gilles s'étaient évaporés dans les méandres du château de Versailles, happés par d'autres fêtes. Le nouveau groupe, qui s'était échoué là, était composé d'Angie, de la princesse Joséphine et de sa brochette de demoiselles d'honneur, de Montmorency-Prince Bernie, de Charles-Antoine de Montespan et de quelques inconnus. Amina de Valmont restait debout contre le mur, à fumer en silence.

— Bon alors ! On y va ? s'écria une des demoiselles d'honneur.

— On y va quoi ? demanda Bérénice, celle qui avait essayé de prendre des photos quand le roi et Angie étaient sortis du vestiaire.

Talia leva les yeux au ciel et répondit :

— Le Jeu de la Vérité !

La princesse Joséphine accepta avec philosophie tandis que les bouteilles d'alcool continuaient à tourner. Montmorency et Charles-Antoine sortirent des cartes de poker, poussant sans cérémonie les larges jupes des filles pour faire de la place.

— OK, OK. Qui pose la première question ? demanda quelqu'un.

— C'est moi, évidemment, déclara Joséphine d'un air impérieux.

Tout le monde rit, tandis que Talia sortait de sous le radiateur une réserve de petits gâteaux salés.

— Je rappelle les règles, continua la princesse. Une question, deux réponses : un mensonge et une vérité. À nous de démêler le vrai du faux. (Elle ferma les yeux, réfléchissant.) Première question pour le Prince Bernard de Montmorency !

— Je ne joue pas, protesta Prince Bernie, tandis qu'Isabelle (une autre demoiselle d'honneur, pas très fraîche, assise en tailleur à côté d'Angie) expliquait que « Bernie a droit au titre de « Prince » parce que sa famille descend du roi Saint Louis, vous savez, au XIIIe siècle ; en fait, Bernie fait partie de la branche des Condés ».

Angie hocha la tête poliment.

— Tu joues si la sœur du roi dit que tu joues, cousin, déclara Joséphine, adoucissant son ordre d'un sourire charmeur. (Montmorency leva les yeux au ciel, mais tourna quand même la tête vers la princesse.) OK, ma question. Bernie, avec combien de mes demoiselles d'honneur as-tu couché ?

Il y eut des sifflements. L'intéressé fit un geste théâtral de modestie ; à côté d'Angie, Isabelle eut un gloussement gêné. Enfin, Prince Bernie répondit :

— Une vérité, un mensonge ? Très bien. Zéro ou sept. Choisissez !

Les sifflements se transformèrent en acclamations. Un des garçons s'écria « Sept sur douze ! Wou-hou ! » ; Talia soupira d'un air agacé tandis que Bernie se tournait vers la princesse Joséphine et ajoutait, d'un ton d'une galanterie étonnante :

— Bien entendu, l'objet de mes rêves et de mes espoirs demeure hors de ma portée.

Tout le monde applaudit, Joséphine inclina aimablement la tête, et la charge de poser une question passa à sa voisine de gauche, Talia. Celle-ci jeta un bref coup d'œil à Amina, puis à Angie, et demanda :

— Je m'adresse à Angélique de Noailles. Vous êtes fiancée à Saphir de Valmont, n'est-ce pas ?

— C'est ça, ta question ? protesta une voisine, tandis qu'Amina de Valmont se figeait.

— Non, expliqua Talia, il s'agit plutôt d'une sorte de mise au point avant la vraie question…

— Je ne suis pas fiancée à Saphir, commença Angie, hésitante.

Comment Talia le savait-elle ? Les rumeurs allaient décidément très vite à l'ère numérique, et la suite de la question la prit totalement par surprise :

— Avez-vous réellement couché avec le roi, dans le vestiaire, il y a deux jours ?

Il y eut un silence stupéfait – comme quoi toutes les rumeurs n'allaient pas à la même vitesse – puis les ululements et les applaudissements fusèrent, encore plus fort que pour Montmorency. Dans les yeux d'Amina de Valmont, le choc se transforma en résolution glacée et, quand Angie se pencha vers Talia, tout le monde se tut – tout le monde voulait entendre.

— D'abord, « coucher », dans un vestiaire où on tient à peine debout, est un terme un peu exagéré…

— Une vraie réponse, et une fausse ! cria un des compagnons de Bernie. Pas de baratin !

Angie attendit qu'il se taise, puis déclara :

— Oui. Ou non, on a fait semblant, et on a donné des coups sur la porte pour faire du bruit. Choisissez.

Un bref silence suivit, alors que le public réfléchissait. Talia, elle, avait décidé :

— Saphir de Valmont sait-il qu'il va épouser une femme souillée par Sa Majesté ?

— Rrrrrrr ! Duel de tigresses ! commenta Montmorency qui avait abandonné sa partie de poker.

Angie leva les yeux au ciel, mais ce fut Amina de Valmont qui répondit à sa place.

— Parce que toi, tu arriveras vierge au mariage, Talia ?

De nouveau, des sifflements et des bravos accompagnèrent la réplique ; Montmorency mima l'arrivée d'une troisième tigresse ; Talia ne répondit pas. Le tour de jeu passa à une autre, et de nouvelles questions fusèrent. Les garçons retournèrent à leurs cartes, posant, quand Joséphine les obligeait à participer, des questions de nature uniquement sexuelle. Amina de Valmont avait repris sa cigarette, et Angie sentait sur elle son regard hostile.

Profitant du bruit, Montmorency-Prince Bernie se pencha vers Angie :

— Je ne savais pas que vous aviez d'aussi hautes relations, mademoiselle de Noailles.

Il sortit un tube d'aspirine, l'ouvrit et en fit tomber des petits comprimés bleus vaguement familiers. Angie chercha un moment dans sa mémoire, puis son estomac se serra : le vampire. La salle de bains.

Une brusque nausée la saisit ; ses mains se mirent à trembler. Heureusement, Montmorency, qui avait posé les pilules bleues sur un magazine pour les réduire en poudre, ne s'aperçut de rien. Angie reprit son calme, et fut même capable de répondre avec un délicieux sourire :

— Je suis flattée, mais non merci.

Le jeune homme désigna la poudre et proposa :

— Un petit nuage ? Et on va dans mes appartements pour fêter ça ?

— Pour fêter quoi ? demanda Isabelle la demoiselle d'honneur, qui sirotait une mini-bouteille de vodka. Oh, moi j'en veux ! s'écria-t-elle en voyant la poudre.

Montmorency fronça les sourcils :

— Tu as trop bu, Isa. L'alcool à haute dose et le Xk, ça ne...

— Tu as bu aussi, Bernie !

— Moi, je suis un pro, déclara ce dernier.

Angie s'interposa :

— Isabelle, Montmorency a raison. J'ai vu l'effet de cette drogue sur...

— Angélique a tout vu, a tout vécu ! déclara Bernie en s'approchant pour lui mordiller l'oreille.

Angie dut lui donner un coup de coude pour l'éloigner, pendant qu'Isabelle essayait de passer son doigt dans la poudre bleue.

Bernie l'empêcha d'une tape sur la main.

— Pas touche ! Trop dangereux !

Et, sur ces mots sages, il s'empressa de défaire la bonne impression qu'Angie aurait pu éventuellement se forger sur lui en sniffant une solide dose de poudre. Ce fut le moment que choisit Joséphine pour ordonner :

— Isabelle ! Isabelle de Grammont ! À toi de poser une question !

Isabelle paniqua, et Angie souffla :

— Qui hérite du trône si le roi meurt ?

— Qui hérite du trône si le roi meurt ? répéta Isabelle tout haut, sans réfléchir.

Joséphine – n'appréciant guère qu'on parle du décès de son petit frère – eut un mouvement de recul.

— Qui hérite ? C'est Montmorency ! s'écria aussitôt un des jeunes gens qui jouait au poker.

Tout le monde éclata de rire – tandis que Prince Bernie s'essuyait avec tranquillité le nez, puis déclarait :

— Hé, vous ne savez pas si bien dire. Vous savez qu'après la mort du duc et de sa cousine, dans l'épidémie, là, le syndrome machin, je suis passé de vingt-troisième à quatorzième dans l'ordre de succession ! (Il se tapota la poitrine avec une suffisance théâtrale.) Hé, sang de Saint Louis, les mecs. Sang de Saint Louis, OK ?

— Le pauvre, s'il savait, commenta Charles-Antoine.

Une idée traversa l'esprit d'Angie. Elle se leva écoutant, tout de même, la réponse que Joséphine donna d'un ton grave.

— Si mon frère meurt maintenant, son excellence Henri, prince de Condé, notre régent, hérite du trône.

— Riton ! cria quelqu'un.

Mais Joséphine l'ignora.

— Si mon frère meurt après le couronnement (Joséphine réfléchit.) Henri hérite toujours, mais je pense qu'ensuite l'ordre de succession varie légèrement...

Angie termina d'écouter, puis, enjambant les buveurs, elle réussit à atteindre le minuscule couloir, et referma la porte derrière elle.

Chapitre 34

Le couloir était désert.

Le parquet craquait et, au fond, deux petites portes annonçaient « W.-C. » et « Douches ».

Dehors, des guirlandes s'allumaient. Par la fenêtre, on entendait les ouvriers s'activer dans l'immense parc de Versailles, montant les estrades pour les célébrations du lendemain. Les contremaîtres donnaient des ordres, des marteaux-piqueurs hoquetaient malgré l'heure, et les musiciens fatigués faisaient des essais sonores.

Sortant son téléphone, Angie tapa l'adresse du site www.serezvousroi.com.

L'ordre de succession au trône avait changé.

En vérité, depuis le Syndrome S, l'ordre de succession n'arrêtait pas de changer, comme le prouvaient les centaines de commentaires amusés ou furieux. Il changeait parce que les gens mouraient. Les quelque trente morts de haute noblesse touchés par le Syndrome S avaient bouleversé les calculs. Henri de Condé restait le premier héritier, mais après la liste variait d'heure en heure, et de mort en mort.

Angie regarda son rang.

Elle était passée de 1476ᵉ à 63ᵉ.

D'abord, elle refusa de le croire – après quoi, un saut de plus de mille places, après une trentaine de morts au-dessus d'elle ? Mais c'est que la succession au trône de France suivait des règles complexes ; certaines lois obscures dataient des Mérovingiens et une branche entière pouvait être écartée du trône parce qu'un frère aîné était décédé. *Soixante-troisième! Il faut que j'annonce la nouvelle à Clémence*, pensa-t-elle aussitôt, amusée, mais Clémence était sûrement occupée avec Saphir, et Matt…

Matt n'avait sans doute aucune envie de recevoir de ses nouvelles.

Angie éteignit son téléphone. Et, soudain, il lui sembla qu'elle était très seule, dans un monde très dangereux.

Elle poussa la porte marquée « Douches ».

La salle de bains était sinistre – deux ou trois mètres carrés, les murs d'un blanc sale, une douche, une étagère sur laquelle se serraient une vingtaine de trousses de toilettes colorées. Angie fouilla la première et trouva facilement un rasoir rose décoré de paillettes.

Puis elle *la* regarda dans le miroir… cette Angélique qu'elle ne connaissait pas, qui n'existait pas, six jours auparavant – et, avec lenteur, elle s'entailla la paume.

Le sang coula – très peu, peut-être pas assez pour l'effet qu'elle désirait obtenir. Elle posa son index dans le sang, passa le liquide pourpre sur ses lèvres. Et ensuite ? Fallait-il un rituel magique – des paroles ? Elle fit perler plus de sang et se concentra – cherchant des émotions, des couleurs, des courants.

Rien. Ou, du moins, pas plus que d'habitude.

Frissonnante, elle retourna dans la chambre.

Sur le mur du fond, quelqu'un avait allumé la minuscule télévision qui parlait, bien sûr, des cérémonies du lendemain, du coût, et de l'afflux de touristes.

Angie reprit discrètement sa place entre Montmorency et Isabelle de Grammont. Décidément, elle ne sentait aucune différence. Pas de pouvoirs, pas de sensation étrange. Alors pourquoi ce rush, cette overdose, la dernière fois ? Était-ce la quantité de sang ? Était-ce la qualité ?

Le sang d'un vampire. Le sang d'une vierge.

La princesse Joséphine se tourna vers elle.

—Angélique, à toi de poser une question !

Angie demanda, de but en blanc :

—Qu'est devenu Benjamin de La Vallière ?

Elle ignorait ce qu'elle espérait – un silence consterné, des regards lourds de sens, mais il n'y eut aucune réaction. Les bavardages continuaient, Charles-Antoine battait les cartes, Montmorency se moucha bruyamment, puis esquissa une grimace de douleur.

Isabelle fronça les sourcils et demanda :

—Benjamin qui ? Ah oui ! Le page de Louis...

—Le page de Sa Majesté, corrigea Talia.

—Le petit Ben, renchérit Bérénice, sa voisine. Tu veux dire : où il est ? Dans sa chambre, je suppose. Euh, c'est moi qui réponds à la question ?

Angie se concentra – appliquant son talent sur ceux qui l'entouraient, sans résultat, sauf...

Joséphine ?

La sœur du roi avait les yeux baissés – elle scrutait le parquet d'un air indifférent, ou faussement indifférent, et Angie crispa encore sa paume, pour faire sortir plus de sang, mais rien ne changea (*Ça ne marche pas*, pensa-t-elle.), puis, comme pour la contredire, elle crut sentir un nuage, une attention, une culpabilité chez la princesse. Angie plissa les yeux pour mieux voir, mais non, il n'y avait rien, que la véritable fumée des cigarettes, et Montmorency-Prince Bernie qui maintenant était pris d'une épouvantable quinte de toux.

Bérénice, un peu éméchée, répétait :

—Il est dans sa chambre, Benjamin, non ? Au-dessus du roi ?

—Certainement, répondit Joséphine sans lever les yeux. (Puis elle claqua des doigts.) Question suivante !

OK. Joséphine mentait ; elle mentait mal en plus – et Angie sentit un frisson la parcourir. C'était, depuis qu'elle avait fait son pacte avec Richelieu, la première fois qu'elle avait quelque chose, un infime indice, sur la disparition de l'enfant. Elle hésita, se demandant comment... comment continuer, comment tirer avec habileté le fil de cette fragile tapisserie...

… Et ce fut le moment que Montmorency choisit pour mourir.

Sa toux se fit plus forte, si forte qu'elle noya les quelques réflexions amusées de ses amis (« Hé, mec, tu nous craches tes poumons ? ») et brusquement son nez sembla exploser, le sang jaillissant de ses doigts alors qu'il portait la main à son visage d'un air stupéfait ; des cris d'horreur s'élevèrent, Isabelle bondit sur ses pieds avec un gémissement aigu, sa robe en soie tachée d'hémoglobine ; Montmorency repartit dans une terrible quinte tandis qu'Angie et Amina se précipitaient vers lui. Angie le prit sous les aisselles et tenta de lui tenir la tête droite, se disant qu'il allait étouffer, tandis qu'au contraire Amina braillait :

— Allongez-le ! Allongez-le !

Mais le sang continuait de couler, détrempant sa chemise, deux filles hurlaient, quelqu'un parla de drogue et Bérénice cria :

— Non ! C'est la maladie ! Le Syndrome S !

La panique envahit la chambre. Les demoiselles d'honneur s'envolèrent comme une volée d'oiseaux, tandis que Joséphine criait :

— Ce n'est pas contagieux, bande d'imbéciles !

Charles-Antoine prit son téléphone et commença à crier à son tour, mais le garde l'avait devancé, donnant des ordres au service de santé royal dans le micro de son casque. Montmorency eut un sursaut, Angie était si concentrée sur lui – le sang dans sa gorge, l'empêcher de s'étouffer – qu'elle ne voyait rien de ce qui se passait autour, et brusquement elle réalisa qu'elles n'étaient plus que trois dans la pièce – la princesse Joséphine, agenouillée près de son cousin, Amina qui répétait des instructions d'une voix monocorde : « Respire, Bernie, tente de respirer, prends des grandes inspirations », et dehors, du bruit, des voix, les marteaux-piqueurs qui redoublaient d'intensité (ou était-ce dans l'imagination d'Angie ?) et la télévision, que personne n'avait éteinte, qui parlait de comment la capitale s'organisait et comment le nombre de personnes affectées par le Syndrome S baissait et qu'il ne fallait pas s'inquiéter et que le couronnement ne serait pas retardé, et la tête de Montmorency reposait maintenant sur les genoux de la princesse Joséphine, qu'il inondait de sang, et il eut un dernier sursaut, et il mourut.

Chapitre 35

Les minutes suivantes furent comme un cauchemar gluant. Les secours n'arrivaient pas. À cause des barricades du couronnement – « Les cordons de sécurité ont été mis en place il y a une heure », expliquait le garde à Joséphine, et les services secrets ne laissaient pas passer les ambulanciers, et ce fut la sœur du roi qui, en larmes, dut hurler dans le téléphone pour qu'ils arrivent enfin – et alors qu'Angie et Amina essayaient, sans succès, d'appliquer leurs notions de premiers secours, une fournée d'inconnus en blanc et bleu investirent brutalement la chambre. Il y eut des chocs électriques sur la poitrine et des piqûres, mais, là encore, nul besoin de magie pour voir que les infirmiers eux-mêmes n'y croyaient pas, qu'ils agissaient seulement parce qu'il y avait la sœur du roi à la porte qui les observait en pleurant.

Le temps passa encore. Dehors, dans le couloir, tout le monde avait fini par partir, après avoir présenté des condoléances et pris des airs navrés… tout le monde sauf Amina, Angie et Joséphine.

Talia pleurait dans la salle de bains.

Puis quelqu'un déclara le décès, et Angie sortit de la chambre.

Dans le couloir, Amina avait allumé une nouvelle cigarette. Angie avait besoin d'être en compagnie d'un être vivant, aussi s'adossa-t-elle au mur et ferma-t-elle les yeux – mauvaise idée, car son esprit revint à l'autre mort, celle d'Élise, à laquelle elle avait assisté quelques étages en dessous.

— Un endroit charmant, le château de Versailles, non ?

— Charmant, répondit Amina, sans la regarder. Tu vas rompre toute relation avec Saphir, Angélique. Je n'ai pas envie que mon frère soit associé à la pute du roi.

Angie étouffa un rire incrédule.

— Vous êtes surprenante, mademoiselle de Valmont. Votre ami vient de mourir et vous…

— La mort n'interrompt pas les problèmes des vivants.

— Je n'épouserai jamais Saphir. Et je ne pense pas qu'il soit très motivé non plus.

— Alors pourquoi es-tu là, Angélique ?

— Là ?

— Pourquoi es-tu venue ce soir ? Seulement pour profiter du nom et des relations des Valmont ? Ou pour te rapprocher de Joséphine – et du roi ?

— Je prendrais bien une cigarette, murmura Angie.

Amina lui jeta un regard étonné, puis tendit son paquet et son briquet. Angie en alluma une, tira une bouffée… puis se mit à s'étouffer et à tousser, tandis qu'Amina l'observait avec un mépris mêlé d'incrédulité.

Angie éteignit la cigarette.

— En effet. C'est exactement ça, Amina. J'ai profité des relations des Valmont pour me rapprocher de Joséphine et du roi. Et je ne suis pas ironique – c'est la pure vérité. D'ailleurs… il ne faudrait pas que mes efforts n'aient servi à rien…

D'un coup de pied rageur, elle écrasa la cigarette. Les brancardiers sortaient, portant le cadavre.

— Bonne fin de soirée, Amina, dit Angie.

Puis, sans un regard, elle retourna dans la chambre.

La princesse Joséphine était assise par terre, hagarde, à l'endroit où Montmorency s'était écroulé.

Angie s'accroupit à ses côtés. Puis, sans prévenir, elle mit la main dans le sang. La princesse la regarda, épouvantée.

— Qu'est-ce que... qu'est-ce que tu fais ?

— Vous comprenez très bien ce que je fais, répondit Angie en soutenant son regard.

Elle passa du sang sur un de ses avant-bras, puis sur l'autre, l'étala sur ses paumes.

— Vous êtes la sœur du roi. Vous vivez dans ce château depuis des années. Vous savez. Mieux que moi sans doute... Le sang de Saint Louis. Puissant, j'imagine ?

— C'est immonde, souffla Joséphine, les yeux rouges. (Elle jeta un regard derrière elle – mais le garde était sorti avec les ambulanciers.) Juste après... Comment peux-tu...

— Qu'est-il arrivé à Benjamin de La Vallière ?

Joséphine eut un hoquet, puis désigna le sang.

— Mon cousin vient de mourir sous mes yeux et...

— Qu'est-il arrivé à Benjamin de La Vallière ?

Quelque chose changeait, s'animait en Angie. Le sang... Le rush. L'énergie montait, ses sensations évoluaient. Était-ce, vraiment, « le sang de Saint Louis » ? Ou la tragédie, les circonstances ? Le sang d'un mort tout frais, comme un rituel, un sacrifice humain ?

Joséphine contemplait Angie, effarée.

— Pour qui travailles-tu ?

— Richelieu.

La princesse fronça les sourcils.

— Attends, protesta-t-elle. Il y a deux jours, tu m'as demandé un laissez-passer pour…

— Je ne travaillais pas encore pour lui alors, répondit Angie. (Après tout, quel mal y avait-il à dire la vérité ?) Maintenant, si. Pendant le jeu, j'ai demandé ce qui était arrivé à Benjamin et vous avez menti. (Joséphine ouvrit la bouche pour demander « Comment ? », puis regarda le sang et se tut). Pourquoi ? Que savez-vous ?

— Cet interrogatoire est scandaleux. Un appel de ma part et…

— Richelieu veut sauver le roi. Vous voulez sauver votre frère. J'ai vu votre réaction, quand Isabelle a parlé de la mort de Louis. Vous aussi, vous êtes inquiète…

— C'est la veille du couronnement… Évidemment que je suis inquiète ! Mais…

— Benjamin de La Vallière ?

Il y eut un silence, Joséphine tourna son regard vers le chaos abandonné sur le sol de la chambre : les bouteilles, les cendriers, les jetons de poker.

— Je ne sais pas où est Benjamin. Je… Talia et moi… (Joséphine eut un geste vague.) Nous voulions que Louis ne soit plus vierge pour son couronnement. D'ailleurs, je sais qu'il l'est encore, ajouta-t-elle avec lassitude. Après le coup du vestiaire. Nous avons discuté, le lendemain…

— Navrée, répondit Angie. Mais franchement… votre frère a quinze ans…

— Quinze ans ! (Joséphine secoua la tête.) Vous ne vous rendez pas compte. Relisez votre histoire de France, un de ces jours. Vous savez que Louis est l'être le plus convoité de cette cour ? Elles vont toutes essayer de le séduire. Et qu'arrivera-t-il s'il tombe dans les griffes d'une femme plus âgée, une manipulatrice, une ambitieuse ? Ou s'il tombe amoureux d'une intrigante qui travaille pour un autre parti ? S'il s'attache à quelqu'un qui lui veut du mal – qui veut le tuer ? Mon frère est innocent et naïf. Il ne sera pas de taille à…

Angie ne sut que répondre. Joséphine soupira.

— Talia est jeune. Saine. Et elle ne veut que la gloire. Fort heureusement, elle n'est pas assez intelligente pour être dangereuse.

— Je comprends.

— Parce que sinon… qui se glissera dans les draps de Louis… ? Mme de Montesquieu ?

— Oh, beurk ! s'écria Angie, spontanément.

Joséphine acquiesça, et les deux jeunes filles partagèrent un instant de dégoût – parce que quand on a vingt ans, ou presque, l'idée d'une femme de trente-huit (voire de quarante !) ayant une vie sexuelle est déjà vaguement déstabilisant, alors l'idée de cette femme avec un adolescent…

— Quelle horreur ! murmura Angie.

— Oui. Et c'est pour ça que j'envoie Talia à Louis ce soir. Enfin, ce matin… Enfin maintenant.

— Maintenant ? Talia ? À votre frère ? Après… (Angie désigna le sang.) Mais… quel rapport avec la disparition de Benjamin de La Vallière ?

— Eh bien…

Joséphine détourna les yeux.

— Le problème, c'est que je ne pouvais pas, avant. Envoyer Talia. À cause de Benjamin.

— Pourquoi ?

— Parce qu'il était là. Dans la chambre au-dessus. Le sommeil léger, prêt à avertir la sécurité au moindre incident. Et un gamin de neuf ans (Joséphine eut un faible sourire.) c'est incorruptible. Une nuit, Talia a essayé d'entrer – je l'ai fait passer par la porte secrète de la salle de bains – elle était en petite tenue sexy, et…

— Et ?

— Et Benjamin s'est réveillé ! Il est descendu, il a vu Talia en culotte et soutien-gorge, et il a hurlé de peur !

Malgré la situation, Angie dut se mordre les lèvres pour ne pas rire.

— Mon Dieu… Pauvre Talia.

— Il a continué de hurler. Les gardes sont arrivés. Talia a eu à peine le temps de s'enfuir. Alors j'ai décidé… (Joséphine baissa les yeux.) J'ai décidé de le droguer.

— Benjamin ?

— Oui. De lui faire prendre un somnifère assez puissant pour qu'il ne se réveille pas la fois suivante. Mais je ne voulais pas qu'il y ait des effets secondaires, que ce soit dangereux pour lui, alors j'ai voulu faire un test d'abord, en lui faisant avaler une dose plus légère, et…

— Et ?

— Et rien. Je ne sais même pas s'il l'a bue. (Joséphine fit une pause.) Le lendemain matin, il avait disparu.

Le silence retomba dans la petite chambre.

Les regards de Joséphine et d'Angie se posèrent de nouveau sur la place où se tenait Montmorency quelques minutes auparavant, où il buvait, draguait, plaisantait.

Et, pour Angie, ce vide représentait la preuve que tout pouvait arriver.

Que la situation la plus légère pouvait brusquement virer au tragique, que l'horreur pouvait s'abattre n'importe quand.

— Alors, vous ne savez pas, finalement. Ce qui est arrivé à Benjamin.

La princesse secoua la tête – les larmes aux yeux, fixant le sang de son cousin.

— Non. Mais je me dis que peut-être… Est-ce ma faute ? Si Benjamin a disparu ? Est-ce que le somnifère l'a… Je ne sais pas, moi, s'il était allergique et que ça lui ait fait perdre la tête ? Ou si quelqu'un l'a attaqué, et qu'il n'a pas pu se défendre, parce qu'il était assoupi…

— Un enfant de neuf ans. Il n'aurait pas pu se défendre, de toute manière.

Un nouveau silence. Il faisait froid, ou est-ce qu'elles avaient froid, à cause du choc ? Angie se sentait dans un état étrange, le rush montant, ses sens affinés, à l'affût.

Elle se tourna vers la sœur du roi.

— Très bien. Dans ce cas… j'ai un service à vous demander.

Chapitre 36

Dimanche 21 septembre – 4 h 30 du matin
Château de Versailles
Chambre du roi

La porte secrète coulissa. Angie et Talia la franchirent en silence. L'entrée dérobée, dissimulée par une tapisserie, donnait dans la salle de bains du roi.

Une pièce banale, personnalisée par un peu de déco africaine ; la tapisserie, des masques, quelques objets en bois. La seule caractéristique étrange, pour une salle de bains d'adolescent, était que le dentifrice était bouché et que tout était impeccable : de l'avantage de s'appeler Louis XXIV, et d'avoir des valets.

L'entrée dérobée se referma. Dehors, dans le couloir, un garde asiatique avait laissé passer les jeunes filles en échange de l'argent glissé par la princesse Joséphine. Angie, qui vibrait toujours du sang de Montmorency, percevait, malgré le mur qui les séparait, les émotions du garde : lassitude, ennui, dégoût, de lui-même et des autres.

Et une immense fatigue.

— Attends-moi là ! ordonna Talia, avant de s'insinuer en silence dans la chambre.

Angie ne lui obéit pas, bien sûr, et les deux jeunes filles avancèrent dans la pénombre. La respiration de Louis XXIV s'élevait, paisible.

Talia ouvrit son imperméable, rajusta le body en dentelle (seul vêtement qu'elle portait en dessous), puis s'approcha du lit.

Angie chuchota.

—Attends un peu avant de te lancer. Je vais monter à l'étage de Benjamin. (Talia fronça les sourcils.) Tu ne voudrais pas que je redescende et que je vous surprenne en pleine action ? ajouta Angie.

Talia hésita.

—Non…

—Parfait.

Angie se dirigea vers l'escalier de service, réfléchissant. La conversation qu'elle avait eue avec la princesse Joséphine ne l'avait pas entièrement convaincue. Talia avait vingt ans, et une fille de vingt ans forçant la sexualité d'un garçon de quinze ans, c'était du viol.

J'attendrai de voir la réaction du roi, pensa Angie en montant. Si Louis avait le moindre geste de rejet, elle interviendrait, quelles qu'en soient les conséquences.

Mais d'abord son enquête.

Gravissant les dernières marches, Angie ouvrit la petite porte, si banale, qui menait à la chambrette de Benjamin de La Vallière.

La pièce était vide, ou presque. Une couchette aux draps encore défaits, une valise, un réveil sur la table de nuit. Une bouffée de tristesse assaillit Angie, mais ce n'était pas l'effet du sang, c'était d'imaginer un garçon de neuf ans, seul entre ces murs gris.

Avait-il couru un danger, dans ce réduit ? L'avait-on enlevé ? Avait-il eu peur ? Et si oui, qui avait-il appelé, à qui avait-il pensé ? À sa sœur, ou bien… Ou tout cela n'était-il qu'une erreur, Benjamin en avait eu assez des pompes et de la gloire de Versailles, il s'était sauvé, et sans doute le retrouverait-on, le lendemain, en train de manger des bonbons dans une station-service. Ou alors gisait quelque part le cadavre d'un petit garçon de neuf ans, assassiné par un monde qui n'était pas fait pour lui.

— Où es-tu, Benjamin ? demanda-t-elle tout haut, puis elle ferma les yeux, se concentra, écouta, appelant…

Rien. Que le silence.

Elle fouilla la pièce, cherchant des indices, mais ne trouva que des vêtements, un vieux doudou et une console de jeux à la batterie déchargée. Les murs ne recélaient pas de passages secrets. Aucun indice compromettant n'avait roulé sous le lit.

Angie redescendit.

Et c'est là qu'elle trouva le sang.

Elle était passée, à l'aller, devant un placard d'entretien sous l'escalier – une porte en bois, sans signe particulier. Au retour, elle s'arrêta.

Quelque chose l'attirait là – une aura sombre, riche, veloutée. À l'intérieur, elle ne découvrit d'abord que des serpillières et des produits ménagers, mais une vibration, une puissance l'appelait, et elle trouva sans difficulté – dans un petit coffre.

Des éprouvettes. Deux rangées, classées, étiquetées par dates. Avec du sang à l'intérieur.

Angie reposa la boîte, puis retourna dans la chambre royale. Talia l'y attendait, inquiète.

— Il y a quelque chose de bizarre, dit-elle en désignant le lit. Louis a quelque chose de bizarre… Je veux dire, le roi. Il dort bizarrement.

Fronçant les sourcils, Angie s'approcha du baldaquin ; Talia trottant à ses côtés sur ses mules à hauts talons, son imperméable fermé. L'adolescent ronflait, ses cheveux en bataille, et, dans cette position, il n'avait pas grand-chose de majestueux.

Talia murmura :

— Il ne se réveille pas.

— Comment ça ? (Angie posa la main sur l'épaule du dormeur.) Votre Majesté ?

— Et il a un truc, là, sur le cou.

Angie se pencha et les vit. Les deux trous. Distants d'à peine un centimètre, minuscules, comme des piqûres d'épingle. Dans la journée, ils devaient être cachés par ses cheveux un peu trop longs, mais le soir… Échevelé sur l'oreiller…

— Votre Majesté ? appela-t-elle en secouant le garçon. Votre Majesté ?

— Ça ne sert à rien ! siffla Talia d'une voix suraiguë. Il se réveille pas ! J'ai essayé !

— Louis ! cria Angie.

Mais l'adolescent ne broncha pas et Angie baissa la voix, car celle-ci résonnait de manière inquiétante dans la chambre vide. Elle se tourna vers Talia.

— Deux trous ? Un vampire ?

— Non ! protesta Talia. Non, la morsure des vampires, c'est plus…

Elle s'interrompit et fixa Angie, horrifiée, mais cette dernière haussa les épaules.

— Je sais qu'il y a des vampires, OK ? Magie, sang, gens qui puent la mort… Donc ? Les morsures ?

— Elles sont plus… Un vampire… Les dents seraient plus écartées, et les, euh, les trous seraient plus profonds, répondit Talia, le teint blême. (Elle passa sa main sur la joue du garçon avec une tendresse dont Angie ne l'aurait guère crue capable.) Peut-être une seringue ? On l'a drogué ? Oh, mon Dieu…

— Talia, j'ai découvert… une boîte… Il faut que je te montre, souffla Angie, la gorge serrée.

Elle commençait à avoir peur, sans raison valable. N'étaient-elles pas en sécurité dans la chambre à coucher la mieux gardée de France ? Pourtant, oui, elle avait peur, dans cette pièce immense dévorée par les ombres, en compagnie de ce garçon qui ne se réveillait pas. Et il manquait quelque chose. Quelque chose avait disparu, ces dernières secondes Angie n'arrivait pas à comprendre quoi et, prenant Talia par la main, elle l'entraîna vers le placard d'entretien.

— Regarde. Onze éprouvettes, enfin onze de pleines, expliqua-t-elle tandis que Talia en sortait une pour mieux voir. Celle-là est vide, et je me disais…

— C'est du sang, balbutia Talia. Appartenant à…

Elles s'interrompirent, et, sans se concerter, leurs regards se tournèrent vers le roi.

Son sommeil artificiel. Ses deux trous dans la gorge.

— OK, murmura Angie, dont les mains tremblaient. *(Calme-toi, tu as fait une découverte, tu es là pour ça, non ? Pour enquêter ?)* Réfléchissons. Euh… Si quelqu'un endort le roi… extrait son sang la nuit… pourquoi le met-il dans ce, euh, dans ce petit placard ? Qui fait le ménage ici ?

Talia secoua la tête – de plus en plus nerveuse.

— Eh bien, je crois que les services d'entretien n'ont pas le droit de… Il y a Joseph.

— Qui est Joseph ?

— Le deuxième valet de chambre…

Angie se frotta les tempes.

— Bien. Admettons. Joseph extrait le sang. Il le dépose dans ce placard, pour venir le chercher plus tard, ou pour que quelqu'un d'autre vienne le récupérer. Mais demain…

— Demain, c'est le couronnement, et Louis quitte cette chambre pour toujours, continua Talia. Il deviendra roi – pour de vrai. Il s'installera dans les appartements d'apparat, et Joseph ne sera plus… Louis XXIV aura d'autres valets.

Les deux jeunes filles échangèrent un regard, et Angie comprit ce qui *manquait.*

Le garde.

Le garde asiatique, dont elle sentait auparavant la conscience, dans le couloir, comme un vague bruit de fond.

Cette conscience avait disparu.

Laissant la boîte, Angie retraversa la chambre – tentant de ne pas faire de bruit (alors que c'était idiot, Louis ne bronchait pas et est-ce qu'au contraire faire du bruit ne les aurait pas rassurées ?) tandis que Talia l'appelait, la terreur faisant vibrer sa voix :

— Qu'est-ce que tu fais ?

… mais Angie était de retour dans la salle de bains, elle passa sous la tapisserie africaine, fit coulisser la porte et jeta un coup d'œil au couloir.

Le garde n'était plus là.

Angie referma la porte. Laissa retomber la tapisserie. Resta debout, un instant, entre le lavabo et la baignoire.

— Angélique ! protesta Talia, qui l'avait suivie. Ne me laisse…

D'un geste, Angie la fit taire. Le garde était-il parti ? Il n'avait pas de raison de quitter son poste. Pas alors qu'il en avait encore « pour deux bonnes heures de toute manière » – c'est ce qu'il avait déclaré à la princesse Joséphine. Et Angie avait perçu en lui cette lassitude infinie, qui ne faisait que croître…

Peut-être s'était-il endormi.

Comme le roi.

Alors elle les sentit.

Prenant Talia par la main, elle la poussa vers l'intérieur.

— Vite !

— Quoi ? souffla Talia.

— Ils viennent.

Chapitre 37

La chambre était somptueuse et obscure.

Les silhouettes apparurent une à une, sortant de la salle de bains. Talia et Angie, dissimulées au fond d'une penderie, les virent approcher : trois hommes, ombres anthracite dans l'obscurité.

Le premier se pencha vers le roi.

— Il est *out*.

— Combien de temps ? demanda un deuxième.

Le premier haussa les épaules.

— Des heures. Il dort toute la nuit, en général. C'est pour cela qu'il est si groggy le matin.

— Oh, mon Dieu, murmura Talia. C'est Joseph.

— Le deuxième valet de chambre ?

Talia se contenta d'acquiescer. Angie se pencha pour mieux voir – l'homme était grand et maigre, ses traits indistincts.

— OK, dit le troisième, qui se dirigea droit vers le placard d'entretien.

Angie et Talia retinrent leur souffle. Des bruits de produits qu'on déplaçait – Joseph revint, la boîte à éprouvettes (qu'elles avaient juste eu le temps de remettre en place) à la main.

— OK ? demanda le troisième homme.

— OK, répondit Joseph.

— Bien. Allons-y.

Ils s'éloignèrent, tandis qu'Angie se demandait pourquoi, dans les films, les dialogues des méchants étaient quand même nettement plus révélateurs. Difficile de déduire grand-chose de cette conversation, et c'est alors qu'un des inconnus ajouta :

— Maintenant ? Ou on termine ?

Talia se tendit et Angie réalisa, pour la première fois, que la vie du roi était peut-être en danger. Que devaient-elles faire ? Intervenir ? Les intrus étaient trois, elles n'étaient pas armées. Angie glissa sa main vers son téléphone, se demandant si elle arriverait à composer discrètement le numéro du Secret du Roi, que lui avait donné Tercier, quand l'homme continua.

— Il n'y en a que onze. La livraison n'est pas complète.

— Elle sait que c'est la dernière, protesta Joseph. Elle sait qu'à partir de demain je ne pourrai plus…

— D'autant plus. Terminons celle-là. Financièrement, la différence est importante. (L'homme désigna le lit.) Le gosse est quasi comateux. Qu'est-ce qu'on risque ?

— Très bien, admit Joseph après un moment de réflexion.

Il retourna au placard d'entretien. Angie, qui avait entrouvert un peu plus la porte malgré le regard terrifié de Talia, entrevit une trousse en cuir, dont Joseph sortit un objet impossible à distinguer – mais l'imagination d'Angie faisait le travail, sûrement un instrument métallique barbare à deux aiguilles pour voler le sang des gens…

Et, brusquement, Joseph s'immobilisa. À deux pas du lit du roi, comme ça, sans raison.

Le silence parut durer une éternité, car Angie sentait la vague culpabilité qui accompagnait Joseph depuis son arrivée se transformer en étonnement. Puis en doute. Puis en soupçon.

— Qu'est-ce qu'il y a ? grogna Homme Numéro Trois – celui qui avait dit que « financièrement, la différence était importante ».

Chez eux, pas de remords. Tension, vigilance.

— Quelqu'un a touché à la boîte.

Talia et Angie se figèrent.
—Quoi ?
—Il y avait douze éprouvettes. (Talia jeta un coup d'œil furieux à Angie, qui fit un signe d'impuissance.) Et il y en a toujours douze, continua Joseph, tandis qu'Angie sentait l'exaspération monter chez les complices de Joseph, mais elles ne sont pas dans le même ordre et...
—Oh, bordel, active un peu, Joseph, protesta Homme Numéro Deux, dont Angie sentait le stress, moins on reste dans cette foutue chambre, mieux c'est.
Mais Joseph était lancé :
—... quelqu'un l'a trouvée, a trouvé la boîte et l'a remise en place, ce qui veut dire qu'on est surveillés, ils nous ont chopés, ils savent, on est fichés, il y a peut-être des caméras ou alors c'est un piège ou...
Ils ne le croient pas, pensa Angie qui surveillait les auras, le brouillard de sensations...
—Ils vont fouiller la chambre ! souffla Talia, dont la panique montait.
—Ne bouge pas et tout ira bien, siffla Angie.
Mais Talia n'écoutait pas.
—Ils vont nous avoir si on fonce tout droit, qu'on saute par-dessus le lit, on peut atteindre la salle de bains...
... Et Talia parlait trop fort, Homme Numéro Trois fronça les sourcils, Angie ne le voyait pas mais elle sentait sa petite étincelle de prise de conscience, Talia allait tout gâcher, Angie se concentra pour essayer de... quoi ? Lui envoyer des ondes de calme ? Elle posa sa main sur son coude et ce fut la plus mauvaise décision qu'elle ait jamais prise parce que Talia poussa un cri.
Dans la chambre, tout le monde se figea.
—Il faut foncer ! hurla Talia, qui se propulsa hors de l'armoire devant le regard ébahi des trois hommes. Elle courut, son imperméable défait, vers le lit à baldaquin, bondit, atterrit au milieu du matelas, se remit debout, se prépara à sauter de nouveau, ses hauts talons se prirent dans le rideau en velours, elle sauta quand même et s'étala par

terre, aux pieds d'Homme Numéro Deux, son imperméable ouvert et son joli body de lingerie Aubade bleu à découvert.

Il y eut un moment de pause.

Talia était recroquevillée sur le parquet. Homme Numéro Deux demeurait stupéfait ; Joseph et Homme Numéro Trois regardaient Angie – qui était sortie de l'armoire, parce qu'après le cri de Talia la fuite semblait la seule solution, mais elle s'était immobilisée devant le désastre. Et le moment d'ébahissement passa ; Homme Numéro Trois sortit un flingue, le pointa sur Angie et ordonna :

— Pas un geste.

Chapitre 38

Dimanche 21 septembre – 4 h 30 du matin
Paris, Quai d'Orsay
Assemblée nationale

Il faisait froid pour une nuit de septembre, et Clémence frissonnait dans la salle d'attente.

Il était un peu moins de 4 heures du matin quand elle avait reçu le message. Elle venait de quitter les Champs-Élysées et Saphir, elle attendait sur le quai du métro, épuisée, son tee-shirt puant la cigarette, son maquillage légèrement coulé, quand son téléphone avait bipé.

Un message. De son père, le député Brissot, son père qui n'avait, sans doute, jamais envoyé à Clémence de texto de sa vie, pas parce qu'il ne savait pas faire, mais parce qu'il était très occupé et que c'était la mère de Clémence qui gérait le quotidien.

À 4 heures du matin.

Que voulait-il ?

La porte s'ouvrit.

— Le député est prêt à vous recevoir, mademoiselle, annonça un jeune homme maigre, qui avait des cernes et des lunettes.

Clémence ne le connaissait pas – un stagiaire, sans doute, les secrétaires affectés à son père changeaient si vite qu'elle avait cessé d'essayer de se souvenir de leur nom. Quant aux bureaux, ils variaient eux aussi régulièrement, « suivant les hauts et les bas de ma carrière », avait expliqué son père en riant, un jour que Clémence était allée lui rendre visite. *Et voilà, encore une partie de l'Assemblée nationale à découvrir*, pensa-t-elle, suivant l'inconnu dans les couloirs moquettés de neuf.

Couloirs déserts, bien sûr, à 4 heures du matin ! Et ce pauvre stagiaire, déjà ou encore au travail – bien sûr, les élections avaient lieu dans moins d'une semaine, mais quand même... Culpabilisant vaguement, Clémence se préparait à lui adresser quelques mots aimables quand une femme en tailleur impeccable sortit en hâte d'une pièce sur la gauche.

Elle était en colère, c'était clair. Clémence s'écarta pour la laisser passer.

— Entrez, mademoiselle Brissot, dit le stagiaire, désignant le bureau dont venait d'émerger l'inconnue.

Qui s'immobilisa. Puis se retourna.

— Mademoiselle Brissot ? répéta-t-elle, souriante. (La colère s'était, comme par magie, effacée de son visage.) Vous êtes la fille de notre cher député ?

— En effet, madame, dit Clémence d'une voix extrêmement polie.

Elle avait appris à se montrer toujours extrêmement polie avec ceux qu'elle croisait dans l'entourage de son père, on ne sait jamais, le moindre bavard en cravate pouvait être aussi bien un comptable que le Premier ministre suédois.

— Sonia Béranger, d'Arix Corp, annonça la femme, tendant une main que Clémence serra, se sentant un peu décalée, avec sa tenue peu fraîche et son mascara de la veille. Vous êtes la petite Clémence, c'est bien ça ? J'ai entendu dire que vous vous intéressiez à la politique ? Que vous vouliez rejoindre la prochaine promotion spéciale de Sciences Po ?

— En effet, madame. Le concours d'entrée est tardif cette année et...

— Voilà qui est bien, très bien ! Cela fait plaisir de rencontrer des jeunes femmes ambitieuses. J'ai longtemps enseigné l'économie à Sciences Po, vous savez… Je connais encore des gens… des professeurs… Si vous désirez des conseils…

— Vraiment ? répondit Clémence, vivement intéressée. (Des conseils, elle en voulait, le passage devant le jury était réputé très difficile.) Oui, merci ! Je serais ravie de…

La porte du bureau s'ouvrit et le père de Clémence apparut.

— Madame Béranger, dit-il d'un ton glacial. Vous n'êtes pas encore partie ?

— Votre fille est charmante, monsieur Brissot. Nous discutions justement de ses projets. Voyez-vous, je suis en contact avec certains des membres du jury de Sciences Po et je serais ravie de…

— Au revoir, madame Béranger, interrompit le député.

Il y eut un silence, Sonia Béranger se força à sourire, rajusta son sac à main.

— Je m'en vais. Si vous changez d'avis, monsieur Brissot… Si vous ou votre famille avez besoin de mon aide…

— Nous n'avons besoin de rien. Ni Clémence, ni mon épouse, ni moi. Merci infiniment.

La femme fit un signe de tête aimable, un geste d'adieu à Clémence, puis partit. Le stagiaire étouffa un bâillement et s'éloigna à son tour.

Clémence entra dans le bureau, se retrouvant en tête à tête avec son père.

— Que voulait-elle ? demanda Clémence, tandis que le député fermait soigneusement la porte.

— Rien. Enfin… les joies du lobbying, ma chérie. Si tu fais de la politique, un jour… Tu connaîtras ça bien assez tôt.

Alain Brissot enlaça affectueusement sa fille. Après lui avoir fait signe de s'asseoir, il sortit un Coca du mini-frigidaire et le lui tendit, avant de se faire un café – grâce à une nouvelle machine à expresso, flambant neuve –, et Clémence se demanda si les machines à café, comme les bureaux, montaient en gamme avec l'ascension de la carrière de son père.

— Arix Corp, c'est eux qui s'opposent au traité de paix avec l'Angleterre ? Soutenus par les loyalistes ? Et les partisans de la Préférence nationale ?

— Et les marchands d'armes. Oui.

Clémence remarqua les yeux épuisés de son père, sa chemise froissée.

— Tu as dormi ici, papa ?

Alain Brissot désigna le divan.

— Yep. Les élections sont dans quatre jours. (Il s'assit.) Clémence…

— Oui ?

— Tu m'avais demandé de me renseigner sur ce qui était arrivé à ton amie Angie, dans le métro. De me renseigner sur la marque. J'ai mis un peu de temps à réagir, mais j'ai finalement parlé à certains de mes contacts au Louvre, et… non. Tu n'as pas à t'inquiéter. Cette histoire de marque n'est qu'une légende urbaine. Les services de Richelieu… Le « Secret du Roi ». Cette organisation est scandaleuse, archaïque, mais nous sommes au XXIe siècle. Leur pouvoir est limité. On ne condamne plus les gens à mort sur une signature.

Clémence étudia son père. Le visage fatigué d'Alain Brissot était complètement sincère.

L'avantage d'avoir grandi avec quelqu'un, c'est qu'on savait reconnaître quand il mentait. Des pieux mensonges, bien sûr : « Les courgettes, ça a le même goût que les frites », « La soupe fait grandir » ou « Tu vas adorer l'école ». Aujourd'hui son père ne mentait pas, même pas pour la rassurer, et Clémence se sentit soudain envahie d'une vague d'amour – oui, dans ce bureau impersonnel, avec l'odeur du café et le pétillement du Coca, une vague d'amour pour sa mère, qui, contrairement à la mère d'Angie, ne les avait jamais abandonnés, pour son père qui, contrairement à celui de Matt, ne les avait pas quittés, pour sa sœur et son petit frère, qui avaient eu le bon goût de ne pas mourir – pour sa famille, la seule, dans son groupe d'amis, à demeurer intacte.

— La marque n'existe pas, résuma-t-elle. Donc Angie n'est pas en danger.

— Non, assura son père d'une voix ferme.

Le soulagement envahit Clémence. Au moins, elle aurait une bonne nouvelle à annoncer à Angie, et c'est alors que son père ajouta :

— C'est comme les dagues d'ivoire, les « Morts Debout », les vampires… Toutes ces folles rumeurs. Tout cela, ça n'existe pas.

Il y eut un silence.

— Oh, dit simplement Clémence.

Elle observa son père, ne doutant, encore une fois, pas un instant de sa sincérité.

Il y a un moment où on comprend que ses parents ne sont pas tout-puissants. Qu'ils ne savent pas tout, qu'ils se trompent.

Ce moment peut être libérateur quand les parents sont des tyrans. Il est difficile pour les autres.

— Mais ce n'est pas pour cela que je t'ai fait venir, continua son père. Ma chérie, je vais te demander de rompre avec Saphir de Valmont.

Sur le coup, Clémence oublia tout – les marques et les assassinats, les vampires et les chats – et elle ne fut plus qu'une gamine prise en faute.

— Qui ? Que… Saphir… ? Mais… Euh… C'est seulement cette nuit que… (Elle soupira.) Comment ?

— Le fabuleux pouvoir d'Internet, expliqua son père en tournant l'écran de son ordinateur vers Clémence.

Et là il y avait un blog, des commentaires et une photo floue, pas très flatteuse, de Saphir et Clémence s'embrassant sous les éclairs colorés.

— Prince Bernie, soupira Clémence.

— Oui. Le jeune Montmorency. Qui a posté ces photos il y a quelques heures sur sa page Facebook, associées à un commentaire sur les jeunes républicaines qui s'encanaillent avec des affreux monarchistes, et une bonne âme a reposté la photo sur mon blog *politique*, celui de l'Assemblée nationale. J'ai effacé la photo – heureusement l'image est floue, on ne te reconnaît pas bien et, s'il y a un scandale, je pourrai toujours nier… À condition que ça ne se reproduise plus.

— Un scandale ? Mais pourquoi ?

Son père soupira – et là encore Clémence ne vit aucune intolérance. Juste une immense lassitude.

— Les élections sont dans quatre jours, Clémence, répéta-t-il. La constitutionnalisation… Il nous la faut. C'est le cheval de bataille des républicains depuis des années, c'est mon cheval de bataille, et le premier pas vers la démocratie. Et maintenant quatre jours avant le vote : « La fille d'un des principaux députés républicains couche avec le fils du comte de Valmont – un loyaliste convaincu, dont les fonds ont aidé à la campagne de communication sur la Préférence nationale… »

— Papa, je ne couche pas…

— Tu as dix-huit ans, Clémence. Ce n'est pas le problème. « Clémence Brissot s'encanaille-t-elle avec la jeunesse dorée de Versailles ? On l'a vue en compagnie des casseurs qui ont massacré récemment un jeune militant républicain à coups de batte de base-ball… »

— Saphir n'a jamais…

— Peut-être. Mais Amina de Valmont fréquente Montmorency et son groupe de fascistes en costume griffé. (Le député reprit.) « Clémence Brissot rêve-t-elle d'un nom à particule ? Le député Brissot, qui prône depuis des décennies de grands principes d'égalité, veut-il caser sa fille avec l'héritier d'une des plus vieilles familles de France – pour profiter du nom et de la fortune qui va avec ? »

Clémence ne répondit pas. Les larmes coulaient sur ses joues, pour Saphir, pour le reste, pour tout ce qu'elle avait vécu. Par épuisement, aussi.

Son père fit semblant de ne pas voir sa réaction. Il détourna la tête, joua avec sa tasse de café.

— Clémence, je n'ai pas d'ordres à te donner. Et je ne suis pas complètement idiot – si j'essaie de vous séparer de force, ce sera pire. D'ailleurs, je n'ai rien contre Saphir de Valmont. J'ai fait des recherches, tu l'imagines bien – c'est un gamin sans histoires, avec d'excellents résultats scolaires... Un bel avenir devant lui...

Clémence eut un rire sec.

— Un bon parti, en somme.

— Dans ton cas, le pire des partis.

Il y eut un silence. Clémence continuait à pleurer, sans bouger. Son père se leva, alla s'asseoir près de sa fille.

— Je comprends. Je demande à une ado de quitter son petit ami pour des raisons politiques. C'est une conversation absurde. Mais ce pays est absurde.

Clémence essuya ses larmes – pour un garçon qu'elle avait vu deux fois dans sa vie.

Enfin, trois désormais.

— Alors ? demanda son père.

Clémence haussa les épaules, sans prononcer un mot. Mais ses yeux étaient toujours embués, et son père sembla s'en contenter.

Elle désigna le divan.

— Est-ce que je peux... faire comme toi, et dormir un peu ici ? Je suis... très fatiguée...

— Allonge-toi, ma chérie, répondit son père.

Clémence se recroquevilla entre les coussins et s'endormit aussitôt, comme une enfant.

Chapitre 39

Dimanche 21 septembre – 4 h 55 du matin
Château de Versailles

Le nez d'Angie saignait. Sa bouche saignait. Elle ne voyait rien. Quelque part, au loin, Talia protestait, puis sa voix se transforma en un gémissement indistinct… bâillonnée, peut-être ? Angie sentit qu'elle marchait – ou plutôt, qu'on la traînait – dans un couloir. On l'avait frappée – dans la chambre, l'homme au pistolet s'était approché d'elle et l'avait frappée de la crosse de son arme, à la nuque, de toutes ses forces, et Angie était si groggy qu'elle n'arrivait pas à ouvrir les yeux. Mais Talia était derrière elle, sa présence comme un tourbillon de terreur et d'incrédulité ; on les poussa en avant, on les fit tourner, leurs pieds résonnaient sur le marbre, elles étaient encore à Versailles. Angie n'avait perdu connaissance que pendant quelques secondes, quelques minutes peut-être. La voix d'Homme Numéro Trois résonna.

— Par l'escalier !

Angie fut brusquement secouée par la nausée, et elle vomit sur les marches. Derrière elle Talia (pas bâillonnée, finalement) cria :

— Elle doit avoir un hématome cérébral ! Vous devez l'emmener à l'hô…

Un bruit de coup ; Talia émit un bref gémissement.

—Arrêtez… la musique, souffla-t-elle, j'entends…

—Quelle musique ? ricana un des hommes.

Talia ne répondit pas, on poussa Angie en avant, ses yeux étaient ouverts maintenant, et peut-être était-ce son propre sang qui accentuait son pouvoir mais il lui parut soudain très clair qu'elle allait mourir – qu'ils allaient les tuer, elle et Talia. Elle aurait, en tout, joué moins de huit heures à l'espionne avant de crever. Résumé de sa carrière d'agent secret : la chambre royale, les éprouvettes, Talia en lingerie sur le sol, et hop ! Fin de l'histoire, elles périssaient assassinées. Angie se remit à vomir – cette fois, ses ravisseurs ne s'arrêtèrent même pas, elle reçut juste une poussée sur la nuque pour la faire monter et le choc déclencha une douleur épouvantable sous son crâne. Des étoiles blanches filèrent dans sa vision, et… Oh, mon Dieu, c'était vrai, elles allaient mourir, pour ça, et Angie appela – mentalement –, poussée par le désespoir, le seul nom qui lui vienne à l'esprit…

Philippe !

Ce n'était pas parce qu'elle n'avait que lui – au contraire, il y avait tant de gens qu'elle aimait, son père, Matt, Clémence –, mais les êtres qui lui étaient chers n'appartenaient pas à *ce* monde dément où elle avait plongé et où ils ne pouvaient pas venir la chercher. Philippe, lui, savait, et leurs esprits s'étaient joints et elle appela de nouveau, follement, par la pensée…

Philippe !

Des images lui vinrent, une scène de bataille dans les collines, contre des hommes en uniforme rouge, le bruit des mousquets, et il lui sembla qu'elle perdait conscience. Talia expliquait :

—Attendez, c'est idiot ! Je vous jure, mes parents paieront une rançon, ils paieront pour elle aussi, vous ne pouvez pas… Pas comme ça… Dans le palais du roi…

On les poussa dans un petit boudoir, et là attendait une femme en robe à crinoline, nerveuse et couverte de bijoux, et Angie dut se retenir au mur pour ne pas tomber.

Talia la rattrapa; peu à peu, le monde reprit des couleurs et de la densité, et Angie reconnut Mme de Montesquieu.

La maîtresse du régent portait une superbe robe vert sapin – si décolletée que sa poitrine en paraissait presque nue, la jupe si large qu'elle tenait à peine dans la pièce, plus étroite encore que la chambre de Talia.

— Vous les avez amenées? souffla Mme de Montesquieu.

... les ondes de panique émanaient d'elle comme des vagues, et la première pensée d'Angie fut, bizarrement, que la maîtresse du régent avait l'air si jeune – sa réputation donnait l'impression qu'Athénaïs de Montesquieu avait mille ans, et à la télévision elle était si maquillée qu'elle en paraissait dure... Mais là, elle était mince, fragile, sa peau blanche presque translucide, ses grands yeux gris lui mangeant le visage, et elle disait aux deux hommes d'une voix stressée:

— Vous êtes fous! Pourquoi les avez-vous fait monter?

— Qu'est-ce que tu voulais, Athénaïs? cracha Homme Numéro Trois. Que je les abatte dans la chambre du roi?

— Vous ne vous rendez pas compte, reprit la duchesse, nerveuse, ses jupes somptueuses balayant le sol parqueté, il vient d'y avoir une tentative d'assassinat contre le roi, à l'Opéra Bastille, la sécurité a été triplée, les abords du château sont gardés et vous m'amenez ces deux filles comme si...

— Elles nous ont entendus, madame la duchesse, interrompit Homme Numéro Deux d'un ton plus respectueux. Elles ont vu le coffret – la seringue – elles savent...

— C'est un malentendu, madame la duchesse, protesta Talia d'une voix éraillée par la peur.

Mais, au moins, elle essayait, pensa Angie. Talia les défendait de son mieux et, si elles sortaient vivantes de cette situation, il fallait qu'elle pense à la remercier.

— … nous ne dirons rien, nous ne raconterons rien à personne, je vous le promets. N'est-ce pas, Angélique ?

Mais la raison d'Angie vacillait, emportée par les flots des esprits de Talia, de leurs ravisseurs.

Il fallait qu'elle se réveille. Qu'elle revienne à la réalité, sinon elles étaient perdues.

— Mais je vous reconnais, jeune fille ! disait Mme de Montesquieu. Vous êtes une des demoiselles d'honneur de Joséphine… La petite Talia, c'est bien ça ? Talia de Guise ?

— C'est cela, madame la duchesse, reprit Talia, la voix à la fois mondaine et tremblante, vous avez dîné chez ma tante il n'y a pas si longtemps, vous vous rappelez ?

— C'est vrai… Comment se porte-t-elle ? commença Mme de Montesquieu. (Puis elle porta une main à son front et s'interrompit.) Non, Talia, navrée, mais je ne peux… Il faut…

— Il y a tant de secrets à Versailles, madame, reprit Talia d'un ton urgent, nous le savons tous, n'est-ce pas ? Et pourtant nous les gardons…

— Athénaïs, protesta Homme Numéro Trois. Décide-toi. Quels que soient tes ordres, je veux être couvert.

— Couvert ? Couvert ? répéta Mme de Montesquieu d'un ton aiguë. Je ne sais pas de quoi tu parles, Guy, je dis simplement que je ne veux plus voir ces deux filles, tu m'entends ? Que je ne veux plus les voir et que ce qu'elles savent ne peut pas sortir d'ici, tu m'entends ?

Homme Numéro Deux demanda, brutalement.

— Donc, dans les caves ? La méthode habituelle ?

— Mais que dites-vous là ? Moi, je n'ai pas parlé de caves, ou de méthodes… (La voix de Mme de Montesquieu était de plus en plus stridente.) Vous prenez les décisions qui s'imposent, moi je n'ai rien précisé…

Se mêlèrent dans l'esprit des ravisseurs le mépris pour leur patronne et le soulagement à l'idée d'avoir leur réponse, et, malgré les protestations de Talia, ils les prirent par l'épaule, pour les entraîner de nouveau, alors qu'Angie déclarait, le plus calmement possible :

— Nous pouvons hurler.

Mme de Montesquieu, qui se détournait, s'arrêta. Angie prit une profonde inspiration – il s'agissait de gagner du temps, quelques secondes, pour penser à une solution, n'importe laquelle…

— Nous pouvons nous débattre, crier à l'aide, et surtout hurler votre nom, madame. Vous allez nous abattre, très bien. Mais, le temps que vous nous assassiniez toutes les deux, nous alerterons l'étage – il y a d'autres gens ici, non ? Des demoiselles d'honneur, des marquis en galante compagnie, qui entendront votre nom juste avant les détonations…

Homme Numéro Trois haussa les épaules.

— Qu'elles crient. On s'arrangera plus tard. Il est plus facile de faire taire des rumeurs que…

Mme de Montesquieu désigna Angie du menton.

— Comment s'appelle-t-elle ? Angélique comment ?

Angie leva la tête avec défi.

— Adressez-vous à moi directement, madame.

La maîtresse du régent se rapprocha – ses yeux bleus étaient devenus presque noirs, et il sembla à Angie qu'elle sifflait.

— Ne me parle pas sur ce ton, gamine. (Elle l'étudia, de haut en bas, comme si elle la déshabillait.) Angélique comment ? répéta-t-elle.

— Angélique de Noailles, répondit Angie, le plus calmement possible.

Mme de Montesquieu eut un bref rictus.

— Oh ! Ça, c'est drôle. (Angie la regarda sans comprendre.) L'innocente petite fille, prête à une partouze à trois dans la chambre du roi. Dommage qu'il ne l'apprenne jamais…

Et Angie la vit.

L'étincelle de mort. La décision, qui se prenait, qui se cristallisait dans l'esprit de la femme devant elle. Angie allait être abattue, une balle dans la nuque, ici même, dans le boudoir ; Mme de Montesquieu tendit la main vers Homme Numéro Deux, pour prendre l'arme ; mais Angie avait vu son intention avant son geste ; elle se retourna, frappa de toutes ses forces la femme en plein visage, puis saisit la main de Talia et bondit vers la porte.

Chapitre 40

La poursuite ne dura que quelques minutes, qui parurent une éternité aberrante, de corridors et de tournants, de murs lépreux et de dorures.

— Du monde, il faut trouver du monde ! cria Angie.

Il fallait qu'il y ait des témoins pour qu'ils ne puissent pas les tuer et, dans son esprit encore confus, la réalité se mêlait à la fiction, il y avait ce film, qu'elle avait vu petite, où des assassins poursuivaient leur victime à Versailles, et dans l'histoire la jeune fille elle aussi cherchait des témoins, mais ceux-ci s'écartaient en la voyant, car le roi avait donné des ordres, et la pauvre innocente en talons hauts se faisait poignarder dans une salle à manger étincelante devant des dizaines de dîneurs. Elle agonisait sur le riche tapis alors que les comtes et les marquises s'écartaient d'elle comme d'une pestiférée – mais c'était un film, Angie ne portait pas de talons et Talia qui avait jeté ses chaussures quelque part cavalait derrière elle, pieds nus…

Il y eut des images fugitives ; un escalier en marbre, deux filles qui s'embrassaient dans un coin, et qui regardèrent passer Talia et Angie en riant, puis poussèrent un cri aigu en apercevant les hommes qui les suivaient ; elle était silencieuse et sinistre, cette poursuite – les proies, les assassins, tous économisaient leur souffle –, mis à part le moment où Talia cria, au-dessus d'une balustrade, surplombant un grand hall.

— Elle veut nous tuer ! Mme de Montesquieu veut nous tuer !

Mais personne ne réagit, parce qu'il n'y avait personne, et sa voix résonna de manière angoissante au-dessus du vide. C'était horrible – ce désert. Où étaient les membres de la sécurité qui, d'après Mme de Montesquieu, avaient envahi Versailles ? Pas ici, en tout cas – Talia et Angie avaient pris la mauvaise direction. Il fallait qu'elles sortent, une fois dans le parc, on les verrait, on les protégerait, et elles prirent un nouveau tournant et se retrouvèrent dans la galerie des Glaces.

Le lieu restait fermé au public, comme quand Angie, Élise et Clémence l'avaient traversé en riant, une bouteille de champagne à la main. Mais, cette fois, les immenses fenêtres avaient été barrées de planches, et, au centre, le parquet recouvert d'un nouveau vernis. Dans la pénombre Talia perdit l'équilibre. Elle cria, Angie la rattrapa, murmurant « Vite ! » et tout cela ne prit qu'un instant – de trop.

Les assassins étaient là. À la porte.

Angie vit se déclencher l'étincelle de mort, juste avant le tir. Elle se précipita vers la gauche, poussant Talia, et les premières balles les ratèrent, brisant les miroirs, faisant exploser leurs reflets en mille petits morceaux d'univers, mais déjà le deuxième meurtrier se concentrait, visant avec soin.

Angie se figea...

Et tout s'accéléra.

Un courant d'air glacé. Et rien. Rien dans les miroirs – rien dans les centaines de glaces aux cadres d'or et de nacre, de bois et de cuivre, sauf cette vision de l'assassin se tordant dans le vide, déchiré de la gorge à l'abdomen, son sang giclant telle une arabesque. Angie et Talia observaient le spectacle, épouvantées, passant des reflets à la réalité, la réalité où Philippe d'Orléans, en costume de soirée et chemise blanche immaculée, finissait de massacrer son adversaire. Mais qualifiait-on vraiment d'adversaire un homme qu'on déchirait d'une main, en plantant ses doigts dans sa chair, sans qu'il puisse se défendre ?

Le corps tomba ; Philippe d'Orléans se tourna vers les jeunes filles.

Il s'inclina théâtralement comme après une tirade réussie, puis fit face aux deux assassins survivants.

— Joseph, comment allez-vous ? Guy ! Charmé de vous revoir. Vous travaillez toujours pour Athénaïs ?

Les deux hommes ne répondirent pas – ils regardaient leur collègue, qui finissait d'agoniser sur le parquet, son corps agité de soubresauts.

— Je suis navré, reprit le vampire, mais vous ne pouvez pas toucher à Angélique de Noailles. Tuez l'autre si vous voulez, ça m'est égal, mais...

— Hein ? Quoi ? protesta Talia.

— Non ! cria Angie. Non ! Ils ne peuvent pas tuer l'autre !

Philippe leva les yeux au ciel, puis fit un geste d'excuse en direction des meurtriers.

— Navré. Au temps pour moi, messieurs. Il semblerait que vous ne puissiez pas tuer l'autre non plus.

Un baiser en direction des demoiselles, un pas vers les meurtriers.

— Si vous voulez bien sortir de ce magnifique endroit pour me laisser seul avec ces dames... D'ailleurs, il serait dommage de briser un nouveau miroir.

Joseph était pétrifié d'horreur – un instant, Angie se demanda s'il n'allait pas, littéralement, mourir de peur. Homme Numéro Trois (ou Guy, puisque c'était son nom) prit une profonde inspiration. Il rangea son arme, fouilla dans sa veste et sortit un revolver, plus petit.

— Cette situation ne vous concerne pas, monsieur d'Orléans. Je vous prie de partir.

— Oh, des balles en argent ! admira Philippe. (Il s'approcha de Guy, sourire aux lèvres, la démarche féline – mais la main du tueur ne trembla pas.) Comme c'est mignon. Désuet, presque. Croyez-vous vraiment (Il se rapprochait toujours.) que je ne saurais éviter une attaque que je vois venir ? Vous auriez tiré dans le dos, et atteint le cœur, ou la tête, je ne dis pas, mais là...

— Partons ! balbutia Joseph. Guy ! Partons ! Madame la duchesse comprendra…

Mais il y avait quelque chose en Guy – un défi, une rage – qui l'empêchait de céder, tandis que Joseph, les mains tremblantes, sortait son téléphone et composait un numéro.

— Je l'appelle ! Je l'appelle ! Elle va nous dire de nous retirer !

Et soudain Philippe fut à côté de lui – il ne se téléportait pas, comprit Angie, c'était seulement qu'il allait très vite, et brusquement le téléphone fut dans les mains du vampire, l'arme de Guy changea de direction, suivant sa cible, et Philippe disait, d'un ton extrêmement galant :

— Oui, Athénaïs, c'est moi, Philippe, j'ai emprunté le téléphone de Joseph un instant pour… Oui. Philippe d'Orléans. Nous voulions te prévenir, Joseph et moi, que ton ordre de meurtre était annulé – tu sais, sur Angélique de Noailles et sur… euh…

Il claqua des doigts.

— Talia de Guise, précisa cette dernière, levant la main comme si elle était en classe.

— Et sur Mlle de Guise. Voilà, sinon, un de tes hommes est mort, nous nous verrons ce soir sûrement, au couronnement, n'oublie pas le petit service que je t'ai demandé ?

Guy tira sur Angie.

Il pivota, brutalement, et appuya sur la gâchette. Angie aurait dû le sentir venir – en vérité, elle le sentit venir, du moins la décision –, mais tant de choses se passaient en même temps – et revenait ce sentiment d'inévitabilité, comme quand elle avait su, qu'elle avait vu sa fin au moment où les tueurs la poussaient dans l'escalier…

Oui, elle avait essayé d'y échapper, mais c'était terminé.

Le métro. La marque.

« Vous ne passerez pas la semaine. »

Elle avait bien résisté, quand on y réfléchissait. Elle s'était démenée, elle s'était battue.

Mais la mort l'avait rattrapée.

Deux bruits secs. Talia laissa échapper une exclamation.

Philippe d'Orléans était juste devant Angie, deux balles dans son épaule gauche.

Le vampire baissa les yeux. Les impacts étaient très proches, à un centimètre du cœur. Il se tourna vers Guy.

— Si je me souviens bien… ces petits revolvers spéciaux n'ont que deux balles, non ? Il faut les recharger avant de tirer de nouveau ?

L'assassin hocha la tête, très pâle.

Le vampire haussa les sourcils.

— Dommage.

Dix secondes plus tard, il ne restait plus de vivant dans la pièce que les deux jeunes filles… et un vampire, si un vampire pouvait être considéré comme vivant.

Les corps des deux hommes s'étaient effondrés. Angie et Talia demeuraient pétrifiées. Philippe d'Orléans fit un geste pour essuyer sa chemise, qui était loin, désormais, d'être immaculée, puis renonça.

Le calme était total. Peut-être, non loin, dans le parc, y avait-il des violonistes et des ouvriers, des guirlandes et des drapeaux, des curieux et des agents, mais ici – sous les lustres et les boiseries, la voûte et les peintures figées de Lebrun – il n'y avait que le sang, les cadavres, et les miroirs.

Talia éclata en sanglots. Le vampire s'approcha d'Angie.

Qui était parfaitement silencieuse.

Et vivante.

Vivante de toute sa chair, comme elle ne s'était jamais sentie aussi vivante, aussi présente, avant que d'avoir frôlé le néant et la certitude de sa disparition – frémissante, comme elle ne s'était jamais sentie l'être.

Prête.

Philippe lui tendit la main et dit, simplement :

— Viens.

Chapitre 41

Ils marchèrent, main dans la main, la chemise blanche de Philippe rouge de sang, et ce sang coulant sur l'avant-bras d'Angie, suivant la courbe de sa peau, atteignant ses doigts qui frissonnaient. Derrière eux, sans doute, les membres du personnel de sécurité de Versailles, alertés par les détonations, se pressaient dans la galerie des Glaces, découvraient Talia en larmes parmi les morts, et on appelait la princesse Joséphine pour venir la chercher. Sans doute y avait-il scandale, enquête, et tous les services secrets de France et de Navarre se précipitaient-ils sur les lieux, mais Angie s'en moquait – seuls comptaient le contact de leurs paumes, la chaleur du sang qui coulait, et les visions confuses venant de l'esprit de l'homme qui l'entraînait... Des images d'autres relations, d'autres désirs, des souvenirs d'autres lits et d'autres femmes, et cela aurait pu être étrange, déstabilisant, mais c'était comme si à cet instant toutes les femmes ne faisaient qu'une, et que cette une était elle.

Et ils se retrouvèrent sur une terrasse, alors que le ciel prenait les teintes audacieuses de l'aube – comment étaient-ils arrivés là ? Angie l'avait oublié, tant elle était perdue dans les méandres de la mémoire d'un autre. Elle se rappelait seulement qu'il avait dit « Nous allons chez moi », et que le « chez moi » s'était révélé être non son hôtel particulier, mais ses appartements privés à Versailles, au rez-de-chaussée du palais, dans l'aile ouest, et ils se tenaient debout sur la terrasse ; Angie ne le regardait pas dans les yeux, elle fixait le ciel, et sentant la chaleur naissante elle s'écria :

— Non ! Le soleil… Est-ce que… ? Les vampires… ?

— J'ai encore quelques minutes, dit Philippe.

Et ils s'embrassèrent.

Et Angie se perdit dans la mer, dans son baiser, et quand elle revint à la réalité elle était toujours sur la terrasse et les rayons du soleil les effleuraient presque.

Elle passa les mains sur le cou du vampire, sur ses épaules.

— Ta peau est chaude…

Philippe rit, puis chuchota une réponse, Angie ne fut pas certaine de l'entendre – cela ressemblait à : « Pensais-tu que je serai glacé ? » – mais ils s'embrassaient encore, et il la déshabillait, il dégrafait son corset (comme il en avait déjà dégrafé tant, étrange de se savoir à la fois une parmi d'autres et pourtant unique), elle se trouvait à demi nue et des lèvres descendaient sur sa peau ; à son tour, elle défit maladroitement la chemise trempée de sang, et les rayons du soleil les trouvèrent cette fois, passant, caressant la peau livide de son compagnon, les blessures qui se refermaient déjà. Angie retint sa respiration en voyant une légère buée, puis une fumée apparaître sur le pâle épiderme ; Philippe leva la main, la fit jouer dans les rayons, sa peau rougeoya, il la retira et chuchota :

— Allons plutôt à l'intérieur… Tant qu'à jouer avec le feu, ajouta-t-il, lui mordant le cou, à peine.

Et Angie l'embrassa encore, juste pour le tenir quelques secondes de plus sous le soleil, pour voir la peau du torse rougeoyer à son tour, mais quand la douleur fut trop forte il eut un nouveau rire et l'entraîna dans ses appartements, qui eux étaient sombres comme une caverne, et, encore une fois, sans qu'elle sache comment, ils se retrouvèrent sur le lit, et elle sombra, vague après vague, dans l'océan, et bientôt, en elle, il y eut aussi du sang.

Le temps passa.

Ils étaient tous les deux, nus, dans un immense lit aux draps blancs.

— Le monde ne devrait pas être ainsi, murmura Philippe, les yeux fixant le vide.

Angie se tourna vers lui – souriante, distante, non pas d'eux, mais de l'extérieur, de la réalité et des autres, distante aussi de cette autre qu'elle était, qui avait couru, désespérée, pendant cette semaine de cauchemar.

Elle l'observa – ce corps blême à ses côtés, qui lui appartenait, posa la main sur son torse. Le vampire frémit et murmura :

— Navré. Je dormais à moitié, et mon esprit errait… vers d'autres questions…

Il se redressa sur un coude, l'observa – cette fille nue et tranquille, forte d'une sérénité qu'il n'avait guère rencontrée. Elle était si belle, et étrangement si sage, avec sa peau lumineuse et ses cheveux blond foncé, qui lui rappelaient les icônes, ou les préraphaélites. Son regard parlait de paix, et cela, Philippe l'avait déjà rêvé, ou déjà pensé, mais c'était ainsi la magie du sang – le temps n'était pas linéaire, et parfois on goûtait dans le passé un appel du futur.

— Comment dois-je t'appeler ? Angie ? Car je me souviens de la fillette qui s'était présentée, si cérémonieusement, comme Angélique de Noailles…

Angie fronça les sourcils.

— Nous nous sommes rencontrés quand j'étais petite ?

— Tu ne t'en souviens pas ?

Angie secoua la tête, et sourit encore – et il sembla au vampire qu'il pouvait vivre toute sa vie dans ce sourire, qu'il repousserait les attaques du vide, de la culpabilité, de la nuit.

— J'étais persuadé que nous en avions parlé – mais nous n'avons guère discuté, à tout prendre, non ? dit-il en se redressant plus encore. Si on ne compte pas les rêves. Je te le ferai sentir, tout à l'heure.

— Sentir ?

— Notre première rencontre. (Il lui caressa le visage.) Tu verras. Alors ? Angélique ?

—Angélique… Parfait, murmura Angie. Mais… c'est une autre. Je ne suis pas certaine qu'elle soit complètement réelle. Que ce moment soit réel, vraiment.

Philippe s'étira.

—Oui. Tout, depuis notre rencontre–ce bal, nos esprits, et même aujourd'hui…–, tout a une qualité onirique, disons.

—Onirique et familière, et pourtant… Cette nuit. C'est ma première fois. (Philippe haussa un sourcil amusé.) Je devrais être timide, continua-t-elle. Gênée. Balbutiante.

—Telle une jeune fille bien élevée. Certes. C'est vrai, je suis déçu. Un peu de honte serait appropriée.

Ils rirent tous les deux, tandis qu'Angie continuait.

—Et, à la place, je suis là, sans rien sur le corps, et notre conversation est intime. Et je te tutoie… Pourtant… notre âge ! J'ai dix-sept ans, et tu as…

Elle chercha à deviner, sourcils froncés, avant que Philippe annonce :

—Quatre cent cinquante-neuf ans.

Angie se laissa aller sur l'oreiller.

—OK. Ce n'est pas une réponse qu'on entend tous les jours. (Elle laissa s'égrener les minutes, refusant d'abandonner ce moment, de penser à ce qui l'attendait dehors.) J'étais dans l'océan. Depuis notre rencontre… Nos baisers, et dans ce lit… Je croyais que ce serait de feu et de sang… Mais cela était d'eau.

—Oh combien poétique, jeune fille !

—Comme si je me noyais–mais cela vient de ton esprit, je crois. Quand je pense à toi, je vois la mer. Des vaisseaux, des voiles…

Philippe l'observait, ses yeux traçant des courbes de son corps, puis, du doigt, il suivit le même chemin, épaule, seins, ventre, cuisses, avant de répondre.

—J'ai passé trente ans au fond de l'océan.

—Quoi ? dit Angie, se redressant

Et soudain elle le sentit, elle le vit même, le corps livide dans les abîmes, le silence, et elle chercha sa respiration, étouffant, comme lui, sous la pression marine, et il lui fallut un moment pour retrouver son souffle.

— Trente ans ?

— Disons que… C'est complexe. Ma condition…

— Être un vampire…

— Ou un Démon…

Angie se redressa, surprise, et Philippe sourit de nouveau.

— Ma nature n'est pas très claire, Angélique. Mais nous reviendrons sur ce sujet si tu le désires. Être un vampire, donc, est un destin solitaire. Parfois si absurde qu'on veut y échapper. Parfois on n'en peut plus, de la vie, de la mort, des crimes. Ceux des autres, les siens. Alors, on ne veut plus rien voir, plus rien sentir. Et, un jour… Le vaisseau a fait naufrage, et moi… J'aurais pu remonter. Je n'ai pas besoin de respirer. (Angie mit la main sur la poitrine de Philippe.) Je respire, mais je ne suis pas forcé de respirer. J'aurais pu nager, sous l'eau, pendant des heures, marcher sur les coraux pendant des semaines, jusqu'à la prochaine rive. Mais je suis resté là, au fond.

Le silence s'installa, tandis qu'Angie fermait les yeux, que la forme blanche du vampire flottait, dans l'obscurité des profondeurs, au milieu des algues, que des formes de vie inhumaines passaient, aveugles et molles, et que le temps n'existait plus. Et, pendant un instant, il n'y eut plus de temps non plus dans la chambre, et ils restèrent suspendus, ensemble.

— Tu sais beaucoup de moi, murmura le vampire.

— Tu sais tout de moi aussi, dit Angie.

Philippe se tourna vers elle et, sans prévenir, lui mordit l'épaule – une goutte de sang perla, il la prit sur son doigt, la passa sur ses lèvres.

— Non, dit le vampire. Pas vraiment. Le lien est réel, mais c'est toi l'empathe.

Un nouveau silence confortable suivit. Puis Philippe annonça :

— J'ai rêvé de mon frère.

Angie eut un sursaut. Il lui sembla que son cœur s'arrêtait – que tout se figeait. Elle avait oublié. Comment avait-elle pu ? Mais oui, pendant quelques minutes, quelques heures, elle avait oublié qu'elle venait de coucher avec un homme dont elle avait tué le frère, ou tout comme, et… Comment Philippe ne pouvait-il pas percevoir son trouble, sa panique ? Et, bien sûr, à ce moment-là, il se retourna et demanda, étonné :

— Angélique ?

— J'ai… des choses à faire, balbutia-t-elle, se redressant pour partir. (Mais il la retint.) Je… travaille pour Richelieu, continua-t-elle, parce qu'elle avait envie d'être sincère, mais aussi parce qu'une vérité partielle dissimulerait la terrible omission. Il faut que je fasse un rapport à Tercier… au Premier ministre. Talia et moi étions poursuivies par les tueurs de Mme de Montesquieu parce que…

— Je m'en fiche.

Il la tenait par la taille. Son ton était si déterminé qu'elle l'observa, interloquée.

— Je suis né au XVIe siècle, expliqua-t-il. J'ai vu mourir, je ne sais pas, vingt-huit rois, peut-être ? Imagine combien de secrets, de poisons et de demoiselles en péril j'ai connus. Rien de ce que tu me raconteras ne saurait m'étonner.

Peut-être que si, pensa-t-elle très vite, avant de chasser l'idée.

— Alors fais ce que tu veux, Angélique. Intrigue, c'est de ton âge. Appelle-moi si tu es en danger, mais franchement tout cela ne m'intéresse que peu. Si je pouvais éviter de me mêler des détails…

Angie fronça les sourcils.

— Vraiment ? Toute cette politique autour du couronnement, ces jeux de pouvoir… tu ne t'en mêles pas ?

Philippe hésita, puis eut un rire gêné.

— Reformulons. Je ne me mêlerai pas de tes intrigues. Mais, de par mon rang, je dois avouer que… Ma famille… Je suis impliqué dans certaines affaires. (Il eut un haussement d'épaules.) Qu'importe. Disons simplement que je ne suis guère motivé.

Angie secoua la tête.

— J'ai peur, avoua-t-elle. Les vampires. Les complots. Toute cette réalité est nouvelle pour moi.

— On s'y habitue vite. Tu seras stupéfaite de la vitesse à laquelle l'humain se fait à l'inhumanité.

— Tu parlais de ton frère, ajouta Angie après une brève inspiration.

Il fallait qu'elle le mentionne, ne pas en parler aurait été louche. Elle aurait même dû le couvrir de questions : « Il paraît que ton frère a disparu ? A-t-il été tué ? Y a-t-il des nouvelles ? Une enquête ? » Mais jouer l'innocente aurait été une trahison, pire que celle qu'elle commettait déjà.

— Ton frère, euh… Charles d'Orléans ?

— Oui. Emma pense qu'il est mort, mais je refuse de le croire. (Il y avait tant d'espoir, de sincérité, dans le regard de Philippe, qu'Angie se sentit physiquement mal.) Charles traversait une mauvaise passe. Un moment de noirceur, dirons-nous. La drogue… Je pense qu'il en a eu assez, qu'il est parti… Je ne sais pas, quelque part. Au bout du monde… Comme moi, quand je me suis laissé noyer…

— Emma d'Orléans, murmura Angie. Celle qui… À la télévision.

— Oui.

— Je ne comprends pas. Est-elle une vampire aussi ? Quel âge a-t-elle ?

— Emma ? Trente ans, je crois. Emma n'est pas vraiment notre sœur, expliqua-t-il devant le regard étonné d'Angie. C'est notre descendante, ou plutôt notre très lointaine petite cousine. Nous l'avons protégée, éduquée. Il est plus facile, quand nous nous recréons une identité, deux fois par siècle, de nous rattacher à une branche déjà existante. Donc, non, elle n'est pas une vampire. Mais elle est praticienne.

— Praticienne ?

— Les Arts Obscurs. La magie.

Angie pensa à l'impression qu'elle avait eue au square, que Clémence et elle étaient observées, étudiées.

— Une sorcière…

— Mademoiselle de Noailles, protesta Philippe en lui mordillant le cou, l'expression n'est pas politiquement correcte. Veuillez employer les termes appropriés. (Il se laissa retomber sur l'oreiller.) Emma travaille avec les chats, les oiseaux, les serpents. Le sang. Les femmes.

Angie frissonna. Mais elle était lancée, elle voulait savoir.

— Tu ne te reflètes pas dans les miroirs de la galerie des Glaces.

— Non. Ce sont les seuls. Les autres… Je peux me raser, le soir. Mais ceux-là…

— Pourquoi ?

— Aucune idée. Ils sont enchantés, j'imagine. Nous essayons régulièrement de faire détruire cette galerie, ou au moins de la garder en travaux pour éviter les réceptions, mais…

— « Nous » ?

— Nous. Les d'Orléans.

— Les vampires… N'y a-t-il que vous ? Que votre famille ?

Philippe mit un moment pour répondre.

— Que notre lignée, précisa-t-il après une longue réflexion. (Angie sentit qu'il se forçait pour parler, qu'elle avait touché des éléments douloureux.) J'ai fait de nombreuses recherches. Nous descendons d'un Démon.

Angie resta coite – aussi, que répondre ?

— Cela date d'avant l'humanité, peut-être. Ou, au moins, de centaines de milliers d'années. Les descendants de cet Être en gardent quelque chose. Un imperceptible héritage, un potentiel. Une malédiction. Combien sont-ils, ces descendants, je l'ignore, mais notre lignée, les d'Orléans, en fait partie. Et… Quand j'avais vingt ans, à Paris, en 1572, durant le massacre de la Saint Barthélémy, une sorcière a invoqué ce Démon. Elle a invoqué notre ancêtre. Il était dans la crypte d'une église, il attirait des humains à lui, des dizaines, des centaines, pour trouver…

Angie comprit.

— … un des siens. Un de ses descendants.

— Oui. Un de ceux qui avaient une parcelle de lui dans leur âme. Ils nous a trouvés, mon frère et moi. Et il nous a transformés.

Le silence s'éternisa.

Angie avait envie de pleurer, sans savoir pourquoi.

Puis elle se leva, s'habilla, renfila son pantalon, son corset. Quand elle repassa près du lit, Philippe l'attrapa de nouveau.

— Encore cinq minutes…

Elle s'allongea dans ses bras ; ils restèrent serrés sur le lit, sans parler.

— Angélique, dit enfin le vampire. Sais-tu depuis combien de temps… Tu parlais d'intimité. Sais-tu depuis combien de temps je n'ai pas partagé un tel moment avec une femme ?

Angie pensa à tous les corps qu'elle avait aperçus dans les bras de Philippe et eut un sourire ironique.

— Non, protesta le vampire en riant. Il ne s'agit pas de ça. Je parle de confiance. D'ailleurs… Notre première rencontre. Je vais te montrer. Tu es prête ? Fais ce que je te dis.

Ils s'assirent en tailleur, sur le lit, se faisant face. Philippe prit la main d'Angie, puis lui déchira la peau – une entaille – d'un coup de dent ; il fit de même pour son propre poignet, trempa son doigt dans leurs sangs, passa le mélange sur les lèvres d'Angie, puis sur les siennes.

La jeune fille fit un bond en arrière.

— Non ! Non, répéta-t-elle, tentant de reprendre son calme. Je ne veux pas que tu lises mes pensées…

— Oh, vraiment. Tu me caches quelque chose ? demanda le vampire, amusé.

Angie le fixa.

— Oui.

— À dix-sept ans ? Je te promets, dit-il en lui prenant la main, je ne saurai rien de tes amourettes… (Il secoua la tête.) Encore une fois, c'est toi, l'empathe.

Et, sans attendre sa réponse, il l'embrassa.
— Ferme les yeux.

C'était la nuit du 23 au 24 août 1572, et Paris brûlait.

Sur les marches de l'escalier s'entassaient les cadavres vidés de leur sang. En bas, dans la crypte, les corps avaient été découpés et enchevêtrés telle une broderie, une toile, dont le Démon était l'araignée. La femme l'avait invoqué, hurlant dans son filet de croix vertes luisantes, les croix vertes qui formaient le piège dans lequel le Démon s'était pris, dans lequel tant étaient morts…

Et la fillette le regardait.

— Non, murmura Philippe. Pas ça.

Il ne voulait pas partager ces souvenirs-là, pas tout de suite en tout cas, elle était trop jeune, trop pure pour tant de douleur, et il l'embrassa de nouveau…

— Écoutez. Écoutez, attendez, je ne sais pas ce que vous voulez, mais prenez-moi. Laissez Charles partir et prenez-moi… Je suis…

— Non…

Philippe se concentra de nouveau, chassant les horreurs de sa mémoire, laissant ses pensées revenir sur ce soir-là, au château de Noailles, quand la fillette – pas l'enfant de cette nuit atroce – quand Angélique, donc, à sept ans, avait descendu l'escalier, et…

Angélique se réveilla en sursaut.

Une petite porte s'ouvrit. Un homme au visage osseux et aux cheveux gris en sortit.

— Philippe, nous t'attendons, commença-t-il. Si tu voulais bien nous faire l'honneur de… (Il s'interrompit, prenant conscience de la situation. La fillette. Le front. Le sang.) Mais qu'est-ce que tu fiches ?

— Je socialise, déclara Philippe avec un large sourire. Permets-moi de te présenter Angélique de Noailles, la fille de notre charmante hôtesse…

Angélique n'écoutait pas. Elle se pencha un peu sur le côté, cherchant à voir ce qui se dissimulait derrière la porte ouverte. Une petite pièce illuminée, l'odeur d'une cheminée. Des bruits de conversations s'élevaient, trois, quatre personnes peut-être. Une voix féminine se détacha un moment, et Angélique reconnut sa mère.

— On a des décisions à prendre, déclara le nouveau venu, après avoir jeté un regard indifférent à la fillette. Nous avons besoin de ton auguste présence, aussi si tu acceptais de te joindre à nous… et de ne pas jouer avec le feu, gronda-t-il à voix basse, quand Philippe, qui se levait paresseusement, se fut enfin décidé à le rejoindre. Une gosse ? Chez sa mère ? Tu es malade ou quoi ? Tu as entendu parler des Lois de Discrétion ?

— La règle est le paravent des lâches, répondit Philippe avec un petit salut.

Puis il suivit l'homme dans le bureau, se retournant au dernier moment pour adresser un clin d'œil d'adieu à Angélique.

La porte se referma sur les deux hommes.

Angélique resta seule.

Ses yeux s'étaient habitués à l'obscurité. La clarté plâtreuse de la lune, entrant par la grande fenêtre, baignait l'escalier d'une brume blafarde.

Le bruit avait repris – non, il ne s'était jamais arrêté, ce grondement entêtant, à la limite de son audition… – et la musique s'élevait de nouveau, maladroite, un peu fausse, cherchant à atteindre une inaccessible harmonie.

C'était… Ça venait de tout près maintenant.

Angélique se leva. Elle descendit les dernières marches. Derrière la porte du petit bureau, la conversation continuait, feutrée.

—La reine…, disait quelqu'un d'une voix très basse, très rauque, la voix d'un homme, pas Philippe ou l'homme aux cheveux argentés, quelqu'un d'autre.

La mère d'Angélique répondit, une longue phrase à mi-voix, dont Angélique ne comprit pas le sens, enfin la voix rauque reprit, de son ton de basse profonde :

—… Le poison, s'il le faut, mais je préférerais…

Angélique n'écoutait plus, la musique et son refrain brisé entêtant l'attiraient irrésistiblement. Il y avait une autre porte juste après celle du bureau. Une porte bordeaux, à la peinture écaillée.

La fillette posa sa main sur la poignée et ouvrit.

Derrière se trouvait un petit salon aux tapisseries usées, aux bibelots poussiéreux et à la bibliothèque débordant de lourds livres en cuir. Un ordinateur portable était relié à un très grand écran, où défilaient de longues séries de chiffres. À côté, un coffre d'ébène contenait trois dossiers. Angélique s'approcha, effleura la couverture. « Mirabeau », lut-elle avec difficulté, sur l'étiquette. Puis sur une autre : « Octobre 1763 ».

Sur une table se trouvait la « Machine ».

La Machine était un entrelacs de poulies et de roues dentelées en métal doré, posé sur un socle en bois. Elle tournait lentement, sans but apparent, ses petites roues de cuivre ou d'étain grinçant à peine. C'était d'elle, de ce mécanisme, qu'émanait le grondement léger qui avait réveillé Angélique, ainsi que la musique, fragmentaire, saccadée, une mélodie qui tentait de s'exprimer sans y parvenir, manquant de souffle pour s'envoler. Autour de la Machine, un nuage mordoré, épais, flottait comme une brume. On aurait dit des paillettes d'or mouvantes, comme un morceau de Noël, et Angélique s'approcha, la main levée, pour les attraper…

Une voix s'éleva derrière elle.

—Angélique ?

La fillette se retourna. Une porte s'était ouverte entre le bureau et le salon. Sa mère se tenait sur le seuil, blonde, étincelante et hautaine.

Elle était entourée de trois hommes – le premier était Philippe, le deuxième, l'inconnu au visage anguleux qui était venu le chercher sur le palier… et le troisième, un homme grand et lourd que la fillette voyait pour la première fois.

— Que fais-tu là ? demanda la duchesse de Noailles, d'un ton si neutre qu'il en était inquiétant.

— Elle se balade, cette petite, commenta Philippe, amusé.

Puis l'homme qu'Angélique ne connaissait pas ajouta, de la voix rauque et grave qu'elle avait entendue à travers la porte :

— C'est votre fille, Hélène ?

— C'est ma fille, répondit la duchesse, du même ton parfaitement contrôlé, parfaitement glacial. Remonte dans ta chambre, Angélique. Tu n'as pas à te lever à cette heure.

— Mais j'ai entendu le bruit, protesta la fillette. Le grondement de… de la Machine, expliqua-t-elle en désignant le mécanisme, et puis c'était joli, et puis il y avait la musique…

Un silence de plomb tomba dans la pièce. Angélique s'interrompit – et la peur l'envahit immédiatement. La duchesse de Noailles était stupéfaite ; les yeux de Philippe s'étaient légèrement écarquillés ; l'inconnu au visage anguleux retenait son souffle. Puis l'homme aux épaules larges et à la voix rauque répéta, doucement, trop doucement :

— La musique ?

Angélique n'osa d'abord pas répondre. L'homme répéta :

— Tu entends une musique ?

— Ça suffit, interrompit la duchesse de Noailles. Va dans ta chambre, ordonna-t-elle, avec un tel venin qu'Angélique se pétrifia.

Au point que sa mère dut ajouter pour la sortir de sa transe :

— Au lit !

Angélique tourna les talons et sortit du bureau en courant. Elle monta les marches quatre à quatre, secouée par les sanglots, et le dernier souvenir qu'elle devait avoir de cette scène, plus tard, bien plus tard, quand elle devrait fouiller son esprit pour en retrouver les détails, fut la voix tendue de sa mère, derrière elle, qui expliquait, démontrait ou assurait quelque chose. Mais Angélique était très petite encore, et toute cette nuit ressemblait tant à un rêve que, quand elle rentra à Paris, dans son appartement, pour reprendre sa vie quotidienne avec son père, elle crut bientôt que ce n'avait été qu'un rêve…

… Et les lambeaux de ce rêve s'effacèrent peu à peu, au fil des mois et des années, jusqu'à ce qu'il n'en reste plus rien.

Et avec un hoquet Angie se rappela.

De tout.

Troisième partie

Notre-Dame

Chapitre 42

Dimanche 21 septembre – 11 h 50
La petite ville de Noailles, près de Paris
Six heures et dix minutes avant le couronnement

Le train l'avait déposée à la gare à 11 heures, et il était un peu moins de midi quand Angie pénétra dans le parc du château de Noailles.

Elle avait téléphoné. Elle avait fait son rapport à Tercier. Les premières heures de la matinée, Angie les avait passées dans un minuscule bureau du Louvre où elle avait répété, jusqu'à épuisement, ce qu'elle avait vu et ce que Mme de Montesquieu avait dit ; des conversations entre les deux agents, elle avait cru déduire que la maîtresse du régent avait été arrêtée – pas arrêtée officiellement, plutôt enlevée, happée par le Secret du Roi.

Le sang dans les éprouvettes était bien celui de Louis XXIV ; un des agents avait parlé d'esthétique et de sort de Jouvence, mais, quand Angie avait demandé plus d'explications, on l'avait envoyée au diable… Et, après ses deux heures d'interrogatoire, elle était ressortie épuisée. Pourtant, au lieu de dormir, elle était passée chez elle, avait prévenu son père qu'elle partait en week-end en Normandie, dans l'appartement de Matt. À la place, elle avait pris le premier train pour Noailles.

Le parc du château était entouré d'un grand mur. Angie était passée par une brèche dont elle avait oublié l'existence – ce parc, ces lieux, elle ne les avait pas contemplés depuis l'âge de sept ans. Toutefois l'endroit, quand elle l'avait revu, lui avait paru cruellement familier, avec la vigne vierge et le lierre, et les trois pins plantés à gauche.

Le château devait être désert. Fermé pour « la Saison », qui s'étendait du premier septembre au premier avril ; c'était le temps des pièces de théâtre et des opéras, des réceptions et des vernissages parisiens, et bien sûr celui de l'enchaînement somptueux des cocktails, des bals, des dîners et des jeux au palais de Versailles. Tout être bien né se devait d'y participer ; aussi, le deux septembre, tous les châteaux des campagnes françaises fermaient leurs portes, leurs nobles occupants partis passer les sept mois suivants à la capitale ; les volets barraient les fenêtres, les draps recouvraient les tables et les guéridons sculptés ; les cuisinières, les valets et les femmes de chambre reprenaient leurs second métier ou s'inscrivaient au chômage, et, à part un ou deux gardiens cloîtrés dans les dépendances et figés devant la télé, toutes les superbes demeures, comme celle de la Belle au bois dormant, s'assoupissaient sans la présence de leurs princes.

En ce jour d'automne, l'herbe était fraîche et les rayons du soleil atténués. Chaque pas dans le parc, chaque orme, chaque platane, paraissait à Angie à la fois inconnu et cruellement familier. Elle avait joué dans ces buissons, elle avait couru dans ces herbes hautes, escaladé la branche de l'arbre penché. Elle était si petite ! Comme la brèche dans le mur, elle pensait avoir tout oublié, mais tout revenait – les bavardages des serviteurs qui fumaient sur l'escalier extérieur de la cuisine, la piqûre des ronces dans lesquelles elle avait atterri le jour où la balançoire avait cassé, les interminables dîners autour de la table en chêne de la salle à manger, où des adultes parés de titres ronflants discutaient de sujets abscons, et la petite Angélique ne devait pas bouger de sa chaise, et il fallait finir son assiette, alors que se succédaient six plats, de l'entrée au dessert – hors de question de laisser les enfants quitter la table. Et tout cela, oui, même les motifs de la nappe, tout cela revenait malgré les années, et c'était si singulier, prodigieux presque, de retrouver à chaque pas une parcelle de sa vie disparue.

Elle avança. Contrairement à ses attentes, les fenêtres de l'aile ouest n'étaient pas barrées et la porte de la tourelle était ouverte. À l'intérieur, les lieux sentaient le vernis, la poussière et les rêves des anciens étés.

L'escalier grimpait en colimaçon. Les araignées jouaient sur les encadrements des vitres.

Angie monta. Les marches craquaient sous ses pas, mais ce n'était pas le bon escalier – pas celui qu'elle avait descendu cette nuit-là. Pourtant, au troisième étage, elle trouva sa chambre, après avoir erré dans les couloirs, après être passée devant le salon de Marie (étonnant de savoir, aussitôt, que c'était le salon de Marie, mais d'ignorer complètement comment elle le savait, ou qui était Marie). Peut-être une ancêtre de sa mère – *une de mes ancêtres*, pensa Angie avec un sursaut, comprenant, peut-être pour la première fois, que ce château, ses objets et ses anciens occupants lui appartenaient aussi et formaient une part de son héritage.

Sa chambre. Où elle avait dormi l'été, et toutes les vacances, pendant des années, et qui s'était presque entièrement effacée de sa mémoire. Angie demeura un moment sur le seuil, contemplant la forme fantomatique du baldaquin, puis repartit ; d'instinct, sa main trouva la place de l'interrupteur, et l'escalier apparut, révélé par la lumière jaunâtre de l'ampoule.

Le grand escalier, cette fois.

Celui qu'elle cherchait, celui qu'elle avait descendu à sept ans, les cheveux défaits, en chemise de nuit.

Il n'y avait pas de vampire à l'étage en dessous. Pas de musique, pas de conversation étouffée. La lueur grisâtre du jour coulait à travers les fentes des volets. Angie alluma les lumières du palier. Elle était là, la porte du petit bureau où ils avaient conversé en secret. « Ils » :

Philippe, sa mère et cet homme sec qui était sorti chercher Philippe et qui était… le comte de Valmont, le père de Saphir, réalisa Angie avec assez peu de surprise, finalement, car ses souvenirs revenaient avec tant de naturel que c'était comme si elle l'avait toujours su.

Elle ouvrit la porte, contempla la pièce où avait eu lieu la réunion. La pièce ne lui disait rien, peut-être n'y était-elle jamais entrée enfant… Le château était si grand. Pourtant, ce soir-là, ils étaient quatre, à discuter, à comploter – et le quatrième, un homme aux épaules larges, à la voix grave, le quatrième aussi lui était familier, le quatrième était…

Le quatrième était le régent.

Angie s'immobilisa, le souffle coupé.

Elle avait sept ans. Elle avait vu ce qu'elle n'aurait pas dû voir.

Et le régent avait le pouvoir de marquer.

Angie resta immobile un moment. Puis elle ouvrit la porte qui menait au petit bureau, où elle était entrée, enfant, attirée par la musique.

Il n'y avait pas de Machine.

Avait-elle rêvé ? Car ce souvenir-là était si étrange, comme sorti d'un vieux film. L'image de cette Machine avec ses poulies, ses dorures et ses engrenages. On aurait dit un rêve, cet engin, cette chose d'un autre monde et d'une autre époque. Et comment une musique si sophistiquée (mais fausse) aurait-elle pu émaner d'un tel engin ?

« Angélique ! » avait crié sa mère, de ce ton glacé, et, à côté de la Machine, il y avait des dossiers, sur lesquels était écrit…

Angie crut voir les dates, les noms, tracés d'une plume élégante, surannée.

« Octobre 1763 ». « Danton ». « Mirabeau ». « La Fayette ».

— Angélique ?

Angie sursauta, se retourna.

La duchesse de Noailles était debout derrière elle.

Chapitre 43

Angie retint sa respiration. Non qu'elle ait peur, mais à cause de l'effet irréel de la superposition des époques, et puis oui, elle avait peur, un peu en tout cas ; elle avait l'estomac serré, comme une petite fille prise en faute par sa mère.

La même faute, dix ans plus tard.

— Je… croyais le château désert, déclara-t-elle, tentant de paraître maîtresse d'elle-même.

— Je suis arrivée hier.

La duchesse entra dans le petit salon. Elle était vêtue de manière discrète, éteinte, du moins ce qui devait passer pour discrète pour Hélène de Noailles, c'est-à-dire un jean de marque et un col roulé. Mais sa beauté était toujours aussi parfaite.

Elle se dirigea vers le centre de la pièce, posa la main sur la table marquetée où, dix ans plus tôt, reposait la Machine.

— De quoi te souviens-tu ?

— De tout, répondit Angie, cherchant son regard, peut-être pour la défier.

Mais la duchesse se dirigeait maintenant vers le guéridon sur lequel, auparavant, étaient posés les dossiers.

Aujourd'hui il n'y avait rien, que de la poussière, dans laquelle la duchesse passa son doigt avec une moue désapprobatrice.

— Je me souviens de la Machine, reprit Angie. Je vous ai vus – toi, Philippe d'Orléans, M. de Valmont et le régent, enfin je vous ai entendus…

Vous disiez… Oh, mon Dieu! vous parliez de la reine, et de poison, réalisa-t-elle. La mère de Louis XXIV? Elle est morte, maintenant…

La duchesse haussa les épaules.

— Pas de notre fait.

— Et cette musique. Je n'aurais pas dû l'entendre, c'est ça? Et vous avez… Tu m'as ordonné de remonter dans ma chambre. Le lendemain, j'ai été renvoyée à Paris.

Sa mère fit quelques pas, hésitante.

— Tu n'es qu'une enfant.

— J'ai dix-sept ans.

La duchesse éclata d'un rire sec. Puis le rire s'interrompit, aussi vite qu'il était venu.

— Tu ne peux pas comprendre.

Une vague de rage envahit Angie, qui ne venait pas seulement de la situation, mais aussi de son enfance, de l'abandon, de dix ans de silence. Et maintenant ce dédain, et elle eut envie de crier, mais une pensée l'arrêta.

Versailles. Le vampire. La duchesse qui levait son arme.

Sans son intervention…

Angie prit une courte inspiration.

— Maman. (La duchesse de Noailles lui lança un regard intrigué.) Tu m'as sauvé la vie, au palais. Clémence et moi… Tu nous as sauvé la vie.

Sa mère acquiesça. Angie continua:

— Et je t'en remercie. Mais, si tu as été obligée de venir à notre rescousse, c'est parce que tu ne nous avais pas prévenues que nous courions un danger.

— Je vous avais ordonné de ne pas quitter le Bal de Mercure. De ne pas aller dans les salons privés, de ne pas…

— Mais justement! s'écria Angie, exaspérée. Tu nous as donné des ordres sans justification, sans explication. Or je ne reconnais pas ton autorité, tu comprends? Quand une mère abandonne sa fille pendant dix ans, elle perd sa putain d'autorité. (La duchesse voulut intervenir mais sa fille l'interrompit, sa voix montant avec la rage.) Mais je suis un être doué de raison, et si tu m'avais dit : « Angie, amuse-toi bien au bal, mais ne va pas te promener dans les couloirs sombres parce qu'il y a des VAMPIRES et que, s'ils vous voient, ils vont vous trancher la gorge », alors nous n'aurions pas bougé ! Tu comprends ? « Au fait, ma chérie, IL Y A DES VAMPIRES À VERSAILLES »... Cela aurait été un détail important à mentionner, non ?

La duchesse secoua la tête.

— Il y a des choses que tu ne...

— NON ! cria Angie. Non. Je peux apprendre. Je peux comprendre. Et si je ne comprends pas du premier coup, eh bien, tu m'expliqueras. C'est comme... cette grande déclaration que tu nous as faite d'un ton dramatique. Celle où tu nous interdisais de parler de « l'incident », même quand nous étions seules, entre nous. Évidemment, Clémence a parlé. Elle était bouleversée, elle a cité des noms...

— Mon Dieu !

— Elle a cité des noms parce que tu ne nous as pas expliqué POURQUOI ! (Angie se rendit compte qu'elle s'était mise à hurler, malgré ses résolutions.) Pourquoi il ne fallait pas le faire ! Nous ne sommes pas... tes inférieures. Tes employées. Nous sommes tes égales.

La duchesse eut un mouvement de recul.

— Je ne suis pas l'égale d'une adolescente sans expérience qui...

— Si tu m'avais expliqué qu'il y avait de la magie dans le monde... ! hurla Angie. Si tu nous avais dit que si nous prononcions des noms une PUTAIN DE SORCIÈRE nous entendrait, alors... nous n'aurions pas parlé, tu comprends ?

— Praticienne, corrigea sa mère. (Angie la regarda sans comprendre et la duchesse sourit froidement.) Pas sorcière, « praticienne ».

Puis elle prit un vase et – sans changer d'expression – elle le fracassa contre le guéridon.

Choquée, Angie fit un pas en arrière.

— Je voulais te protéger, dit la duchesse, se retournant. (Angie faillit reculer encore.) Je voulais que tu restes en dehors de tout ça. Que tu mènes une vie insouciante et normale...

Sa voix se perdit, et Angie sentit les larmes lui monter aux yeux.

— Eh bien, c'est raté.

Le silence s'éternisa. Ce fut Angie qui le rompit.

— Ce n'est pas ta faute... Ce n'est pas ta faute, maman. Mais je suis dedans. Je suis en plein dedans. Alors, il faut que tu m'expliques...

Angie était assise sur une des chaises inconfortables et élégantes du salon. La pièce était grisâtre, les meubles effacés par l'ombre. Une employée de maison, qu'Angie ne savait même pas être dans les lieux, était venue servir le thé avant de disparaître.

La duchesse de Noailles demeura debout.

— Nous avons quelque chose à faire d'abord, Angélique, annonça-t-elle.

Elle ouvrit un tiroir, en sortit une paire d'élégants ciseaux d'argent et s'entailla la main. Angie écarquilla les yeux tandis que la duchesse s'approchait, lui prenait le poignet, et accomplissait le même rituel sur sa fille. Elle mélangea les deux sangs dans une des soucoupes en porcelaine, puis délaya le tout avec un peu de thé.

— N'importe quel liquide ferait l'affaire, précisa-t-elle, avant de tracer, grâce au liquide ensanglanté, un large cercle dans la pièce.

La table était au centre.

— Un rituel simple mais essentiel, expliqua-t-elle. Nul ne nous écoutera. Nul ne nous entendra.

Son œuvre accomplie, la duchesse s'assit à son tour. Elle se servit du thé, remplit la tasse de sa fille, qui n'y toucha pas.

Hélène de Noailles resta immobile un long moment.

— Le monde n'est pas ce qu'il devrait être, Angélique, finit-elle par dire. Pas depuis... 1763, j'imagine. Louis XV était sur le trône, la France était prospère. Enfin, c'était l'avis du roi, peut-être moins celui du peuple de l'époque... Bref. Je ne sais pas qui a consulté cet astrologue – ou plutôt je ne sais pas qui a commandé « la Séance ». Celle dont nous avons la transcription dans les dossiers. Je sais seulement que Mme de Pompadour y assistait.

— La maîtresse de Louis XV, dit Angie, se souvenant de ses cours d'histoire.

— Oui. Ainsi que d'autres nobles... Plus tard, ils se sont fait appeler « Les Douze ». Parmi eux, il y avait Charles et Philippe d'Orléans.

— Les vampires.

— L'astrologue les avait avertis qu'une grande tragédie se préparait... une catastrophe, qui plongerait la France dans un bain de sang. Les Douze ont voulu en savoir plus, et donc, cette Séance, conduite par l'astrologue... Ce rituel... Sept enfants nouveau-nés ont été sacrifiés pour obtenir une vision claire de l'avenir. La Séance a duré une nuit entière – elle était, paraît-il, dantesque. Il est apparu que cet avenir, révélé par ces sacrifices, allait être terrible pour la monarchie. Le futur serait effroyable pour le fils du roi, le futur Louis XVI. Il serait aussi effroyable pour eux – pour ces douze nobles qui assistaient au rituel ; il serait effroyable pour leurs descendants. L'astrologue, lisant l'avenir dans le sang innocent, a parlé d'un engrenage de folie et de violence. Il a prédit des dizaines, puis des centaines de milliers de morts. De terribles massacres, suivis d'un siècle de conflits... Des guerres tragiques, ensanglantant l'Europe, des révoltes farouches... Le début de cette démence a été fixé à 1789, seulement vingt-six ans plus tard.

Angie réfléchit.

— Il ne s'est rien passé en 1789.

— Il ne s'est rien passé parce que nous l'avons évité.

Une petite brise se leva, fit vibrer les volets.

— Quand je dis « nous », reprit la mère d'Angie, c'étaient ceux qui étaient là à l'époque. Les Douze. Les d'Orléans sont les seuls survivants de ce groupe, les seuls témoins de la décision qui a été prise alors. Enfin, Philippe est le seul survivant, maintenant. (Elle soupira.) Imagine. Douze nobles, ni meilleurs ni pires que toi ou moi, auxquels on annonçait non seulement qu'ils seraient tués dans vingt-six ans, mais aussi leur famille... la plupart de leurs enfants...

— Qu'ont-ils fait ?

— Ils ont continué les rituels. Il y a eu d'autres sacrifices, d'autres visions du futur – les détails sont dans les dossiers. Et, grâce aux astrologues et à des cérémonies pires que celle que je t'ai décrite, touchant aux fibres mêmes de la réalité et du temps, ils ont appris plus de détails sur les événements de 1789. Ce serait une révolution, renversant la monarchie, amenant, bien des années plus tard, une république. Les Douze ont repéré les responsables de ce bouleversement. Les hommes-clés. Ceux dont les décisions, dont la carrière feraient naître cette révolution. Les Douze les ont traqués. Ils les ont fait assassiner.

— Quand la rébellion a-t-elle commencé ?

— Non. (La duchesse de Noailles se leva.) Non, les Douze ont préféré ne pas prendre de risque. Ces « hommes-clés »... Ils les ont fait discrètement disparaître quand ils étaient enfants. Là aussi nous avons des dossiers.

— Danton, Mirabeau, La Fayette, Robespierre..., murmura Angie. J'ai vu les noms...

— Ce Danton... Il avait dix ans, un fils de procureur. Ils l'ont noyé, et fait passer sa mort pour un accident. Les autres, ceux qui sont nés plus tard, pareil. Certains ont été étouffés dans leur berceau.

— C'est horrible, murmura Angie.

— Oui, c'est horrible, n'est-ce pas ? (La duchesse laissa son regard errer sur les tableaux.) Mais tu vois, Angélique, c'est seulement maintenant que je m'en rends compte. On m'a éduquée à penser que Les Douze avaient pris la bonne décision. Ton ancêtre et le mien en faisaient partie. Pierre de Noailles... Il est de ceux qui ont fait étouffer ces bébés, étrangler ces garçons. J'ai grandi en pensant qu'il était un héros. Qu'il avait sauvé la France.

Quelque chose dans le ton de sa mère empêcha Angie de protester.

— Et maintenant ?

La duchesse haussa les épaules.

— Le monde ne devrait pas être ainsi, Angélique. Je le sais, nous le savons tous. Les années passant, nous avons réalisé que tout cela était une erreur, que nous avions influé à tort sur le cours normal de l'histoire… Quand je dis « nous », je veux dire les descendants des Douze. Les héritiers de cette conspiration.

— Ces événements de 1789… S'ils avaient eu lieu, la France ne serait plus une monarchie aujourd'hui ? murmura Angie. Ces privilèges…

Ces privilèges, qui n'avaient jamais été abolis. Matt, qui n'entrerait jamais à l'École Saint-Cyr. Tous ces postes gouvernementaux réservés aux nobles, des postes que la roturière Clémence Brissot n'obtiendrait jamais, quelle que soit sa brillante carrière. Et les « lois du sang », les injustices fiscales, les avantages nobiliaires au tribunal…

— Ce sont des privilèges dont je suis très heureuse de profiter, ajouta la duchesse avec un petit sourire. Mais cela ne m'empêche pas de savoir que les choses devraient être différentes. Cette prise de conscience est très récente. Elle est venue après que tu as découvert la Machine, Angélique. C'est là que j'ai pensé – et les autres aussi, finalement… – que nous commettions une erreur en continuant.

Angie eut un sursaut.

— En continuant ?

— Les Douze ont détourné le fleuve de l'histoire. Mais la nature ne se laisse pas faire. Elle se révolte. Le fleuve lutte pour reprendre son cours. À chaque génération, il naît d'autres enfants, de nouveaux « hommes-clés », ou des « femmes-clés », destinés à prendre le relais, à œuvrer pour les mêmes bouleversements. Si on les laisse vivre…

Elle fit un geste, et Angie comprit.

— Si on les laisse vivre, l'histoire recréera ce qu'on l'a empêchée d'accomplir. Elle recréera une révolution. Alors, à chaque génération, les Douze font assassiner une nouvelle fournée d'enfants.

— Les descendants des Douze. Mais oui, c'est ça. Pense à ces révoltes populaires épouvantables en 1848. Combien ? Cent mille fusillés… Pense à cette Commune de Paris, en 1871, qui a tenu dix ans, avant de se terminer en massacre. Ces révoltés étaient supposés avoir de leur côté des représentants politiques, des écrivains, des philosophes, des stratèges. Des futurs généraux, des futurs présidents.

Mais ces gens-là n'ont jamais existé, parce que la conspiration les a assassinés, chaque fois, avant qu'ils grandissent.

Angie se leva – effarée. Elle avait exigé la vérité ; elle l'avait obtenue. Et cette vérité était plus effrayante que tout ce qu'elle aurait pu imaginer.

— Et la Machine ? demanda-t-elle enfin.

— Elle capte la musique de notre monde – faussée par notre intervention. Enfin, je crois. Le processus est assez complexe, il faudrait demander… (La duchesse hésita.) … à son créateur. Mais la Machine sert aussi de test. Seuls les enfants dont le destin est de corriger l'histoire…

— Ils sont les seuls à entendre cette musique, comprit Angie. Et c'est pour ça – oh, mon Dieu, quand j'avais sept ans… Quand je l'ai entendue…

— Ils voulaient… Il aurait fallu t'éliminer tout de suite, selon nos lois. Alors j'ai promis. J'ai promis de changer ton destin. J'ai juré que je te renverrais à ton père. Que tu serais éduquée loin de la cour, loin des nobles, loin du pouvoir. Que tu n'aurais aucun lien avec Versailles, aucune influence politique.

— Pourquoi avoir repris contact avec moi ? Dix ans plus tard ? Que… Qu'est-ce qui a changé ? murmura Angie, la gorge serrée.

— Nous avons changé. Henri… Je veux dire, le régent… Les d'Orléans… Nous avons compris… je ne sais pas, que le combat était vain, peut-être, ou que nous étions du mauvais côté. C'est étrange, tu sais ? De croire que tu sauves le monde contre les ennemis… et de comprendre soudain que c'est toi, l'ennemi. L'époque n'est plus la même. Les guerres, les massacres qui auraient accompagné cette révolution, sans doute n'auront-ils plus lieu aujourd'hui. (La duchesse secoua la tête.) Nous avons décidé de ne plus intervenir ni dans un sens, ni dans un autre, de laisser l'histoire reprendre le cours qu'elle voudrait. Nous avons dissous Les Douze, qui n'étaient plus douze depuis longtemps ; nous avons caché la Machine, enterré les dossiers. Quant à toi… j'ai pensé qu'il s'était passé assez de temps, que ta ligne de vie avait été assez bouleversée pour t'éloigner de tout cela. Tu ne veux pas faire de politique, j'imagine ?

Angie eut un petit rire – mais elle avait plutôt envie de pleurer. Elle secoua la tête, puis :

— Et le comte de Valmont… ? Saphir pense… Est-ce vrai, que tu veux nous marier ?

— Oui. C'est une bonne famille. Le comte de Valmont est puissant, et il sait – lui et moi, nous avons assez d'informations l'un sur l'autre pour assurer une destruction mutuelle, en cas d'attaque. Tu seras en sécurité, avec eux. Riche, et en sécurité.

— « Destruction mutuelle assurée en cas d'attaque. » Toutes les bases d'une union heureuse, ironisa Angie.

Mais Saphir était le dernier de ses soucis, trop de questions tournaient dans sa tête.

Oui, c'était horrible – ces meurtres réguliers, répétés, depuis plus de deux siècles. Ces voix étouffées, ces changements avortés avant de pouvoir naître, et pourtant… Qu'aurait-elle fait si elle avait été enceinte en 1763 ? Ou si elle avait déjà eu des enfants ? Si elle avait appris qu'ils seraient parmi les futures victimes ? Aurait-elle tout fait pour changer l'avenir ?

Aurait-elle fait tuer d'autres enfants pour sauver les siens ?

— Avant de juger, pense que, si Pierre de Noailles n'avait pas pris cette décision, ni toi ni moi n'existerions aujourd'hui, murmura sa mère. Notre lignée aurait été réduite à néant.

Angie acquiesça.

— J'y ai pensé.

Mais cela n'était rien. Sa vie, celle de sa mère n'étaient rien en comparaison de l'ampleur du mensonge, et Angie, très pâle, se rassit. Leur ville, leur pays, leur univers étaient faux, une ombre, une illusion. La pensée était insensée, brutale ; elle lui donnait la nausée, comme si son père, ses amis, ses… professeurs, son appartement, les gens dans les rues n'étaient qu'illusion, des reflets, du sable dans sa main ; elle serrait ses doigts, et le sable fuyait, emporté par le vent, et la réalité se dissolvait avec lui.

Elle resta ainsi immobile, longuement, l'isolement de la pièce, du château désert ajoutant à l'impression de dématérialisation ; ce château dont les solides murs de pierre ne la protégeaient pas, car lui aussi, sans doute, ne devrait plus exister, lui aussi aurait dû être emporté par la tourmente.

Elle était debout sur du vide, elle vivait sur du vide, et tout – d'un coup – pouvait être emporté.

— Il y a autre chose, ajouta sa mère avec un sourire glacé. Tu vas rire.

— J'en doute.

— La Machine a disparu.

Angie se redressa.

— La Machine a été volée, reprit sa mère. Arrachée au coffre de banque suisse dans laquelle nous l'avions reléguée. Quelqu'un connaissait les codes, les mots, avait les papiers nécessaires…

— Oh, mon Dieu…

— Je pense que la conspiration, pour lui donner ce nom, a été reprise. Que quelqu'un d'autre tire les ficelles.

Angie bondit sur ses pieds.

— Le régent.

— Quoi ?

— Il veut le pouvoir. Sa maîtresse – Mme de Montesquieu – vole le sang du roi…

— Quoi ? Non. Henri n'aurait jamais…

— Mon dossier. La marque… Il est le seul à avoir pu…

— La marque ? répéta sa mère, horrifiée. Mais qu'est-ce que tu racontes, Angélique ?

Angie désigna le cercle de sang, intact.

— Tu es sûre que…

— Le rituel est imparable.

— Moi aussi, j'ai… des choses à raconter.

Angie se rassit. Toucha la théière, mais le thé était froid.

— Tout a commencé dans le métro, murmura-t-elle.

C'est alors que le téléphone sonna.

Chapitre 44

Dimanche 21 septembre – 15 h 30
Paris, cathédrale Notre-Dame
Deux heures trente minutes avant le couronnement

Le futur Louis XXIV se faisait maquiller dans une des salles secondaires de la cathédrale, transformée pour l'occasion en QG de sécurité. Une dizaine d'écrans surveillaient les rues, les ponts. Jean-Claude Tercier, casque et micro sur la tête, donnait des instructions d'une voix tendue ; les agents de divers services arpentaient le quartier, échangeant des informations – ou s'engueulant. Sur le parvis de la cathédrale, une foule nombreuse se pressait, malgré le froid et le Syndrome S, malgré, ou peut-être à cause des rumeurs qui couraient maintenant sur la tentative d'assassinat, et que tous les efforts de la nuit n'avaient pas réussi à étouffer.

— À propos de la soirée d'hier… on parle maintenant de trois attentats, sire, annonça dans le QG une certaine Michèle, du service de communication royal.

Louis XXIV ne répondit pas pour ne pas entraver les efforts de la maquilleuse, qui s'escrimait à rendre les traits de l'adolescent plus marquants pour les caméras, sans le rendre ridicule devant les dignitaires qui l'observeraient de près.

Michèle reprit :

— Les blogs sont en désaccord, Majesté. Selon les rumeurs, vous auriez survécu à une tentative d'empoisonnement, ou à une attaque à l'arme blanche…, ou bien les Russes auraient essayé d'empoisonner votre thé avec un produit radioactif…

— Pourquoi les Russes ? plaisanta un secrétaire. Et puis Sa Majesté ne boit pas de thé.

— Sur Facebook, on affirme que vous êtes déjà mort, sire.

— Pas encore, maugréa Louis. (Il s'était réveillé ce matin d'une humeur de dogue – souvent, le matin, il avait des migraines, mais aujourd'hui c'était pire.) Navré. Je suis toujours là.

— Votre Majesté, téléphone, annonça une autre assistante. Le Premier ministre, pour vous.

La maquilleuse baissa son pinceau et s'écarta.

Le visage de Louis s'éclaircit. Richelieu l'appelait. Le Premier ministre ne serait pas présent au sacre, il était resté dans les souterrains du Louvre, organisant, surveillant ; prêt à faire bondir, au moindre souffle de danger, l'extraordinaire machine à broyer qu'était le Secret du Roi.

Il aurait tant aimé venir pourtant, être là, au premier rang, pour voir enfin la couronne se poser sur la tête de son protégé, et toutes ces années d'efforts récompensées, mais le danger était trop grand. Le Syndrome S, les morts, la panique qui croissait, les menaces. Le meilleur moyen de prouver son affection au roi était d'être prêt à réagir… d'être l'œil des caméras, l'oreille des micros, le cerveau des décisions.

Et le régent, qui venait d'entrer dans le QG, vit Louis XXIV au téléphone ; Louis qui souriait comme il ne lui avait jamais souri, parce qu'il parlait avec l'autre, avec Richelieu. Quelques félicitations, quelques derniers conseils, et le futur roi raccrocha, rendit le téléphone à l'assistante.

La maquilleuse se remit au travail. Sous le regard silencieux du régent, Louis XXIV tendit la main vers un gobelet en plastique et prit, malgré son jeune âge, une gorgée de café.

La journée serait longue.

Henri de Condé suivait la scène machinalement. Son dernier jour de régence, ses dernières heures de pouvoir. Toutes ces interviews où les journalistes parlaient déjà de lui au passé. Où ils le complimentaient sur le merveilleux travail accompli : la modernisation des transports, les décrets anti-crise, la réforme de l'administration. Ces louanges auraient dû le réjouir, Henri de Condé avait bien mené la France, tous le reconnaissaient, et pourtant il se sentait dépossédé, flottant. Il vit Louis avaler une nouvelle gorgée de café et avoir un haut-le-cœur.

Le régent avança. L'adolescent avait repris contenance. Il reposa le gobelet et tenta d'offrir un visage paisible à la maquilleuse.

— Vous sentez-vous bien, Louis ? demanda Henri de Condé.

— Très bien, répondit le roi, sans lui adresser un regard.

Ils ne s'étaient pas parlé depuis la veille – depuis la tentative de meurtre, au dîner. Jean-Claude Tercier s'était approché à son tour. Le régent désigna discrètement le café ; Tercier le fit disparaître d'un geste pour l'envoyer à un laboratoire d'analyses.

— Vous êtes sûr que tout va bien, sire ? insista le régent.

— Parfaitement, répondit Louis, toujours sans bouger.

Le mot « glacial » était trop doux pour définir son ton. Un autre adolescent, exaspéré comme l'était le roi à cet instant, aurait sans doute répondu d'un ton geignard ou furieux.

Louis, c'était le froid absolu.

Il y eut un silence dans la salle – Tercier, les assistants, les techniciens, la maquilleuse, les trois secrétaires, tous sentaient la tension ; ils se penchèrent sur leur travail avec un intérêt renouvelé ; et, dans le calme artificiel, la voix de la télévision, que l'attachée de presse avait bloquée sur FF1, résonna plus fort. Rien d'intéressant, toujours la même chanson sur les sponsors des cérémonies du sacre et les scientifiques qui travaillaient jour et nuit pour enrayer la maladie.

Louis toussa – deux fois. Il était pâle. Jean-Claude Tercier lui jeta un coup d'œil inquiet et, saisi d'une brusque résolution, le régent avança.

— Sire, vous êtes sûr que… Ce café…

— Quoi ? demanda Louis, bien fort. Vous l'avez fait empoisonner ?

Cette fois, plus personne ne fit semblant de travailler – les occupants de la pièce se statufièrent, tandis que Jean-Claude Tercier haussait les sourcils.

— Non, Majesté, répondit le régent, aussi calmement que possible. Je n'ai pas empoisonné ce café. Mais quelqu'un d'autre a pu le faire.

— Qu'importe ! Ma mort n'est-elle pas dans votre intérêt ? (Louis était blême et furieux, il toussa de nouveau.) Ne vous inquiétez pas de moi, monsieur le régent. Laissez faire les assassins, et contentez-vous d'en recueillir les bénéfices…

La maquilleuse inspectait de très près sa gamme de fonds de teint. Le régent se planta devant l'adolescent.

— Savez-vous que vous m'accusez de faits dont vous n'avez aucune preuve ? Savez-vous, Louis, que vos suspicions constantes nuisent… à ma réputation, à celle de ce royaume, à votre future autorité ?

Louis XXIV bondit sur ses pieds ; il fit quelques pas dans la pièce avant de répondre. Tercier avait changé de position pour pouvoir intervenir – frapper des nuques, trancher des gorges – si la discussion dégénérait.

— Oh, taisez-vous… Taisez-vous ! cria soudain le roi, alors que le régent n'avait rien dit de plus, et que personne d'autre, bien sûr, n'avait pipé mot. (Il se planta devant le prince de Condé.) Vos grands discours, vos grands mots, vos… phrases alambiquées pour… cacher la vérité, dissimuler ce qui se passe dans votre tête, dans votre… (Il bafouillait, peu habitué aux discours.) Dans cette cour ! Dans ce palais ! Toutes vos intrigues et vos ambitions…

— Mes ambitions ? Mes ambitions étaient de gérer ce pays et de vous le laisser dans un meilleur état que…

— Est-ce que vous pouvez le jurer ? hurla Louis. Est-ce que vous pouvez jurer que vous n'avez jamais tenté de…

Il s'interrompit, brusquement conscient de son entourage, de toutes ces attentions à l'écoute. En face, le régent haussa les épaules

– furieux, lui aussi, mais plus vieux, mieux capable de dissimuler. Ce n'était pas le moment d'avoir cette conversation, pas devant tant de témoins… bien sûr tous assermentés, mais Henri de Condé était certain que leurs répliques étaient pourtant déjà partagées sur Twitter, sans doute ce technicien, là, dans le petit coin à droite, qui tournait le dos pour qu'on ne le voie pas tapoter ses touches, et d'ailleurs Tercier arrivait derrière lui, lui arrachait son téléphone et, sans même l'ombre d'un sourire, plongeait l'appareil dans l'eau brûlante de la théière de Michèle.

Soudain le régent en eut assez de ce harcèlement de soupçons permanents ; à son tour, il prit son téléphone et contempla l'écran, simplement pour se donner un prétexte pour sortir – s'y trouvaient, d'ailleurs, plus de cinquante messages non lus et une vingtaine d'appels en absence.

Le roi le fixait toujours, un mélange de colère et d'attente dans les yeux. Louis voulait en découdre, pensa Henri de Condé, toute cette fureur adolescente et si peu de moyens de déverser sa rage. Et tant pis… il ne lui en donnerait pas l'occasion.

La question inachevée resta sans réponse. Le régent se contenta de s'incliner, froidement, puis de déclarer :

— Un jour, sire, j'espère que vous me rendrez justice.

Et il sortit, l'amertume au cœur, et cette infinie lassitude, créée par l'impression, non, la certitude, que ce qui avait rythmé sa vie ces dix dernières années prenait fin à cet instant. Les courtisans qui se pressaient près de lui la veille auraient disparu ce soir. Les débats économiques, les décisions à portée européenne, les négociations interminables sur les problèmes sociaux, qu'il tranchait d'une signature, tout cela allait disparaître d'un claquement de doigts. Même Athénaïs, sa maîtresse, ne lui avait pas fait signe depuis la veille. La belle Mme de Montesquieu avait sûrement mieux à faire que de passer du temps avec le futur ex-dirigeant de la France, et puis qu'importe… Il avait autre chose à penser.

« Un jour, sire, j'espère que vous me rendrez justice. »

Oui, la phrase était belle… mais elle était fausse.

Louis ne lui rendrait jamais justice, et il aurait bien raison. L'adolescent le soupçonnait d'être responsable de la mort de ses parents, et de cela Henri de Condé était innocent. Mais du reste… ? Durant les premières années de la régence, avant que la conscience de ses responsabilités le fasse évoluer, Henri avait essayé… Une fois, une seule. Louis était si petit, la tentation si grande, et… Ce produit, qu'on lui avait juré indétectable, dans ce damné biberon.

Le produit indétectable avait été détecté, la tentative déjouée – Richelieu, évidemment. Une seule fois… La seule ! Et pas parce que les hommes du Premier ministre n'avaient, après ça, plus quitté Henri de Condé d'une semelle, mais parce qu'il avait changé, qu'il avait voulu, décidé d'être à la hauteur de son destin. Il avait voulu devenir le meilleur régent possible – et il l'avait été. Et maintenant… Dans quelques heures…

Il ne lui resterait plus rien.

Son téléphone vibra. Henri de Condé avait ignoré tous les appels, mais il avait besoin de distraction, ou de passer sa rage impuissante sur quelqu'un. Il vit le nom s'afficher : Hélène de Noailles, et répondit d'un aboiement :

— Quoi ! ?

Chapitre 45

Dimanche 21 septembre – 15 h 35
Paris, quartier de Belleville
Deux heures et vingt-cinq minutes avant le couronnement

— Où est ta mère ? demanda Clémence.

— Partie avec Christiane, répondit Matt.

Il arpentait la minuscule salle à manger, nerveux, attendant l'arrivée d'Angie – d'ici quelques minutes, sans doute, si elle avait pris le bon train.

Matt avait maigri, pensa Clémence. La journée était grise et froide ; dehors, la ville n'était qu'un gigantesque embouteillage, entre les rues barrées et les zones d'urgence créées autour des hôpitaux. Dans moins de trois heures, il y aurait un nouveau roi, de nouvelles lois, et sans doute le Syndrome S aurait-il fait quelques centaines de morts de plus, mais ici, dans l'appartement de Matt, le bruit était étouffé ; la lumière glabre du jour passait à peine à travers les interstices des volets.

— Et toi, Clémence, ça va ? demanda Matt, s'arrêtant devant elle. Tu as l'air… Je veux dire, tu as de sacrés cernes…

— Je n'ai pas beaucoup dormi. Ma nuit a été difficile. (Elle se frotta le front ; elle avait envie de pleurer, ou de fermer les paupières et de tout oublier.) Mais je suis contente que tu nous aies appelées, Matt.

Matt sourit, enfin, l'ombre d'un sourire... Il faisait de son mieux. Angie avait dit qu'elle était à Noailles, chez sa mère, quand Matt lui avait téléphoné; il avait dit qu'il avait besoin d'elle, besoin d'aide, et elle avait répondu : « J'arrive. »

« J'arrive. » Sans rien demander, sans exiger d'explication. Comme si rien n'avait changé entre eux.

— Et Saint-Cyr ? reprit Clémence. Je veux dire, après... (Elle ne voulait pas prononcer le nom de Saphir.) Après le duel ?

— C'est mort, dit Matt. L'École a appelé. Ils ont vu les images du duel sur le Web et... j'ai commis un acte illégal. Mon dossier est définitivement refusé. (Clémence ouvrit la bouche mais son ami leva la main pour l'interrompre.) Stop. Ce n'est pas de ça dont je veux parler.

C'est le moment que choisit Angie pour sonner et, quelques minutes plus tard, ils étaient réunis dans le petit salon, sur le parquet usé où ils avaient joué aux Lego, puis aux jeux de société, puis aux jeux vidéo, puis parlé pendant des heures, à mesure que les années passaient. Tous les trois, de nouveau. Il y eut un silence – un silence gêné, et puis simplement ils étaient épuisés, en manque de sommeil, d'affection, de réconfort.

— OK. Je vais vous demander de ne pas m'interrompre, dit Matt, sans demander comment allait Angie, sans parler de leur dernière dispute, sans même la regarder dans les yeux. Car ce que je vais vous raconter va vous sembler très bizarre.

Les deux filles acquiescèrent, pensant qu'après ce qu'elles avaient vécu Matt devrait faire fort pour les étonner. Leur ami prit une immense carte de Paris et la déroula sur le plancher.

— Une croix verte, enfin, un tag représentant une croix verte a été peint à douze endroits différents, ici, dans la ville, expliqua Matt tandis que les filles s'approchaient, surprises.

Il coinça les bords de la carte sous des livres pour ne pas qu'elle s'enroule.

— Si on joint les croix, continua-t-il, elles forment un pentacle. À chaque croix, un enfant a été enlevé. (Angie et Clémence le regardèrent, abasourdies.) Cinq cadavres d'enfants ont déjà été retrouvés, vidés de leur sang, et donc... cinq victimes au minimum, sans doute sept autres. Bref, cela ressemble... à une sorte de gigantesque sort. Un rituel. Avec du sang.

Il leva la tête, s'attendant à des protestations, à des exclamations interloquées, mais il n'y en eut aucune.

— OK, dit Angie. Continue.

— C'est tout ? s'étonna Matt. (Il eut, de nouveau, un faible sourire.) Je vous parle de sacrifices, de sorcellerie, et vous ne protestez pas ?

— Nous ne protestons pas, dit Clémence. Mais félicitations. Notre attention t'est acquise.

— Non ! Matt a raison ! dit Angie. Je proteste ! Attendez... pas un mot de plus.

Elle ouvrit le tiroir du buffet, sortit un couteau et, malgré les exclamations horrifiées de ses amis, elle s'entailla la chair, de l'oreille cette fois.

— À force, je risquais d'avoir des cicatrices sur la main, commenta-t-elle alors que les deux autres l'observaient, les yeux ronds. Maintenant, j'ai besoin de votre sang... À tous les deux...

Clémence et Matt protestèrent, mais finirent par s'exécuter ; Angie mélangea les trois sangs dans une vieille tasse Aladin de Disney, délaya avec de l'eau du robinet et traça un rond qui englobait toute la pièce.

— Si vous voulez bien pénétrer dans le cercle... Merci. À l'intérieur, ce que nous dirons ne peut être écouté, précisa-t-elle, tandis que Matt regardait Angie avec des yeux écarquillés.

— Ces dernières heures ont été très informatives. Je promets de tout vous raconter. Mais d'abord, Matt. Continue. Pentacle, cadavres, enfants. *Go*.

Matt hésita, puis, après un nouveau coup d'œil à Angie, il reprit.

— C'est pour la suite que je vais avoir besoin de votre... que vous me croyiez. J'ai rêvé, plusieurs fois, d'un petit garçon brun qui m'appelait au secours. Ce rêve était lié aux croix vertes, aux enlèvements... Puis ils se sont transformés en visions, et, cette nuit, en obsession. (Matt désigna la carte.) Je n'ai pas dormi. J'ai travaillé des heures. J'ai arpenté le quartier, j'ai pris des photos. Ce matin, je suis allé voir un policier. Un inspecteur, Pierre Delaunay. Il m'avait aidé ; il est à l'hôpital, atteint du Syndrome S...

— Matt, c'est dangereux ! protesta Clémence.

— Ce n'est pas contagieux, répondit Matt.

— Je confirme, ajouta Angie. J'ai été exposée et... Pas de contagion.

— Bien sûr, Delaunay m'a dit de tout arrêter, mais... ces rêves... C'est comme si... C'est idiot, mais je pense que Jérémie... Je veux dire, je sais que ce garçon... Je sais que ce n'est pas Jérémie, mais...

Matt détourna la tête, les larmes aux yeux. Clémence fit mine d'étudier la carte, pour ne pas le gêner, tandis qu'Angie hésitait. Il y a encore une semaine, elle aurait pris Matt dans ses bras, mais, maintenant, elle avait peur de sa réaction, et, quand elle s'approcha, il eut en effet un moment de recul.

— Et, euh... J'ai besoin de conseils, reprit Matt, tandis qu'Angie, gênée, faisait semblant d'inspecter la carte. Je veux dire, imaginons que tout cela ne soit pas de la folie...

— Ce n'est pas impossible, murmura Angie. Que ce soit vrai, je veux dire. J'ai appris pas mal de trucs ces derniers jours... Et... Peut-être...

— Mais pourquoi moi ? Si c'est réel... Pourquoi ce garçon m'appelle-t-il à l'aide... moi, et pas un autre ?

« Contact ? » avait dit la voix, dans les visions, cette nuit. « Contact, est-ce que tu m'entends ? »

— Parce que justement – à cause de Jérémie ? dit Angie d'une voix rauque. Parce que tu as perdu ton petit frère et que ça te rend plus réceptif à...

Elle s'interrompit.

— Et… qu'est-ce que je suis censé faire ? protesta Matt, la voix tremblante. Qu'est-ce que je peux faire ?

Clémence hésita.

— La police ?

— Ils sont déjà sur l'enquête. Et je leur dis quoi ? Que je rêve ? Que les lieux des enlèvements forment un pentacle ? Je l'ai déjà expliqué à Pierre Delaunay…

— Je crois que c'est lui qui m'avait reçu, au commissariat, quand j'ai été attaquée, dit Angie après réflexion. Il était… posé. Intelligent. Je suis navrée qu'il soit atteint.

Matt n'écoutait pas.

— Si je me trompe, je serai ridicule – et je m'en fiche – mais si je ne me trompe pas… Si je ne me trompe pas, il y a un enfant… un garçon… qui va mourir. Si je ne fais pas ce qu'il faut. Qu'est-ce que je dois faire ? Angie, qu'est-ce qu'il faut faire ?

Il ne cachait plus ses larmes maintenant, et Angie non plus, et Clémence était si émue qu'elle ne pouvait pas parler, et tant pis pour les non-dits et les amours complexes ; Angie prit Matt dans ses bras, et ils restèrent comme ça un long moment, jusqu'à ce que Clémence les rejoigne, et, en silence, elle les serra dans ses bras aussi… Le temps s'arrêta, et Angie ferma les yeux, sentant leur union retrouvée, leur amitié, revenue, presque palpable, comme un autre cercle sacré.

La réalité se recréa, le sable se transforma en pierre, le sol de la vie redevint ferme sous ses pieds.

— OK, OK, dit Angie en essuyant ses larmes, quand le moment fut passé et qu'ils s'écartèrent – à la fois extrêmement heureux et extrêmement gênés – tu… hum… tu veux un conseil rationnel, Matt.

Matt éclata de rire – le premier vrai rire depuis bien longtemps.

— Oui. Rationnel. Voilà. C'est ça. C'est le mot. Cette situation est parfaitement rationnelle…

— Moi, je pense qu'il faut quand même retourner voir la police, enchaîna Clémence. S'ils voient la carte, le pentacle, s'ils écoutent ta théorie…

— En fait, interrompit brusquement Angie, je peux faire quelque chose. Je connais… Je peux déclencher une intervention, dit-elle, alors que Clémence et Matt la dévisageaient, étonnés.

Elle vérifia, une nouvelle fois, que le cercle était intact.

— Je peux téléphoner à des gens… Je travaille pour un service…

— Un service ?

— Je vais tout vous expliquer, OK ? Et Clémence, on va lui raconter aussi… à Matt… (Angie désigna le cercle.) Nous pouvons tout lui dire.

Clémence pâlit. Matt fronça les sourcils.

— Que se passe-t-il ? Que me cachez-vous ? Oh, mon Dieu ! C'est grave ?

— Non, enfin oui…, commença Clémence.

Mais Angie leva la main.

— Attendez. Après. D'abord, il faut que j'appelle. (Elle prit son téléphone.) Cette affaire… Comment j'explique ? Comment je résume ?

— Qui appelles-tu ? insista Clémence, tandis que Matt réfléchissait.

— Parle-leur des meurtres d'enfants. Du pentacle, des croix. Que ça ressemble à un rituel, et… Cette nuit… Le garçon. J'ai perçu son nom.

Angie eut un frisson. Elle baissa son téléphone, et elle sut – avant même que Matt prononce les mots.

— Il s'appelle Benjamin. Benjamin de La Vallière…

Chapitre 46

Dimanche 21 septembre – 15 h 50
Paris, quartier de Ménilmontant
Deux heures et dix minutes avant le couronnement

Angie avait appelé le Secret du Roi vers 15 h 40.

Les dix agents envoyés par Tercier investirent le bâtiment moins de quinze minutes plus tard.

La fausse agence de communication, dans le passage, là où Matt avait repéré la croix verte. Les hommes du Secret du Roi désactivèrent les caméras, forcèrent les rideaux de fer. Puis ils pénétrèrent dans la pièce principale en silence, habillés de noir, munis de lampes infrarouges et de silencieux ; ils abattirent les trois hommes armés qui gardaient les lieux à coups de balles somnifères, si chargées qu'elles étaient capables d'endormir un éléphant. Un tir effleura la jambe du chef du groupe d'intervention, mais il n'y eut pas d'autres blessés – du moins pas avant que la jeune femme en noir et rouge, aux longs cheveux sombres, jaillisse de la fumée créée par les grenades étourdissantes et se jette sur les hommes de Richelieu, telle une vision, sortie de la brume artificielle, les yeux flamboyants, se déplaçant plus vite que nulle humaine n'aurait dû se mouvoir, et les balles dont on la criblait ne l'arrêtaient pas, et malgré leurs armures corporelles la femme réussit quand même à mordre un des agents, non, à lui arracher son gilet de kevlar et à lui labourer la poitrine, comme un animal. Ils disparurent quelques secondes dans la nappe de brume, et, malgré sa blessure, ce fut le chef du groupe d'intervention qui réussit à les retrouver, et il fallut trois balles dans la nuque pour que la femme s'écroule enfin.

Pas morte, non. Juste assoupie, inconsciente. Quand les agents du groupe d'intervention la sortirent, attachée avec des liens renforcés sur un brancard métallique, recouverte d'un tissu de plastique noir pour la protéger du soleil, Angie qui attendait, inquiète, les entendit murmurer : « Vampire ».

Ils avaient assisté à l'assaut. Matt et Angie, tous deux ébahis, incrédules. Matt de voir ses cauchemars devenir réalité ; Angie de réaliser l'effet que pouvait produire un coup de téléphone, de voir transformées en action d'une violence extrême ses quelques phrases d'explication à un standard anonyme.

Mais, si les agents étaient venus à la demande d'Angélique de Noailles, ils n'obéissaient qu'à Tercier. Et c'est sans écouter Angie qu'après avoir fouillé le bâtiment, trouvé des dossiers sur chacun des enfants disparus, entassé des vêtements ensanglantés, fille et garçon, taille huit à douze ans, dans un grand sac-poubelle, les hommes du groupe d'intervention se préparèrent à partir.

— Mais…, protesta Angie, atterrée. Vous n'allez pas vous en aller comme ça !

Il n'y avait aucune trace, du moins évidente, de Benjamin de La Vallière. Et aucune explication liée au rituel, parce qu'il s'agissait d'un rituel, c'était prouvé maintenant : les murs étaient ornés de cartes similaires à celle tracée par Matt. Et il y avait même les adresses – ainsi que des photos – des enfants démembrés et assassinés.

— Ce n'est pas une affaire pour nous. C'est une histoire pour la police, répondit à Angie le chef du groupe d'intervention, qui suivait du regard son collègue blessé, porté dans une camionnette par deux infirmiers.

— Il manque une victime, argumenta Angie, et nous ignorons la raison de ce rituel… Ou qui est responsable de ces meurtres et…

— La responsable ? Oh, c'est Emma d'Orléans, déclara l'homme, qui fit un geste vers le bâtiment où ses collègues finissaient d'embarquer les dossiers. Il y a son nom – son cachet – sur certains ordres, et le vampire, là-bas… (Il désigna le véhicule dans lequel avait été embarquée la femme.) C'est une des leurs. Ces créatures… Très reconnaissables. Sales bêtes.

Angie resta interdite un moment. Figée par la révélation, mais aussi par la légèreté avec laquelle l'agent prononçait le mot « vampire ».

— Je ne comprends pas. Qu'allez-vous faire ? Que va-t-il se passer maintenant ?

L'agent soupira, puis fit une grimace de douleur. Les infirmiers lui avaient bandé la cuisse, mais il avait refusé de se faire remplacer.

— Comme je vous disais : nous allons envoyer les dossiers aux services de police… Ils ont l'habitude, reprit-il avec un geste un peu méprisant, du genre : « Les meurtres d'enfants, cela arrive tous les jours, nous n'allons tout de même pas nous embarrasser de si peu. » Bien sûr, ce qui concerne Emma d'Orléans sera transféré au Premier ministre. Il décidera comment étouffer l'affaire.

— Il manque Benjamin ! cria Angie. (Elle désigna une carte, qu'un des agents roulait pour l'embarquer dans la camionnette.) Et il faut connaître la raison du rituel ! Il doit y avoir un passage, quelque part, qui conduit au centre de ce pentacle et…

— Sûrement. (À côté, le coffre fut fermé d'un coup sec.) Il y a des portes, au sous-sol. Je suppose qu'elles mènent aux catacombes.

Angie dut se retenir pour ne pas hurler.

— Il faut intervenir ! Il faut y aller !

— Mademoiselle de Noailles, dit le chef du groupe d'intervention, exaspéré, ce rituel est terminé depuis longtemps. Ces enfants sont morts depuis des jours, ajouta-t-il en désignant le sac-poubelle. Le sang est largement coagulé. Et je ne sais pas si vous êtes au courant mais, dans quelques heures, le roi sera couronné. Notre présence est requise à Notre-Dame.

—Le…

—Vous nous avez dérangés pour rien. (Il aboyait presque – tout semblant de politesse maintenant disparu.) Vous nous avez menti. Fait croire qu'il y avait un rapport avec le roi. Un danger pour lui.

—Son page ! Benjamin de La Vallière…

—… n'est pas là. Ou il l'était, et il n'en reste que des morceaux, et ses vêtements sont dans ce sac, avec ceux des autres, OK ? Vous voulez un dessin, ou vous avez compris ce qui lui est arrivé, au petit Benjamin ? (Après un rire sec, l'homme se tourna vers Angie.) Prouvez-moi que cet endroit présente un péril pressant pour la vie de Louis XXIV. Que notre intervention ici même est nécessaire et urgente. Alors ?

Angie resta coite et l'homme haussa les épaules.

—Nous sommes d'accord. Le rituel est terminé depuis des jours, répéta-t-il, d'une voix plus calme. Ce qui a été invoqué est venu, ou est reparti, ou je ne sais quoi, allez savoir, avec ces tarés. Je suis navré, ajouta-t-il avec un haussement d'épaules, avant de se diriger, pour de bon cette fois, vers sa voiture. Vous êtes arrivés trop tard.

Chapitre 47

— Ils ont raison, murmura Angie.

Elle contemplait, avec Matt, la croix verte peinte sur le béton, au sous-sol du bâtiment désert. Les hommes du groupe d'intervention s'étaient envolés, la police n'était pas encore arrivée… si elle devait jamais venir. « Le premier ministre décidera s'il veut étouffer l'affaire », avait dit l'agent, et la phrase tournait dans l'esprit d'Angie comme un insecte énervé.

— Oh, Matt, je suis désolée, murmura-t-elle.

Sans savoir pourquoi, elle se jeta dans ses bras.

Il se laissa faire avec prudence, la serra juste un peu en retour. Quand ils se séparèrent, il demanda :

— Désolée ? Pourquoi ?

— Je croyais que j'allais t'aider. Sauver Benjamin. Le retrouver. J'ai… frimé, commenta-t-elle en essuyant ses larmes, avec mon coup de téléphone et l'équipe d'intervention et… Tout a été inutile.

— Inutile ? Non. (La voix de Matt était basse.) Benjamin est là, quelque part.

— Quoi ? Où ?

— Au centre du rituel, du pentacle. Comme tu l'as dit à… ce mec. (Matt fit un geste vague.) Il est quelque part dans ces sous-sols…

— Non ! s'écria Angie, exaspérée – elle n'aurait pas dû hausser le ton, c'était juste que…

Quelqu'un lui criait dans les oreilles, et…

… Et Matt ne voulait pas comprendre, et la sensation d'oppression croissait. Cette croix verte immense, malsaine, peinte sur le gris nauséeux. Cette croix qui lui était familière…

Et ce Cri qui continuait, aux frontières de sa conscience, un Cri qu'elle avait déjà entendu, qui…

— Matt, non. Benjamin n'est pas là. Le rituel est terminé, crois-moi.

Elle le sentait, maintenant qu'ils étaient descendus, ce déferlement de puissance qui avait laissé derrière lui comme une odeur de cruauté éteinte et de mort rance.

Le cri imaginaire s'éteignit et Angie put reprendre.

— Il n'y a plus rien ici. Je le sais, Matt.

— Oh. Tu le sais ? Vraiment ? Grâce à ton merveilleux pouvoir d'empathe ? À cette inscription, sur ton dossier ?

— Matt…

— Benjamin est là ! Quelque part, à m'attendre !

Il avait crié. Angie le contempla, stupéfaite – et ils s'observèrent un moment, le jeune homme pâle, déterminé et furieux, et elle…

Déterminée aussi. Et si fatiguée.

Le Cri reprit. Comme on chasse un insecte, Angie secoua la tête pour le faire disparaître.

— Matt. Je comprends que c'est important. Tu espères retrouver ce garçon vivant, parce que… Le souvenir de Jérémie. Et…

Angie s'interrompit, hésita. Matt la contemplait en silence.

— Et quoi ? demanda-t-il enfin.

— Ces derniers jours ont été compliqués pour toi. Tu as perdu l'École, et…

Elle s'interrompit de nouveau. Matt termina pour elle :

— Et je t'ai perdue, toi ? cria-t-il – et jamais elle ne l'avait vu si agressif. C'est ça que tu veux dire ? Que j'ai tout perdu, mes espoirs d'entrer à Saint-Cyr, et ton… et mes chances avec toi ? Tu penses que je m'accroche à l'illusion de ce gamin parce que c'est la seule chose qui me reste ? C'est ça que tu imagines ?

— Non ! balbutia Angie, écarlate. (C'était la première fois qu'ils abordaient directement cet affreux sujet tabou, depuis l'attaque du métro.) Bien sûr que non, Matt, qu'est-ce que tu racontes ? Bien sûr que tu ne m'as pas perdue.

Ce qui s'est passé avec Philippe n'est pas réel, eut-elle envie de dire, mais elle n'en eut pas le courage, et, soudain elle se rappela. *Philippe.* 1572. Les souvenirs qu'ils avaient brièvement partagés. Les croix vertes, dans les rues de Paris ; les pavés anciens et couverts de sang, des hurlements...

— Les croix ! Matt... Le rituel...

Le Démon. Dans la crypte d'une église, au XVIe siècle.

Qui avait transformé Philippe et Charles en...

— Oh ! Matt, je sais. Où j'ai déjà vu ces croix... Ce qui a été invoqué...

Et ils avaient raison, tous – Richelieu et ses agents. Angie arpenta le béton, se frottant les tempes, réfléchissant. Ils avaient raison... le couronnement, le roi ; la cathédrale était le lieu où toutes les forces se polarisaient, et Angie sut – par raisonnement, par intuition – où le Démon qui avait été invoqué dans ce lieu avait été emmené.

— Il faut que j'y aille. Que je les prévienne. Notre-Dame...

Angie remonta les marches, le cœur battant.

— Matt... C'est un Démon. Je sais que ça paraît fou, mais je crois qu'ils ont invoqué un Démon, répéta-t-elle, et qu'ils l'ont ensuite transporté à la cathédrale. J'ignore quelles sont leurs intentions, mais nous devons...

— Non.

Angie se retourna. Matt était livide, mais il n'avait pas bougé.

— Matt, je te le jure... Il n'y a plus rien ici, murmura-t-elle, la voix tremblante. Le rituel est terminé. Les enfants sont morts. Benjamin est... C'est fini.

— Je ne te crois pas.

Matt soutint son regard et Angie se sentit physiquement malade, et cette fois ce n'était pas la croix, ou le Cri, ou ses visions, mais cette fissure qui s'élargissait entre elle et son meilleur ami, qui peut-être ne se refermerait jamais.

— Pars, dit Matt durement.

Ils demeurèrent immobiles quelques instants, puis Angie remonta les escaliers et disparut.

Chapitre 48

Dimanche 21 septembre – 16 h 40
Paris, cathédrale Notre-Dame
Une heure et vingt minutes avant le couronnement

Louis XXIV était allongé à plat ventre, par terre, les bras en croix, sur le sol de la crypte de Notre-Dame.

Ce qui était ridicule. D'abord, suivre un rituel religieux, dans un pays laïque, ça n'avait pas de sens. Ensuite, ce cérémonial était tiré d'une tradition d'adoubement, mais, au début du XXe siècle, il y avait eu un renouveau des coutumes du Moyen Âge, et bref, voilà, en plein XXIe siècle, avant d'être couronné, le futur roi de France était censé rester une heure seul, allongé dans les sous-sols, sur la pierre glacée.

Louis avait froid.

Il était censé méditer sur ses responsabilités. Sur le peuple, sur son métier de souverain.

Mais son dos lui faisait mal, et il n'arrivait pas à trouver de position confortable pour son menton, sur les mosaïques gelées. Il tenta, quand même, honnêtement, de se concentrer – la crise du textile, la signature du traité avec l'Angleterre, les négociations syndicales à Marseille, et le pacte, ce fameux pacte dont lui avait parlé Richelieu, qui unissait la royauté et les vampires, et qu'il fallait absolument rompre dans l'année. Soudain il fut pris d'un haut-le-cœur, se redressa et vomit.

Du sang.

Sur les splendides mosaïques du sol.

À gauche, une statue de la Vierge Marie l'observait, navrée. L'adolescent s'accroupit, tentant de contrôler ses spasmes.

Quand la crise se calma, il demeura frissonnant, reprenant ses esprits.

Du poison ? Pas dans le café, en tout cas – un agent était revenu chuchoter à l'oreille de Tercier qu'aucune substance dangereuse n'avait été découverte. Mais il y avait eu tant d'autres occasions ; une nouvelle quinte de toux le prit, déchirante ; Louis qui grelottait cracha encore du sang et il se sentit brusquement très seul, très jeune, et tout près de pleurer.

Ses parents étaient morts – il était si petit, il ne s'en souvenait même pas. Des nourrices l'avaient élevé, des femmes de haute naissance, avec les meilleurs diplômes, et il n'avait pas été malheureux, loin de là. Une des conséquences du métier de futur roi, c'est qu'on est très informé des réalités du monde, de la misère, de la faim. Vraiment, il aurait été scandaleux de se plaindre – mais Louis n'avait que quinze ans, et là, tout seul dans cet endroit immense et hostile, il aurait vraiment, vraiment aimé qu'une maman le serre dans ses bras.

Il se recroquevilla, se frotta les bras, pour se réchauffer. Il ne devait pas… Il n'allait pas se laisser faire. C'était ce qu'ils voulaient, et « ils », ce n'était pas le régent, ou pas le régent seulement, c'était ce danger vague qui l'avait accompagné toute son enfance, les inconnus qui, disait-on, voulaient l'assassiner, les forces mystérieuses qui voulaient l'empêcher de monter sur le trône. Il était transi, les larmes aux yeux, et soudain, sans explication, l'image de Benjamin lui vint à l'esprit, Benjamin de La Vallière, son page. Qui était en vacances chez ses grands-parents… Pourtant l'image refusait de s'évanouir, il lui semblait que Benjamin souffrait en même temps que lui et… Louis chassa cette étrange sensation.

Il fallait réfléchir.

Vomir du sang. Le Syndrome S ? Ce n'étaient pas tout à fait les symptômes, mais peut-être…

Louis vomit de nouveau.

Un long moment passa. Enfin il se releva, tremblant, traversa l'immense crypte, se rinça le visage et la bouche dans une vasque d'eau bénite, cracha. Puis, tremblant de froid – ou de la maladie, ou des effets du poison –, il enfila son pourpoint de pourpre et d'hermine et remonta l'escalier.

Là-haut, ils étaient une dizaine, à l'attendre. Les mêmes. Toujours les mêmes, ceux qui, depuis des années, l'attendaient chaque matin à son Lever.

Sa sœur, Joséphine, les traits tirés sous son maquillage élaboré. Le régent, malgré sa colère, revenu jouer son rôle jusqu'au bout. Mme de Montesquieu, superbe et nerveuse (elle avait failli être arrêtée cette nuit, il y avait eu tout un scandale, Louis n'avait pas les détails, et pourtant elle était de retour). À côté d'elle, un inconnu, portant une hideuse cravate lavande, et il y avait aussi Tercier, et Michèle, l'assistante de communication, et la maquilleuse, et d'autres agents de sécurité, bref tout le groupe était là ou presque, et, en voyant le futur roi remonter, livide, avec une bonne demi-heure d'avance sur le programme, ils se redressèrent, étonnés.

— Majesté, dit Tercier, dont les yeux s'étaient écarquillés. (Il désigna les traces de sang sur la chemise du roi, puis donna un ordre, et deux agents descendirent en courant dans la crypte.) Vous êtes blessé ?

— Non, dit l'adolescent, alors que le régent se rapprochait, inquiet ou intéressé, allez savoir. Je ne me sens pas bien. J'ai vomi.

— Tu es malade ; il faut appeler une ambulance, dit Joséphine, la voix tremblante. (Louis n'avait jamais entendu sa sœur si bouleversée.) Il faut t'emmener à l'hôpital Cochin, là ils sauront…

Louis secoua la tête.

— Non.

Joséphine avait les yeux rouges – Montmorency, son cousin et ami d'enfance, était mort cette nuit, et, dans un éclair de maturité,

Louis comprit que sa sœur se sentait, comme lui, atrocement seule. La joyeuse et sociable Joséphine elle aussi était orpheline.

Et elle n'avait plus que lui.

Il avança et prit, avec tendresse, la main de sa sœur.

— Non, Jo, répéta-t-il. Pas d'ambulance. Pas d'hôpital.

Pas deux jours d'agonie avant de crever dans une chambre blafarde, gardée par les services secrets, en sachant qu'il mourrait pour rien – qu'il n'avait rien réussi, même pas son couronnement. Louis fut pris d'une nouvelle quinte de toux, le sang gicla ; sa sœur poussa un cri d'horreur et les autres se rapprochèrent pour assister au spectacle, comme des hyènes, comme des charognards.

— La cérémonie continue. Ils ne vaincront pas, répéta enfin Louis, quand la crise fut passée.

Et Joséphine ne lui demanda pas d'explication, personne n'en demanda, et même Tercier, qui aurait pu protester et le traîner de force aux urgences, se contenta d'un signe de tête.

Dehors, l'orchestre commença à jouer. Les invités de marque approchaient, ambassadeurs, souverains étrangers. Louis XXIV fit quelques pas dans la nef ; ses mains tremblaient, il avait des vertiges, mais jamais son esprit n'avait été aussi clair. Il ne survivrait peut-être pas au couronnement, ou peut-être ne survivrait-il pas longtemps au couronnement, et s'il n'avait que quelques heures, quelques minutes de pouvoir, il fallait comprendre ce qui comptait, ce qui était vraiment important. Toutes ces journées à assister aux interminables discussions du Conseil, sans dire un mot, ou presque. Toutes ces heures à entendre le régent négocier, exposer les problèmes, tout cela, pour aujourd'hui.

Pour cet instant.

Se tournant vers Tercier, Louis ordonna :

— Je veux trois membres du Conseil. Présents, ici, à la fin de la cérémonie. Je veux ratifier la réforme de la justice et lancer le processus de négociation avec les républicains pour la monarchie constitutionnelle. Et signer le traité de paix avec l'Angleterre.

— Signer le traité ? Quoi ? Dans la cathédrale ? Ici ? demanda Joséphine, abasourdie.

— La constitutionnalisation ? protesta le régent ? Louis, il est trop tôt… À long terme, bien sûr, c'est la voie logique, mais si vite, au début de votre règne… Vous ne réalisez pas la levée de boucliers… La réaction des loyalistes…

L'adolescent fut pris d'une nouvelle quinte de toux. Puis, ignorant complètement le régent, il reposa son regard sur Tercier.

— Préparez les documents. Je veux les ratifier dès que la couronne sera posée sur ma tête, répéta-t-il.

Et Tercier acquiesça, et un messager fut dépêché, et Louis remarqua vaguement, mais sans y porter vraiment attention, que l'homme à cravate lavande était devenu livide et sortait, à pas pressés, de la nef.

Chapitre 49

Dimanche 21 septembre – 17 h 10
Paris, quartier de Ménilmontant
Cinquante minutes avant le couronnement

Matt était resté seul dans le sous-sol grisâtre.

Les hommes du groupe d'intervention avaient coupé l'électricité. La seule lumière émanait de la croix verte qui somnolait sur le sol en béton.

Soudain, il n'était plus si sûr de lui.

Ce qui était si évident tout à l'heure paraissait désormais un fantasme, une illusion. Et ce n'était guère rassurant de se sentir sans protection, dans cet endroit lugubre, résonnant de tant de meurtres atroces.

Matt fit le tour des pièces. Un petit bureau, rempli de boîtes d'archives, maintenant éventrées. Une sorte de pharmacie avec des fioles, des médicaments, des perfusions. Un vestiaire où Matt dénicha, après avoir fouillé, une veste masculine brodée de soie et d'or, un vêtement de duc, ou de prince. À côté, une épée à la garde incrustée d'argent.

Les pensées de Matt se posèrent, rapidement, sur les deux frères d'Emma d'Orléans – particulièrement celui qui… avec Angie…

Il refusa de s'y attarder et, d'un geste brusque, il jeta la veste.

Mais il garda l'épée.

Un bruit. L'adolescent sursauta – non, il se trompait, il continua à chercher, à la lumière malsaine du crucifix verdâtre. Au fond, dans l'ombre, se trouvait une petite porte rouge, qu'il n'avait pas remarquée la première fois. Il poussa ; elle s'ouvrit, et Matt se retrouva devant un couloir de béton qui s'enfonçait dans les profondeurs, sous une ligne de néons morts. Il hésita, puis avança, bientôt noyé dans l'obscurité la plus complète.

Il marcha. Pendant cinq minutes. Dix.

À s'écorcher les coudes contre le crépi, à n'entendre que le bruit inquiétant de sa respiration.

Enfin, une vague lueur. Une lucarne, dans une porte en métal, un Digicode, et un voyant éteint.

Il poussa la porte.

Alors monta à son nez une puissante odeur de salpêtre, comme dans son rêve, et Matt sut qu'il avait eu raison.

De l'autre côté, des voix s'élevaient.

— Ils sont tous partis ! disait quelqu'un.

Matt reconnut, avec un frisson, l'intonation de l'homme en costume qui l'avait agressé dans la cour deux jours auparavant – celui qui l'aurait tué, peut-être, sans l'intervention de Pierre Delaunay.

L'homme reprit.

— Ils se sont tous barrés ! Je te dis, il est grave temps de plier bagage…

— Nos ordres sont de rester. Nos ordres sont de vérifier qu'il crève juste après que la couronne…

Une voix de femme, mais celle-ci avait dû se tourner, et la deuxième partie de la phrase fut inaudible. Se faufilant par l'entrebâillement, Matt se retrouva dans l'entrée d'un labo, cloisons blanches et lavabos.

À gauche, une porte battante, en Plexiglas fatigué.

L'homme continuait.

— L'électricité est coupée – à part le générateur. Ces connards du SdR ont vidé le bâtiment. Il faut…

— Il reste quarante minutes ! dit la femme. Dans quarante minutes…

— M'en fous, je me casse, protesta l'homme. D'ailleurs…

Matt fit un pas. La voix de la femme s'éleva.

— Il y a quelqu'un.

— Quoi ?

— Il y a quelqu'un avec nous, dit la femme.

… et s'éleva une sorte de frottement – comme un chuchotement, ou un bruit de… serpent ?

La main de Matt se crispa sur l'épée, puis, rassemblant son courage, il poussa la porte et entra.

Ils étaient bien deux : un homme en costume et une femme superbe, en tailleur vert foncé et aux longs cheveux noirs. Il y eut un silence, un moment de surprise ; puis la femme montra les dents – montra littéralement les dents, comme un animal – et émit de nouveau ce son… cet étrange feulement, entre le chat et le serpent.

L'homme en costume sortit une arme, hésita. Matt se tourna vers les tunnels dont il sortait et cria :

— Ils sont là !

— Il bluffe. Il n'y a personne, précisa la femme.

Et c'était étrange de l'entendre parler normalement, après ce sifflement, et Matt aurait dû être terrifié, avec le revolver braqué sur lui et cette créature, mais le sentiment d'irréalité était tel…

— Il n'y a personne, répéta la femme en faisant un pas vers Matt. Il est seul.

L'homme hésita de nouveau. Puis il haussa les épaules, rangea son arme, s'inclina vers sa collègue et dit :

— Bye.

Il se dirigea à grands pas vers une autre porte tandis que Matt prenait conscience de son environnement : un laboratoire, avec des paillasses, des médicaments et des instruments de chirurgie, sauf le sol, qui était en bois et peint d'idéogrammes tracés avec… de la poudre d'or ? De la peinture dorée ? À mieux regarder, il s'agissait d'un dessin, d'un pentacle, mais si grand, et si brodé de fioritures qu'il en était à peine reconnaissable – d'ailleurs, des brancards et des bidons de produits chimiques étaient posés dessus sans cérémonie…

Et au centre se trouvait une zone circulaire, comme une salle centrale, fermée par une paroi métallique rouge.

— Tu es tenu par contrat ! cria la femme alors que l'homme au costume ramassait une mallette près de la porte. Tu ne toucheras pas tes trente pour cent !

— Garde-les, répliqua l'homme. (Il se tourna vers Matt et lui fit un clin d'œil.) Bonne chance.

Matt resta seul avec la femme.

Elle fit un nouveau pas en avant. Puis elle montra les dents et répéta cet étrange sifflement.

Matt recula.

Chapitre 50

Dimanche 21 septembre – 17 h 20
Paris, quartier de Belleville
Quarante minutes avant le couronnement

Clémence était chez elle.

Rien de plus frustrant, quand ses deux meilleurs amis sont embarqués dans Dieu sait quelles aventures, de se retrouver renvoyée à sa vraie condition : celle d'une adolescente.

Une adolescente habitant chez ses parents, obligée d'écouter les commentaires irritants de sa mère. « Je préférerais que tu m'appelles, même quand tu passes la nuit chez Angélique, je sais que tu as dix-huit ans mais ça ne m'empêche pas de m'inquiéter. Au fait, j'ai appris que tu étais passée voir papa au bureau, ça c'est gentil, tu peux me donner ton linge sale s'il te plaît ? Ton nouveau jean, il déteint ? Il faut le laver à froid ? » Et voilà, Clémence était maintenant reléguée dans sa chambre, dont la décoration ne lui avait jamais paru si puérile.

Impossible de dormir. Les récits d'Angie et de Matt… Conspirations, rituels, assassinats, sexe ! Angie, avec ce vampire… Et dire que son père lui prenait la tête pour Saphir, alors que franchement, en comparaison… Non, plus tard. Clémence refusait de penser à Saphir, à ce dilemme cornélien s'il en était. D'ailleurs, il lui semblait entendre sa prof de français, « Chimène déchirée entre l'amour et le devoir » ; qui aurait cru, finalement, que la littérature avait un rapport avec la vraie vie ? Saphir, elle y réfléchirait demain ; ce soir, il y avait tant d'autres choses en jeu.

Sur son ordinateur, la radio qui suivait les cérémonies du couronnement parlait d'une augmentation brutale des victimes du Syndrome S.

Clémence fronça les sourcils.

Puis elle attrapa sa souris et alla faire un tour sur www.serezvousroi.com.

« Le Syndrome S a bouleversé l'ordre de succession au trône. » C'est ce qu'avait expliqué Angie, dans le petit appartement de Matt.

Clémence étudia la liste des héritiers de la couronne. Ce n'était pas un bouleversement. C'était un massacre.

Sur les cinquante premiers héritiers de Louis XXIV, quarante-six étaient atteints du Syndrome S. Quant aux quatre autres... l'un d'entre eux était le régent, premier sur la liste, et les trois autres étaient morts.

Clémence lut et relut les analyses, pour bien comprendre.

Les trois autres héritiers étaient morts d'accidents divers, très récemment. Un accident de voiture, une crise cardiaque et une noyade à la piscine. *À la piscine ? Un adulte ?*

Clémence réfléchit.

Trois décès accidentels. Si les quarante-six malades touchés par le Syndrome S finissaient eux aussi par mourir, cela signifiait que bientôt, à l'exception du régent, les cinquante premiers héritiers au trône auraient tout simplement disparu.

Rayés, littéralement, de la liste.

Clémence passa aux cinquante héritiers suivants. Parmi eux se trouvait Angélique de Noailles, qui allait très bien. Mais trente-quatre autres héritiers étaient atteints du Syndrome S, et neuf étaient décédés de manière accidentelle au cours de la semaine précédente.

Clémence repoussa sa chaise. Tous ces héritiers au trône – morts ou gravement malades. Une sacrée anomalie statistique, quand même.

L'affaire était trop récente pour que les médias principaux s'en emparent ; en revanche, Internet – les forums, les blogs – était en furie.

Clémence parcourut les commentaires, pour s'arrêter sur l'un d'entre eux, qui affirmait que seuls les descendants des Condés étaient affectés par le Syndrome S.

L'auteur était un généalogiste. Il précisait que même si les noms de famille différaient, tous les héritiers malades étaient des cousins, parfois fort éloignés, de la branche des Condés.

Ce qui n'avait aucun sens, pensa Clémence – puisque le prince de Condé lui-même, le régent, n'était pas atteint du Syndrome. Et, bien sûr, c'était ce qui était répondu au généalogiste.

Clémence arpenta la pièce, réfléchissant.

OK. Imaginons.

Le roi mourait. Le régent héritait. Mais, si le Régent faisait partie de la conspiration (en admettant qu'il y ait conspiration), pourquoi faire mourir les héritiers qui étaient après lui ?

Plutôt… si le roi et le régent périssaient tous les deux, et si les malades atteints du Syndrome S finissaient tous à la morgue… alors qui héritait ? Eh bien, le numéro 64, un certain comte de Châtillon, ensuite le numéro 72, ensuite… le numéro 86, Angélique de Noailles ; *ce serait un sacré rebondissement,* pensa Clémence, Angie tirant les ficelles depuis le début pour hériter du trône, mais… Non. Clémence s'était trompée. Le numéro 64, le comte de Châtillon, était mort. En fait, il était mort la veille.

Attaqué par des inconnus dans le métro.

Clémence se releva. Arpenta la pièce.

Attaqué dans le métro, comme Angie. Ceux qui tombaient un à un, victime de bizarres accidents, étaient-ils marqués eux aussi ? Si le généalogiste avait raison, et si tous les Condés, ou apparentés, mouraient du Syndrome S… Et si ceux qui n'étaient pas des Condés, comme Angie, étaient attaqués dans le métro ou avaient des accidents de piscine… Alors ?

Alors la couronne passait aux d'Orléans.

D'abord, au numéro 93 : Charles d'Orléans. Le numéro 94 était non pas Philippe d'Orléans, qui, semblait-il, avait fait comme la princesse Joséphine et comme la mère d'Angie, une déclaration de renonciation à la couronne, mais… Emma d'Orléans, évidemment.

Clémence joua avec son stylo.

Et si les motivations des assassins étaient basses, vulgaires ?

Et si Angie n'avait pas été marquée pour des raisons ésotériques liées à la Machine et à la manipulation de l'histoire de France… mais bêtement, parce qu'elle était, comme des dizaines d'autres, trop haut sur une liste d'héritage ?

Clémence prit son téléphone et tenta, une nouvelle fois, de joindre son amie.

Chapitre 51

Dimanche 21 septembre – 17 h 35
Paris, quartier de Belleville
Vingt-cinq minutes avant le couronnement

Matt tournait autour de la femme, l'épée à la main. Toutes ces années d'escrime, d'entraînement, de tournois. Tous ces conseils. Laisser son esprit flotter – être en éveil. Ne pas laisser les émotions interférer.

La femme fit valser ses chaussures à talons, puis se retrouva pieds nus, en collants, avec ce tailleur vert, si raffiné.

Puis elle disparut.

Plus rien, qu'un tailleur et des sous-vêtements par terre. Peut-être une fumée grise.

La panique, montante. Chuintement, sur la gauche…

Matt cria, fit un pas de côté, tournoya, frappa. Sa lame fendit l'air, s'enfonçant de dix centimètres dans la poitrine de la femme.

Qui s'écroula.

L'adolescent resta figé, la respiration courte, regardant le corps nu sur le sol. Était-elle agonisante ? Morte ? Venait-il de commettre un crime ? Ses mains tremblaient ; la femme avait disparu en fumée, puis s'était reconstituée derrière lui, comme… un vampire ? Les vampires disparaissaient-ils ? Ce n'était pas ce qu'il avait lu dans le fameux livre de Sylvie Ferrier, ce n'était pas ce que l'auteure décrivait, mais ce n'était guère le moment de se poser des questions, et il crut entendre un gémissement s'élever du centre, de la pièce circulaire, derrière la paroi rouge, un gémissement d'enfant. Matt bondit, traversant la salle, criant, follement : « Benjamin ? » et, au moment où il approchait de la paroi, des bras de femme l'enserrèrent et des dents se plantèrent dans sa nuque.

Il hurla – plus de surprise que de douleur car ses réflexes avaient pris le dessus. Se projetant en avant, il fit une roulade, sentant le corps nu de la femme l'étouffer comme un reptile. Elle perdit l'équilibre, le lâcha. Une seconde plus tard, Matt était de nouveau debout, lui faisant face – sauf qu'elle n'était plus là, elle était passée sur sa gauche, toujours nue avec ce point rouge au milieu de la poitrine (que son épée avait traversée) et elle tournait autour de lui en sifflant, crocs à découvert, la nuque de Matt était douloureuse, passe arrière, coup d'estoc, raté, un nouveau pas en arrière, un de trop, Matt heurta la paroi rouge, brisant sa concentration, il sentit plutôt qu'il ne vit la créature bondir ; pour l'éviter il se laissa tomber, sur le sol, sa lame partit en avant...

À travers la tête.

Le fer s'était enfoncé exactement entre les deux yeux de son ennemie. La femme resta embrochée, presque ridicule, puis glissa sur le sol ouvragé.

Inconsciente. Morte ?

Matt l'observa, la nausée montante.

Il fallait... quoi ? Angie avait raconté – le couteau électrique, trancher la tête, la cheminée –, mais cette femme était-elle un vampire ? Elle avait des relents reptiliens. La nuque de Matt le brûlait. Un venin ? Il tremblait de tous ses membres, incapable de réfléchir, et se retourna vers la salle rouge au centre. *Où est la porte d'entrée ?*

— Benjamin ? cria-t-il.

Pas de réponse – il voulait tellement l'entendre, peut-être avait-il rêvé ce gémissement – il appela encore mais personne ne lui répondit, il tambourina sur la paroi de métal circulaire en criant. *N'importe quoi, tu fais n'importe quoi, reprends-toi, si tu paniques c'est la fin !*

Puis il vit la porte, sur sa gauche. Il se jeta à l'intérieur, il y eut un sifflement, et un chuintement, et la femme réapparut sur sa droite et se précipita, juste derrière lui.

Matt courait, perdu dans ce labyrinthe de couloirs pourpres et concentriques. Des ronds, de plus en plus petits, reliés par des portes rouges qui l'amenaient chaque fois plus près de…

— Benjamin ! hurla Matt, désespéré.

Mais nul ne lui répondit… Y avait-il quelque chose, quelqu'un de vivant dans cette antichambre des Enfers ? *Orphée et Eurydice*, pensa-t-il, de vieux souvenirs de lycée remontant à la surface – Orphée était perdu, non, il était descendu aux Enfers exprès, chercher sa bien-aimée et il ne pouvait pas se retourner car… Matt ne savait plus, tout s'embrouillait, il passa une autre porte, la claqua derrière lui et moins de quelques secondes plus tard il l'entendit, derrière, s'ouvrir et se refermer. La femme avait besoin d'être matérielle pour franchir le seuil, elle ne pouvait pas se transformer en fumée pour passer – la sorcellerie, le pentacle, sans doute. Matt se tourna pour lui faire face, mais rien, il ne voyait rien, son ennemie était invisible. Le cœur battant, il pivota sur lui-même, l'épée à la main.

— Je t'entends ! mentit-il, simplement pour que résonne une voix humaine, même la sienne.

Et soudain elle fut là, son Eurydice, comme un souffle glauque derrière son épaule. Matt hurla de peur et bondit, deux pas en avant, il virevolta, frappa – trop tard, elle avait disparu –, et soudain il n'eut plus la résolution de se battre, plus la détermination d'attendre ; il repartit aveuglément, dans le couloir circulaire, se cognant contre les murs, cherchant la dernière porte, le labyrinthe de métal était si petit maintenant, c'était forcément la dernière. Et, en effet, quelques mètres plus loin, elle était là, la sortie, large et noire, qui menait au centre du pentacle, au centre de tout.

Les battants s'ouvrirent sous la poussée désespérée de Matt, et juste au moment où il posait enfin le pied au centre du pentacle Eurydice lui sauta sur le dos et planta ses crocs dans son cou.

Chapitre 52

Dimanche 21 septembre – 17 h 45
Paris, quartier de Belleville
Quinze minutes avant le couronnement

Quinze mille personnes touchées par le Syndrome S, plus de cinq cents nouvelles victimes infectées par heure, et Philippe d'Orléans tambourinait à la porte de la chambre de sa sœur Emma d'Orléans.

La chambre bleue, dans leur hôtel particulier, place des Vosges, qui avait été occupée, au fil des siècles, par des femmes sublimes, liées aux frères d'Orléans… et maintenant il y avait Emma qui ne répondait pas, qui ne prenait pas les appels, Emma que Philippe avait connue quand elle avait deux ans.

Orpheline. Les deux frères l'avaient élevée, protégée, respectée et aimée comme si elle était vraiment leur sœur, mais Emma n'était pas devenue… Les choses n'avaient pas tourné comme prévu et pour la rejoindre Philippe avait dû traverser Paris au soleil, en pleine journée, dans sa BM aux vitres teintées, au milieu des geignements accusateurs des ambulances.

— EMMA ! hurla-t-il, la sentant, là, derrière.

Elle ne répondit pas, et d'un coup de pied il fit exploser la porte.

Emma d'Orléans faisait sa valise. Philippe voulut hurler.

Comment… comment avait-elle pu laisser les choses dégénérer ainsi ? Comment en était-on arrivé à cette absurdité, à ce carnage ?

Il était prêt à tout, même à la violence, mais, quand Emma se tourna vers lui, il s'aperçut qu'elle pleurait.

Et Philippe comprit.

Elle n'avait pas voulu ce désastre. Les choses lui avaient échappé, le rituel était devenu fou, elle avait joué avec le soleil, et les flammes l'avaient brûlée, et au lieu de la poignarder ou de l'étrangler il murmura :

— Emma…

— Henri de Condé n'a pas encore été touché, murmura-t-elle. Tous les autres – ceux de sa lignée, de sa putain de lignée de dégénérés – ils saignent, ils crèvent, mais lui… il est toujours là, rose et frais…

— Emma, il faut arrêter…

— Pourquoi ? hurla-t-elle. (Philippe la regarda, des cendres au cœur.) Pourquoi il n'est pas tombé ? Pourquoi il n'est pas mort ?

Elle était si innocente, quand elle avait douze ans. Une gamine rousse et joufflue qui découvrait les infinies possibilités de la sorcellerie. Et Charles pensait que c'était une bonne chose. Leur petite-cousine, qu'ils appelaient leur petite sœur, pourrait mieux se protéger, si elle devenait praticienne. Elle deviendrait plus forte, elle saurait se préserver contre l'horreur qu'était le monde, et ni Charles ni Philippe n'avaient prévu qu'Emma deviendrait, elle-même, une horreur.

— Pourquoi le régent n'est-il pas atteint ? répéta-t-elle, retenant des sanglots de rage. Alors que tous les descendants de l'Entité… Et pourquoi les autres sont-ils affectés ? Des gens de rien, des roturiers, n'importe qui, dans la rue… Pourquoi ils sont malades alors qu'ils ne sont les descendants de personne ?

— Peut-être parce que la magie ne marche pas, Emma ? (La colère de Philippe montait, sa gorge se serrait, à l'idée de tout ce gâchis.) Ou parce qu'elle ne marche pas comme il faut, qu'elle est aléatoire, dangereuse, et qu'il est temps de passer à une autre époque ?

— Ma sorcellerie est précise, cracha Emma. Il n'y a pas eu d'erreur. Tous ses descendants. Atteints. Par le Cri.

— Alors peut-être que l'Entité a eu des millions de descendants ? hurla le vampire. Tu as déjà pensé à ça ? Que les légendes sont fausses…

Qu'ils ont tous, les gens, dans la rue, les charcutiers comme les ducs, les plombiers comme les Condés, du sang de ces Entités là-haut ?

Emma d'Orléans ne répondit pas et Philippe réprima sa colère. Après tout, si elle était devenue ainsi, si leur sœur avait été pervertie, c'était sa faute et celle de Charles, et les dégâts qu'elle avait commis, c'était à lui de les réparer.

— Et le roi ? demanda-t-il.

— C'est presque fait. (Emma jeta un coup d'œil à l'horloge, sur le buffet.) Le couronnement. Le sang de l'enfant va bientôt être écoulé… Une de mes servantes garde le pentacle.

Philippe se remit à arpenter la pièce.

Louis XXIV mourrait donc en même temps que le petit Benjamin. Le lien d'agonie, au cœur du pentacle, unissait le roi et son page, sous la surveillance de la succube. Mais cela n'avait plus d'importance. Ce plan complexe d'Emma et de Charles n'avait plus de sens. Qui porterait la couronne, qui hériterait, tout cela semblait si dérisoire, en comparaison de…

Combien de morts allait causer le Cri de l'Entité ? Combien d'innocents le Syndrome S allait-il tuer ?

Des centaines de milliers ? Des millions ?

— Emma, tu dois l'arrêter, reprit Philippe. La renvoyer là-haut.

— Je ne peux pas.

— Il faut…

— J'ai essayé ! (La voix d'Emma, rauque, ses yeux hagards.) Quand j'ai vu les hôpitaux… le nombre de victimes… J'ai essayé. Ils ont essayé. Ils sont morts. À Notre-Dame, dans la tour. On ne peut pas l'approcher. Plus rien ne peut arrêter le rituel, murmura-t-elle, très pâle.

Philippe réfléchit, et hocha la tête.

— Je m'en charge.

— Non. Philippe, tu ne comprends pas. Elles aussi sont mortes. Mes filles. Elles ont tenté, mais leurs yeux ont explosé, et…

— Pars. Je m'en occupe, répéta-t-il.

Et il serra Emma dans ses bras, pour lui dire adieu, parce qu'il l'aimait encore, et qu'elle était un monstre, mais qu'il l'avait créée.

Chapitre 53

Dimanche 21 septembre – 17 h 50
Paris, cathédrale Notre-Dame
Dix minutes avant le couronnement

Le soleil était blafard sur le parvis de la cathédrale.

La foule compacte et nerveuse, les barricades en métal, les postes de secours, les policiers, les gens qui s'engueulaient. Et Angie, perdue, au milieu de cet océan d'inconnus. Avec ce sentiment très clair de danger, qui rendait ses paumes moites.

Puis elle comprit. Le Cri.

Le Démon était là, et il hurlait.

Ce Cri, à la limite de ses perceptions, qu'elle entendait depuis des jours, ce Cri qui vibrait dans son âme chaque fois qu'Angie vibrait avec le sang…

Angie avança à travers les groupes compacts. Quand elle avait appelé de nouveau les services de Richelieu, on lui avait ri au nez – enfin métaphoriquement. Angie n'avait pas su expliquer ce qui se passait et l'interlocuteur avait raccroché. Elle fut bousculée par un groupe d'ados rieurs ; quelqu'un criait, regardant un petit écran :

— Ça y est ! C'est le sacre ! On a un nouveau roi, les mecs !

— Pas encore ! cria quelqu'un d'autre.

De l'autre côté du parvis, deux grands écrans diffusaient en direct les images de la cérémonie, mais de là où était Angie on ne voyait rien… À côté d'elle, un petit garçon éternua. Puis regarda son mouchoir. Il était taché de sang.

Angie se figea. À côté, la mère aussi s'était pétrifiée. Elle ne fit pas comme dans les films, elle ne se mit pas à hurler de manière hystérique ; simplement, elle prit son fils dans ses bras et lui parla très bas.

— Ce n'est pas grave, mon chéri, tout va bien, nous allons aller voir un docteur, d'accord ?

Elle fendit la foule, livide, tandis que les gens s'écartaient et que, derrière Angie, une exclamation étouffée résonnait.

Elle se retourna. Une adolescente, dans le groupe qui l'avait bousculée. Le sang coulait lentement de son nez, mais elle ne s'en était pas encore aperçue. Ses copines la regardaient, horrifiées.

La deuxième personne, frappée par le Syndrome S. Dans un rayon de trois mètres. En moins de vingt secondes.

Cette fois, quelqu'un commença à crier. Angie passa sur la droite, sortant de la foule. Près d'une barricade, un autre homme s'était écroulé ; on le hissait sur une civière. La tension montait : les secouristes donnaient des ordres, les spectateurs voulaient quitter la place, bloqués par ceux qui continuaient à arriver par les ponts ; Angie profita du chaos pour trouver un endroit plus calme.

Sur le quai. Adossée au parapet. La Seine coulant sereinement en contrebas.

Angie ferma les yeux. Se laissa porter par ses sensations.

Sur l'autre rive, les ambulances rugissaient.

Le Démon hurlait, émettant des vagues de pouvoir, Angie les voyait presque, des ondes de puissance, circulaires, croissant comme des ronds sur la surface d'un lac. Une puissance qui baignait la foule, où les victimes du Syndrome S tombaient, une par une.

Angie rouvrit les yeux. Puis, concentrée, ignorant les rythmes de détresse qui vibraient autour d'elle, elle se dirigea vers le point focal.

La cathédrale lui apparut comme dans un brouillard. Angie marchait, flottant presque, avançant vers l'épicentre et, quand elle revint à la réalité, elle était en bas de la tour sud.

Dont l'entrée était sérieusement gardée.

— On ne passe pas, mademoiselle, dit un premier agent, et un deuxième, et un troisième.

Personne n'entrait, le rez-de-chaussée de la tour avait été loué par la famille d'Orléans, une sorte d'antichambre pour la cérémonie. Angie sortit tous les arguments possibles, tenta d'impliquer, de nouveau, le Secret du Roi, mais son numéro de téléphone ne répondait plus; elle invoqua le nom de Tercier, celui de Richelieu, sans résultat, à part l'énervement croissant des agents, et la menace d'être expulsée du parvis.

Elle perdait l'esprit. Elle se boucha les oreilles, mais le hurlement résonnait toujours – ses pensées devenaient folles, elles passèrent sur Matt, qu'elle vit, sans savoir pourquoi, assis épuisé par terre devant une porte rouge, elle eut comme une bouffée de tendresse, ou de désir, puis l'image se perdit, quelqu'un devait l'aider, lui permettre d'entrer dans cette tour, il devait y avoir un moyen, et soudain, espérant contre tout espoir, Angie composa le numéro du commissariat du 20e arrondissement et demanda d'une voix tremblante dans quel établissement avait été hospitalisé Pierre Delaunay.

Chapitre 54

Dimanche 21 septembre – 17 h 54
Paris, quartier de Belleville
Six minutes avant le couronnement

Matt hurla, recula, percutant de toutes ses forces la paroi. Eurydice tomba, l'adolescent se retourna et, pour la millième fois, lui ficha l'épée dans la poitrine.

Trop tard.

Cette fois, les crocs s'étaient profondément enfoncés dans sa chair. Le garçon trébucha vers le centre de la pièce, le venin brûlant son organisme, brouillant sa vision. Il perdait connaissance – il prit appui sur un pilier, la salle oscillait devant ses yeux, petite et circulaire, le cœur du pentacle élégamment tracé de motifs vieil or, cinq statuettes en bois peint en marquant les pointes. Matt trébucha en avant, la respiration courte. Au centre du pentacle, il y avait un brancard, et dessus le cadavre d'un petit garçon.

Un garçon de huit à dix ans, brun, branché à… des perfusions, mais dans l'autre sens, qui prenaient son sang – il devait y avoir un terme pour ça, mais la tête de Matt tournait, les perfusions inversées se déployaient telles des pattes d'araignées, plantées dans son corps, et le sang de l'enfant gouttait de ces pattes, « plic plic plic », et tombait par terre en flaques, sur le pentacle.

Il était si pâle. Un cadavre.

Sa vie s'était écoulée sur le sol.

Quelque chose bougea derrière Matt.

Il se retourna, sachant déjà ce qu'il allait voir. Et, en effet, Eurydice se relevait, avec son trou dans la tête et ses quatre plaies dans la poitrine, et Matt hésita – sa main tremblait de fatigue, ses muscles étaient douloureux, et... le venin, un acide dans sa tête ; la femme se déployait tel un serpent, Matt allait échouer là aussi, comme il avait raté son entrée à Saint-Cyr, comme il avait sabordé ses amitiés, ses amours, comme il avait laissé mourir son petit frère, et Eurydice était debout maintenant, et Matt savait, au fond de lui, que son désespoir était simplement dû à l'épuisement et au venin, à la solitude de ses nuits, lorsque derrière lui l'enfant bougea, et émit un court gémissement.

Vivant.

Matt frappa – droit devant lui, de toutes ses forces, dans la gorge.

La lame traversa Eurydice, entrant par la bouche et sortant par sa nuque comme une langue de fer, mais cette fois Matt ne s'arrêta pas – les mains tremblantes, de tout son corps courbaturé, il se jeta sur elle en criant ; ils roulèrent sur le sol. Sans réfléchir, Matt saisit une des statuettes de bois et commença à cogner la tête, le crâne résista un moment, la femme tentait de le mordre, mais Matt cognait toujours, et il le sentit – le crâne éclater, dans un bruit répugnant – non, la matière était répugnante et, quand il se releva, secoué de frissons, le crâne d'Eurydice n'était plus qu'une bouillie ensanglantée.

Matt hésita – une fraction de seconde – puis se précipita vers le garçon. Ses mains étaient secouées de frissons convulsifs, mais il débrancha, arracha les horribles perfusions, puis il courut vérifier qu'Eurydice ne bougeait plus – comment aurait-elle pu, d'ailleurs, avec son cerveau qui... Le spectacle était indescriptible, Matt retourna vers l'enfant, il était blême, et soudain Matt eut une vision – la pièce en plongée prise de très haut, de très loin, et le garçon au centre du pentacle, vibrant dans une lumière malsaine, lié à...

À quoi ? À qui ?

Pris d'une soudaine impulsion Matt poussa le brancard hors du centre. Il y eut une résistance, un claquement inaudible ; et quand le chariot obéit enfin, quand il sortit du cœur du pentacle, qu'il franchit la ligne d'or, l'air eut comme un frémissement...

Et quelque chose céda.

Chapitre 55

Dimanche 21 septembre – 18 heures
Paris, cathédrale Notre-Dame
Couronnement de Louis XXIV

Louis XXIV prit une profonde inspiration.

L'étreinte de mort qui l'enserrait avait disparu.

L'image de Benjamin de La Vallière, qui le hantait depuis quelques heures, s'était évanouie, d'un coup… et avec cette image étaient parties ses nausées, les faiblesses. Dissipée, cette impression que l'existence lui était bue, retirée. Que son sang s'en allait, « plic plic plic », goutte par goutte, dans l'abîme.

Il respira, une profonde goulée.

L'air, la vie.

Le trône.

— … et ainsi tu as reçu l'anneau, le sceptre, et la main de justice, disait l'archevêque. Louis, tu as mis un genou en terre…

Le public, silencieux, sur les inconfortables bancs de bois. La lumière de la rosace sur les pierres de la nef. Les caméras, les reporters concentrés, entre les statues.

— Tu t'es agenouillé citoyen, dit l'archevêque. Tu te relèveras roi.

Chapitre 56

Dimanche 21 septembre – 18 h 10
Paris, hôpital Tenon

— Maxime, arrête, murmura Pierre Delaunay à son frère. Je vais bien, protesta-t-il.

Il s'essuya le nez, pour la sixième fois en cinq minutes, avec le tissu microfibre imbibé de sang.

Le vicomte Maxime Delaunay s'obligea à se calmer – à cesser d'arpenter nerveusement la chambre d'hôpital. Pierre n'allait pas bien, ils le savaient tous les deux. Les infirmières de l'hôpital Tenon l'avaient bourré de coagulants, qui ne fonctionnaient pas, ou pas assez. Certains malades périssaient en quelques minutes, d'autres, atteints depuis des jours et encore vivants, étaient appelés « les stationnaires ».

Une nouvelle quinte de toux. Pas dangereuse, mais Pierre Delaunay mit quelques minutes à retrouver son souffle. Son petit frère le vicomte recommença à tourner en rond ; puis, pour la dixième fois de la journée, il sortit le document qu'il avait dans sa poche.

— Je pourrais exiger du directeur qu'il te transfère au cinquième étage ! s'écria-t-il, agitant le précieux papier. Un blanc-seing du roi… signé ! Ils seraient obligés de m'obéir. Tu recevrais les meilleurs traitements…

Pierre secoua la tête.

— Il n'y a pas de meilleur traitement, Maxime. Parce qu'il n'y a pas de traitement du tout. Et je préfère être ici, avec accès direct aux médecins, qu'être relégué à l'étage Zone Blanche où on me laissera pourrir dans des draps de meilleure qualité…

Maxime Delaunay détourna la tête ; son frère avait raison, mais il crevait d'agir, tout sauf rester là, spectateur d'une tragédie annoncée. Pierre Delaunay se laissa retomber sur ses oreillers, alors que les voix montaient dans les couloirs envahis par les malades, où les docteurs exaspérés disputaient le passage aux employés de la morgue.

Les deux frères, si différents. Pierre Delaunay, l'aîné, le bâtard à peine reconnu du comte Delaunay. Pierre, roturier puisque sa naissance illégitime ne lui permettait pas d'hériter du titre, républicain convaincu, passionné par son métier d'enquêteur à la Sécurité Royale. Et le jeune et beau Maxime, le fils légitime du comte, fier de son existence paresseuse et dorée. Malgré leurs destins et leurs opinions opposés les deux frères s'adoraient, c'étaient là les paradoxes, les contradictions de la nature humaine.

C'est alors que le téléphone sonna.

Le vicomte Maxime Delaunay ne comprit pas grand-chose aux conversations qui suivirent. Son frère avait un de ses informateurs au téléphone – ou plutôt une informatrice, un peu hystérique. Maxime entendit des bribes d'information : « passage de Ménilmontant », « enfants kidnappés », « Notre-Dame ». Et, devant le vicomte incrédule, son frère, pris d'un regain d'énergie, se leva et commença à passer une série d'appels frénétiques.

De nouveaux noms furent mentionnés au téléphone, on parla d'enfants coupés en morceaux, et maintenant l'intérêt du vicomte Delaunay était tout à fait éveillé.

— Ils ne la laissent pas passer ! criait Pierre. Imaginez, monsieur le directeur, qu'elle ait vraiment découvert quelque chose, juste avant le couronnement, quelque chose qui déterminerait votre carrière et la mienne…

Mais Pierre ne convainquait personne, on en revenait toujours là : *« Il était impossible de laisser passer la gamine, on n'avait pas les ordres. »* Et c'est là que le vicomte Delaunay sortit le blanc-seing royal ; Pierre le vit, il raccrocha le téléphone, et les regards des deux frères se croisèrent, hésitants.

Chapitre 57

Dimanche 21 septembre – 18 h 20
Paris, cathédrale Notre-Dame
Tour sud

Angie avançait entre les morts, et les morts racontaient une histoire.

Dans le rez-de-chaussée de la tour se trouvaient des dizaines de cadavres. Des adultes, des hommes, des femmes, écroulés, par terre, au pied de l'escalier. Des laborantins, en blouse blanche. Deux femmes en tailleur rouge et aux longs cheveux noirs.

Écroulés sur le sol, comme des poupées brisées.

Et l'histoire qu'ils racontaient était simple. Ils étaient venus, ils s'étaient installés dans ce lieu – techniciens, scientifiques, ou créatures magiques au service d'Emma d'Orléans ; ils y avaient amené quelque chose. On voyait, dans un coin de la salle, une gigantesque boîte en fer, grande comme un cercueil, des poulies, des rouleaux de câbles, des outils… Oui, ils avaient amené l'Entité, dans cette boîte, et puis ils étaient morts.

Autour de l'escalier. Comme s'ils avaient essayé de grimper.

La plupart avaient été tués par le Syndrome S. La flaque de sang, autour de leur nez… mais les femmes aux cheveux noirs et à la peau très pâle avaient péri d'autre chose. On aurait dit que leurs yeux – leur tête – avaient éclaté.

Le Cri venait d'en haut.

Le Démon attendait Angie au sommet de la tour.

Non loin frémissait la vie. Un peu plus loin, dans la nef, le couronnement prenait fin, les journalistes filmaient, l'archevêque terminait son homélie ; Angie percevait un nuage d'émotions, de sons – et ces bruits mêlés devenaient un rythme, comme si les humains vibraient avec le Cri, se transformaient en musique, en accompagnement.

Les morts, eux, étaient muets.

Sur les marches, d'autres cadavres. L'un d'eux (une hache à la main) était parvenu plus haut que les autres ; Angie enjamba le corps, alors que la musique devenait plus riche, que la mélodie du Cri et des hommes prenait forme – elle en reconnaissait certaines phrases, un peu grinçantes, un peu fausses, comme un refrain de piano inachevé.

Et Angélique de Noailles gravit les marches comme elle les avait descendues cette nuit-là, à huit ans, les notes fantômes de son enfance se rassemblant en une symphonie, maladroite et hachée, et ce fut portée par le chœur, par cette discordante et émouvante harmonie qu'elle arriva en haut, où l'attendait l'Entité.

La porte était hachée par les balles. Un homme était écroulé sur le seuil.

Elle poussa le battant et découvrit l'Entité.

Ce n'était pas un Démon.

C'était un Ange.

Ailes blanches maculées de sang, câbles d'argent traversant sa chair, ou plantés dans sa peau avec des griffes de métal, déchiré entre les murs peints d'atroces icônes et de signes révoltants – un Ange torturé, écartelé, hurlant. Elle n'avait pas compris, elle qui se tenait sur le seuil, les larmes coulant sur son visage, engouffrée par l'immensité de la douleur. Elle s'était trompée, en croyant que la créature était venue volontairement répandre le Mal alors qu'elle avait été arrachée, suppliciée.

C'était le hurlement de souffrance de l'Ange qui répandait la mort. Le Syndrome S, c'était son cri concentré par la sorcellerie qui ornait les murs, et Angie l'empathe n'était elle aussi que souffrance et musique, et elle comprenait... Il y avait eu erreur, folie. Les conséquences les avaient dépassés – ceux qui avaient invoqué l'Entité avaient voulu tout arrêter, mais, en tentant de l'approcher, ils avaient péri, le Cri les avait foudroyés...

... Sur les marches derrière elle, le vampire trébuchait, lui qui voulait atteindre l'Ange, qui voulait rattraper les crimes de sa sœur. Il sentait Angie, il l'appelait, mais elle n'entendait pas. Et la force du Cri l'atteignait de plein fouet – et sur l'escalier Philippe d'Orléans trébuchait, et saignait, et s'écroulait...

Le Cri ne poignardait pas Angie, car elle vibrait à son rythme, mais elle était encore trop réelle, trop chair pour passer – il ne lui fallait être qu'esprit. Elle se mit nue, prit le couteau de l'homme mort à ses pieds et se lacéra le corps, à peine, l'acier effleurant la peau, juste assez pour que le sang coule, épaules, seins, cuisses, jusqu'à ce qu'elle ondule, vêtue de soie pourpre...

L'Ange la sentit.

Il leva les paupières, avec dans les yeux tant de désespoir et d'attente. Angie traversa la salle. Elle tendit la main, la posa sur sa joue.

Il la prit dans ses bras, referma ses ailes et, ils ne furent plus qu'un.

Chapitre 58

··· Et l'univers lui apparut.

… les mélodies des âmes, la symphonie de l'humanité. La musique de leur monde, de leur réalité. Une musique fausse parce que quelqu'un y avait touché, quelque chose l'avait fait dérailler…

… et plus haut encore, avec un hoquet de stupeur, il n'y avait plus une réalité, une musique, mais tant de réalités, tant de musiques… Ces autres mondes, qu'Angie avait soupçonnés dans les miroitements de la galerie des Glaces, ces mondes où un détail, une note seule variait…

… plus haut ! Où se mouvaient les Entités – ni Anges ni Démons, car Anges et Démons n'étaient que des noms et, des noms, elles en portaient des myriades, et les humains ne voyaient que leur ombre… Plus haut encore et…

… Angie les vit – les impalpables fils d'or qui rattachaient l'Ange à son lieu de torture, les chaînes impalpables du rituel, les liens de l'invocation, et elle leva la main et d'un geste…

… elle arracha…

La créature se libéra – sans bruit, avec, à peine…

… un fugitif soupir.

Chapitre 59

— Chut, murmurait Matt, en caressant le front de l'enfant. Doucement…

Le garçon était si maigre, son visage tuméfié si fragile. Il frissonnait, sur son brancard, dans ce sous-sol ignoble, les yeux clos, et Matt avait peur que ces simples mouvements ne l'achèvent. Depuis qu'Eurydice ne bougeait plus, Matt avait appelé frénétiquement le monde entier, le Samu, la police, les pompiers, les hôpitaux, mais il était trop profond dans les sous-sols, les appels ne passaient pas ou, quand ils passaient, les lignes étaient occupées, et Matt espérait que quelqu'un, quelque part, avait eu le message… Devant lui, le garçon bougea de nouveau, tenta de se retourner, faillit tomber. Matt le rattrapa.

— Chut, ne bouge pas. Ne bouge pas, les secours vont arriver…

Et s'ils n'arrivaient pas ? L'enfant, les yeux toujours fermés, eut un hoquet qui secoua son corps si frêle. Matt balbutia des mots d'encouragement – et s'il mourait, si l'enfant avait un dernier sursaut et agonisait, là, dans ses bras ? Matt pensait qu'il n'y survivrait pas… Oui, si une chose aussi injuste survenait, il tomberait raide à son tour à côté du brancard. Il enleva son blouson, en couvrit le garçon, pour le réchauffer, ils étaient si terriblement seuls dans cette salle, avec comme seule compagnie des flaques de sang et le cerveau d'Eurydice écrasé. L'enfant tremblait toujours – était-ce bon signe ?

Boire ! Il fallait qu'il boive, évidemment, pour reconstituer le sang qu'il avait perdu, mais s'il le lâchait pour aller chercher de l'eau… *Où ? Où trouver de l'eau ?…* le petit allait tomber ; Matt commença, fiévreusement, à rattacher les courroies, et brusquement l'enfant ouvrit les yeux et tourna la tête vers lui.

Ils s'observèrent en silence.

— Bonjour, chuchota Matt.

Et il répéta, nerveusement, conscient que ses larmes coulaient et que ses pleurs ne devaient pas être très rassurants pour le petit :

— Bonjour. Tout va bien. Ne bouge pas, d'accord ? Tout va bien. Je suis là. Le… Les docteurs vont bientôt arriver…

L'enfant ne disait toujours rien, ses grands yeux bruns fixés sur Matt.

— Ne bouge pas, répéta encore Matt. (Puis il murmura, hésitant.) Benjamin ?

Benjamin de La Vallière eut un faible – un très faible – sourire.

— Contact ?

Matt retint son souffle.

— Oui, dit-il enfin. C'est moi – Contact.

— Je t'ai appelé, murmura Benjamin. Et tu es venu.

— Oui. Je suis venu, répondit Matt.

Et il éclata en sanglots.

Chapitre 60

Angie se releva.

Elle était seule. L'Ange avait disparu.

Elle était de retour, nue, gelée, couverte de sang séché.

Dans la tourelle, l'étroite pièce puait le moisi. Sur les murs, les inscriptions, les idéogrammes brillants s'étaient effacés. Les câbles d'argent gisaient par terre, la poussière gluait sur l'étroit vitrail ; quelques insectes se baladaient dans les interstices de la pierre rongée par l'humidité.

Autour d'elle, le silence, à peine troublé par la rumeur étouffée du bruit parisien.

Dans les heures qui allaient suivre, les clameurs des ambulances allaient lentement se calmer, la panique se résorber – l'Ange parti, le Cri éteint, le Syndrome S avait disparu, et, au fil de la journée, les malades allaient guérir, les agonisants se réveiller dans leurs chambres d'hôpital. Et Pierre Delaunay, qui comprendrait plus tard qu'il avait sauvé sa propre vie, s'apercevrait avec stupeur, en calant ses oreillers, qu'il se sentait plutôt bien.

Mais Angie ne savait rien de tout cela. Elle avait contemplé ce que nul humain n'était supposé voir : l'impression d'immensité, de vertige, la faisait trébucher. De ce voyage, on ne pouvait revenir saine, elle ouvrit la porte, sortit, sans réaliser qu'elle ne s'était toujours pas rhabillée, et c'est ainsi qu'il la vit, descendant l'escalier, nue et couverte de sang, sur son corps, sur son cou, sur ses blanches épaules.

Avançant vers lui comme un cadeau.

Philippe d'Orléans se leva – lui aussi tremblait d'être passé si près de l'anéantissement. En cet instant, il n'avait plus de nom, plus de passé, plus de péchés. Il n'était qu'un très jeune homme, vingt ans à peine, dont l'âme venait d'être souillée par le regard du Démon. Lui aussi avait vu. Lui aussi avait été emporté là-haut, avant de renaître comme la créature qu'il était aujourd'hui.

Et malgré les siècles, de la démence qu'ils avaient contemplée, ni lui ni Charles ne s'étaient jamais vraiment remis.

Angie descendait les marches. Il comprit qu'ils avaient embrassé, à une éternité d'intervalle, la même déraison ; frissonnants, ils se prirent dans les bras, les seuls êtres peut-être au monde à pouvoir partager, et ils s'enlacèrent, et peut-être firent-ils même l'amour, là, sur les marches ou plus bas parmi les cadavres… ou peut-être restèrent-ils simplement là à s'étreindre, et Angie ne devait garder, de ces quelques heures, que de très vagues souvenirs, mais quand ils sortirent, bien plus tard, alors que la nuit était tombée et que les événements qui devaient se dérouler lors du couronnement étaient déjà passés, déjà réglés, elle aurait juré qu'ils étaient liés pour toujours.

Chapitre 61

Sur le front de Louis XXIV pressait le cercle d'or qui avait, depuis longtemps, remplacé la lourde couronne des rois de France.

Le moment de flottement qui avait eu lieu quand la comtesse de Saint-Aignan avait commencé à saigner du nez était passé, et, alors que les grandes orgues noyaient le public de leurs notes profondes, Louis XXIV prit une profonde inspiration.

Il avait un bref discours à prononcer. Quelques mots rassurants et chaleureux, préparés par les services de communication royaux, mais le protocole exigeait qu'il remercie d'abord ceux qui l'avaient couronné. D'abord, l'archevêque. Le jeune roi jeta ensuite un coup d'œil à Tercier, qui restait discret dans l'ombre du pilier, puis, alors qu'il parlait au surintendant des Finances, il croisa le regard du régent, et y lut la tristesse, l'incrédulité… la fierté, peut-être.

Tant de sentiments paradoxaux, et toutes ces années de méfiance mutuelle. Pris d'une soudaine impulsion, le jeune roi avança vers Henri de Condé et, avec un sourire timide, il lui tendit la main…

C'est alors que les coups de feu résonnèrent.

Les caméras devaient, plus tard, repérer la sortie de l'homme à la cravate lavande, quelques secondes avant la fusillade. Et, bien sûr, les services de Richelieu devaient plus tard utiliser les programmes de reconnaissance faciale pour retrouver les tueurs – mais, sur le moment, il n'y eut que les cris, et le chaos, le hurlement strident de Joséphine quand son petit frère se prit les premières balles, une dans le bras, deux dans la poitrine, et la dernière vision qu'eut Louis, avant de perdre conscience, fut le régent qui le tirait en arrière, et encore des détonations, la douleur, le flou, et l'abîme.

ÉPILOGUE

Le double enterrement du roi et du régent eut lieu trois jours plus tard.

Les cercueils de bois précieux, aux poignées incrustées d'or, furent descendus en grande pompe dans les caveaux royaux du cimetière du Père-Lachaise.

Les mêmes dignitaires, les mêmes nobles, présents à Notre-Dame pour la cérémonie du couronnement, prirent, pour les funérailles, les mêmes airs compassés. Les mêmes journalistes, accrédités par les mêmes chaînes, couvrirent l'événement avec une solennité de circonstance, et les mauvaises langues affirmèrent que, pour la collation, on servit, du même traiteur, les plats à peine réchauffés du luxueux buffet qui n'avait, hélas, pas pu être consommé auparavant.

* * *

Il fallut une bonne semaine pour qu'Angie soit enfin convoquée par Richelieu, pour une réunion de débriefing.

— Je n'arrive toujours pas à y croire, murmura-t-elle, de nouveau assise dans ce bureau sinistre du Louvre, en face de la sombre silhouette du Premier ministre. Louis… le roi… il est mort… paisiblement ?

Sans doute n'aurait-elle pas dû poser la question, peut-être était-elle impolie, ou trop intime, mais Angie n'avait pas encore la retenue des courtisans. Le fantôme du jeune Louis XXIV était là, dans la pièce, et elle ne pouvait l'ignorer.

Richelieu haussa les épaules. Il avait les traits tendus – les yeux cernés, la silhouette lasse.

— Paisiblement ? Quand on prend deux balles en pleine poitrine, on ne meurt pas paisiblement... Mais il a été tué sur le coup, c'est sûr. Il n'a pas souffert.

— Je suis... navrée, dit Angie, tandis que les larmes lui montaient aux yeux.

Pour ce jeune garçon qui n'avait jamais vraiment régné, pour le souvenir d'un baiser furtif dans le vestiaire. Pour l'homme assis en face d'elle, dont elle sentait le fardeau de la peine, de la culpabilité.

Elle murmura.

— Ma mission... Je suis navrée – de ne pas l'avoir sauvé...

Richelieu détourna les yeux.

— Personne ne l'a sauvé. Même le régent – même son ennemi – a essayé. Il a tenté de... Il a été abattu lui aussi, c'est tout.

Il y eut un silence – le Louvre était muet, pensa Angie. Le palais pesait, l'immense machine administrative et ses rouages de fer semblaient apathiques, sous le choc.

— Je me rappelle quand Louis était bébé, murmura le Premier ministre. Quand je l'ai vu pour la première fois, après la mort de ses parents. Il était si fragile, je me suis dit : « il ne survivra jamais. Pas à la cour, pas... avec un tel héritage, entouré de ces requins avides. » Et j'avais raison. Condamné, dès le départ.

— Pourquoi le régent... Pourquoi a-t-il essayé de le protéger ?

Ce geste, où le prince de Condé tirait Louis en arrière, à la une de tous les journaux.

Richelieu secoua la tête.

— Pourquoi ? Je l'ignore, mademoiselle de Noailles. Les humains sont illogiques. Bourrés de contradictions. Amusant, n'est-ce pas ?

Après toutes ces années, où j'aurais tout fait pour le protéger. Et c'est l'autre qui s'est sacrifié.

Un nouveau silence. Angie voulut répéter qu'elle était désolée, mais les mots ne sortirent pas de sa bouche.

Qu'avait dit Clémence, ce soir-là ? « Il n'y a que dans les contes que le jeune prince orphelin finit par monter sur le trône », avait-elle murmuré, alors qu'Angie et elle regardaient en boucle, comme tous les habitants du royaume, les images du double meurtre à la télévision. « Dans l'histoire, la vraie, les jeunes princes orphelins se font assassiner. Noyer, empoisonner, étrangler dans les cachots de la tour de Londres… »

Angie, la gorge serrée, n'avait pas répondu.

Mais Louis XXIV n'était pas mort pour rien. Le traité de paix avec l'Angleterre avait été signé la veille, par Richelieu lui-même, en grande pompe, devant les caméras. La princesse Joséphine avait bien joué son coup. La sœur du roi (la seule à avoir, vraiment, les yeux rouges à l'enterrement) s'était pétrifiée quand la mort de son frère avait été annoncée, puis elle avait pris son téléphone, contacté tous les médias, répété sur tous les réseaux sociaux les paroles que Louis avait prononcées en remontant de la crypte. Les documents qu'il voulait, absolument, signer avant de mourir. Le traité de paix, la réforme de la justice, la marche vers la constitutionnalisation. Grâce à Joséphine, les dernières volontés de Louis XXIV avaient été martelées partout, dans toute la presse, dans toutes les émissions, en même temps que les images de l'attentat.

Les dernières paroles d'un roi de quinze ans, sauvagement assassiné… Oui, c'était bien joué. La pression de l'opinion publique était telle, maintenant, que nul ne pouvait plus s'opposer aux réformes.

— Ce sont les hommes d'Arix Corp qui ont tiré ? demanda Angie à Richelieu. Ceux qui s'opposaient au traité avec l'Angleterre ? Enfin, des mercenaires à leur solde ?

— Oui.

— C'est prouvé ?

Richelieu eut un pâle sourire.

— Mes hommes viennent d'en finir avec le premier. Juste à l'étage d'en dessous. Oui… c'est prouvé.

Angie frissonna, avant de demander :

— Mais pourquoi n'avez-vous pas révélé la vérité ?

Bien que les rumeurs aillent bon train, et que le nom d'Arix Corp soit souvent cité, l'attentat avait été finalement mis sur le compte d'un réseau anonyme de terroristes anti-européens financés par des marchands d'armes étrangers.

— Pourquoi ? (Richelieu soupira.) Pour les mêmes raisons que d'habitude. L'argent, l'influence, la diplomatie. Les mêmes raisons qui font que Mme de Montesquieu, qui volait le sang du roi pour ses rituels de jouvence, va s'en tirer avec des excuses et des promesses. Arix Corp a des ramifications internationales. Ses dirigeants sont au conseil d'administration de centaines de grandes entreprises. Au moins trois gouvernements africains sont à leur solde, et la situation là-bas est assez explosive pour que nous ne…

Le Premier ministre s'interrompit, puis eut un sourire froid, qui fit de nouveau frissonner Angie.

— Mais n'ayez crainte, mademoiselle de Noailles, nous nous vengerons. Pas officiellement, c'est tout.

— Ils aidaient Emma d'Orléans… en lui fournissant de l'argent, du matériel… En échange de quoi ?

— À votre avis ? Rien d'original. Elle leur avait promis d'être à leur solde, quand son frère serait sur le trône. De ne pas signer le traité de paix avec l'Angleterre. De ne pas soutenir la construction européenne.

— Sauf que rien ne s'est déroulé comme prévu.

— Sauf que rien ne s'est déroulé comme prévu, répéta Richelieu avec un pâle sourire. Le régent devait être le premier à être touché par le rituel, et il n'a jamais été affecté. Pourquoi ? Qui sait ? (Il haussa les épaules). La magie est aléatoire et dangereuse. À sa place, des milliers d'innocents ont été frappés. La force de l'Entité a dépassé les conspirateurs… Les victimes se sont accumulées, Emma d'Orléans a voulu tout arrêter, sans succès.

— Benjamin de La Vallière était lié magiquement au roi, et, à sa mort, Louis devait périr, c'est ça ?

— À cause du Pacte, les d'Orléans ne pouvaient pas s'attaquer directement à la personne du monarque. Ils ont tenté un moyen détourné…

— Le Pacte ?

Richelieu soupira.

— Autre information, autre problème. En tout cas… quand Louis a annoncé que son premier acte royal serait de signer le traité de paix, les hommes d'Arix ont paniqué.

— Et finalement… c'est à cause d'eux… À cause de l'assassinat et de la campagne menée par la princesse Joséphine que ce document a enfin été ratifié. Ironique.

— Oh, mais cette ironie est loin d'être la seule, dit Richelieu, après un court silence. Vous allez apprécier la suite.

Des pas résonnèrent dans le couloir du Louvre, puis s'éloignèrent. Le ton du ministre avait changé, de manière imperceptible, et Angie se raidit.

— Emma d'Orléans n'a pas agi pour elle. Du moins pas initialement. Celui qui devait ceindre la couronne était son frère Charles.

— Mais…

— Mais quoi, mademoiselle de Noailles ? Charles d'Orléans est mort ?

Angie ne répondit pas, et Richelieu reprit.

— Imaginez l'imprévisibilité des choses. Tout est prêt. Le rituel lancé, Benjamin de La Vallière enlevé, l'Entité invoquée. Les Condés vont bientôt mourir du Syndrome S, les autres héritiers seront assassinés. Quand, soudain, celui pour qui on a préparé tout ça, Charles d'Orléans, le futur roi de France, se fait abattre d'une balle dans la tête dans les toilettes de Versailles, puis couper en morceaux par la duchesse de Noailles, sa fille et une amie.

Richelieu leva les yeux sur Angie. Elle était pétrifiée.

— Amusant, non ? L'ennemi que vous et moi poursuivions, mademoiselle de Noailles, est mort bien avant le couronnement. Le responsable de mes maux et des vôtres, vous l'avez éliminé au début de cette histoire.

— Comment savez-vous…

— Des caméras. Des micros. Dans les toilettes de Versailles, dans le petit salon, devant la cheminée. Je sais… Votre mère a affirmé que c'était impossible. Elle le mentionne sur la vidéo que j'ai visionnée, d'ailleurs. Votre amie, la petite Brissot, demande : « Et les caméras ? » Votre mère répond : « Pas de caméras ou de micros à Versailles. Le château est régi par des lois spéciales, et le gouvernement n'a pas le droit de surveiller les lieux. » Tout cela, quelques secondes avant que vous allumiez le couteau électrique… C'est fort distrayant.

La tristesse de Richelieu s'était vite évaporée, pensa amèrement Angie. Remplacée par le goût du pouvoir, le plaisir pervers du jeu.

— Que voulez-vous ?

Richelieu haussa les sourcils.

— Moi ? Rien. Parler de votre avenir ici. Au Secret du Roi…

— Ma mission a échoué.

— Pas vraiment. Nous vous devons l'arrêt du Syndrome S, et la découverte des manigances esthétiques de Mme de Montesquieu. J'aimerais que vous continuiez à travailler pour nous.

— Pour « nous » ? Qui est ce « nous » ? demanda Angie. Le roi est mort, ajouta-t-elle méchamment.

Un éclair de douleur passa dans les yeux de Richelieu.

— Vous connaissez le dicton, répondit-il d'une voix neutre. « Le roi est mort, vive le roi. » Il y a un héritier. Les généalogistes débattent encore, mais ce sera sans doute un certain Antoine de Valois… Trente et unième sur la liste, qui n'aurait jamais respiré l'air de la cour si notre amie Emma ne s'était pas amusée à faire des coupes sombres dans la noblesse française. Je l'ai convoqué demain.

— Et vous serez son Premier ministre, évidemment.

—Évidemment.

Angie se leva et fit rageusement le tour de la pièce.

—Vous aviez promis de déchirer la marque si je donnais satisfaction…

—Et je tiendrai ma promesse.

—Je n'ai donc aucune raison de continuer à travailler pour vous, dit Angie avec rage. À moins, bien sûr, que ce ne soit du chantage… Quelle est la menace? De me livrer à la vengeance de la famille d'Orléans, si je ne collabore pas?

—Qu'allez-vous penser là? Emma d'Orléans s'exile en Russie…

—C'est une sorcière. Elle…

—Praticienne. Croyez-moi, mademoiselle de Noailles, ajouta Richelieu, vous n'avez plus à vous soucier d'Emma d'Orléans.

Il s'approcha d'une étagère, poussa deux dossiers, en sortit un troisième, en carton orange fatigué. Avec un serrement de cœur, Angie reconnut le sien.

—Vous êtes complice d'un meurtre. Si les images de Versailles étaient révélées, les juges ne verraient pas un vampire: plutôt un psychopathe se jetant sur trois jeunes filles. Légitime défense, allez-vous me dire… Mais, et ce cadavre que vous avez coupé en morceaux–au lieu d'appeler la police! Et le corps d'Élise de La Vallière, qu'Hélène a fait habilement disparaître? Acquittées ou pas, vos noms feraient le tour du pays. Votre amie, Clémence? Le futur politique de son père, le député? Sa carrière à elle? Pensez-vous que vous auriez un avenir, toutes les deux, après le scandale?

—C'est donc bien du chantage.

—Disons que je mets tout en œuvre pour que nous continuions cette collaboration.

Angie prit sa tête entre ses mains.

—Quoi? Éternellement? Gratuitement? Je suis liée à vie? À vous, au Secret du Roi?

—Non. (Le Premier ministre leva son stylo.) Je vous propose un engagement pour cinq missions. Cinq missions accomplies, et vous serez libre–et je vous promets de détruire les informations que je détiens. Sachez que le Secret du Roi fait un excellent allié, mademoiselle de Noailles. Certains grands destins politiques–et réussites financières–se sont faits par notre aide…

Quand, après une interminable réflexion, Angie acquiesça enfin, Richelieu ouvrit le dossier.

—Parfait. Ne faites pas cette tête-là, vous n'avez pas vendu votre âme au diable. (Il leva une enveloppe scellée.) Votre marque. Je l'aurais brûlée, mais il se trouve que votre mère a eu le régent au téléphone, juste avant… les événements. Elle l'a accusé de vous avoir marquée, il a voulu se justifier, bref, il a fait envoyer par son secrétariat la permission de la révéler. Voilà, ajouta Richelieu, tendant le document. Vous pouvez la détruire. N'ouvrez l'enveloppe que si vous avez envie de découvrir l'auteur.

Angie glissa le papier dans son sac. Puis elle fixa Richelieu, réfléchissant.

—J'ai besoin d'un service. Tout de suite, ajouta-t-elle brutalement.

Le Premier ministre plissa les yeux.

—Je vois que vous vous êtes vite faite à la situation. Mais je ne vous dois plus rien. Bien sûr, quand vous m'apporterez de nouveaux renseignements…

—Ce que je vous demande devrait être très simple pour une organisation comme la vôtre. Voudriez-vous le considérer… comme une avance, sur mes futures participations ?

Richelieu fronça les sourcils.

—Dites toujours…

Angie soupira.

—Connaissez-vous l'École Saint-Cyr ?

* * *

Emma d'Orléans se redressa sur sa luxueuse couchette de cabine Zone Blanche, dans la voiture 17 de l'Orient-Express. Elle avait cru entendre un bruit, mais non, le compartiment était désert, il était minuit, et, étouffant un bâillement, elle se dirigea vers la salle de bains attenante.

Le train filait vers Moscou, ses boiseries vénérables gémissant à chaque cahot. Emma actionna l'interrupteur et contempla, avec lassitude, son beau visage dans le miroir.

Elle avait échoué – une terrible, humiliante défaite. Charles était mort, elle en avait la preuve maintenant, et elle avait dû s'exiler. Mais la vie était longue. Elle se relèverait – elle se vengerait. La première étape était de contacter cette femme en Russie, à la cour de l'impératrice. Celle qui...

Un craquement, sur le parquet. Emma leva les yeux – et aperçut, dans la glace, debout derrière elle, la haute silhouette de Jean-Claude Tercier.

Il y eut un instant de choc. Tercier ne souriait pas ; il ne paraissait ni satisfait ni victorieux. Puis tout s'accéléra. Emma se retourna, les premières paroles d'un sort se formant sur ses lèvres, la dague d'ivoire au manche rouge se posa sur son cou, trop tard, Tercier la serrait déjà, tout près, comme un amant.

— De la part du Secret du Roi, murmura-t-il.

Et, d'un geste sec, il lui trancha la gorge.

Le sang gicla sur le lavabo ; la belle Emma d'Orléans lutta pourtant, cherchant son souffle, brisant le miroir, s'écroulant, parmi les éclats, décomposée en mille reflets.

Tercier tendit la main vers sa valise, puis sortit les outils, les sacs-poubelles, et la scie électrique.

* * *

La mort tragique du jeune roi avait créé une vague de sympathie monarchiste et les résultats des élections furent mitigés pour les républicains. Mais le député Brissot fit quand même partie des parlementaires élus. Les dernières volontés de Louis XXIV coïncidant, sur certains points, avec leur programme, les républicains en profitèrent pour placer de nombreux représentants au Conseil économique et à celui de la justice.

« La modernité est en marche », commentèrent les journaux, avant de s'interroger sur l'identité du futur roi.

En effet, de la personnalité du mystérieux héritier, Antoine de Valois, dépendrait l'application des nouvelles réformes, et le paysage politique des années à venir.

* * *

Angie hésitait à ouvrir l'enveloppe.

Depuis que son esprit avait effleuré celui de l'Entité, les cauchemars la hantaient. La nuit, elle flottait dans un infini morne ; puis l'univers se renversait et elle tombait, le souffle coupé, avant d'atterrir dans son lit et de se réveiller en sueur. Parfois, dans un semi-sommeil, elle entendait la musique, elle tentait de la saisir, mais les notes glissaient entre ses doigts, devenaient une rivière charriant des noyés, qui ouvraient les yeux et…

Encore une fois, elle se réveillait en hurlant.

Quand elle le pouvait, elle allait voir Philippe. Elle passait des heures dans ses bras, dans son lit. Ils parlaient peu – parfois, ils ne parlaient pas du tout.

Et l'enveloppe, avec la marque, était toujours dans son sac. Angie avait peur de l'ouvrir. Pourtant, quelle importance, maintenant, de savoir qui l'avait marquée ? Ses soupçons s'étaient d'abord portés sur le régent – alors qu'il s'agissait sans doute d'Emma d'Orléans, et, encore une fois, quelle importance ?

Elle attendit un après-midi gris, chez elle, à Belleville. Son père travaillait paisiblement, en bas. Sur un gros design informatique pour des clients à San Diego.

Angie entra dans la cuisine, l'enveloppe de Richelieu à la main. Elle se servit un verre de lait, écoutant le ronron du frigidaire, le bruit familier de ses pas sur le carrelage, celui de la circulation à travers la fenêtre. Elle s'inscrivait à la fac le mois prochain. Le petit Benjamin de La Vallière sortait le lendemain de l'hôpital. Clémence et Matt passeraient ce soir, commenter les derniers événements, manger des glaces, renouer, ou redéfinir, leur amitié.

Et tout cela semblait si faux.

Angie n'était plus la même. Depuis l'attaque dans le métro, depuis le retour de la duchesse de Noailles dans sa vie, elle s'était sentie déchirée entre deux existences, mais cette dualité était trompeuse, la vérité n'était pas aussi simple – rien ne l'était. Elle avait vu de l'autre côté du miroir ; le vertige l'avait saisie, et ne l'avait plus quittée. Comment, maintenant, aller faire les courses, au supermarché ? Comment parler poliment avec la voisine de la vague de froid de cet hiver, ou écouter sagement un professeur dans un amphi... quand les braises et les nacres de l'univers s'étaient pour toujours imprimés dans ses yeux ?

Philippe était le seul à avoir vu – à comprendre. Dans ses bras, elle jouait avec la folie pour ne pas devenir folle, elle était son ancre, et il était la sienne.

Quelque part, dans la rue, un chauffeur klaxonna.

Angie ouvrit l'enveloppe.

Et elle vit, en bas de la page, de la marque, le nom qu'inconsciemment elle avait toujours craint de voir. Le nom qu'elle savait – au fond d'elle – qu'elle y trouverait.

La demande était rédigée d'une écriture élégante, demandant la marque, pour raison de Sécurité d'État, de la dénommée Angélique de Noailles, née de Jacques Moretti et d'Hélène de Noailles, habitant 53, rue de Belleville, 75020 Paris. Signée, à l'encre noire, du nom de Philippe d'Orléans.

* * *

Philippe d'Orléans hésitait à ouvrir l'enveloppe.

La lettre était posée sur les dossiers que venait de livrer un valet de Mme de Montesquieu. Ils contenaient les détails de la Séance de 1763, celle qui avait lancé la conspiration des Douze. Philippe aurait dû les étudier, ces documents, ils les avaient longtemps désirés, il avait tué pour les obtenir – mais aujourd'hui la lettre était plus importante.

Une enveloppe en papier kraft, contenant un petit objet dur. Emma la lui avait fait porter juste avant son départ. Disant que le contenu concernait Charles – elle allait s'en occuper, affirmait-elle, dès qu'elle arriverait en Russie.

Philippe n'avait pas encore osé l'ouvrir.

* * *

La confrontation fut brève.

Philippe d'Orléans prit la lettre qu'Angie lui tendait ; il étudia la signature de la marque, puis la posa sur la table, gêné.

— Je suis navré. Je n'en avais aucun souvenir, expliqua-t-il. Emma n'a pas le pouvoir de marquer. Quand elle a lancé son… projet pour que Charles obtienne la couronne, elle m'a donné une série de marques à signer, pour éliminer les héritiers fâcheux. Je l'ai fait à la chaîne, sans vraiment regarder.

Angie fit quelques pas dans la pièce – si atterrée qu'elle avait du mal à trouver ses mots.

— Si je les avais lues, reprit le vampire, interprétant à tort son silence, si j'avais reconnu ton nom, Angélique, je n'aurais jamais… Même à l'époque, je me souvenais de toi.

— Ce sont… C'étaient des gens, balbutia-t-elle, enfin. De vraies personnes, qui sont mortes assassinées… À cause de toi… À cause de vous, les d'Orléans…

Philippe haussa les épaules.

— Une vingtaine… même pas.

— Une vingtaine ! répéta Angie, épouvantée. Tu es directement responsable d'une vingtaine de meurtres commandités…

Le vampire eut un petit rire.

— Nous sommes huit milliards sur cette planète, Angélique. Des centaines de milliers d'humains crèvent chaque jour. Tu ne les regrettes pas, que je sache.

— La différence, c'est que je ne les ai pas tués.

— Non. Non. Ne sois pas hypocrite. Ne me fais pas… cette morale de midinette, ces protestations imbéciles. La différence, c'est que ces morts, tu ne les connais pas. C'est qu'ils sont abstraits, lointains. C'est qu'ils ne comptent pas.

— Quoi ? Ils comptent ! protesta Angie. Tout le monde compte ! Mais je suis impuissante, incapable de les aider, et donc…

— Impuissante, vraiment ? Ton père est propriétaire de votre loft, à Belleville ? (Angie fronça les sourcils.) Tu sais combien vaut le mètre carré à Paris ? Vendez-le, et donnez l'argent à une association. Allez créer un orphelinat en Corée du Nord… Et vous sauverez bien plus que les vingt personnes que tu prétends regretter. Mais tu ne le feras pas, bien sûr. Et tu sais pourquoi ?

Angie voulut protester, mais Philippe continua :

— Parce que la vérité – la seule – c'est que les vies sont importantes quand on les connaît. Tu es importante pour moi. Mon frère, s'il vit toujours… Emma. Mes amis, les femmes que j'ai aimées… Mes ennemis, mes rivaux aussi, ils comptent, tous. Mais vingt morts ? Des inconnus ? Une pincée de sel dans l'océan…

Angie avança jusqu'à la fenêtre, regarda la terrasse assombrie.

— Tu as voulu enrayer les plans de ta sœur, dit-elle, d'une voix sans inflexion. Quand le Syndrome S a frappé. Tu as voulu monter les escaliers… Renvoyer l'Entité…

— Bien sûr ! Des milliers d'innocents allaient mourir. Tu me prends pour un fou ?

Angie se prit la tête entre ses mains et cria, presque :

— Mais alors… pourquoi ?

— Tu ne vois pas la différence entre vingt morts et des milliers ? cria Philippe, à son tour. Les jeux d'Emma valent bien quelques cadavres, ils ne valent pas un massacre !

Il s'interrompit, fit le tour de la pièce. Brusquement, il y eut un souffle d'air froid, et Angie se retrouva collée contre le mur.

— Je suis un tueur, Angélique. (Les yeux du vampire brillaient d'une fureur froide.) Tu le savais quand nous avons couché ensemble, la première fois. Tu le savais les fois suivantes. Et maintenant… quoi ? Une signature de ma plume est plus grave, plus signifiante… plus répréhensible que la mort, au fil des siècles, de toutes ces vierges pulpeuses que j'ai vidées de leur sang ? Que celles que j'assassinerai, demain… dans un mois, dans un an ? Soudain, un éclair de morale ? De lucidité ? Une lettre, et ta conscience a brusquement décidé de se réveiller ?

Angie ferma les yeux – la réponse était simple, bien sûr. La vérité est qu'elle n'aurait jamais dû coucher avec lui, et en effet maintenant son hypocrisie lui hurlait au visage, car oui, il était flatteur d'avoir séduit la Bête, de tenir, par ses charmes, le péril en laisse, d'être celle qui jouait avec le feu, mais que le feu ne brûlait pas, celle qui baisait avec l'assassin, mais que l'assassin ne tuait pas – un piège, une séduction commune –, et comme une imbécile (comme une midinette), elle s'était laissé, non, elle avait décidé de se laisser hypnotiser.

Mais… fini. Terminé. Les larmes lui vinrent aux yeux – mais non. Il fallait qu'elle le quitte, qu'elle réduise en charpie les liens indéfinissables qui les unissaient ; Philippe, qui l'avait lâchée, sentit sa résolution, et la panique le prit, la nuit, la solitude, la démence le frôlant de leurs mains transies, et il supplia – mais Angie n'entendait pas, ne voulait pas entendre – et il aurait été si facile de… l'Emprise, le viol, la torture, mais il n'en fit rien, et elle s'enfuit en courant dans la nuit.

* * *

Deux nuits, deux jours passèrent. Le soleil se levait, descendait. Philippe d'Orléans ne dormait pas.

Allongé dans sa chambre obscure, les paupières fermées, il appela Charles, qui ne répondit pas. Il appela Emma, qui ne répondit pas.

À la troisième nuit, Philippe alla chercher l'enveloppe – celle qu'il n'avait pas osé ouvrir. Celle qui concernait Charles.

Il la déchira. Elle contenait une clé USB, qu'il introduisit dans son ordinateur ; il cliqua, trouva la vidéo, qu'il lança.

La voix de Clémence retentit, demandant :

— Et les caméras ?

Il regarda la vidéo jusqu'au bout, sans bouger, sans détourner les yeux. Ensuite, il alla se recoucher.

Le soleil naquit et se mourut plusieurs fois, alors qu'il réfléchissait. Quand il prit sa décision, il lui fallut encore une semaine environ pour la suivre, pour voir qui elle fréquentait, qui elle aimait. Pour se souvenir de qui elle avait parlé.

De ce qu'elle avait dit.

Puis, cette nuit-là, il se trouva à la porte de Matt.

Postface :

La nuit de la Saint-Barthélemy

C'était la nuit du 23 au 24 août 1572, et Paris brûlait. Les hurlements de souffrance, les appels au secours, les clameurs des pillards et des égorgeurs, l'âcre lueur des flammes. Les cadavres protestants s'entassaient sur les pavés luisants : hommes, femmes, enfants, vieillards chenus ou nourrissons non baptisés encore, et les hommes du roi et ceux du duc de Guise tuaient encore et toujours, dans une euphorie de mort et, plus tard, dans les chroniques, on devait raconter que, ce soir-là, la Seine était devenue rouge de sang.

Il y avait une passion dans l'air. La passion du meurtre, la joie de la destruction, qui, pendant un bref instant, transforme les hommes en dieux. Là-bas, dans les sinistres couloirs du palais du Louvre, Henri de Navarre était retenu en otage par son beau-frère, le roi de France Charles IX.

Henri de Navarre était protestant et le roi de France était catholique. La guerre religieuse déchirait la France depuis des années, et Henri de Navarre avait commis la cruciale erreur de faire confiance aux offres de paix du souverain.

C'était un piège, bien sûr. Henri était monté à Paris avec toute sa suite, ses nobles et ses soldats et ses belles dames… tous protestants. Et peut-être Charles IX avait-il été sincère sur le moment, peut-être initialement n'était-ce pas un piège, et sans doute le puissant parti catholique du duc de Guise lui avait-il fait changer d'avis... En tout cas, les dents de fer du Louvre s'étaient lentement refermées sur les nouveaux arrivants.

Les Guise avaient tout prévu. Car il ne s'agissait pas seulement d'éliminer Henri de Navarre et sa suite, venus poliment se jeter dans la gueule du loup. Il s'agissait de délivrer la France du danger protestant. Il s'agissait de les tuer tous, de débarrasser le pays une bonne fois pour toutes de ces bâtards d'hérétiques. La veille, les portes des familles protestantes parisiennes avaient été discrètement marquées. Tous les catholiques qui étaient dans le secret portaient une croix blanche en tissu accrochée à leurs vêtements.

Et cette nuit-là – la nuit de la Saint-Barthélemy, un saint qui n'en demandait certainement pas tant – les cloches avaient sonné le tocsin à Saint-Germain-l'Auxerrois.

C'était le signal. Au palais du Louvre, les soldats du roi – les Suisses, les gardes, les hommes du duc de Guise – s'étaient déchaînés. Et, tandis que Charles IX, vaguement honteux, se claquemurait dans sa chambre, les étroits couloirs et les baldaquins des lits avaient résonné des gémissements des innocents qu'on assassine.

Ce n'était que le début.

Dans la ville, la belle nuit de massacre pouvait commencer.

Philippe d'Orléans, une croix blanche catholique en tissu pendant à son pourpoint, arpentait les rues parisiennes, et tuait du protestant avec les autres. Il avait dix-neuf ans. Il montait de province, où on s'ennuyait ferme à écouter les intendants causer des fermages, et n'était-ce pas à ça que servaient les nobles, à se battre ? L'appel du fer et du feu, et ce que des siècles plus tard on appellerait une « montée d'hystérie collective »... Comment Philippe aurait-il pu résister ? Il servait Dieu et son roi, et rien n'est plus beau que la violence quand la religion vous absout.

Puis il était entré dans l'écurie, et y avait trouvé les enfants.

Et la nausée l'avait envahi.

Durant les premières heures de cette nuit sinistre, l'honneur était resté sauf. On se battait. On se battait entre catholiques et protestants dans les étroites rues parisiennes, dans les cours des maisons, on se battait sur les porches, à l'arquebuse, au mousquet, au couteau, les nobles à l'épée, bien sûr… mais on avait comme adversaires des hommes, des hommes armés – des protestants furieux d'avoir été trahis. Les plus belles escarmouches avaient eu lieu autour de l'hôtel particulier de l'amiral Coligny, un vieux protestant et un des chefs spirituels de ces damnés hérétiques ; on l'avait finalement passé par la fenêtre, et le cadavre de ce vieillard, de cet ancien soldat aux cheveux blanchis par les ans s'était écrasé sur le pavé aux pieds du duc de Guise.

C'était d'ailleurs le premier moment de gêne que Philippe avait ressenti, devant ce corps ensanglanté, maigre et faible, celui d'un homme de soixante-dix ans. Cet homme qui avait tant servi la France et le roi, avant que le fait d'être protestant en fasse un ennemi. Et même le duc de Guise (le chef du parti catholique, plus roi que le roi à ce moment-là) avait eu l'air mal à l'aise en contemplant la dépouille à ses pieds.

Mais le moment d'incertitude était vite passé. Il y avait d'autres combats : les huguenots (les protestants) survivants s'étaient retirés dans l'hôtel particulier des Montmorency, rue du Chaume, à deux pas de la rue de Paradis. Ces salopards de parpaillots se défendaient si rudement qu'ils avaient même fait reculer leurs assaillants, et bientôt Philippe, venu en renfort, avait été entraîné dans un nouveau tourbillon.

L'hôtel de Montmorency faisait face à l'hôtel de Guise – les deux quartiers généraux adverses, séparés de quelques pieds seulement. En bas, dans la rue, on se coupait en morceaux ; en haut sifflaient des fenêtres les balles de mousquets. Une trentaine de Suisses envoyés du Louvre pour soutenir les catholiques forçaient à coups de hallebardes les portes ennemies. Philippe taillait un peu au hasard ; il croisa l'épée contre un jeune protestant furieux nommé de La Mole, qu'il avait vu à la cour quelques jours auparavant. De La Mole réussit d'ailleurs à s'enfuir, mais Philippe en tua d'autres, puis la porte de Montmorency fut enfoncée, les derniers combattants huguenots éliminés, et ce fut à ce moment que tout bascula.

Il n'y avait plus d'adversaires.

Tous les protestants capables de se battre étaient morts.

Au palais du Louvre, les derniers cadavres des nobles venus avec Henri de Navarre étaient à ce moment même jetés au fleuve. Il ne restait plus que les familles – les femmes et les enfants des bourgeois et des artisans protestants, les comtesses ou les boulangères hérétiques. Devant les yeux de Philippe, la nuit parisienne s'était transformée en un long hurlement, où on voyait fuir des silhouettes échevelées ; on entendait les crépitements du feu et les coups secs des haches. Les rues étaient bloquées par des monceaux de corps – des petites collines de cadavres, où s'entassaient vieillards et enfants… mais peu de jeunes femmes, celles-ci avaient un autre destin. Des maisons entières étaient closes par les soldats, et on entendait derrière les portes fermées comme d'atroces râles.

Trois heures du matin.

Philippe d'Orléans errait dans les ruelles. Ces dernières heures, il avait tué – combien ? Plus qu'il n'avait tué du reste de sa vie. Ces dernières heures, il avait violé – combien ? Étrange d'ailleurs, car il aurait eu tort de dire que cela s'était fait contre sa volonté, bien sûr, mais il ne lui semblait jamais vraiment avoir pris la décision, les filles passaient de main en main, et il avait tenu son tour, sans réfléchir. Et les enfants – les quatre gamins, là, dans la cour de l'auberge, il fallait bien les faire taire, ils criaient si fort, ça vous déchirait les oreilles, et alors Philippe, et son frère Charles, et Maurevel… Ils avaient…

Après leur passage, les enfants ne criaient plus.

Philippe marchait maintenant dans la nuit, il marchait devant son frère et les autres, arpentant le pavé avec des airs de prédateur…

Mais il avait envie de vomir. Les images dansaient devant ses yeux, les visages de ces filles, du petit garçon, dans la cour. Ces piles de cadavres, où des jambes, des mains s'agitaient encore... Et il ne fallait pas qu'il y pense, il fallait chasser ces visions de cauchemar, ce n'était pas vraiment lui qui avait commis ces crimes, ces atroces péchés. C'était la guerre. Le pillage, ça ne comptait pas.

Il fallait qu'il tourne son esprit vers autre chose, mais les seules idées qui venaient, c'étaient des réflexions incongrues du genre : n'était-ce pas étonnant, tout de même, d'assassiner au nom de Dieu tous ces gens sans défense ? Et revenaient les images paisibles de son enfance – Charles et lui, petits, riant, se battant en duel avec épées en bois dans les chemins creux, sauvant des demoiselles imaginaires des griffes des barbaresques. Et puis la grande salle du château, et leur gouvernante, qui plaisantait avec les servantes en vérifiant l'ordonnance de la table. Ou la fenêtre de l'étude avec vue sur le fleuve – et son précepteur, qui lui expliquait que le roi *était* le peuple.

Mais que se passait-il quand ce peuple c'était le roi lui-même qui le faisait massacrer ?

Et les images revenaient – les piles de corps torturés comme dans ce tableau du peintre fou, un Hollandais, Hiéronymus quelque chose, et Philippe n'aurait voulu qu'une chose, dormir, et il ne pouvait pas, pas tant que Paris vibrait de rythme sauvage.

D'ailleurs, alors qu'ils remontaient la rue du Temple, on aurait dit que résonnait réellement une musique – l'idée était absurde, bien sûr, et Philippe remarqua, étonné, une croix sur un mur – une des plus bizarres qu'il ait jamais vue, tracée sur les pierres à la peinture verdâtre. Le vert n'était pas une teinte commune et les pigments étaient chers. Quelle étrange idée d'en dessiner une là, sur le mur d'une maison commune !

— Philippe ! cria Charles, appelant son petit frère.

Des rires et des cris s'élevaient d'une cour intérieure, appartenant à la maison d'un ministre protestant qui avait un peu résisté... C'était mieux, quand ils résistaient, la suite paraissait plus justifiée. Philippe suivit son groupe, et là, dans la cour, les soldats avaient aligné par terre toutes les femmes de la maison et après les avoir...

quand elles ne pouvaient plus servir… ils attachaient leurs corps nus, vivants, à une broche, une broche au-dessus du feu qui brûlait au centre des pavés.

Philippe se figea.

Un instant il crut qu'il était devenu fou. Qu'on l'avait frappé, par-derrière, il était tombé et ce qu'il percevait n'était que le délire d'une âme agonisante.

Pourtant les images ne se dissipaient pas – ni l'odeur ni les cris… La musique qu'il croyait percevoir résonnait toujours, sauvage, une mélodie comme jamais il n'en avait entendu. Une femme était entraînée, hurlante, vers la broche. Un homme (Son mari ? Son père ? En tous cas un parpaillot, ensanglanté…) sortit en beuglant de la grange, le mousquet à la main, comme un homme qui joue son va-tout, pour une charge désespérée. Philippe, l'acier nu, courut à sa rencontre, moins pour le tuer que pour simplement échapper au spectacle. L'homme déchargea son mousquet, rata, et attendit la mort, le soulagement dans les yeux.

Quand le fer de Philippe s'enfonça dans sa gorge, il lui sembla presque qu'il murmurait merci.

Philippe entra dans la grange, ferma la porte et se mit à vomir.

Longuement.

Puis il se releva.

Et là, il y avait la gosse.

Une fillette, blonde, huit ans à peine. Un garçon aussi, un tout petit, de quatre ans, tremblant, assis sur les bottes de paille. Ils n'eurent que le temps de se contempler mutuellement avant que la porte de la grange s'ouvre à toute volée et que les compagnons de nuit de Philippe entrent : son frère Charles, leur ami d'Escandras et le sergent Maurepas.

— Et en v'là d'autres ! s'écria d'Escandras. Putain du pape, on peut pas dire qu'ils chôment, les parpaillots ! Y'a des chiards partout !

— Ces gens-là se reproduisent en litière, dit Maurepas, de sa voix traînante et grave.

D'Escandras partit d'un long rire.

—Comme des cochons ! Comme de petits rats grouillant… Allez, Maurepas, ramène la drôlesse !

Philippe dit simplement :

—Non.

Il y eut un silence. Charles, intrigué, fit un pas en avant. Maurepas fronça les sourcils.

—Oh là, quoi, c'est la fillette qui t'intéresse ? grogna d'Escandras. Le sieur Philippe d'Orléans veut la gosse pour lui tout seul ?

Les yeux d'Escandras étaient injectés de sang – pourtant, ils n'avaient pas bu, ce soir. Ils voulaient être sobres pour « combattre ».

—Que se passe-t-il, Philippe ? demanda Charles.

—Pas celle-là… pas ceux-là, c'est tout.

La fillette écoutait – les enfants écoutaient tous les deux, mais la petite semblait comme hypnotisée, ses grands yeux fixés sur Philippe, comme s'il était la seule lumière, le seul espoir en ce monde.

—Alors, quoi ? susurra d'Escandras. On la garde pour nous ? Hein ? C'est ça, le plan ? On se la garde pour nous tout seuls ?

Pendant ce temps Maurepas avançait vers les gosses, le regard luisant.

—Vous voulez vous montrer généreux, monsieur d'Orléans ? souffla-t-il. Je ne vous blâme pas – les choses se sont un peu emballées dehors, mais la soldatesque, que voulez-vous…

Il avait à la main non une épée mais un couteau, un de ces gros couteaux de boucher, qui était encore pire. Ses pupilles à lui aussi étaient pourpres, étranges.

Philippe frémit.

—Recule, Maurepas.

—Laissez-la-moi, je serai bref, siffla l'homme.

Alors la voix de Charles d'Orléans résonna, glacée :

—Maurepas. Je crois que mon frère vous a ordonné de reculer.

Les regards se tournèrent vers lui.

Un moment d'hésitation, puis d'Escandras protesta :

—Allons, Charles! Philippe fait un caprice! Il n'a pas vingt ans...

—Un d'Orléans a le droit à ses caprices, déclara Charles. Et, quand il parle, un d'Escandras exécute. (Il désigna la porte.) Sortez.

Ni Maurepas, ni d'Escandras ne bougèrent. Un cadet désargenté et un sergent sorti du ruisseau. N'obéissant pas à un ordre donné par l'aîné d'une des familles les plus fortunées de France.

Charles d'Orléans fit trois pas. Il se plaça près de son frère, puis dégagea son épée du fourreau.

—J'ai dit: « Sortez. »

—Charles, souffla Philippe. Il se passe quelque chose d'étrange. Cette... la démence, dehors. Leurs yeux, leur... conduite. Il y a là quelque sorcellerie...

Charles haussa les épaules.

—De la sorcellerie? La seule sorcellerie, elle est gonflée entre leurs cuisses, crois-moi!

Soudain la fillette cria–Maurepas avait bondi, l'avait saisie par le poignet et la tirait vers lui.

Philippe réagit comme l'éclair, la pointe de son épée transperçant le crâne du sergent, le tuant net. D'Escandras se jeta sur eux, blême de rage, et Charles n'eut aucune difficulté à l'esquiver, puis à lui trancher élégamment le jarret; le blessé tomba, beuglant:

—Traîtres! Traîtres! Sus aux parpaillots!

Quelqu'un dehors répéta le cri; Charles maugréa des jurons; la porte s'ouvrit, la grange se remplit de soldats avinés, de voix rauques et de cliquetis de sabres, et les frères auraient sans doute passé un fort mauvais moment s'il n'y avait pas eu une échelle qui montait dans le foin, calée contre une trappe.

Les soldats étaient dans un tel état, de toute manière, avec leurs haleines de vinasse et leurs yeux rouges, qu'ils se bousculaient et tombaient. Traînant les enfants avec eux, les frères d'Orléans grimpèrent sur le toit, sautèrent sur une autre masure, redescendirent dans une ruelle déserte, et là Charles hurla:

— Par Dieu, Philippe ! Es-tu fou ? Tu as failli nous faire tailler en pièces !

— Une bande de manants, grommela Philippe. Nous en avons maté d'autres...

— Une bande de manants qui vont nous écorcher vifs s'ils nous retrouvent ! Ils sont tous tombés fous, ce soir... Mais qu'est-ce qui t'a pris ?

La gamine serrait son petit frère contre elle – effrayée, ses grands yeux écarquillés. Le garçon se mit à pleurer, et elle le berça, doucement.

— Philippe ! cria Charles. Réponds-moi ! Tu veux me dire ce qui t'est passé par la tête ? Tu la connais ? Tu les connais ?

— Non ! cria Philippe.

— Alors, quoi ? L'enfant est noble ? Elle va nous rapporter une rançon ?

Il était furieux – pas seulement exaspéré, furieux ; Philippe sentit sa colère monter à son tour, comme si son frère le trahissait, en ne comprenant pas ce que lui-même, pourtant, était à peine capable de concevoir.

— Non ! Enfin, je ne sais... Morbleu, Charles, quoi ? Tu veux les tuer, toi aussi ? T'acharner sur des gosses comme une bête féroce ? Ce n'était pas assez des autres, tout à l'heure ? Des demoiselles d'honneur, là-bas, chez les Montmorency ? Il t'en faut des plus jeunes ?

Charles lui envoya un coup violent dans la poitrine :

— C'est la guerre, imbécile ! Es-tu mon frère, oui ou non ? Es-tu homme ou es-tu prêtre ?

Philippe lui rendit son coup – plus fort, trop fort, un véritable coup de poing. Charles alla percuter le muret derrière, un muret où, d'ailleurs, se trouvait une nouvelle croix – peinte du même vert... *Un vert immonde*, pensa Philippe, un vert qui donnait à la croix l'aspect d'une créature étrangère, qui ne serait pas de la chrétienté, pas du monde des humains. Distrait par cette idée, il ne vit pas revenir son frère, qui le saisit à la gorge, lui posa la pointe de l'épée sur le cou, sifflant, pendant que les deux enfants regardaient, figés d'horreur :

— Tu veux me le prouver, que tu es un homme ? Tu veux me le prouver en duel, petit frère ? susurra-t-il. Vas-y. Essaie. Lève ton épée. Lève...

— Oh, ça suffit, Charles, grogna Philippe en se dégageant d'une simple bourrade.

Il savait parfaitement, et Charles le savait parfaitement aussi, qu'ils ne croiseraient jamais le fer, qu'ils se protégeraient toujours ; il y avait cette enfance partagée dans la forêt des Loges, à espionner les filles de paysans qui se baignaient nues aux rivières. Et toutes les fois où Charles avait sauvé la peau de son petit frère – contre les chiens du vieux Pancrace, par exemple – Philippe avait sept ans, il aurait été déchiqueté vivant si son frère n'était pas intervenu à grands coups de bâton, criant et les faisant fuir, du haut de ses onze ans. Et, un instant, Philippe pensa que c'était pour ça qu'il lui fallait protéger la gamine, il la sauvait de ces loups parisiens comme on était venu le sauver, mais non, c'était plus compliqué, et, alors que Charles rajustait rageusement sa chemise, Philippe s'écria :

— Tu crois qu'il suffit de tuer ? Mais tu ne penses pas que tout cela devrait avoir… je ne sais pas… un sens ?

— Un sens ? répéta Charles.

Philippe, que la migraine taraudait et qui voulait désespérément se faire comprendre, ajouta :

— Crois-tu vraiment que… ces brasiers, ces massacres soient l'œuvre de Dieu ?

— Oh, tu sais, Dieu, dit Charles avec un geste ironique.

Devant l'athéisme de son aîné, qu'il soupçonnait, au fond, depuis longtemps, se forma dans l'esprit de Philippe un concept encore plus complexe… Si la présence de Dieu n'était pas sûre, pas absolue, alors n'était-il pas encore plus important de préserver ce qu'on pouvait ici-bas ?

Et il comprit aussi que la fillette aux yeux innocents était un symbole, celui de son âme, et que s'il parvenait à la sauver, elle, après toutes les horreurs, tous les meurtres qu'il avait commis cette nuit… alors peut-être aurait-il le droit d'oublier. Les piles de corps et ces visages grimaçants et ses victimes qui criaient merci…

Peut-être aurait-il une chance d'être pardonné.

Et, bien sûr, comme si c'était une histoire, ou comme si les Parques là-haut ricanaient en tissant les fils des destins des hommes, à cet instant même un carreau d'arbalète siffla et s'enfonça à travers la gorge de l'enfant.

Des torches apparurent aux croisées. La ruelle déserte un instant auparavant s'illumina brusquement. La fillette s'écroula, sans un mot. Elle était morte avant de toucher le sol, et il sembla à Philippe qu'elle mettait un temps infini pour tomber.

À la fenêtre, trois hommes armés hurlaient en arrosant les pavés de projectiles :

— À bas les guisards ! À bas les bourreaux !

La porte de la maisonnée du ministre s'ouvrit, laissant sortir une horde indistincte. Philippe n'eut pas le temps de s'attarder sur l'ironie de la situation – la fillette avait été abattue par les siens – par, peut-être, les seuls protestants encore en vie dans Paris, car les carreaux filaient drus maintenant, on tirait à l'arquebuse, visant à l'aveugle. Des silhouettes se précipitaient sur eux, et les deux frères se mirent à l'abri derrière le coin humide et boueux d'une taverne.

Mais, dans la ruelle suivante, c'était pire, les murs résonnaient de gémissements comme si, au lieu de s'échapper, ils s'enfonçaient dans l'antichambre de l'enfer. Ils tournèrent encore. Des croix vertes ornaient les murs, comme pour leur montrer le chemin et, plus tard – car Philippe aurait des siècles, après, pour analyser ce qui s'était passé ce soir-là –, Philippe devait comprendre qu'ils suivaient en effet le tracé qui les guidait vers l'antre de la Bête.

L'enchantement était si fort qu'ils ne pouvaient fuir. Ils remontaient, sans le savoir, vers le centre d'une spirale ensorcelée, se dirigeant vers la tanière immonde de l'araignée. Quelques minutes passèrent, à peine, avant que Philippe se souvienne du petit garçon – du petit frère que la gamine avait tout fait pour protéger. Mais il était trop tard. L'enfant avait été abandonné quelque part dans la rue quand les projectiles avaient commencé à siffler… et Philippe sut que son âme était bel et bien perdue.

Il avait raison.

Le Démon était lové dans la vieille crypte de l'église de Saint-Avoye.

Le Démon était lové, aussi, dans le corps de la Vieille qui l'avait fait apparaître. La sorcière. La femme ancienne comme les deux siècles précédents. Celle qui avait fait le rituel et peint les croix.

Car la magie, c'est le sang.

Et du sang, il n'y en avait jamais eu à Paris autant que cette nuit-là.

La sorcière avait tissé sa toile et, quand la nuit s'était enflammée, quand le sang avait coulé en hurlant dans les rigoles parisiennes, le Démon était venu.

Il avait donné autant qu'il avait pris. Il s'était nourri de la souffrance, de la haine et du désespoir, et il avait rendu la folie. La démence montait, autour de lui, s'étendant comme des ondes sur un lac dans la nuit parisienne, poussant la violence et la torture vers des niveaux toujours plus élevés, et, en retour, la souffrance générée le rendait plus fort encore…

Quand Philippe et Charles arrivèrent à l'église, quand ils eurent parcouru les sept courbes de leur spirale infernale, lentement refermées sur elles-mêmes, ils avaient vu ce qu'aucun être humain n'aurait dû voir. Et pourtant – pourquoi, oh ! Dieu, pourquoi, car ils auraient préféré, sans doute, sombrer eux aussi, et oublier – ils n'étaient pas affectés. Ils conservaient toutes leurs facultés de raison.

— Ce… Tu as raison, Satan est à l'œuvre, avait murmuré Charles au début, alors qu'ils avançaient, l'épée à la main, incapables de rebrousser chemin, tant le sort qui les attirait était puissant.

Puis ils n'avaient plus rien dit.

Les paroles, après, semblaient dérisoires.

— Restons ensemble, murmura Philippe, quand ils arrivèrent sur le parvis de l'église et virent ce qui les attendait.

Ils appliquèrent la maxime qu'ils avaient inventée, enfants, dos à dos, leurs épées de bois à la main, à combattre leurs invisibles adversaires : « Tu me gardes, je te garde. »

Les Morts Debouts attaquèrent.

Philippe et Charles ignoraient alors le nom de ces créatures, bien sûr. Pour eux ce n'étaient que des humains, puant la mort, le visage balafré, les yeux vides, qui avançaient vers eux comme pour les dévorer. Ce fut un beau duel–un combat majestueux, avec le recul, le plus héroïque exploit de Philippe et de Charles–seuls sur les dalles tandis que les cloches sonnaient à la volée sans que personne les actionne, et eux deux, résistant à la horde, taillant, frappant, tuant, retenant la mort.

Leur plus bel exploit–et aucun témoin.

Bientôt il fallut céder. Les créatures les avaient encerclés ; leur seule chance de survie était d'entrer dans l'église, de pénétrer dans cette nef dont ils sentaient dans toutes leurs fibres qu'elle était maudite. Mais il fallut bien s'y réfugier, refermer les lourdes portes, les barrer.

L'escalier les appelait pour les mener à la crypte.

Ils restèrent là, pourtant. Immobiles, reprenant leur souffle.

—Charles, murmura Philippe, avec un faible sourire, tendant la main.

Ce qui voulait dire… tant de choses. « Adieu. » « Merci. »

Charles acquiesça, comme s'il comprenait. Il était épuisé lui aussi, blessé, très pâle. Un moment passa encore, puis il déclara :

—Reste derrière moi.

Ils descendirent.

Les cadavres vidés de leur sang s'entassaient sur les marches de l'escalier, sous les panneaux de bois sculptés représentant la Passion du Christ, et ses actes de charité et d'amour. Puis en bas, dans la crypte, les corps avaient été découpés et enchevêtrés telle une broderie, une toile au plafond, dont le Démon était l'araignée.

Elle les regarda, et parla.

—Oh.

Puis :

—Enfin.

Puis :

—Il en est tant venu, avant vous. Mais un seul…

Charles enjambait les corps qui le séparait de la femme, sa main livide crispée sur la garde de son épée, projeté, comme son frère, dans un monde qui faisait tournoyer sa raison. C'était le moment de faire une heureuse repartie, de prononcer comme dans les romans épiques la phrase pleine d'humour et de bravache qui deviendrait leur épitaphe, mais aucun des deux frères n'en eut l'idée. Et, brusquement, Philippe se jeta en hurlant sur le Démon, la lame en main, parce que là, il fallait seulement en finir.

L'épée traversa le corps de la Vieille. Un bruit déchirant, et Charles et Philippe se retrouvèrent désarmés, allongés, étirés dans la toile, entre le sol et le plafond – sans savoir comment ils étaient arrivés là. Comme s'ils avaient perdu un morceau de temps. Et ils en perdirent encore – ils n'attrapaient que des éclairs de ce qui se passait, et durant un de ces éclairs Philippe entendit Charles supplier, pas pour lui, il plaidait pour la vie de Philippe. Au dernier éclair, la Vieille était devant eux et disait :

— Je n'en ai eu qu'un autre. Depuis le début. Je croyais que la lignée était plus généreuse. Qu'il en viendrait plus.

— La lignée ? répéta Philippe.

La Vieille lui caressa le menton, tendrement.

— Je croyais qu'il en viendrait plus comme vous. Mais ça ira. Pour un début. (Elle passa le doigt dans une blessure de Philippe, goûta son sang.) Le vôtre est fort. Vous ferez parfaitement l'affaire.

— Écoutez, commença Philippe. (Charles ne disait plus rien, était-il mort ? Évanoui ?) Attendez, je ne sais pas ce que vous voulez, mais prenez-moi. Laissez Charles partir et prenez-moi… Je suis…

Tant de crimes, tant de péchés commis, tant d'horreurs, et pourtant la seule chose qui lui venait à l'esprit était le visage de la fillette.

Celle qu'il n'avait pas sauvée.

— Je suis damné, murmura-t-il.

Et la Vieille acquiesça.

— Vous l'êtes tous les deux, conclut-elle.

Ses dents s'allongèrent, elle se pencha vers la gorge de Philippe et mordit.

Achevé d'imprimer en juillet 2017
N° d'impression 1705.0197
Dépôt légal, août 2017
Imprimé en France
36231293-1